Knaus

K

Eva Sichelschmidt

Die Ruhe weg

Roman

Knaus

MIX
Papier aus verantwortungsvollen Quellen
FSC® C014496

Verlagsgruppe Random House FSC® N001967

1. Auflage

Neumarkter Str. 28, 81673 München
Schutzumschlag: Sabine Kwauka
Schutzumschlagmotiv: shutterstock Images LLC
Satz: GGP Media GmbH, Pößneck
Druck und Bindung: GGP Media GmbH, Pößneck
Printed in Germany
ISBN 978-3-8135-0742-3

www.knaus-verlag.de

Für Durs

Marriage is an act of will.

Papst Johannes Paul II.

Willst du mit mir geh'n
Wenn ich nicht mehr bin wie einst
Willst du mit mir geh'n
Auch wenn du um gestern weinst
Wenn jedes Schweigen uns verrät
Was reden wir

Daliah Lavi, 1971

You wake up one day and you realize
that all these years have gone by
and I have this mortgage and I have this couch
and I have this life and ...
is this going to be my prison?

Lynn Shelton

EINS

Ficken. Ficken, dachte sie. Das Wort war ihr beim Anblick des Familienvaters in den Sinn gekommen, der umständlich und in gekrümmter Haltung damit beschäftigt war, eine schwere Gründerzeithaustür aufzuschließen. Eines dieser kleinen Holzfahrräder ohne Pedale klemmte unter seinem rechten Arm, von seiner linken Schulter drohte ihm ein Jutekorb zu rutschen, aus dem buntes Sandspielzeug ragte.

Ficken, dachte sie, und »ficken« sagte sie beiläufig vor sich hin, als sie auf der Höhe des jungen Mannes angekommen war, der sich soeben mit seinem gesamten Körpergewicht gegen die einen Spalt breit geöffnete Tür stemmte. Leise sagte sie es, doch gerade laut genug, damit er es hören musste. Sie spürte seine Verwunderung in ihrem Nacken, den verdutzten Blick, den er ihr nachwarf, und ging in unvermindertem Tempo weiter.

Ein Paar mit einem Kinderwagen und einem Kleinkind kam ihr ziellos schlendernd entgegen. Sie schätzte das Alter der beiden auf Ende zwanzig. Die vornübergeneigte Mutter hielt das vor sich hin stolpernde Kind, das anscheinend erst vor Kurzem zu laufen begonnen hatte, an beiden Händchen. Der Vater schob einen unförmigen Kinderwagen, aus dem das kleine, heisere Krähen eines Neugeborenen zu hören war. Es war einer dieser teuren Geschwisterbuggys, die aussahen wie ein aufgebockter Bürostuhl mit integriertem Wäschekorb. Die junge Frau trug ihr blondes Haar zu einem dicken Pferdeschwanz gebunden, eine ausgebeulte Jeans mit elastischem Schwangerschaftsbund und Wandersandalen mit Klettverschlüssen. Sie wirkte müde und ausgelaugt, als hätte sie eine lange Wanderschaft in einem unwegsamen Gelände hinter sich gebracht.

Dem jugendlichen Vater lichtete sich bereits das Haar über der Stirn, und auch auf dem Hinterkopf breitete sich eine Art Naturtonsur aus. Passend dazu umgab ihn die Sprachlosigkeit eines Schweigemönchs. Sowohl die Frau als auch der Mann starrten Marlies im Näherkommen mit unverhohlener Neugier an. Erst da bemerkte sie, dass sich ein Lächeln auf ihrem Gesicht ausgebreitet hatte, als hätte sie sich soeben selbst einen Witz erzählt.

Plötzlich schoss ihr eine Liedzeile durch den Kopf: »Was hat die Zeit mit uns gemacht?« Zeit. Die Zeit war ein grausamer Gegner.

Vor nicht allzu langer Zeit war dieses Paar wirklich einmal jung und unbeschwert gewesen. Ja, wer weiß, vielleicht sogar unbändig ineinander verknallt. Mit ein wenig Fantasie konnte Marlies sich die Mutter mit einer Hartgummifigur als Strandschönheit in einer Bar auf Ibiza vorstellen. Und der Prenzlauer-Berg-Papi? Vielleicht war das mal ein hotter Typ gewesen? Mit einem Augenaufschlag, der den Damen in die Magengrube fuhr. Oder war er der Schlauste, ein unwiderstehlicher Frauenversteher gewesen, der mit dem halben Meter Kant und Hegel neben dem Futon und einem Pariser für alle Fälle unterm Kopfkissen? Das alles konnte noch nicht einmal zwei Jahre her sein. Und nun? Wann mochten die beiden wohl das letzte Mal Spaß oder Sex gehabt haben?

Es war später Nachmittag an einem Sonntag im Frühsommer. Marlies war auf dem Heimweg vom Yoga. Berlin zeigte sich in der schon tief stehenden Sonne wieder einmal von seiner charmanten Reisekatalogseite. Die bunt sanierten Altbauten warfen lange Schatten über die breiten Gehwege, auf denen junge Menschen in engen Hosen und mit weiten Mützen die Straßencafés belagerten. Pärchen schuckelten gemeinschaftlich an Kinderwagen, in die sie verliebte Blicke versenkten, und die zahlreichen Spielplätze waren so gut besucht wie das Oktoberfest zum Anstich.

Seitdem Marlies' Kinder nicht mehr in die Kita gingen und selbstständig, den Hausschlüssel am Band um den Hals, von der Schule nach Hause kamen, hatte sie keines dieser Cafés mehr aufgesucht. Man hatte dort ohnehin nie seine Ruhe. Kindergeplärr und die lauten, vor Langeweile mäandernden Gespräche der frisch gebackenen Eltern raubten ihr den letzten Nerv. Außerdem konnte man dort unfreiwilliger Zeuge von Gesprächen werden, in denen sich Frauen untereinander mitteilten, wie häufig *ihrer* pro Nacht kam. Und dabei ging es nicht, wie man hätte vermuten können, um die Schilderung aufregender Liebesnächte.

Marlies verspürte neuerdings einen immer stärker werdenden Unmut gegen ihre Wohngegend. Das Viertel, in dem sie seit fast zwanzig Jahren komfortabel lebte, war ihr langsam entfremdet worden. Warum nur war sie gezwungen, in ihrem fortgeschrittenen Alter noch immer in diesem Kindergartenkiez auszuharren? Okay, das hier war mit Sicherheit einer der besten Orte auf der Welt, um Kinder aufzuziehen, keine Frage. Zumindest für frisch gebackene Hipster mit doppeltem Einkommen. Nur war sie eben nicht mehr jung, fühlte sich alles andere als frisch und wünschte ihre Kinder neuerdings immer öfter auf den Mond. Und mit dem Geldverdienen ging es in letzter Zeit noch rasanter bergab als mit ihrer Jugendlichkeit.

Vor dem Spätkauf wurde Marlies von einer Mutter, die mit zwei schlecht gelaunten Kleinkindern diskutierte, der Weg in den Laden versperrt.

»Weißt du, Lea-Marie, wenn du den Leon beißt, dann ist der ganz, ganz traurig, und das wollen wir doch nicht«, hörte sie die Frau mit zittriger Stimme eindringlich zu einem trotzig dreinblickenden Zwerg sagen. Dass sie dabei für ihre Mitmenschen, in dem schmalen Durchgang zum Geschäft zwischen Primelstiegen und Tomatenkisten, ein Hindernis darstellte, war der Frau anscheinend schnuppe. Sie trug einen Fahrradhelm in Form einer aufgeblasenen Basecap, und an ihrer rechten Wade blinkte im gleißenden Sonnenschein ein Reflektorband. Auch die Kinder trugen Helme. Das Mädchen in Form eines Marienkäfers, der Junge war ein quietschgrünes Krokodil. Beiden Tieren waren neongelbe Sicherheitswesten über ihre T-Shirts angezogen worden. Sanft versuchte Marlies den bockigen Käfer ein kleines Stück beiseitezuschieben und erntete umgehend einen vernichtenden Blick der Mutter. Wann hatte eigentlich diese »Generation Stiftung Warentest«, diese ältliche Jugend die Hoheit über ihre Gegend übernommen? Okay, der Rock 'n' Roll war schon länger tot, auch sie hatte ihn nur noch von hinten gesehen, aber dass es diesen Nachgeborenen gelingen würde, auch noch in rasanter Geschwindigkeit sein Grab aufzulösen, das überraschte sie dann doch.

In dem vollgestopften, fensterlosen Laden schnappte sich Marlies einen Einkaufskorb. Joghurt mit der Ecke oder Fruchtzwerge? Wie lange würde sie sich diese fundamentale Frage noch stellen müssen? Vorbei an den Tütensuppen, am Eierregal, den überfüllten Tiefkühltruhen, der stattlichen Batterie Putzmittel, der Babykost und der beeindruckenden Auswahl von Haustiernahrung schlenderte sie bis zur hintersten Ecke der Getränkeabteilung. An der Kasse legte sie ein Dreierpack Dosenbier und eine Flasche Weißwein unbestimmter Herkunft und mit Designeretikett neben die in Zellophan eingepackten und mit Mustern versehenen Ananasviertel, die eine kleine Vietnamesin allmorgendlich im Hinterstübchen des Ladenlokals schnitzte. Der Spätkauf sei eine Goldgrube, hörte sie immer wieder die Leute sagen. Fest stand, dass die Vietnamesen mit der vereinten Kraft all ihrer Familienangehörigen etwas schafften, zu dem kein einziger der ihr bekannten Kiezbewohner bereit gewesen wäre: sieben Tage in der Woche zwölf Stunden oder mehr und ohne Ferien zu schuften. »Einen schönen *Tatort*-Abend«, wünschte ihr der vietnamesische Ladenbesitzer beim Bezahlen.

Sportlich vorgekommen war sich Marlies immer, Sport getrieben hatte sie eigentlich nie. Besonders zuwider waren ihr überflüssige Bewegungen in geschlossenen Räumen. Das Thema Sport hatte sie Till überlassen. Und auch der betrieb, wenn er nicht gerade mit ihrem Sohn Jan in Zeitlupe auf dem Spielplatz bolzte, die Sache eher passiv, also vor dem Fernseher und als Zuschauer im Fußballstadion.

Erst kurz vor ihrem vierzigsten Geburtstag und unter großem Widerwillen hatte sie die ersten zaghaften Joggingrunden im Park zu drehen begonnen, um an ihrem runden Geburtstag perfekt in ein hautenges weißes Etuikleid zu passen.

Vierzig und trotz der zwei Kinder ein Kleid auf den Rippen, in dem schon die meisten Zwanzigjährigen gewirkt hätten, als würde zur Weißwurst nur noch der süße Senf fehlen.

Irgendwann hatte sie dem Laufen in freier Natur, neben dem Vorteil körperlicher Fitness, doch noch einen gewissen Erholungsfaktor abgewinnen können. Sie lief nun immer öfter. Es reichte schon, dass sie sich müde fühlte, dass ihr am Schreibtisch nichts einfiel, dass Till oder die Kinder ihr wieder einmal auf die Nerven gingen, wenn Hausarbeit drohte und die Steuererklärung oder die Schwiegereltern zu Besuch waren. Kurz und gut – beinah täglich. Manchmal ertappte sie sich nach einem Morgenlauf bei dem Plan, einen neuen Streckenrekord am Abend aufstellen zu wollen. Das Laufen war zu einer Sucht geworden, die sich, verglichen mit der nach Weißwein und der schon weitgehend unterdrückten nach Zigaretten, nicht unvorteilhaft auswirkte.

Mit neunundvierzig hatte Marlies jetzt Waden und Oberschenkel wie Martina Navrátilová 1981 beim Grand-Slam-Turnier gegen Chris Evert. Dennoch befand sich an ihrer Körpermitte eine träge Masse, die sich früher entweder gar nicht an ihr oder nur als Füllmenge in ihrem Gesicht befunden hatte.

Unlängst hatte sie sich auf einem Foto von einer Geburtstagsparty entdeckt, in einem kleinen Schwarzen in Rückenansicht, und erschrocken die kleinen Wülste seitlich ihrer BH-Träger hervorquellen sehen.

Und als wäre dies nicht schon verstörend genug, musste auch noch eines Abends im Bad ihre zwölfjährige Tochter Anni – Marlies war gerade dabei, aus der Wanne zu steigen – sie mit dem konzentrierten Blick eines Insektenforschers mustern und verwundert feststellen: »Merkwürdig, du bist der einzige Mensch, den ich kenne, der hinten dicker ist als vorne.« Eben das war die traurige Wahrheit: ein Bauch ließ sich einziehen, Hüftspeck nicht.

Kurz darauf traf sie eines Morgens eine stark verschlankt wirkende Bekannte im Bioladen, die ihr von einer unglaublich effektiven Form des Schwitz-Yoga vorschwärmte, und schon wenige Tage später kaufte sich Marlies eine Zehnerkarte und legte los.

Bikram Yoga war eine sehr spezielle Form indischer Körperertüchtigung, die den Vornamen ihres äußerst biegsamen und bestimmt steinreichen Erfinders trug, einem Misanthropen, vielleicht sogar einem Sadisten, der sich sechsundzwanzig Yogaübungen und die Idee, sie in einem vierzig Grad heißen, viel zu kleinen Zimmer zu praktizieren, hatte patentieren lassen. Das karge Studio, in dem Marlies zusammen mit einer Horde Mädchen in Bikinis und vereinzelt auftretender Jungs schwitzte – einfallslos tätowiert die einen, die anderen garantiert schwul –, lag in einer schicken Büroetage in Mitte. Sie besuchte mit Vorliebe die Kurse von Ralf (bestimmt nicht schwul). Der immer gleiche Ablauf der Positionen im Stehen und Liegen und die immer gleichen Kommandos zur richtigen Atmung und korrekten Haltung erinnerten auf wohltuende Weise eher an den Drill bei einem amerikanischen Marinecorps als an tiefenentspannende Meditation. Mit spirituellem Ein- und Ausatmen konnte sie ihre kostbare Lebenszeit nicht vertrödeln. Das Namasté am Ende ließ sie genauso weg wie den Entspannungsteil, den Ralf immer begann mit: »Now you get all the benefits.« Wenn Ralf den Raum verließ, verschwand Marlies mit ihm, der Gewinn war dann längst eingefahren.

Am liebsten ging sie am Sonntag zum Yoga. Sonntage waren die schwierigsten Tage der Woche, da sich dann bei ihr zu Hause alle auf der Pelle hingen. Mittwochmorgen gab Ralf den Frühkurs *Silence*, in dem er leider schwieg. In der Zeit, als sie ihn erobern wollte, schaffte sie sogar noch den Spätkurs am Freitag, in dem seine schöne Stimme wieder erklang. Wie verjüngend Yoga doch wirken konnte, mit einem solch durchschlagenden Erfolg hatte Marlies nicht zu rechnen gewagt.

Sonntagnachmittags, wenn sie ausgepowert, befreit und fröhlich auf dem Heimweg vom Yoga durch ihr Viertel spazierte, kehrten auch die jungen Familien aus ihren Wochenenden im Berliner Umland zurück und suchten in ihren Volvos und Passat-Kombis nach den raren Parkplätzen. Dann wurde aus den geöffneten Heckklappen das Gepäck auf den Gehsteig geladen. Blaue Ikea-Taschen versperrten die Gehwege, und jammernde Kleinkinder wurden eilig in die Wohnungen getragen, während sich die Geschwister im Vorschulalter lauthals auf den Rücksitzen der Familienkutschen stritten. Auch die Eltern wirkten angespannt – keine Rede davon, dass so ein Wochenende auf dem Land Erholung gebracht hätte.

Was für ein Glück, dass uns wenigstens das umgebaute Schulhaus in Luckenwerder, das zugige Stationsvorsteherhäuschen in Biesdorf oder die Bauernkate mit undichtem Reetdach im Spreewald erspart geblieben ist, dachte Marlies. Bei ihren Nachbarn und den Bekannten mit Brandenburger Feriendomizilen war es doch immer auf das Gleiche hinausgelaufen: Erst hatten sie sich für das Haus mit dem verwilderten Garten, in dem die Kinder spielen sollten, bis über beide Ohren verschuldet, danach bekamen sie schwielige Hände von der Gartenarbeit, und ehe man sich's versah, waren die Kinder auch schon aus dem Matschhosenalter heraus und wollten die Eltern nicht mehr an die Havel begleiten, weil sich dort partout keine Internetverbindung mit vierhundert Megabits herstellen ließ. Ließen die Erziehungsberechtigten ihre halbstarke Brut dann aber am Wochenende allein und unbeaufsichtigt zu Hause, lebten sie in beständiger Angst, die lieben Kleinen könnten womöglich eine dieser SMS-Partys veranstalten, auf denen einhundertfünfzig sehr schnell betrunken werdende Jugendliche einem die Sofakissen aufschlitzten und im Wohnzimmer Abfahrtski praktizieren.

Till und Marlies hätten es ohnehin niemals zu einem Landhaus gebracht. Ja, aus eigener Finanzkraft noch nicht einmal zu dem viel zu kleinen, aber modern ausgebauten Dachgeschoss, das sie mit ihren beiden Kindern bewohnten. Die Maisonettewohnung war das Geschenk gewesen, das Tills Eltern und Marlies' Mutter dem hoffnungsfrohen Paar zu gleichen Teilen zur Hochzeit gemacht hatten. »Und das war's dann aber auch mit dem Erben, nun brauchst du mit nichts mehr zu rechnen«, hatte Gisela schroff bemerkt. »Mit der warmen Hand geben«, nannte sie das. Aber die alleinerziehende Studienrätin ohne Ansprüche, Freunde, Hobbys und Geschmack, die ihr ganzes Leben lang mehr verdiente, als sie ausgeben wollte, hatte letztlich doch noch ein ganz hübsches Sümmchen hinterlassen. Letztes Weihnachten hatte der Lungenkrebs die Mutter, eine militante Nichtraucherin, nach jahrelangem Siechtum dahingerafft.

Beim Ausräumen ihrer kargen Hamburger Zweizimmerwohnung stellte Marlies Giselas abgeschabtes Mobiliar kurz entschlossen auf den Bürgersteig in der Nähe des Horner Kreisels, von wo aus es in Kürze, wie von Geisterhand fortgenommen, verschwand.

Das Sparbuch der Mutter entdeckte Marlies im Badezimmerschrank, unter den muffig riechenden Nylonstrümpfen. Zunächst hatte sie der Kontostand überrascht, dann erfreut, später beschämt. Ein ganzes Leben Verzicht und Rücksichtnahme, und nun blieb von Gisela nichts weiter übrig als ein Sparkonto mit einem Guthaben, zu klein, dass sich ihre Tochter hätte wohlhabend fühlen können, und doch wiederum groß genug, damit sich Marlies überlegen konnte, was für nutzlos schöne Dinge sie sich kaufen, welchen luxuriösen Urlaub sie mit ihrer Familie machen wollte. Sie parkte das Geld auf einem Sparkonto, als Schutzschild gegen unvorhersehbare Bedrängnisse. Denn nicht selten gab es in Marlies' Leben Steuernachzahlungen von ungeahnter Höhe oder einen kapitalen Wasserschaden ohne die dazu passende Versicherung. Und obwohl sie ein stets wachsames Auge auf diesen erfreulichen Kontostand hielt, wurde das Guthaben langsam, aber schleichend weniger.

Von dem unverhofften Geldsegen erzählte Marlies Till wohlweislich nichts. »Und, noch was da?«, war seine lakonische Frage nach der Beerdigung der Schwiegermutter gewesen. Feige, aber nicht ohne ein schlechtes Gewissen hatte er sich vor dem letzten Abschied gedrückt.

»Nicht der Rede wert«, hatte Marlies geantwortet; eine ihrer Standardantworten, die sie aufgrund der universellen Anwendbarkeit bei gleichbleibender Wahrhaftigkeit schätzte.

Marlies und Till lebten, seitdem sie verheiratet waren, beständig im Dispo ihres gemeinsamen Girokontos. Doch erst seit Kurzem wuchs bei Till die Angst vor dem sicheren Absturz in die Verarmung. Er verdiente wenig und gab für sich noch weniger aus. Das Teuerste in ihrem gemeinsamen Leben waren die Kinder. Till hatte einmal in einem Zeitungsartikel von einem kinderhassenden Schlaumeier mit Taschenrechner erfahren, dass ein Kind die Erzeuger bis zur Volljährigkeit 130 000 Euro kostete. Diese Information hatte ihn erschüttert. Woher um Himmels willen sollte sie bei ihrem Leben einen so gewaltigen Betrag nehmen? Eine Viertelmillion nur für die beiden Kinder? Überhaupt, wäre es nach ihm gegangen, so hätte ihm die Tochter durchaus zum Glück gereicht, aber Marlies hatte mit Ende dreißig zum Thema Familienplanung eine derart explizite Vorstellung an den Tag gelegt, dass sein Einspruch nicht nur unsportlich, sondern auch beziehungssprengend gewirkt hätte.

Als er Marlies von dieser Aufrechnung der zu erwartenden Kinderkosten berichtete, hatte sie nur ein müdes Lächeln für ihn übriggehabt. Diese bahnbrechende Neuigkeit erinnerte sie an die Sache mit den Zigaretten. Jetzt rauchte sie schon seit über zehn Jahren nicht mehr, da hätte sich doch in den letzten zehn Jahren insgesamt 20 000 Euro angespart haben müssen. Und, hatte die Familie etwas von diesem unverhofften Reichtum bemerkt? »Na siehste, dann wird es sich wohl umgekehrt genauso verhalten.«

Marlies lehnte es ab, sich Sorgen zu machen. Sich Gedanken zu machen, reiche ihr voll und ganz. »Wenn mir etwas nicht gefällt, dann ändere ich es.« So war sie, die Frau, in die Till sich vor Zeiten verliebt hatte und die bis heute seine Nerven beruhigte. Trotzdem lag er neuerdings nachts auf dem grauen Ecksofa im Wohnzimmer wach und malte sich seine Zukunft in finsteren Endzeitfarben aus.

Als Marlies im Flur ihre Jacke an die überfüllte Garderobe hängte und ihre Turnschuhe abstreifte, hörte sie von oben bereits die jaulende Jimi-Hendrix-Gitarre. Sie stolperte zunächst über ein Paar hellblauer Gummistiefel in Größe 34 und trat dann mit dem rechten Fuß schmerzhaft auf ein Plastikzebra.

Es war ganz erstaunlich, was für eine Verwüstung ihre Familienmitglieder im Haushalt anrichten konnten, wenn man ihnen auch nur für zwei Stunden den Rücken kehrte. Sie erklomm die enge Wendeltreppe zur Wohnküche, stellte das Bier und den Wein in den Kühlschrank und betrachtete eine Weile in stiller Konzentration den Turm aus verschmierten Tellern und verkrusteten Töpfen, der schief aus der Spüle ragte. Ihr Blick wanderte an dem mit Tomatensoße gesprenkelten Griff der Besteckschublade entlang, als Jimi urplötzlich Ruhe gab und sie Till vom Sofa aus »Marliese!« rufen hörte.

Das Sofa war seit Langem schon – nicht nur bei nächtlichen Schlafproblemen, sondern auch tagsüber – zu Tills beliebtestem Aufenthaltsort geworden. Marlies aber *Marliese* zu rufen war ihm bei Androhung der schlimmsten ehelichen Konsequenzen seit jeher verboten.

Till lächelte sanft, rekelte sich behaglich und verschränkte die Arme hinter dem Kopf, als Marlies ins Zimmer trat. Von wegen vor Sorgen wegen seiner Familienprobleme kein Auge zutun können, sogar tagsüber und bei bester Beleuchtung gelang ihm das ganz prächtig. Marlies kam es so vor, als ob seine echten Bedenken sich genau genommen nur darauf beschränkten, dass sein Lieblingsfußballverein eventuell einen Listenplatz abrutschen oder eine seiner teuren Platten einen Kratzer bekommen könnte.

Till verbrachte die Tage damit, vom Sofa aus Sportsendungen oder seine Lieblingsserien im Pay-TV zu schauen und dazu Musik zu hören. Hin und wieder klampfte er dabei uninspiriert, wie sich Marlies ausdrückte, auf seiner alten Akustikgitarre. Kamen die Kinder nachmittags nach Hause, machte er mit ihnen Hausaufgaben, ging mit den beiden zum Arzt oder einkaufen oder brachte sie zum Sportverein. Wenn sich Marlies abends von ihrem Schreibtisch erhob, war die Küche in ein Schlachtfeld verwandelt, aber es stand auch meistens ein Topf mit Nudeln auf dem Herd, immerhin. Es gab nicht wenige Freundinnen, die sie um diese Art Hausmann beneideten.

Das einzige regelmäßige Einkommen, über das Till verfügte, war die klägliche Gage eines Auswechselgitarristen in einem Musical. Zunächst hatte er sogar den Hauptpart gespielt mit fünf Auftritten pro Woche, doch dann waren seine alten Depressionen wieder aufgetaucht. Die Dauerschleife der immer gleichen

Gassenhauer hatte Tills Gemüt stark in Mitleidenschaft gezogen. Als Frohnatur konnte er ohnehin kaum durchgehen. Sein Therapeut riet ihm schließlich zum Aufhören, der Job bei einem Musical sei nichts für sein Selbstbewusstsein. Eine Erkenntnis, zu der Till nach einem Jahr auch ohne die Investition von hundert Euro pro Sitzung hätte kommen können, wie Marlies fand. Aber Till genoss es, bei jedem Wehwehchen einen Therapeuten aufzusuchen. Er kannte für jede Stimmungsschwankung einen anderen Experten und für Erektionsstörungen sogar eine Frau vom Fach der Seelenklempner.

Der exklusive Zuhörer war dabei für ihn mehr als nur Nervenberuhigung, sondern die einzige und letzte Möglichkeit, Verständnis zu empfangen. Wenn er nicht in harter Währung bezahlte, wer würde ihm dann zuhören?

Seine Eltern hörten niemandem zu, noch nicht einmal einander, vor seinen Freunden schämte sich Till wegen seiner Unzulänglichkeiten - und Marlies' Verständnis hatte sich im Mahlstrom der Zeit zerrieben.

Marlies' Ansicht nach hatten die Therapien und die Erklärungen der Psychologen vor allem eine Funktion, sie erlaubten Till den schmerzfreien Rückzug aus unangenehmen Situationen, und das ohne ein lästiges schlechtes Gewissen oder die Übernahme von Verantwortung. Die Schuld an seinen vermeintlichen Bindungsproblemen trug entweder der strenge Vater, der ihn ein Kinderleben lang auf Distanz gehalten hatte, oder aber seine labile Mutter, der er seine mangelnde Entschlussfreudigkeit verdankte. Oder seinem Dasein als Einzelkind, da er nie unter Konkurrenzdruck gebracht und somit auch nicht wettbewerbsfähig gemacht wurde. Es mangelte ihm an Verständnis und Fürsorge, und auch seine Frau geizte mit ihrer emotionalen Großzügigkeit, so hatten es die diversen Therapeuten in unzähligen Sitzungen herausgearbeitet.

Seine sexuellen Probleme hingegen hätten etwas mit seinem verletzten inneren Kind zu tun. Diese letzte Erkenntnis hatte Till Marlies erst unlängst zu erklären versucht. Aber da Marlies dazu eine ganz andere Meinung hatte, war sie den Erläuterungen nicht so recht gefolgt. Fest stand, dass – wie sie es in nicht mehr ganz frischer Erinnerung hatte – die Dinge einmal ganz prima geklappt hatten. Warum Till, der sich immer schon mit Hingabe an der eigenen, doch immer gleichen Familiengeschichte abarbeitete und noch vor Kurzem ein recht passabler Liebhaber gewesen war, heute aber untenrum immer häufiger den lahmen Gartenschlauch gab, war ihr ein unlösbares und vor allem ein recht unerfreuliches Rätsel.

Vielleicht ist ja alles egal, dachte Marlies plötzlich und trat näher. Till lächelte noch immer. Dieser einfältige Gesichtsausdruck konnte Marlies auf die Palme bringen. Obwohl sie wusste, dass es bestimmt diese Art zu lächeln gewesen war, die Frauen wie Sina hatten auf den Plan treten lassen. Die nannte das dann bestimmt *süß*.

Plötzlich fühlte sie sich hundemüde. Sie hatte beim Yoga heute alles gegeben und wollte jetzt nur noch Ruhe. Sie hatte Sehnsucht nach einem Zustand, in dem ihr endlich einmal alles egal war. Alles egal.

Eigentlich war Till schon das, was man hübsch nennen konnte. Vor zwanzig Jahren hatte er ihr auf jeden Fall ausgesprochen gut gefallen. Sein braunes Haar und seine sanften Augen, die Ruhe und Gelassenheit, die er ausstrahlte, seine klassische Nase und seine breiten Schultern, der gerade Rücken und die für einen Gitarristen recht ungewöhnlichen Klavierspielerhände. Und auch heute noch, bei gut einem Meter neunzig, konnte er aussehen wie der kleine Junge auf dem Schwarz-Weiß-Foto im Bücherregal der Schwiegereltern. Nur sexy fand sie ihn irgendwie nicht mehr.

Wie das ging? So sehr hatte er sich doch gar nicht verändert. Nun gut, in Haar und Bart waren erste graue Strähnen sichtbar und um die Augen knittrige Fältchen. Obwohl er ständig schlief, hatte er immer leichte Ringe um die Augen. Ein unübersehbarer Bauchansatz wölbte sich über der Hose, aber auch das war nichts wirklich Neues. Wenn sie ihn so betrachtete, dann schien ihr, als würde sie durch mehrere Zeitschichten immer noch den jungen Mann erkennen, der er gerade noch gewesen war, als Unterlage sozusagen. Die Jahre waren wie Schichten aus Milchglas dazugekommen, und der *Ur-Till* war ihr von Jahr zu Jahr ein wenig verschwommener vorgekommen. Irgendwie wurde er mit der Zeit unschärfer, vielleicht war es das.

Warum eigentlich sich nicht auch mal wie Till am helllichten Tag aufs Sofa legen? Sie stieg aus der engen Jeans. Er breitete automatisch seine Arme aus und schlug einladend die Wolldecke zurück. Sie legte sich mit dem rechten Ohr auf seine linke Brust und hörte sein Herz schlagen. Sie roch den warmen Sofa- und den Tillgeruch, eine Melange aus der schafwollenen Decke, seinem ungelüftetem T-Shirt, der schon lange nicht mehr gewaschenen Jogginghose und den Paprikachipskrümeln in der Sofaritze.

Schön wäre es, er würde sie jetzt küssen. Warum konnte er nicht einfach gut küssen? Warum konnte er eigentlich nicht so küssen wie Ralf? Dann könnte ihr vielleicht alles andere – seine Lethargie, seine Langsamkeit, dieses Unentschlossene und Grüblerische – egal sein.

Marlies schaute Till erwartungsfroh an, der hatte aber schon wieder die Augen geschlossen.

»Till, warum küsst du mich eigentlich nie?«

»Quatsch, natürlich küsse ich dich, du könntest mich ja auch mal küssen.«

»Aber das ist nicht das Gleiche wie geküsst werden.«

»Genau. Ich würde auch gern mal geküsst werden, meinst du, das finden nur Frauen gut?«

Wie häufig hatte sie Dialoge wie diesen schon erlebt? *Kannst du nicht mal? Mach ich doch! Nein, eben nicht. Dann mach du doch. Würde ich ja gerne, aber …*

»Außerdem hast du wohl vergessen, dass ich gar nicht küssen kann, hast du zumindest neulich gesagt.«

»Nein, hab ich nicht, ich hab nur gesagt, dass du mich nicht so richtig leidenschaftlich küsst. Zum Beispiel schaust du mich nie mehr dabei an, so wie du das früher gemacht hast. Außerdem hast du es irgendwie immer eilig.«

Till drehte sich zu ihr um und küsste sie – es war ein Kuss wie der, den er seiner Tochter jeden Abend vor dem Einschlafen gab. Dabei blickte er sie traurig an. Dann drehte er sich wieder auf den Rücken. Kurz darauf hörte sie seinen regelmäßigen Atem und dann einen kleinen Puster, gefolgt von einem zarten Pfeifen – Till war einfach so eingeschlafen.

Wie verfahren doch alles war. Marlies spürte nur noch eine fade Resignation. Wenn sie doch wenigstens über Tills mangelnde Hingabe und seine nicht vorhandene Aufmerksamkeit verzweifeln könnte. Konnte sie aber nicht. Nicht mehr. Wozu auch? Wer so leidenschaftslos war, der musste sich nicht wundern. Muss ich mich etwa schon rechtfertigen, am Ende vor mir selbst?, dachte sie noch schläfrig und fühlte ihre angenehm schweren Glieder.

Tills leises Schnarchen, sein sanft rasselndes Einatmen und das pustende Ausatmen waren wie Wellen, die gegen den Strand rollten und wieder zurück. Sie lauschte diesem rhythmischen Wellenschlag – dann schlief auch sie.

Marlies hörte nicht mehr Bob Dylans wimmernde Mundharmonika, die den Hendrix-Krach abgelöst hatte und die sie nicht leiden konnte, und Till nicht das leise Vibrieren in der rechten Gesäßtasche ihrer Jeans auf dem Teppich, das eine eingehende SMS ankündigte – und deren Inhalt wiederum ihm ganz und gar nicht gefallen hätte.

Marlies wurde mit dem Gefühl wach, dass jemand sie anguckte.

»Schlaft ihr jetzt schon *beide* tagsüber?«, fragte Anni grinsend.

»Wie spät ist es denn, mein Schätzchen?« Marlies setzte sich auf.

»Fast sechs. Ich bin gleich wieder weg, ich muss nur schnell meine Zahnbürste holen, ich schlafe heute bei Carla.«

»Morgen ist ganz normal Schule, das passt mir aber gar nicht«, entgegnete Marlies, doch Anni war bereits verschwunden. Auf dem nicht mehr ganz weißen Berberteppich zeichneten feuchte Fußstapfen Annis Spur Richtung Flur nach. »Ach nö, Anni, wie oft soll ich dir denn noch sagen, dass du die Schuhe im Flur ausziehen sollst.«

Wie oft soll ich es noch sagen ... Wann hatte sie eigentlich begonnen, in dieser Müttersprache zu reden? Wenn sie nicht aufpasste, würde sie bald mit *Solange du deine Füße unter meinen Tisch ...* weitermachen.

Anni erschien wieder im Rahmen der Wohnzimmertür, jetzt balancierte sie vor sich eine Wasserflasche, eine Tüte mit Brötchen und eine Kekspackung auf einem Schlafsack und dem Viermannzelt der Familie.

»Was wird das denn, wenn's fertig ist?« O nein, schon wieder hatte sie reflexhaft eine dieser Formeln ausgesprochen.

Jetzt rappelte sich auch Till neben ihr auf.

»Wir zelten im Hof. Das war Carlas Idee, und Carlas Mama hat schon Ja gesagt.« Anni setzte ihr charmantes Ich-bin-ein-liebes-kleines-Kind-Gesicht auf, mit dem sie, noch mehr als ohnehin schon, ihrem Vater ähnlich sah.

Sie war das, was man ein unkompliziertes Kind nennen konnte. Ganz im Gegensatz zu ihrem zwei Jahre jüngeren Bruder Jan wirkte sie stets gut gelaunt und ausgeglichen. In ihrem Leben schien es keinerlei Probleme zu geben, keine Mädchenzickereien und präpubertären Dramen, von denen Marlies' Freundinnen, die ebenfalls Mütter von Töchtern waren, berichteten. Anni war durch nichts zu kränken und psychisch so stabil wie ein Playmobilmännchen.

Vor allem gab sie niemals Widerworte. Eine ihrer angenehmsten Wesenszüge war es, stets und zu allem Ja zu sagen. Bat man sie, den Tisch abzudecken, willigte sie umgehend ein. Sollte die Spülmaschine ausgeräumt werden, meldete sie sich meist freiwillig. Das absolut Erstaunliche an dieser Zuvorkommenheit war, dass auf ihre fortwährende Zustimmung und angebotene Hilfeleistung so gut wie keinerlei Taten folgten. Das Geschirr befand sich weiterhin dreckig auf dem Tisch oder stand sauber glänzend in der Maschine. Auf jede Nachfrage flötete Anni nur immer wieder ein neues, begeistertes »Gleich« oder »Sofort«, ohne auch nur den Ansatz einer Tat oder Handlung folgen zu lassen. Das Ganze endete stets damit, dass Marlies resigniert die anstehenden Arbeiten übernahm, da sie ein paar Handgriffe weniger ermüdeten als die immer gleiche Aufforderung. Fragte sie Anni, warum sie schon wieder keinen Handschlag getan habe, beteuerte das Kind, wie stets in Hochstimmung, dass sie mit Sicherheit alles erledigt hätte, wenn man ihr nur etwas mehr Zeit gelassen hätte. Dabei konnte sie ein bestechendes Lächeln an den Tag legen, mit dem sie ihrem Vater in Sekundenschnelle das Herz erweichte und das auch Marlies willenlos zurückließ.

Anni musste man stets ermahnen, sich das Gesicht zu waschen. Sie schien mit zwölf Jahren immer noch ganztägig einen Schokoladenbart zu tragen. Für Körperpflege war sie einfach zu beschäftigt. Wozu sich die Haare kämmen und die Zähne putzen? Kaum hatte man diese lästigen Prozeduren hinter sich gebracht, musste man damit auch schon wieder aufs Neue beginnen. Auch jetzt erschien Marlies die kleine pummelige Gestalt ihrer Tochter merkwürdig flächig verdreckt.

»Ich hab mir schon den Wecker auf meinem Handy auf sechs gestellt, dann bin ich wieder oben und mache für alle Frühstück, ja?«

Herrje, schon wieder eine dieser leeren Versprechungen, doch ehe Marlies protestieren konnte, sagte Till: »Okay, ist schon gut, aber vergiss die warme Jacke nicht.«

Das gab's doch gar nicht, wurde sie hier vielleicht auch noch einmal gefragt?

»Du bist ein Schatz, Papilein«, rief Anni noch, und schon fiel die Haustür ins Schloss. In einer Schnelligkeit, an der man unschwer erkennen konnte, dass besagte warme Jacke natürlich an der Garderobe hängen geblieben war.

»Till, das ist doch bescheuert!«

»Ach, lass sie doch, die sind gleich wieder oben, ist doch viel zu feucht und in der Nacht auch viel zu kalt zum Campen.«

»Ja, eben.«

»Wie, eben?«

»Bis dahin hat sie sich vielleicht einen Schnupfen geholt, kann übermorgen nicht in die Schule gehen, ich kann daraufhin nicht konzentriert arbeiten, und zum Schluss steckt sie uns alle noch an, und wir sind zwei Wochen mit Teekochen und dem Befüllen von Wärmflaschen beschäftigt.« Marlies bemerkte, wie ihre Stimme den schrillen Ton der Klagelaute bekam, den sie bei ihrer Mutter immer als unsäglich ältlich empfunden hatte, und versuchte es mit einer veränderten Tonlage, einer halben Oktave tiefer, die Vernunft und Sachlichkeit ausdrücken sollte.

»Till, können wir uns bitte nur ein einziges Mal absprechen? Können wir irgendwann einmal als Eltern aus dieser Good-Cop-Bad-Cop-Nummer herauskommen? Oder wenigstens zur Abwechslung einmal die Rollen tauschen? Du streng, ich nachgiebig?«

Till erhob sich gemächlich vom Sofa. »Und du? Könntest du vielleicht einmal aufhören, mir Vorwürfe zu machen?« Das Thema schien ihn wenig zu interessieren und erst recht nicht aufzuregen, während Marlies bereits das heiße Glühen der sich schnell verbreitenden hektischen Flecken auf ihren Wangen bemerkte.

Mit hängenden Schultern suchte Till im Wohnzimmer nach einem fehlenden Badeschlappen. Nein, schön oder begehrenswert konnte man ihn wirklich nicht nennen. Wann hatte sich dieser Typ eigentlich das letzte Mal die Haare gewaschen? »Könntest du mir bitte mal sagen, warum ...?«

Aber Till verließ ungerührt den Raum. »Ich muss jetzt zur Arbeit. Glaub mir, ich hab ganz andere Probleme.«

Marlies ging in die Küche und wappnete sich zum Angriff auf die dortige Verwüstung. Sie fühlte sich nach dem Nickerchen, das doch als ach so gesund gepriesen wurde, merkwürdig verdreht. Ihr war unangenehm warm, sie hatte einen trockenen Hals, leichte Kopfschmerzen und spürte eine lähmende Unzufriedenheit, eine ätzende Antriebslosigkeit. Sie ordnete das dreckige Geschirr, ließ Wasser ins Spülbecken ein, wischte den Tisch ab, sortierte die Glasbehälter mit Zucker, Mehl und Haferflocken, bis auf dem Küchenbord alles wieder in Reih und Glied stand. Nach zehn Minuten hatte sie wieder eine gewisse Grundordnung in die Küche gebracht, die sie beruhigte und deren beruhigende Wirkung sie zugleich beunruhigte und beschämte.

Plötzlich musste sie an die Mutter ihrer besten Schulfreundin Annika denken, die nach dem Mittagessen immer die Spüle auf Hochglanz polierte, bis man sich im Becken spiegeln konnte. Die bekam Wutanfälle mit anschließenden Heulkrämpfen, wenn man sich nach ihrer gründlichen Küchenreinigung die Hände in der Küche wusch und Seifenspritzer den perfekten Glanz zerstörten. Annika hatte sich für dieses Vergehen sogar einmal eine Backpfeife von ihrer Mutter eingefangen. Wie unglaublich bescheuert ihr diese verhärmte Frau vorgekommen war, und auf eine überhebliche, anmaßende Teenagerart hatte sie ihr sogar leidgetan. Heute begann sie, das verborgene Lebensdrama dieser Frau zu verstehen. Wie hieß es doch gleich in diesem Lied? »Und dann staubsaugt sie los im Zimmer ihrer Tochter, und wieder sieht sie das Bild von James Dean ...«

War es etwa auch bei ihr schon so weit? Immerhin musste sie seit Neustem wieder selber saugen, seitdem sie sich Olga aus Kasachstan nicht mehr leisten konnten. Aber war sie jetzt wirklich schon »Jenseits von Eden, mit zitternden Knien«? Au Backe.

Als sie gerade den letzten Teller abtrocknete, kam Till in die Küche, trat von hinten an sie heran und umarmte sie. Till lehnte schwer und warm an ihrem Rücken, und sie wünschte sich, dass diese Schwere jetzt sofort zusammen mit ihm die Wohnung verlassen würde. Musste denn Till, der demonstrativ gequält zu seinem Musicaljob ging, immer einen Teil seiner Lethargie in ihrer Wohnung zurücklassen? Es konnte Stunden dauern, bis sie an ihrem Schreibtisch wieder in Schwung kam, einen Artikel zu Ende schreiben oder einen neuen Gedanken fassen konnte.

»Kann mich nicht einfach mal jemand dafür bezahlen, dass ich ich bin?«, raunte er hinter ihrem Rücken. O nein, nicht schon wieder diese Leier. Marlies konnte sich jetzt keinen Hänger leisten, sie musste die Familie ernähren, von ihr wurde Esprit verlangt. Nur nicht runterziehen lassen, dachte sie, machte sich aus der Umarmung frei, drehte sich schwungvoll um und gab ihm einen schmatzenden Kuss auf die Wange und einen Klaps auf den Hintern.

»Auf gehts, wird schon«, sagte sie in aufgesetzt fröhlichem Ton und gab ihm dazu noch einen leichten Schubs vor die Brust, der ihn in Gang bringen sollte.

Till schaute sie mit dem traurigsten all seiner trübsinnigen Blicke an, dem des ewig unverstandenen und verkannten Künstlers. Während er aus der Küche schlich, pfiff Marlies »Hinterm Horizont geht's weiter«.

»Wer kann das schon mit Sicherheit bezeugen?«, murmelte Till resigniert, und weg war er.

ZWEI

Till schob sein Fixie aus der Hofeinfahrt, setzte sich die Gitarrentasche als Rucksack auf und schwang sich aufs Rad. Die Straße war ungewöhnlicherweise menschenleer. Links und rechts der Bordsteinränder standen Kirschbäume. Im Frühling, wenn sie blühten, verwandelten sie die enge, schmucklose Straße mit den unscheinbaren Ladenlokalen, dem holprigen Kopfsteinpflaster, den zahllosen in der Sonne dampfenden Hundehaufen und den aus ungeklärten Gründen auch immer wieder auf dem Bürgersteig herumliegenden Kondomverpackungen zu der schönsten Straße der Hauptstadt. Sieben Tage währte diese Pracht, das weiße und rosa Blütenmeer, diese unverbrauchte Schönheit, der imaginierte Duft von der frischen Bettwäsche aus der Fernsehwerbung. Am achten Tag zeigten die Blüten meist die ersten braunen Stellen, und nach zehn Tagen lagen die zermatschten Blättchen in den Pfützen der Straße, breitgetreten und plattgefahren wie das Konfetti am Tag nach der Hochzeit, um wiederum wenige Tage darauf ganz verschwunden zu sein – als hätte es den Frühling nie gegeben.

Till trat kräftig in die Pedale. Am liebsten fuhr er auf dem Bürgersteig. So wie jetzt. Dass ihn dabei immer wieder Passanten beschimpften, ältere Herrschaften und besorgte Mütter, nahm er mit einer Mischung aus schlechtem Gewissen und dem Hochmut des Schnelleren billigend in Kauf.

Das modische Fahrrad verfügte weder über eine Gangschaltung noch über eine Bremse und wurde deshalb mit Vorliebe von lebensmüden, unter Knebelverträgen leidenden Fahrradkurieren gefahren. Es war Till auf eBay ins Netz gegangen.

Er konnte ganze Tage am Computer in diesem virtuellen Ramschladen verbringen. Dinge suchen, finden, stets viel zu niedrige Angebote abgeben und sich dann freuen, dass er diesen Plunder doch nicht kaufen musste.

Bei dem erbsengrünen Rennrad war das anders gewesen, das brauchte er dringend, das wusste er sofort. Ein paar Tage zuvor war ihm vor der Dönerbude sein solides Hollandrad geklaut worden. Für drei Minuten nur hatte er es an eine Linde gelehnt, schon hatte sich das Fahrrad im Smog des Berliner Berufsverkehrs aufgelöst. Der Raub hatte seinen Glauben in seine wohlbehütete Wohngegend zutiefst erschüttert. Wo lebte man denn bitte, wenn man fünfzehn Jahre alte Gazelle Räder nicht mehr für einen Imbiss aus den Augen lassen durfte? Und was hieß das für den Schulweg seiner Kinder und die Sicherheit seines Mikrokosmos?

Das Fixie, das aufgrund der auffallend hässlichen Farbe keine weiteren Kaufinteressierten gefunden hatte, war für einen bemerkenswert niedrigen Preis in Tills Besitz übergegangen und sofort zu seinem absoluten Lieblingsspielzeug avanciert.

Zunächst hatte ihn die Frage beschäftigt, wie er Jan die Sache mit den fehlenden Bremsen erklären sollte, aber dann hatte er sich an die Helmdiskussion erinnert.

»Wieso tragt ihr eigentlich keine Helme, und ich darf ohne dieses Ding noch nicht einmal zum Vietnamesen radeln und Brötchen holen?«, hatte Jan Marlies gefragt.

»Weißt du, auf uns kommt es hier nicht mehr an«, hatte die geantwortet. »Für uns ist die Sache auf diesem Planeten quasi gelaufen. Aber du, du kannst noch Großes bewegen.« Was den Sohn dazu bewog, seinen Helm unterm Kinn noch etwas fester zu ziehen und niemals nach einem Rennrad mit viel zu dünnen Reifen und ohne Bremsen zu fragen.

»Kinder sind CDU«, das hatte mal ein befreundeter Journalist zu ihm gesagt, der schwul und kinderlos und daher auf eine sehr souveräne Weise mit Weitsicht geschlagen war.

Till sauste die Greifswalder Straße in Richtung Alex und dann weiter die dreispurige Leipziger Straße entlang. Die Strecke vom behaglichen Bötzowviertel zum gesichtslosen Potsdamer Platz war, genau genommen, eine Tortur. Die in die Stadt gehauenen, grauen Magistralen mit den farblosen Plattenbauten machten ihm schlechte Laune und manchmal sogar so etwas wie Angst. Hinter jedem Fenster wohnen Menschen – kaum vorstellbar. Fuhr er dann später am Abend, meist deutlich langsamer, wieder heim und blickte neugierig an diesen Häusern hoch, schaute er in die wenigen noch hell erleuchteten Fenster. Er sah Teile von braunen Schrankwänden, vergilbte Hängelampen, Ausschnitte von violett beleuchteten Aquarien und zerschlissene Gardinen, Nippes, Kakteen und Trockenblumen, grelle Plakate, verrutschte Fahnen und Wimpel, Teddys und sinnfreie Wohnelemente wie Windspiele und Lavalampen. Aber eines hatten fast alle diese Buden gemein: Es herrschte in ihnen eine ganz unsägliche Lichtstimmung, die es einem schwer machte zu glauben, dass man hier einen Blick in die sorgsam umhegten nächtlichen Rückzugsorte müder Menschen warf und nicht in die Verhörkammern perfider Geheimdienste weit entfernter Bananenrepubliken.

Stell dir vor, du müsstest in einer dieser Wohnungen leben, zusammen mit der Frau, die diese Porzellanpuppen in Harlekinkostümen sammelt und die vor der Fototapete – überdimensionale Pusteblumen auf grün-orangen Streifen – noch zu später Stunde Patiencen legt. Till spielte gerne dieses Spiel mit sich selbst: Welches Fenster würdest du wählen, wenn du gezwungen wärst, ausgerechnet hier zu leben? Er spielte es an Ausfallstraßen, in Bahnhofsgegenden, aber auch in entlegenen Bergdörfern oder in Villenvororten. Dabei kam er regelmäßig ins Grübeln.

Welchem Zufall hatte er die exakten Umstände seines Lebens zu verdanken? Und wie wäre alles gekommen, wenn Linda während der Skifreizeit in Bad Ischl 1987 seinen Kuss erwidert hätte? Wenn er zum Bund eingezogen worden wäre? Wenn er in der Nacht, bevor er Marlies traf, nicht zu krank gewesen wäre, um an Weihnachten seine Eltern zu besuchen, wie ursprünglich geplant? Er konnte Stunden damit verbringen, sich vorzustellen, welches Ereignis sich ohne eine vermeintlich nebensächliche Entscheidung nie zugetragen hätte. Zufälle wie die, sich nach dem Sport noch einen Energiedrink zu gönnen oder zu Fuß nach Hause zu gehen, anstatt den Bus zu nehmen. Man konnte von einer Bombe in Stücke gerissen werden, wenn man am falschen Tag in einer beliebigen Disco tanzen wollte, oder überraschend Vater werden, wenn man in die falsche Besenkammer geriet. Gern würde er einmal ein festes Garn am Anfang dieses Gedankenlabyrinths festbinden und dann den ganzen Weg bis hin zu dem Minotaurus seines eigenen Schicksals abwickeln. Denn so war es doch: Man kam per Zufall in die tollsten Situationen, aber selten wieder beiläufig aus einem Schlamassel heraus.

Vor dem Hintereingang des Musicaltheaters hantierte Till in der Hocke an seinem schweren Fahrradschloss, einer Kette, die mehr wog als das zu sichernde Objekt, und schloss das Rad an einen Laternenmast an. Dabei musste er sich unter den orangenen Mülleimer ducken, auf den die Berliner Stadtreinigung in großen weißen Lettern einen dieser flotten Werbesprüche geklebt hatte: »Corpus für alle Delicti.«

»Sach mal, zieh dir mal die Buxe hoch, man kann dir ja voll Rohr in die Kimme gucken.« Jost stand direkt neben ihm und schwang seinen Bass lässig hin und her, als käme er von einem Straßenkonzert aus der nächstbesten Unterführung. Er rauchte, die Kippe zwischen Daumen und Zeigefinger ins Innere der Handfläche haltend, eine filterlose Zigarette. Jost trug eine dünne, aralblaue

Trainingsjacke mit Kapuze unter einem alten grauen Leinenjackett, eine betont enge Anzughose und dazu Adidas-Turnschuhe, deren Verfallsdatum schon vor Jahren abgelaufen war. Aus seiner rechten Jackentasche ragte der Hals einer flachen grünen Flasche.

Till schaute von unten an Jost hoch und stellte mal wieder nicht ganz neidlos fest, dass noch der letzte fadenscheinige Fummel an seinem Freund cool und lässig aussah, wohingegen er immer so wirkte, als hätte er sich am Kleiderschrank seines zehnjährigen Sohns bedient. Es war Josts hochgewachsener, schlaksiger, fast magerer Körper, der die Klamotten so wirken ließ, als hätte er sie sich nur provisorisch übergeworfen. Josts Frisur war seit zwanzig Jahren unverändert: feines blondes Haar, halb lang, mit einem schräg geschnittenen Pony, den er von Zeit zu Zeit hochpustete, wie das früher schon ihre gemeinsamen Klassenkameradinnen auf der Gesamtschule zu tun pflegten. So lange er Jost kannte, hatte sein Haar noch nie frisch geschnitten oder frisch gewaschen ausgesehen. Trotzdem waren in der Schule die hübschesten und sportlichsten Mädchen auf ihn geflogen, und auch heute immer noch die schärfsten Frauen.

»Und du stinkst wie 'ne Bahnhofskneipe nachts um halb drei«, sagte Till, erhob sich, nachdem das Schloss endlich eingerastet war, und stieß sich den Kopf an der scharfen Unterkante des Mülleimers.

Für eine Sekunde wurde es ihm schwarz vor Augen, und er spürte, wie ihm die Tränen in die Augen schossen. Warum durfte er, nur weil er ein Mann war, nicht einfach mal losheulen? Ein Rätsel. Ihm war heute schon den ganzen Tag zum Weinen zumute.

»Lass mal gucken«, sagte Jost plötzlich besorgt, trat seine Zigarette aus und fummelte zutraulich mit seinen gelben Nikotinfingern in Tills braunen Locken herum.

»Pfoten weg!« Till verscheuchte Josts Hand wie einen Schwarm lästiger Fliegen, hob die Gitarre vom Boden auf, zog sich die Jeans hoch und machte einen Schritt in Richtung der breiten Eisentür mit der Aufschrift *Bühneneingang*.

Dahinter tat sich ein nackter Betonflur auf, ein lindgrün gestrichener Schacht in stechend heller Neonbeleuchtung. Dass man sich hier in einem Theater befand, war nicht zu spüren, genauso gut hätte man im Kellergeschoss eines Parkhauses oder im Inneren eines Atomkraftwerks umherirren können. Seit vier Jahren schon war Till gezwungen, regelmäßig diesen Flur zu passieren. Bereits als er das erste Mal die Umkleide gesucht hatte, war ihm die Schlusssequenz aus »Dead Man Walking« eingefallen. Seitdem hatte er hier keinen einzigen Arbeitseinsatz geschoben, der ihm nicht wie der Gang zu einer gut vorbereiteten Hinrichtung vorgekommen wäre. Jost hingegen schlenderte in seinem federnden Gang neben ihm her und plapperte unbeschwert irgendetwas von einer heißen Braut – er benutzte mit über vierzig tatsächlich immer noch diese albernen Schulhofausdrücke –, die er gestern in einem Rockabilly-Schuppen klargemacht hatte.

»So ein appetitlicher Bunny, Typus Olivia, die schwarzhaarige Frau von Popeye.« Über und über mit buntem Obst tätowiert: Bananen im Ausschnitt, Himbeeren um die Brustwarzen, Weintraubenranken bis zum Nabel und saftige Walderdbeerenbeete links und rechts direkt neben der Pflaume.

»Mensch, hör auf, mir so 'nen Mist zu erzählen.« Dabei konnte Till sich das Lachen nicht verkneifen. Niemand konnte einen solchen Chauvischeiß so charmant erzählen wie Jost.

»Nun grinst er wieder, der traurige Bernhardiner«, bemerkte Jost zufrieden.

In den Umkleideräumen war eine ihnen unbekannte Praktikantin damit beschäftigt, die weinroten Anzüge der Bandmitglieder mit einer Fusselbürste zu bearbeiten. Als Till und Jost eintraten, setzte sie grußlos ihre Arbeit fort. Ansonsten war die Garderobe menschenleer. Die meisten Musiker waren erst seit kurzer Zeit Mitglieder des ständig wechselnden Ensembles und nutzten die letzte Stunde vor dem Auftritt zu einer finalen Probe. Till und Jost hätte man hingegen aus tiefstem Nachtschlaf reißen und mit der Ansage »Dreiundzwanzigste Minute, zwölf Sekunden« punktgenau zum Einsatz bringen können. Sie erschienen immer erst auf den letzten Drücker. Heidi, die maskuline Maskenbildnerin, brachte das regelmäßig auf die Palme, aber genau genommen bestand ihre Aufgabe nur darin, einmal kurz in den Pomadetopf zu greifen, die Musikerhaare aus dem Gesicht zu striegeln und flüchtig mit der Puderquaste über ihre Nasen zu feudeln.

Eigentlich kein großes Ding und auch in wenigen Minuten zu machen, aber Heidi nahm ihr Zuspätkommen als Zeichen mangelnden Respekts vor ihrem Berufsstand. So nach dem Motto, auf die Make-up-Tube drücken kann doch jeder, und das gab Heidis konstant schlechter Laune Futter. Jost warf sich in einen der Schminksessel vor den mit Glühbirnen umrandeten Spiegeln und ließ seine Beine über eine Sessellehne baumeln. Till suchte währenddessen nach seinem verhassten Polyesteranzug.

»Na Mädels, auch schon da?«, begrüßte Heidi die beiden Nachzügler grimmig.

»Ach Süße, sei doch nicht immer so streng zu uns«, flötete Jost und setzte sich artig auf. »Sag mal, kennste den schon: Was machen drei schwule Männer mit einer Lesbe?«

Heidi stellte sich kerzengerade hinter Josts Sessel, nahm den Frisierumhang zwischen beide Hände und warf ihn wie einen Strick um seinen Hals.

»Klar, mein Häschen«, brummte sie mit ihrer tiefen Raucherstimme. »Zwei halten sie fest, und einer macht ihr die Haare. Und wenn du nicht aufpasst, dann legt dir so bald keiner mehr das

Haar.« Dabei zog Heidi den Umhang fester, bis Jost theatralisch röchelte und mit beiden Händen in die Schlinge griff.

Ohne Jost wäre ich schon längst arbeitslos, dachte Till. Wie einfach alles sein konnte, wenn man über ein sonniges Gemüt verfügte. In Ermangelung eines solchen blieb Till nichts anderes übrig, als sich an seinen alten Schulfreund zu klammern. Es war Jost gewesen, der ihm den Job beim Musical besorgt hatte. Tills Dozentur an der Musikhochschule war gerade ausgelaufen, und er drohte wieder einmal, in eines der ihm allzu bekannten schwarzen Löcher zu fallen, als Jost bei ihm mit einem Zeitungsausschnitt angerückt kam. *Konzertmusiker für Musical gesucht.*

Zunächst hatte er sich geweigert, hatte sich sogar, ganz gegen sein phlegmatisches Naturell, richtig aufgeregt und Jost einen Verräter genannt. »Bei so einem Butterfahrtklamauk willst du anheuern? Musical allein ist ja schon schlimm genug, aber dann auch noch so eines. Ich soll hier in Berlin täglich die Gassenhauer von einer deutschen Rock-und-Pop-Legende spielen, in dessen Abwesenheit? Während der als Rentner in Hamburg an der Außenalster die Geldscheine zählt und mit Onkel Dagobert in die Wanne steigt, soll ich mir jeden Abend einen Wolf spielen? Mensch Jost, dir muss ich das doch nicht sagen, dafür haben wir doch nicht jahrelang Gigs in den letzten Kaschemmen und dreckigsten Bars hingelegt, um dann so zu enden. Bitte sag mir, dass das nicht wahr ist.«

Aber stattdessen klärte ihn der Freund darüber auf, wie hoch die Abendgage war und damit ihr monatliches Einkommen. Zwei Tage später spielten sie einem kleinen Mann in schwarzem Rollkragenpullover mit Intellektuellenbrille die Lieblingssongs ihrer älteren Mitschüler vor.

Beide hatten nicht gerade ein Faible für deutsche Rockmusik, und der Trubel der Wiedervereinigung war in ihren eigenen Pubertätswirren untergegangen. Daher hatte es sie anfänglich erstaunt, wie viele Menschen dieses Musical fortwährend sehen wollten – und wie glücklich sie dieses Stück machte.

Als die beiden nun in ihren Auftrittskostümen den hinteren Teil der noch verdunkelten und mit mehreren Vorhängen abgetrennten Bühne betraten, hatte sich der Saal bereits gefüllt, und die gespannte Vorfreude des Publikums war wie immer als Raumelektrizität zu spüren. Das Theater hatte gigantische Ausmaße. Die Tribünen verliefen über fünf großzügig angelegte und stufenweise versetzte Stockwerke. Aus der Perspektive der Musiker erschien der Zuschauersaal wie die Rückseite eines grundsanierten Maya-Tempels. Auf den Rängen herrschte Gemurmel und geschäftiges Gewusel.

Auf dem Bühnenboden zeigten kleine Kreuze aus schwarzem Gaffer Tape die Position der Musiker an. Till musste schon lange nicht mehr auf das Parkett schauen: Er stand ganz rechts außen, sodass er auch während der Bühnenshow im gleißenden Scheinwerferlicht nur wenige Male für das Publikum zu sehen war. Neben ihm stand die zweite Klarinette. Sie hieß entweder Klaus oder Sina. Heute war Sinas Abend. Sie unterhielt sich angeregt mit der Altflöte, deren Namen sich Till nie merken konnte. Die Intensität, mit der sie sich in das Gespräch vertieft gab, war schlecht geschauspielert. Till kam sich vor wie früher auf dem Schulhof, wenn die angesagten Jungs in kleinen Gruppen zusammenstanden und rauchten und die begehrenswerten Mädchen verschwörerisch kicherten. Da er noch nie ein Draufgänger gewesen war, hatten bei ihm immer alle weggeschaut, wenn er vorbeiging. Erst als Jost aus Eckernförde nach Kiel gezogen war und vom Biolehrer neben Till gesetzt wurde, endete sein Schattendasein.

Auf der Bühne war Jost auf einem der begehrten mittleren Plätze gelandet, zu weit weg für Till, um sich in den letzten Minuten mit seinen Sprüchen ablenken zu können. Mit der Zeit hatte die Routine das Lampenfieber, unter dem Till sein Musikerleben lang litt, erträglich gemacht, war aber doch nie ganz verschwunden. Am Anfang seiner Musicalzeit nahm er die Lieder noch als peinigende Ohrwürmer mit nach Hause. Er summte sie zwanghaft beim Einkaufen und unter der Dusche und wurde morgens von den flotten Paarreimen aus dem Schlaf gerissen. Aber mit der Zeit hatten sich die Texte und Melodien in ihrer Dauerschleife totgenudelt.

Während er so tat, als ob er noch einmal seine Gitarre stimmte und grundlos den Gurt überprüfte, wagte er noch einmal einen kurzen Blick zur Seite. Bei jedem Zusammentreffen mit Sina kostete es ihn Überwindung, sie zu grüßen, aber er brachte das jetzt besser schnell hinter sich, sonst konnte er sich noch schlechter konzentrieren als ohnehin schon. Ein kurzes, unbeschwert scheinendes Lächeln huschte über ihr Gesicht, und er deutete so etwas wie ein zaghaftes Winken an.

Für einen Moment war es stockfinster im Saal, und das soeben noch lärmende Publikum wurde andächtig still. Ein Trommelwirbel brauste auf. Dann erschallte die überdrehte Stimme des Conférenciers. Mit dem einsetzenden Scheinwerferlicht entbrannte auch der vorauszusehende, frenetische Applaus. Er galt dem Star von gestern, der in einer Entfernung von zweihundert Kilometer Luftlinie vielleicht gerade lässig an einer Hotelbar lehnte und sich den dritten Eierlikör des Abends genehmigte. »Hallo-Hallöchen-Hallo.«

DREI

Als Kind hatte Marlies die gleiche Angst vorm Alleinsein gehabt wie vor den haarigen Spinnen in der sandigen Kartoffelkiste ihrer Großmutter oder vor dem stummen Irren, der von Zeit zu Zeit in der Grünanlage, hinter dem schwarzrußigen Kriegerdenkmal, die Hose herunterließ.

»Allein zu sein ist etwas anderes, als einsam zu sein«, hatte ihre Mutter immer behauptet, die es wissen musste. Sie war zeitlebens beides gewesen. Marlies hatte keine Geschwister, und Gisela hatte sie ohne Mann aufziehen müssen. Der Vater, ein Neapolitaner mit aus der Stirn gekämmter Lockenpracht, war nur als mit der Zeit immer stärker vergilbendes Kodakfoto im Wechselrahmen auf dem Fensterbrett des Wohnzimmers präsent gewesen. *Giselle* habe er sie genannt, so viel und nicht viel mehr hatte Gisela ihrer Tochter hin und wieder erzählt. Komisch, *Giselle*, war das nicht französisch? »Er tanzte nur einen Sommer«, seufzte ihre Mutter immer mal wieder mit Blick auf ihre Ferienliebe. Und wenn ihr etwas an Marlies' Verhalten verquer oder gar renitent erschien, dann bemerkte sie: »Krause Haare, krauser Sinn, das macht die Hitze des Vesuvs« – aber damit hatte es sich dann auch schon. Mit dem Vater verhielt es sich ähnlich wie mit einer verborgenen Leidenschaft oder einer Sucht: Das Ganze war Gisela nur noch peinlich.

Kaum war Till verschwunden, die Küche gewienert und die Wohnung still und leer, breitete sich eine unbeschwerte Freude in Marlies aus, geradezu ein Überschwang, als gälte es, in einem

Schlauchboot mit Rückenwind neue Kontinente zu erobern. Das Gefühl erinnerte sie an die beglückenden Momente, in denen sie in der Mittelstufe während des Unterrichts allein auf den Korridoren des Gymnasiums unterwegs gewesen war. Durch die großen Kippfenster der verschachtelten Laubengänge konnte sie damals die Schüler in den fremden Klassenräumen beobachten, wie sie in ihren Bankreihen folgsam dem Lehrer lauschten, während sie, Marlies, ihre geborgte Freiheit genoss. Sie bummelte dann auf den Schulfluren herum, streichelte die festen kleinen Blätter der Fetten Hennen, diese ewig verstaubten, ungeliebten Gummibäume auf den Fenstersimsen, für die in den großen Ferien stets mühsam *Paten* gefunden werden mussten. Wie anders die Stimmung doch auf den Treppen war, wie erhebend sogar der Aufenthalt auf den Toiletten, wenn man sich dort nur allein befand und die vierhundert Mitschüler in ihre Klassenzimmer verbannt waren. »Gepinkelt wird zu Hause oder in der Pause.«

So hielt Gisela es bei sich und ihren Schülern im Altsprachlichen Gymnasium. Sie ließ solche Extratouren in ihrer Schule gar nicht erst einreißen.

Marlies ging ins Schlafzimmer, zog sich aus und nahm aus Tills Kleiderschrankseite eines der wenigen Oberhemden, ein verschlissenes weißes Exemplar, das ihr bis zur Mitte der Oberschenkel reichte. Zufrieden betrachtete sie sich in dem hohen Spiegel, den Till einmal unter grässlichen Flüchen gegenüber dem Bett in der morschen Altbauwand befestigt hatte. Es hatte eine Zeit gegeben, in der es ihm große Freude bereitete, die Geschehnisse im Ehebett aus unterschiedlichen Perspektiven zu beobachten. Dass Marlies ihm jedoch das Hantieren mit der Bohrmaschine stets ganz allein überließ, empfand er in Anbetracht der Errungenschaften der wechselseitigen Emanzipation als Zumutung.

Till war mit einem handwerklichen Ungeschick geschlagen, das jede Form von Heimhandwerk zu einer persönlichen Erniedrigung machte. Vor Kurzem erst hatte er versucht, im Mauerwerk des Schlafzimmers ein Seil für einen lichtundurchlässigen Vorhang zu befestigen. Aufgrund der porösen Wandbeschaffenheit hatte sich das Ding aber einfach nicht straff spannen lassen, und wieder war das Ende dieser Unternehmung ein Wutanfall des sonst so stillen Till gewesen, mit Gebrüll und in die Zimmermitte geworfener Bohrmaschine.

Marlies nahm sich eine Dose Bier aus dem Kühlschrank.

Die Sonne schien tief durch das schon lange nicht mehr geputzte Fenster der Balkontür. Ein opaker Schleier, eine trapezförmige Ansammlung schwebender Staubkörner lag diagonal im Raum.

Mit der Bierdose in der Hand spazierte Marlies durch die Wohnung. Oben rechts, in ihrem winzigen Arbeitszimmer mit der flachen Dachschräge, stapelten sich auf dem Schreibtisch, der zwei Drittel des Raums einnahm, stoßgenau aufeinandergelegt und exakt im rechten Winkel zueinander angeordnet Blätter, Hefter, Zeitschriften und Fachbücher. Im Bücherregal hatten sich die Ordner der Buchhaltung und Versicherungen breitgemacht und die Romane und Bildbände beinahe ganz verdrängt. Bücherstapel auf dem Fußboden bildeten eine halbhohe, wackelige Mauer, vom Regal bis zur Tür.

An die freie Wand neben dem Tisch hatte Marlies mit Heftzwecken die Kunstwerke ihrer Kinder gepinnt. Von der ersten Bleistiftzeichnung »Kopffüßler ohne Füße« bis hin zum dreistöckigen Feenschloss in dick aufgetragenen Glitzerfarben waren so gut wie alle Sujets, Malstile und Techniken vorhanden. Marlies hatte die Bilder mit Datum und den von den zwei Künstlern angegebenen Titeln versehen. Auf dem Fensterbrett tummelten sich Kastanienmännchen und eine Weihnachtskrippe, deren Protagonisten aus Klopapierrollen und pastellfarbenen Wattebäuschchen gebastelt waren.

Vor ein paar Wochen hatte Marlies ganz unerwartet gegen den Drang ankämpfen müssen, alle Kinderbilder von der Wand zu reißen. Beim Friseur war ihr eine Interieur-Zeitschrift mit den neuen Wandfarben des Frühjahrs und einem Special zu asiatischen Designobjekten in die Hand gefallen.

Warum nur veränderte sich ihre Wohnung zunehmend in eine Art Waldorf-Kindergarten, mit abgeschabtem Mobiliar und bunten Plastikbechern?

Und wenn sie so an sich herabschaute, dann musste sie feststellen, dass auch ihre optische Erscheinung eine ganz ähnliche Verwandlung in Richtung Kinderkompatibilität mitgemacht hatte.

Es musste doch möglich sein, auch mit Kindern einen halbwegs formstrengen Lebensstil zu pflegen. Natürlich wusste Marlies, dass niemand sie zur Wachstuchtischdecke und Windjacke gezwungen hatte. In ihrer Anfangszeit als Mutter hatte es Marlies sogar Freude bereitet, sich mit Objekten wie Maxi-Cosi-Autositzen und Baby-Björn-Kindertragen zu umgeben, die unter Lifestyle-Aspekten immer schon zweifelhaft gewesen waren. Sie hatte sich pudelwohl gefühlt in diesen Familienstereotypen.

Marlies hatte damals auch den Prenzlauer-Berg-Unisexlook für Vati und Mutti übernommen, Turnschuhe, Jeans und quer umgehängte Plattentaschen - bis heute sahen hier immer noch viele so aus. Von hinten waren Weibchen und Männchen kaum auszumachen - von vorne wurde die Unterscheidung seit Neuestem durch den modischen Vollbart der Jungmänner vereinfacht. Die meisten Frauen wirkten mit ihrem praktischen Kurzhaarschnitt oder dem Knödeldutt auf dem Kopf so, als hätten sie während der Regenzeit täglich mehrmals unwägbare Canyons oder Wildwasserschneisen im Amazonasgebiet zu durchqueren.

Das erste Geschenk von Ralf war ein Paar Louboutins gewesen. Die Pumps standen in seinem Schrank, in dem er auch die filigrane Unterwäsche aufbewahrte, die seiner Meinung nach dazu getragen werden sollte. Marlies schaffte auf den zwölf Zentimetern exakt die Strecke zwischen Couch und Bett. Ein wenig Chic wäre eigentlich auch im Alltag nicht schlecht.

Nur wo anfangen? Einen Satz Tangas hatte sie sich schon gekauft, als sie bemerkt hatte, dass die Gummizüge der alten Unterhosen seit Neustem diagonale Rillen in ihren Pobacken hinterließen. Ab vierzig trägt man einfach keine Hosen mehr, hatte ihre dicke Freundin Heike dazu bemerkt. Warum das Augenmerk der wenigen Männer, die einem noch nachschauen, gerade auf den kritischsten Punkt am Körper lenken?

Kleider besaß Marlies nicht, weil sie zu denen keine Schuhe hatte und keine Handtasche, auch kein einziges Paar passender Strümpfe. Überhaupt Nylonstrümpfe – trug man da gerade opak oder durchsichtig? Hautfarbene oder schwarze? Mann, war das alles kompliziert. Aber so ging es an ihr nicht mehr weiter, und in der Bude erst recht nicht.

Wie sehnte sie sich plötzlich nach einem Erwachsenenhaushalt, nach Eleganz anstelle von Bequemlichkeit, nach einem gewissen Stil, zu dessen Gunsten sie gerne etwas Gemütlichkeit geopfert hätte. In ihrem Arbeitszimmer wollte sie mit der Umgestaltung beginnen.

Sie kaufte zwei schöne große Kladden für die Kinderzeichnungen. Eine rote für Anni, eine grüne für Jan. Doch als sie, auf dem Boden kauernd, damit begann, die ersten Bilder nach Zeitabschnitten zu sortieren, hatte auf einmal ihr Sohn mit verschränkten Armen hinter ihr gestanden. Sie sah, wie seine Unterlippe zu zittern begann und der Wasserstand in seinen Augen anstieg – dann war er davongestürmt. Als sie abends ihre Kinder ins Bett brachte, erzählte sie Jan von den schönen großen Mappen, in denen sie seine und Annis Bilder aufbewahren wollte.

Darauf hatte er sich von ihr abgewendet und den Gutenachtkuss verweigert. Als Marlies das Licht ausschaltete und aus dem

Kinderzimmer ging, hatte er sie noch einmal gerufen. »Marlies?«, so, als wäre er sich nicht sicher, ob sie ihn hören konnte. »Marlies, der Fanti, der erinnert mich immer an dich und an das Krankenhaus, in dem ich die Mandeln rausbekommen habe. Weißt du noch? Der hat plötzlich in meinem Bett gelegen, als ich aufgewacht bin. Den werde ich nie weggeben und auch nicht auf den Schrank stellen. Der soll in meinem Bett schlafen und mich für immer an dich erinnern.«

Ja, an den Tag, an dem sie Jan den Plüschelefanten gekauft und ihn in sein Krankenhausbett gelegt hatte, als sie darauf wartete, dass er aus der Narkose erwachte, würde Marlies sich wohl immer erinnern. So gut wie an die Mutterängste, mit denen sie gleichzeitig zu kämpfen hatte. Was konnte selbst bei einer harmlosen Operation nicht alles schieflaufen? Und was Jan ihr damit sagen wollte, wusste sie auch.

Noch am selben Abend hatte sie in ihrem Arbeitszimmer überlegt, welches Bild wohl an welcher Stelle gehangen hatte. Dann hatte sie die Dose mit den Reißzwecken genommen und sie alle wieder an ihren alten Platz gepinnt.

In der Küche zerdrückte sie die leere Bierdose mit der rechten Hand, was sie an Clint Eastwood in einem ihrer Lieblingsfilme erinnerte. In letzter Zeit befand sie sich häufig in einer Stimmung, in der sie ständig hätte grimmig knurren und mit dem Kiefer mahlen können. Sie warf die Dose in den ordentlich getrennten Müll und holte sich ein neues Bier aus dem Kühlschrank.

Marlies schaute aus dem Küchenfenster und sah, wie Anni und Carla unten im Hof neben dem Sandkasten mit dem Viermannzelt kämpften. Carla kroch wie ein Maulwurf in dem schlappen Zelt umher, während Anni auf ihrer Unterlippe kaute und versuchte, die Zeltstangen zusammenzustecken. Bisher hatten die beiden es noch nicht einmal geschafft, die Heringe krumm zu hauen. Wenn das in diesem Tempo voranging, würden sie nicht vor Mitternacht auf ihren Luftmatratzen landen.

Kurz bevor Jan letzte Woche auf Klassenfahrt an die Mosel gefahren war, hatte Anni auf der Straße ein langes, rot-weiß gestreiftes Absperrband gefunden. Jan hatte damit das ohnehin nicht sehr geräumige Kinderzimmer in zwei genau gleich schmale Hälften geteilt. Die Wohnsituation von Anni und Jan konnte man durchaus nicht als artgerechte Kinderhaltung bezeichnen. Jan befand sich, seitdem er reden und laufen konnte, im Dauerstreit mit seiner Schwester. Furchtbare Qualen litt er wegen ihrer Unordnung und ihren widerwärtigen Hobbys, wozu das Züchten von Amphibien zählte und das eines Sauerteigs mit Namen *Hermann*, der in einem schleimigen Gefäß lebte. Ihre Versuche, einige der Fleischstückchen des letzten Fondue-Abends in Coca-Cola zu zersetzen oder einem Apfel bei seiner Verwesung in einem dicht verschlossenen Einmachglas zuzuschauen, verursachten bei ihm dieselbe Übelkeit wie die Erzeugnisse aus Annies Experimentierkasten »Parfüm zum Selbermachen«, mit denen sie sich allmorgendlich eindieselte.

Anni bezeichnete sich selbst als Sachensucherin. Sie konnte so gut wie alles gebrauchen, was irgendwo herumlag. Inzwischen konnte sie sich in ihrer Zimmerhälfte kaum mehr einen Weg durch all die vielen wichtigen Besitztümer zu ihrem Bett bahnen. Seit den paar Tagen, die ihr Bruder fort war, hatte sich der Unrat auch schon wieder ganz gewaltig auf Jans penibel geordneter Seite ausgebreitet.

So ging es nicht weiter. Marlies versuchte, die versprengten Besitztümer mit der Fußkante unter dem Band hindurch wieder in Annis Terrain zu schieben. Auf Jans Seite standen nun seine vielen Bücher und Comics und auch die Lexika und *Gewusst-wie*-Bände fein säuberlich neben den ordentlich aufgestellten Actionfiguren und einer stattlichen Batterie Männchen machender Plastikdinosauriern. Am Morgen vor der Klassenfahrt hatte er wie immer sein Bett gemacht und dem aufgestellten Kopfkissen noch einen Knick mit der Handkante verpasst. In einer kleinen Truhe bewahrte Jan sein altes Kinderspielzeug auf, mit dem er nicht mehr spielte. Für später, für seine Kinder, wie er den Eltern einmal erklärt hatte.

»Der Junge ist komisch«, hatte Till dazu gesagt, als wäre ihm das erst jetzt aufgefallen, dabei war Jan von Geburt an *anders*, wie Marlies manchmal mit einem gewissen Mutterstolz bemerkte. Eben ganz ihr Kind: ordentlich wie sie und sentimental wie Till.

Seiner Schwester hatte Jan einmal sehr detailliert erzählt, wie sie im Krankenhaus vertauscht worden war. Die Eltern hätten dann aber lieber irgendein Kind als gar keins mit nach Hause nehmen wollen, bis heute aber würden sie dieses Familiengeheimnis vor ihr geheim halten.

»Schau dich mal an«, hatte er gesagt. »Du bist dick, ich bin dünn, ich habe eine Brille und du nicht, ich bin blond, du hast so dunkelbeige oder eher graue Haare, keine Ahnung, wie man diese Haarfarbe nennen soll. Ich bin schlau, und du bist dumm. Du isst Fleisch von kranken Tieren, und ich bin Vegetarier, du hast nicht die Ruhe, ein Buch zu lesen, und ich habe schon zwei Kriminalromane geschrieben. Noch dazu gehe ich bald in der Fünften aufs Gymnasium, und für dich finden Till und Marlies noch nicht einmal nach der Sechsten eine Gesamtschule, die dich haben will, sobald dich der Direktor erst einmal gesehen hat. So unterschiedlich können doch keine Geschwister sein.«

Gerade hatte Anni begonnen, sich Sorgen zu machen, als ihr noch rechtzeitig einfiel, dass sie ja eine Hausgeburt gewesen war – ungeplant und spontan, zwei Wochen vor dem Geburtstermin. Auf dem Berberteppich vor dem Sofa sah man immer noch die Umrisse eines Fleckens, der von der »Schweinerei«, wie Marlies sich ausdrückte, zurückgeblieben war.

Marlies stand noch ein wenig im Flur, unschlüssig, was sie nun mit dem Rest des Sommerabends anstellen sollte. Das Bier tat seine Wirkung, die Hände kribbelten angenehm, und in Gedanken hatte sie ein intensives Gespräch mit sich selbst begonnen.

Wo war eigentlich ihr Handy? In der hinteren Tasche ihrer Jeans, die noch im Wohnzimmer lag. Eigentlich wollte sie das Telefon ja nicht mehr in die Gesäßtasche stecken, seit ihr letztes iPhone beim Italiener um die Ecke in die Schüssel geplumpst war. Was machte man da eigentlich? Das Ganze hatte sie in einen gehörigen Gewissenskonflikt gestürzt. Musste man seinen Elektromüll aus einem fremden Wasserklosett entfernen?

Sie schaute auf dem Display des neuen Handys nach dem grünen Kästchen mit der weißen Sprechblase. Beim Anblick der weißen Drei auf rotem Grund in der rechten oberen Ecke hüpfte ihr Herz einmal kurz auf. Schnell mal schauen: Ja, yippie yeah, alle drei Nachrichten von Ralf. Sie würde sie jetzt noch nicht lesen, sie wollte sie sich noch ein wenig aufheben, wie als Kind die leckere weiße Füllung der Kinderschokolade, nachdem sie die eklige Vollmilchummantelung der Riegel abgenagt hatte.

Sie öffnete die Weißweinflasche und goss ein großes Rotweinglas fast randvoll. Huch, das war ja nun fast die halbe Flasche. Macht nichts, so gab es wenigstens einen Plan für den Abend.

Marlies schlang sich die Wolldecke um und machte es sich auf der Sonnenliege auf dem Balkon bequem. Sie sah die funkelnde Spitze des Fernsehturms und in einen rosa und hellblau gestreiften Abendhimmel.

Wie gern hätte sie jetzt eine Zigarette geraucht. Das tat sie nun manchmal wieder auf Partys oder mit Freundinnen. Sie hatte aber wohlweislich – wehret den Anfängen – keine zu Hause. Ach, wie vernünftig.

Aber sie hatte überhaupt keine Lust mehr, vernünftig zu sein. Apropos, was hatte Ralf denn nun geschrieben?

Nachricht Nummer eins: »An dich denken so wie jetzt.«

Ach du liebes bisschen! Das hörte sich an wie ein Zitat aus irgendeinem Kitschgedicht. Ob Ralf Gedichte las? Gespräche über Literatur und Kunst drängten sich in den wenigen gemeinsamen Stunden mit Ralf nicht gerade auf.

Nachricht Nummer zwei: »Von fünfundzwanzig Popos in Sporthöschen vor mir, ist doch keiner so süß wie deiner unter mir!«

Schon besser, das waren die Art von Nachrichten, die sie erwartete. Besser gesagt, die sie bestellt hatte. Gleich zu Beginn – ja, wie nannte man das nur, anstatt einfallslos und abgehalftert *Affäre* – hatte sie Ralf gebeten, sich doch ein wenig gegenseitig feiern zu wollen. Er wirkte wie jemand, der sich in Beziehungen recht schnell gemütlich einrichtete, was nicht zu der Amour fou passen wollte, die sie sich von ihm erhoffte.

Nachricht Nummer drei: »Ich hab so Sehnsucht nach dir, wann sehen wir uns endlich?«

Okay. Sehnsucht, das war das funkelnde Stichwort. Was ganz genau damit gemeint war, wer wusste das schon? Das Unbestimmte war damit gut ausgedrückt. Und auch das Unmögliche.

»Was soll nur aus uns werden?«, hatte Ralf schon in der ersten Nacht gefragt. Na, was wohl? Nichts! Das *uns* kam ihr absurd vor – und deshalb war es genau das, was sie dringend brauchte.

»Ich begehre dich mehr, als ich jemals irgendeine andere Frau begehrt habe.« Das war eine seiner ersten Nachrichten an sie gewesen. Zack. Der Satz hatte gesessen. »Weißt du eigentlich, dass man mit so einem Satz eine Frau umbringen kann«, hatte sie gefragt. Nein, natürlich nicht – er hatte nicht einmal den Hauch einer Vorstellung, was sie damit meinte.

Und nun? Eine Antwort schreiben, oder ihn zappeln lassen? Zappelte er überhaupt noch? Es war wohl eher sie, die hier krankhaft oszillierte.

Das ständige Verfassen dieser Nachrichten, das Warten und

Hoffen, die Enttäuschung darüber, dass sich die anfängliche Euphorie nicht halten ließ, und dann die kleinen Höhenflüge, wenn er ihr doch wieder eine innige Nachricht schrieb, all das machte sie ganz zittrig. Wann hatte sie überhaupt das letzte Mal etwas gegessen?

Die Sache fing an, sich abzunutzen. Sie starrte wieder auf ihr Handy. Was tun? Hier half wohl nur, wie bei jeder anderen synthetischen Droge, die Dosis drastisch zu erhöhen.

VIER

Banane schälen, Äpfel vierteln und klein schneiden, Trauben halbieren, noch einmal nachschauen: Waren auch keine Kerne drin? Sie sonst gegebenenfalls entfernen. Quark mit Milch anrühren, dann pfiff auch schon der Wasserkessel.

Till stand jeden Morgen um 6.35 Uhr auf. Fünf Minuten brauchte er im Bad, dann setzte er Wasser auf, deckte den Frühstückstisch und nahm die Butter aus dem Kühlschrank. Um 6.50 weckte er die Kinder.

»Guten Morgen die Herrschaften!« Jetzt um Himmels willen überzeugend gut gelaunt tun und keine Müdigkeit zeigen, das war man den Kindern um diese frühe Uhrzeit doch irgendwie schuldig.

Immer, wenn er das Rollo aufzog, sprang Anni auf und fing sofort an zu erzählen: was sie gerade noch geträumt hatte, was sie heute vorhatte oder was sie neulich für einen Witz gehört hatte. Wach sein und reden, das war bei ihr eins.

Heute gab sie als Erstes die Wetterprognosen für den neuen Tag von sich. »Heiter bis wolkig, um die vierundzwanzig Grad. Ich ziehe heute Sandalen ohne Socken an. Meinst du, Papa, gerade frage ich mich, ob es wohl wirklich einmal einen Menschen gegeben hat, der tatsächlich geglaubt hat, dass ein Frosch im Glas das Wetter vorhersagen kann? Der will doch einfach nur auf der Leiter dem Einmachglas entkommen, oder? Woher hatten die wohl diese kleinen Leitern? Und woher die Frösche? Meinst du, so ein Glas hatten die Leute früher in echt auf dem Nachttisch stehen? Oder sind die Frösche nur Erfindungen von so Zeichnern von alten Kinderbüchern, wie von dem zum Beispiel, der Max und Moritz geschrieben hat?«

Till zuckte mit den Schultern. Er wusste es nicht. Je älter die Kinder wurden, desto häufiger stellten sie sein Allgemeinwissen, aber auch seine Fantasie auf die Probe. Besonders Jan gegenüber fühlte er sich immer mehr wie ein ungebildeter Trottel. Dessen komplizierte Fragen schienen dem Besserwisserspiel »Trivial Pursuit« zu entspringen, leider meistens den Wissensgebieten »Technik und Wissenschaft«, »Erdkunde« oder »Geschichte«. Till konnte aber nur Orange: »Sport und Vergnügen«.

Nur gut, dass Jan am Morgen nicht auf Antworten aus war und auch keine Fragen stellte, er sprach vor zehn Uhr gar nicht. Ab und zu stöhnte er allerdings in Annis Richtung und legte den Finger an die Lippen, verdrehte die Augen himmelwärts und zischte laut »Psst!«. Er war ein Morgenmuffel und dazu ganztägig geräuschempfindlich.

7.08 Uhr hatte Till den Obstsalat fertig und ihn unter den Quark gemischt, den Tee aufgegossen und vier Brotscheiben paarweise mit den geraden Kanten nach innen zueinander auf dem Holzbrett ausgerichtet. Wenn er sie mit der inzwischen etwas weicheren Butter bestrichen hatte, rief er die Kinder zum Frühstück. Spätestens um 7.23 mussten die beiden am Küchentisch sitzen, sonst gab es erfahrungsgemäß wieder eine Hetze mit Anni und womöglich sogar noch einen Zank in letzter Minute. Während die beiden aßen, belud Till die Brotdosen mit den Stullen und klein geschnittener Paprika, in denen so unglaublich viel Vitamin C enthalten sein sollte und die Jan jeden Tag in den Mülleimer auf dem Schulhof warf, egal, ob sie rot, grün oder gelb waren - er aß gar nichts Farbiges. 7.37 räumte Till den Tisch ab und half dann Anni bei der Suche nach einer Jacke, ihren Schulmaterialien, dem richtigen Haarband oder den Turnsachen, die sie vor allem dann nicht vergaß, wenn sie Schwimmen hatte.

Jan machte während dieser Zeit wie immer sein Bett, ordnete auf seinem Schreibtisch Hefte und Papiere genauso akkurat und mit den gleichen Handgriffen, wie Marlies das auch in ihrem Arbeitszimmer tat. Er kontrollierte noch einmal den Inhalt seines Schulranzens, warf einen letzten prüfenden Blick auf den Stundenplan und verschwand grußlos.

Jan wollte immer zu den Ersten im Klassenzimmer gehören, weil er noch ein wenig Ruhe brauchte, bevor mit seinen Klassenkameraden der Lärm über ihn hereinbrach. Außerdem sprachen seine Mitschüler ihn nicht an, wenn er schon an seinem Platz saß, wohingegen er später im Gewusel der Massen auf den Treppen oder auf dem Schulhof immer in irgendein lästiges Gespräch verwickelt wurde.

»Ich muss mich vor dem Unterricht sammeln«, hatte er Marlies und Till bereits mit sechs Jahren erklärt, als er gerade die erste Klasse besuchte.

Da hatten die beiden zu lachen angefangen, und Jan hatte nur einsilbig bemerkt, er werde den Humor seiner Eltern nie verstehen.

»Im Gegensatz zu dir haben wir wenigstens einen«, hatte Marlies darauf entgegnet. Da aber Till es nicht mochte, wenn Marlies auf diese Weise mit den Kindern redete - er wusste genau, wie verletzend sie sein konnte -, hatten die beiden zu streiten begonnen.

»Ich nehme die Kinder wenigstens ernst.«

»Nein, du stellst sie bloß. Ich mag es nicht, wenn du sarkastisch bist.«

»Ich glaube, du meinst zynisch. Meinen Sarkasmus mochtest du doch früher immer ganz gern.«

»Kinder verstehen keine Ironie«, sagte Till.

»Ironie zu verstehen ist aber für meine Kinder so überlebenswichtig wie für das Gazellenjunge an der von Löwen umzingelten Wasserquelle das Rennenlernen.«

»Bitte, Marlies, sei nicht so überheblich. Du weißt genau, was ich meine.«

»Nur weil du keine Kritik erträgst, heißt das nicht, dass deine Kinder zu Weicheiern erzogen werden müssen.«

»Meinst du damit etwa mich? Ich erziehe sie zu Weicheiern? Oder bin ich hier das Weichei? Willst du damit sagen, du hast ein Weichei geheiratet? Die starke und neunmalkluge Marlies, die ist so hart, die kann sich auch zu Hause einen Waschlappen leisten. Meinst du das?«

»Tja, so scheinst du dich ja wohl selber zu sehen, da kann ich dir auch nicht helfen.«

»Nein, du bist es, die mich dazu macht, und das auch noch vor den Kindern. Merkst du nicht, wie du mit mir redest? Schau dich doch mal an. Schau einfach mal in den Spiegel. Siehst du diese tiefe Furche auf deiner Nasenwurzel? Die dir diese tolle Härte dort ganz langsam immer tiefer einritzt? Bevor ich eine solche Zornesfalte bekomme und irgendwann so verbiestert aussehe wie du, werde ich lieber der Schluffi der Nation.«

Marlies hatte darauf in der Küche einen Wutanfall bekommen und die Tür des Hängeschranks, in dem die Gewürze standen, mit aller Kraft zugedonnert – kräftiges Scheppern und Krachen. Anscheinend war in dem Schrank das Gewürzregal zerbrochen und auf die Glasbehälter mit Zucker, Salz und Mehl gefallen. Als Marlies ihn vorsichtig wieder öffnete, ergoss sich ein Schwall aus Mehl, schwarzem Pfeffer, Muskatnuss, Thymian, Curry und Chilipulver auf den Küchenboden.

»Den Dreck machst *du* aber wieder weg«, hatte Till streng befohlen, in ungewöhnlich triumphierendem Ton. Dann hatte er Anni zu ihrer Überraschung zur Schule begleitet.

Als er wieder in die Wohnung zurückkehrte, hatte Marlies in der Küche mit dem Handfeger vor einem Berg aus Küchenkräutern und buntem Staub gehockt, den sie bei dem Versuch, Ordnung zu schaffen, großflächig auf dem Fußboden verschmierte. Sie hatte zu ihm aufgeschaut, mit einer Art Kriegsbemalung aus Rosenpaprika und Zimt im Gesicht, und dabei gleichzeitig verheult und belustigt gewirkt. Zuerst hatte Till zu lachen begonnen, dann hatte auch Marlies angefangen, wie ein Schulmädchen zu kichern.

Er hatte sie geschubst, und sie war seitwärts in die Gewürze gekippt. Dann hatte er sich auf sie geworfen und sie küssen wollen, doch da hatte Marlies Till so hart ins Gesicht geschlagen, dass er so scharf wurde wie schon lange nicht mehr. Zu seiner Überraschung hatte sich Marlies mehr als nur bereitwillig die Schlafanzughose ausziehen lassen, und was dann folgte, war ihm als heißester Sex seiner Ehe in Erinnerung geblieben.

Denn was hätte er anderes tun sollen, als auch Marlies ordentlich zu verhauen? Den Hintern. Marlies hatte ihm darauf noch einmal, zack-zack, zwei saftige Backpfeifen verpasst. Das heftige Handgemenge in der Suhle aus Gewürzen und Backzutaten war ihm dabei inszeniert und künstlich vorgekommen, so als wäre es gar nicht Marlies, seine Frau, sondern eine gänzlich Unbekannte. Und er genau der, der er immer hatte sein wollen: ein starker, harter, irgendwie unerbittlicher Typ.

Nur dieses eine Mal hatten sie Sex auf dem Küchenboden gehabt, nur ein einziges Mal hatte er Marlies hauen dürfen, danach hatte sie bei jeder noch so kleinen Andeutung von Klapsen schon empört seine Hand festgehalten. Und als er sich kurz darauf die letzte Ohrfeige von Marlies einfing, hatte das mit Geilheit wenig zu tun – zumindest nicht mit ihrer gemeinsamen.

Da Marlies und Till sich abends häufig verpassten – weil Till arbeiten musste oder nach einem Nachmittag mit den Kindern müde war und Marlies sich gerne zum Essen oder zum Kino mit Freunden verabredete –, hatte Till es sich angewöhnt, mit Kaffee und der Tageszeitung morgens wieder zu Marlies ins Bett zu kriechen, um wenigstens etwas Zeit an ihrer Seite zu verbringen. Dieses Ritual war umso wichtiger geworden, seit er nachts nicht mehr den Weg ins Ehebett fand.

Allein auf dem viel zu weichen Sofa zu schlafen war ihm immer noch lieber, als im dunklen Schlafzimmer Marlies' Abweisung, Kälte und verstockter Sprachlosigkeit ausgesetzt zu sein. Er musste dann gar nicht erst versuchen, sie zu berühren, um zu spüren, dass sie sich wieder in einer Phase befand, in der jede Form von Annäherung unerwünscht war.

Was ihn nachts unsäglich kränkte, was ihm in der Dunkelheit aussichtslos und unerreichbar erschien, konnte ihm jedoch morgens, wenn er halbwegs ausgeschlafen war und die Sonne schien, wie eine Herausforderung mit reellen Erfolgsaussichten im oberen Wahrscheinlichkeitsbereich vorkommen.

Jetzt nahte der Sommer. Zwei leichtfüßige Amseln hüpften über den Balkon und zwitscherten dabei unternehmungslustig, während eine dieser fetten schwarzen Krähen, die es in Berlin angeblich erst seit der Wende gab und Russenkrähen genannt wurden, energisch in den frisch bepflanzten Blumenkästen herumpickte.

Marlies lag auf der rechten Seite des Ehebetts. Sie hielt sich auch in Tills Abwesenheit an die alte Ordnung. Sie lag mit ihrem linken Arm angewinkelt unter dem Kopf und die Knie eng an den Körper gezogen da wie ein Embryo und hatte die Augen geschlossen. Er stellte das Tablett mit dem Kräutertee für sich und dem Milchkaffee für Marlies auf den Nachttisch und machte es sich auf seiner Seite bequem. Von Marlies ging eine behagliche Bettwärme aus. Er schmiegte sich an ihren Rücken, hob ihr Haar an und küsste sie in den Nacken.

Marlies drehte sich gähnend zu ihm um.

»Guten Morgen.«

Sofort rückte Marlies etwas ab und setzte sich auf. Sie schob sich das Kopfkissen in den Rücken und griff über Till nach der Tasse mit dem Kaffee. Till blickte auf dem Rücken liegend zu ihr auf und sah, wie Marlies, die Tasse mit beiden Händen umfassend, gedankenverloren ins Nichts blickte. Bei Marlies würde er auch heute nicht landen können, hier war wieder einmal nichts zu machen, dachte er für einen Moment entmutigt. Obwohl – abwarten.

Auch Till setzte sich auf und griff zur Zeitung.

Marlies mochte es, wenn er ihr etwas aus der Rubrik Vermischtes vorlas oder eine Theaterkritik zu einem Stück, das sie entweder schon gesehen hatte oder noch sehen würde und das er sich niemals anschauen würde.

Till schlief im Theater immer ein, wenn ihn nicht die peinliche Rührung darüber wachhielt, dass sich da wirklich gerade live ein paar Menschen vor ihm abrackerten und zum Affen machten; er betrachtete die Schauspieler lieber zu Hause auf dem Sofa liegend in dem Sicherheitsabstand der Mattscheibe.

Auch der Israel-Palästina-Konflikt war bei ihrer morgendlichen Bettlektüre sehr beliebt. Wobei Marlies gerne die Position Palästinas vertrat, während Till die Politik Israels verteidigte. Dann wiederum konnten sie auch willkürlich die Seiten wechseln. Wer legte sich schon dauerhaft fest?

Fest stand nur, dass Till Amerika schätzte, einfach so, als Land.

Der Nahe Osten im Allgemeinen war ihm so fern wie das Fernweh im Besonderen. Allein eine gewisse Amerikasehnsucht konnte ihn hin und wieder packen, wie zum Beispiel bei einem speziellen Gitarrenriff der *Eagles* – sogar immer noch bei dem total abgenudelten »Hotel California«. Nur einmal die Route 66 hinabwalzen, in so einem dicken Auto mit durchgehender Sitzbank vorne für Fahrer und Beifahrer und hellblauen Heckflossen.

Okay, originell oder neu war das nicht. Marlies hatte über diese Altmännersehnsüchte immer nur gelacht. »Möchtest du damit nicht wenigstens bis zum ersten Haarausfall warten?«

Sie hatte als Au-pair ein Jahr in Manhattan verbracht, perfekt Englisch gelernt und nebenher noch das halbe Land bereist. Marlies sprach ein amerikanisches Englisch wie die Schauspieler in den Filmen, die Till nicht verstand, wenn er sie mit ihr im Original anschauen musste; selber Englisch zu sprechen war ihm peinlich.

Er hatte sie trotzdem gebeten und am Ende sogar dazu erweicht, dass ihre Hochzeitsreise nach New York ging. »Kenne ich ja eigentlich schon zu gut, wollen wir nicht was Neues erleben?« So Marlies' Einwand. Aber Till hatte sie so sehnsuchtsvoll angeblickt, dass es ihr reizvoll vorgekommen war, diejenige zu sein, die ihm eine seiner lang gehegten Sehnsüchte erfüllte.

Und tatsächlich: Greenwich Village, Soho, Upper Eastside – zehn Tage lang lebte er in seinem Lieblingsfilm. Es hatte geschneit wie verrückt, einen halben Meter Neuschnee in einer einzigen Nacht, und die Schneepflüge auf dem Broadway hatten die Autos am Straßenrand zu Klump gepflügt. Marlies kannte einen verwegenen Typen mit einem Tonstudio in Tribeca – woher eigentlich? –, und während Till zwischen Eierpappe mit dem nachtschwarzen Duke auf der Gitarre *jammte*, schaute sie sich die neuesten Aufführungen in irgendwelchen Off-off-Broadway-Theatern an. Waren sie jemals glücklicher gewesen?

Okay, Traditionalisten hätten sagen können, es gehöre sich doch wohl auf der Hochzeitsreise eher, alle Zeit gemeinsam zu verbringen. Es hatte ihnen aber vollauf gereicht, sich nachts auf den rutschigen Laken zwischen Kakerlaken und Polyesterdecken von ihren Eindrücken des Tages zu berichten und sich zu lieben. Einmal zum Einschlafen, einmal während des Aufwachens und noch einmal zwischendurch, im Halbschlaf, wenn die eigenen

Handgriffe so verlangsamt sind, dass sie auch Fremden gehören könnten und daher so rattenscharf ungenau sind.

Das war lange her, neulich hatte Marlies im Affekt zu Till gesagt, mit ihm zu schlafen sei wie Masturbieren mit gebrochenen Händen.

Till begann Marlies die Überschriften in der Zeitung vorzulesen. Kein Thema dabei, das Marlies zu einem Kommentar bewegte. Sie starrte nur weiter trübsinnig in die hinterste Zimmerecke, die Kaffeetasse zwischen den Händen, als müsste sie sich an der allerletzten in diesem Leben noch zu erwartenden Energiequelle wärmen.

Da – das war doch was. Ein bekannter italienischer Fußballer hatte eine Tochter bekommen und der mehrere total bescheuerten englischen Vornamen, bestehend aus Jahreszeiten, Farbschattierungen und Obstsorten, gegeben. Er musste an die mühsame Namensuche nach Annis Geburt denken.

Anni hieß eigentlich Anouk, wurde aber nur Anni genannt, weil Freund Jost nach der Namensbekanntgabe des Neugeborenen bemerkt hatte: »Anouk, was ist denn das für 'n Scheißname, seid ihr etwa unter die Eskimos gegangen?«

Zwei Jahre später hatten sie dann dem Sohn den beliebtesten Vornamen des Jahres 2007 verpasst: Jan. Zumindest der Zweitgeborene sollte sich weder schämen noch buchstabieren müssen.

Jetzt oder nie. Till schmiss die Zeitung aus dem Bett und wühlte sich durch die dicke Biberbettwäsche zu Marlies durch. Er legte seinen Kopf in ihren Schoß und fühlte mit Erleichterung, wie Marlies begann, durch sein Haar zu streichen. Sie massierte ihm behutsam die Schläfe, beugte sich dann zu ihm hinab und gab ihm einen sanften Kuss auf die Wange. Er hörte, wie der Milchkaffee in ihrem Bauch gluckerte, und hätte vor Behagen beinahe zu schnurren begonnen.

Noch eine Abfuhr könnte er nicht mehr verkraften, besser

gesagt, nicht mehr ertragen. Ach Quatsch, was ertrug man nicht alles, wenn man nicht allein sein wollte?

Doch so, in Marlies Nähe, ihre Hand spürend, die langsam an seiner Wirbelsäule hinabfuhr, so war das Leben schön. Warum war es nicht immer so? Der eine streckte die Hand nach dem anderen aus, und der küsste sie? Was war daran eigentlich so schwierig? Woher kamen nur immer häufiger diese meterhohen Hürden um das Begehren?

Er fasste um Marlies Taille und zog sie zu sich hinunter. Eigentlich mochte Marlies das Küssen mit ungeputzten Zähnen und Kaffeemund nicht, aber heute schien sein Glückstag zu sein, denn sie ließ sich nicht nur küssen, sie küsste sogar zurück. Ganz kurz kämpfte er gegen die Frage an, ob er sie jetzt wohl auf die richtige Weise küsste, dann aber gewann seine Geilheit über den Zweifel die Oberhand, und er spürte, wie er es plötzlich eilig hatte.

Dieses Hochgefühl hieß es auszukosten. Marlies zog sich das Nachthemd über den Kopf, während er sich gleichzeitig seines T-Shirts entledigte. Mit entschlossenem Blick setzte sich Marlies auf ihn und umfasste fast schmerzhaft fest seine Oberarme, während er ihren Hintern in beiden Händen hielt und versuchte, die Regie über Rhythmus und Intensität zu erlangen.

Eingespielter Sex konnte die Eleganz eines Paartanzes haben oder ebenso gut in Gerangel und Geschubse enden. Heute saß ausnahmsweise jeder Handgriff. Marlies wirkte über ihm verzückt und entfesselt, sie hatte den Kopf in den Nacken geworfen, ihre kleinen Brüste wippten unternehmungslustig.

So könnte es immer weitergehen, dachte er und wusste doch, wenn Marlies nicht etwas im Tempo nachließe, würde sich die Sache leider recht bald erledigt haben. Mit letzter Kraft wälzte er sich auf die Seite, Marlies fiel von ihm ab und rollte sich auf den Rücken wie ein graziler Maikäfer. Sie hielt die Augen geschlossen und den Mund halb geöffnet, und hätte sie nicht lautstark geatmet, dann wäre sie in dieser Pose in jedem Kriminalfilm als perfekte Leiche durchgegangen. Die Goldfüllungen ihrer Backenzähne blitzten im Sonnenlicht auf und erinnerten Till für einen Moment an den Termin, den er übermorgen mit Jan beim Kieferchirurgen hatte. War der eigentlich im Küchenkalender am Kühlschrank notiert? Er hatte ihn peinlicherweise schon einmal vergessen.

Till sortierte nun Marlies auf die Weise, die ihm am besten gefiel. Das hieß, er richtete sie lotrecht aus, spreizte ihre Beine und schob ihr ein Kopfkissen unter den Po. Und sie ließ es sich gefallen. Seine Frau ließ all das über sich ergehen wie der Dummy, mit dem er beim Erste-Hilfe-Kurs vor seiner Führerscheinprüfung Mund-zu-Mund-Beatmung geübt hatte. Geil!

Es war ja alles nicht so einfach. Die Aufforderung: »Mach doch mal nichts, rühr dich nicht, halt still«, konnte an einem Tag ein Feuerwerk der Hormone erzeugen und am anderen zuverlässiger als jedes sedierende Opiat den Nachtschlaf einläuten.

Heute machte Marlies alles richtig. Sie öffnete wieder die Augen und flüsterte seinen Namen (wie selten es war, dass sich Ehepaare beim Vornamen nannten).

»Langsam«, hörte er Marlies noch sagen, »langsam«, aber wenn er jetzt im Tempo nachließe, wäre es trotzdem genauso schnell vorbei wie in der schnellen Gangart, die ihm wesentlich besser gefiel und höhere Funken sprühte.

Jetzt war kein Halten mehr. In seinem Nacken tat es einen Schlag, ein Kribbeln lief von seinem Harnleiter zum rechten Ohr, es schlug ein Lichtblitz haarscharf neben seinem rechten Auge ein, und von der Kreuzbeingegend breitete sich ein kribbeliges, warmes Gefühl bis in die Fersen aus. Die Schlafzimmerdecke flimmerte.

Marlies schaute ihn erwartungsfroh an. Er bohrte und pumpte noch ein wenig, doch Marlies wusste so gut wie er, die Sache war gelaufen. Was hatte die Uhr dazu gesagt? Acht Minuten dauerte der deutsche Durchnittsfick, der zweimal die Woche stattzufinden hat. Ob sie gerade einmal auf drei Minuten gekommen waren? Till liebte Statistik genauso, wie er sie fürchtete. Er hatte sich angewöhnt, die wenigen ehelichen Vereinigungen in seinem Moleskinkalender mit einem blauen Kreuz zu vermerken. Der letzte Eintrag diesbezüglich lag sechs Wochen zurück.

»Na dann«, sagte Marlies und drehte sich zur Seite. Das klang schwer nach »verschwinde«. Till verstand und nahm sich vor, die Sache mit dem vorzeitigen Samenerguss einmal mit seiner Therapeutin zu besprechen. In dreißig Sekunden oder gar nicht: Was für Quizsendungen im Fernsehen an Spontanität vonnöten war, konnte doch wohl kaum auf sein Sexleben zutreffen.

Er legte sich in Löffelchenstellung hinter sie und war gerade dabei, ein unwiderstehliches Angebot manueller Art zu machen, als - *sst, sst* - Marlies' Handy auf dem Nachttisch zweimal hintereinander kurz vibrierte. Und auch Marlies schien auf einmal zu vibrieren, für einen kurzen Moment. Er spürte, wie die Neugier auf diese Nachricht sie in Sekundenschnelle von ihm entfernte und regelrecht aus seiner Umarmung katapultierte.

Was Sex am Morgen nicht vermocht hatte, schaffte das Eintreffen einer einzigen Nachricht: Das gesamte Schlafzimmer verwandelte sich auf einmal zu einem elektrischen Spannungsfeld. Seit Wochen ging das nun schon so. Ausgerechnet Marlies, die ihr Handy hasste, die es nicht ausstehen konnte, wenn man sie anrief, wenn sie in ihrem Alltag gestört wurde, wenn sie auf Anfragen reagieren musste, lief in letzter Zeit ständig mit ihrem Telefon herum. Neulich war es ihr dann in einem Restaurant aus der Hosentasche ins Klo geplumpst, weil sie sich inzwischen noch nicht einmal mehr auf der Toilette von ihrer mobilen Erreichbarkeit lösen konnte.

Marlies, hatte er plötzlich denken müssen, meine Marlies! Und der Gedanke hatte für einen Moment in seiner Brust einen ganz feinen Stich ausgelöst, ihn dann aber auch schon wieder so etwas wie angetörnt. Von Anfang an hatten sie sich versprochen, eventuelle Affären voreinander geheim zu halten. Konnte ja alles mal passieren, musste aber doch nicht darüber geredet werden. So eine kleine Abwechslung konnte ja schließlich nach vielen Jahren auch ganz belebend wirken. Aber eigentlich konnte er sich Marlies in der Rolle der untreuen Ehefrau überhaupt nicht vorstellen. In welche Lücke ihres randvollen Terminkalenders wollte sie bitte noch einen Liebhaber stopfen? Zwischen ihrer Arbeit, diesem zeitaufwendigen Schreiben, der Freundschaftspflege ihrer diversen Busenfreundinnen, den ständigen Kino-, Theater- und Museumsbesuchen und ihrem Sportprogramm aus Jogging und Yoga konnte es doch selbst ein Energiebündel wie Marlies kaum schaffen, sich noch auf einen Lover zu werfen. Er hätte sich gewünscht, sie würde ihn mit der Telefonmasche eifersüchtig machen, seine Aufmerksamkeit auf sich ziehen wollen, aber das passte nicht zu ihr. Außerdem war sie neuerdings von seltsamen Stimmungsschwankungen ergriffen.

Er wusste gar nicht, was ihm unheimlicher war, ihre plötzliche Fröhlichkeit oder ihre Absencen, wenn sie so wirkte, als ob nur noch ihre leibliche Hülle durch die Bude huschte.

»Was ich nicht weiß, macht mich nicht heiß«, pflegte seine Mutter gern zu sagen. Immer schon. Als Kind hatte er das für ähnlich sinnig gehalten wie den Spruch »Links ist da, wo der Daumen rechts ist«. Weisheiten, die sich Erwachsene ausdachten, um Kinder in den Wahnsinn zu treiben. Perfide Rätsel: Denn wenn man nicht wusste, wo links war, so nützte einem ein rechter Daumen doch auch nichts. Und ahnte man bereits etwas Verlockendes, so machte einen die Vorahnung unter Umständen heißer als das anschließende Wissen. Dass beiden Sprüchen eine profunde

Logik zugrunde lag, hatte er erst vor Kurzem entdeckt. Doch jetzt hätte er entgegen jeder Vernunft doch gern mal etwas ganz genau gewusst – und zwar nicht, wo links war.

»Wer schreibt dir denn um 8 Uhr 44?«

»Das möchtest du wohl wissen?«

»Stimmt, das wüsste ich gern.«

Über Marlies' Gesicht huschte ein unfreiwilliges Lächeln. Ha, das kannte er.

So lächelte Marlies, wenn ihr etwas peinlich war oder sie sich einer schmerzhaften Wahrheit nicht erwehren konnte. Das letzte Mal hatte er dieses Lächeln gesehen, als ihm Marlies eröffnete, dass ihre Mutter gestorben war. »Ich weiß gar nicht, warum ich lachen muss«, hatte sie gesagt, und dabei waren ihr die Tränen die Wangen hinabgerollt.

»Lass mich mal schauen«, sagte Till, was allerdings keine Bitte war, denn blitzschnell hatte er über Marlies hinweg nach ihrem Handy gegriffen. Er hielt es fest in der hocherhobenen Hand, wie einen Faustkeil.

»Das wagst du nicht«, drohte Marlies. Aber womit wollte sie ihm eigentlich drohen? Hier schien ja wohl einer ziemlich in der Klemme zu stecken, besser gesagt, eine.

»Gib es her.« Marlies wurde plötzlich ganz rot und zischte, »aber sofort.«

Er zögerte und schaute auf das dunkle Display. Marlies versuchte ihm das Telefon aus der Hand zu nehmen, aber er ließ es blitzschnell in die andere Hand gleiten. Ganz so, wie die Jungs, die in der Grundschule die Mädchen geärgert hatten, indem sie ihnen den Sportbeutel abjuxten, um ihn dann hinter ihrem Rücken von einer Hand in die andere zu wechseln, während die Mädels – es wurde merkwürdigerweise nur den hübschesten Mädchen das Sportzeug geklaut – an den Typen herumzerrten. Heute wusste er, dass es dabei um den erstmals aufkeimenden Wunsch nach Körpernähe zu diesen fremden weiblichen Wesen gegangen war. Till hatte sich nie getraut, sich an diesen neckischen Spielen zu beteiligen.

Marlies änderte jetzt die Strategie. Sie sprang aus dem Bett, stand mit hängenden Armen und blitzenden Augen nackt vor ihm. Gleich würde sie auf ihn losgehen. Doch sie brüllte nur plötzlich unwirklich laut, und dabei traten ihre Adern am Hals hervor.

»Du - gibst - mir - jetzt - mein - Telefon!«

Till klingelten die Ohren. Ob das Kerstin nebenan hörte? Laute Streitigkeiten vor den Nachbarn waren ihm immer unangenehm. Er schaute noch einmal auf das Handy in seiner Hand und drückte dann auf den kleinen runden Knopf.

Es war einfach so passiert. Er hatte es sich nicht überlegt. Sein Finger war einfach auf dem Schalter gelandet. Marlies starrte ihn an. Er starrte auf das Telefon. Still war es auf einmal, unwirklich still.

Vier weiße Kästchen tauchten auf dem Display auf, und Till warf das Gerät auf die Bettdecke. Seit wann hatte Marlies einen Code für ihr Handy?

FÜNF

Viele Jahre hatte sich Massimo, der Besitzer des italienischen Restaurants am Park, gegen den immer wiederkehrenden Wunsch seiner deutschen Gäste gewehrt. Kerzen auf den Tischen, das fand er unmöglich. Irgendwann aber war er eingeknickt. Was sollte man machen, die Deutschen hielten Kerzenschein nun einmal für romantisch. Sein Vater hatte ihm im kargen Kalabrien der Fünfzigerjahre vorgeschwärmt, was für wunderbare Autos die Deutschen bauen können, wie pünktlich, zuverlässig und sauber dieses Volk im Norden sei. Dass die Deutschen von Romantik keinen blassen Schimmer hatten, das hatte ihm der Vater nicht verraten. Das gelbe, flackernde Kerzenlicht störte Massimo jeden Abend aufs Neue.

Was war eigentlich Romantik? Marlies hatte sich häufig gefragt, ob sie sich wohl als romantisch bezeichnen würde. Hatte aber festgestellt, dass sie Romantik, Sentimentalität und Kitsch nicht voneinander unterscheiden konnte.

Während sie auf Heike wartete, die soeben Richtung Toilette verschwunden war, knibbelte Marlies an der Kerze, bis das heiße Wachs in einem feinen milchigen Rinnsal auf die Papiertischdecke floss.

Gut möglich, dass das italienische Restaurant seine Beliebtheit vor allem diesen einfachen Papiertischdecken verdankte. Das *Sale del Mondo* war trotz der mäßigen Qualität der Küche das ganze Jahr über krachvoll. Die Kinder der Gäste liebten es, mit den stumpfen, abgebrochenen Buntstiften, die Massimo verteilte, auf den Tischdecken herumzukritzeln. Als Marlies' Kinder klein waren, hatten sie sich auf diese Weise immer gut beschäftigen können. So eine blassbeige Tischdecke aus Altpapier schien bei Anni und Jan einen ungeahnten kreativen Schub auszulösen, einen wesentlich intensiveren, als ein schnödes weißes Blatt Papier. Marlies und Till konnten sich dann zur Abwechslung beim Abendessen unterhalten, ohne fortwährend unterbrochen zu werden. Der Italiener war daher für eine Weile zu so etwas wie ihrer Kantine geworden.

Das waren die goldenen Zeiten gewesen. Till hatte einen Volvo gekauft, denn Marlies hatte damals noch bei dem Familienmagazin als Ressortleiterin Erziehung und Bildung eine Festanstellung, und drei Urlaube im Jahr waren, neben den Wochenendausflügen ins Berliner Umland, Standard gewesen.

Sie hatten geglaubt, dass es immer so weiterginge - mehr von mehr. Kein Wachstum bedeutet Rückschritt. Was Marlies früher im Politikunterricht in der Schule nicht verstanden hatte, war in ihrem Leben spürbare Wirklichkeit geworden.

Fehlte ihr jetzt was? Die Kurztrips mit den Kindern waren ohnehin mehr zähneknirschender Stress als Erholung gewesen, und für den Volvo fehlten ihnen nicht mehr nur die Mittel, sondern inzwischen auch die Parkplätze. Das, was ihr wirklich fehlte, war Leichtigkeit. Sie erinnerte sich, mit mehr Geld in der Tasche hatte sie sich leichter gefühlt.

Einen erschütternden Steuerbescheid hatte sie nicht selten mit einem ausgiebigen Einkaufsbummel gekontert. Marlies hasste es zu sparen, ständig fiel ihr etwas ein, das ihr Leben verschönern könnte. Eine Nachtcreme aus bengalischem Teebaumextrakt, eine neue Lampe, die warmes Licht in ihren kalten Alltag spendete. Hatte sie, seitdem die Kinder auf der Welt waren, auch kaum mehr Geld für Klamotten ausgegeben - weil Till es sowieso nicht merkte, wenn sie sich für ihn hübsch machte, und sie sich in einem chicen Fummel neben ihm im Kapuzenpulli vorkam wie seine Mami -, so hatte doch noch stets ein dreihundert Gramm schweres Rinderfilet, begleitet von einem exzellenten Rotwein, ihre Laune verbessert. Und das, während Till bedürfnislos neben ihr hervegetierte. Sie hatte den Verdacht, Till brauchte Geld überhaupt nur, um noch mehr schlafen zu können. »Du lebst dein Leben so, als würdest du damit rechnen, demnächst im Lotto ein neues zu gewinnen«, hatte sie ihn neulich angebrüllt, als er mal wieder mittags vorm Fernseher eingeschlafen war.

Wie an jedem Abend schlurfte der inzwischen schon stark ergraute Massimo mit hängenden Schultern durch die Tischreihen, die Hände auf dem Rücken verschränkt. Durch ein kaum sichtbares Nicken und mit dem unwiderstehlich spröden Charme eines großen Schweigers begrüßte er seine Stammgäste. Wer hatte ihr doch gleich erzählt, Massimo sei in den Siebzigern in Rom aktiv bei den »Roten Brigaden« gewesen und dürfe als ehemaliger Terrorist nun nie mehr nach Italien zurückkehren?

Das schien zumindest in Teilen frei erfunden, denn unlängst hatte sich Massimo ganz gegen seine Gewohnheit zu Marlies an den Tisch gesetzt und ihr von seiner Eigentumswohnung in Trastevere erzählt. Im Frühjahr und im Herbst würde er dort regelmäßig mehrere Wochen verbringen. Rom gefalle ihm nach über fünfundzwanzig Jahren Restaurantbetrieb im Prenzlauer Berg auf einmal wieder sehr gut. Man müsse sich nur die Amerikaner wegdenken. Aber die seien wohl das, was in ihrer Gegend diese Kleinkinder seien – ein notwendiges Übel.

Marlies war ein wenig stolz darauf gewesen, dass sie, obwohl selbst Mutter, wie Massimo wusste, von dem Wirt ins Vertrauen gezogen worden war.

Rom war für Marlies die schönste Stadt der Welt. Eine Stadt von atemberaubend erhabener, theatralischer Schönheit. Diese Anmut der vergangenen zwei Jahrtausende war es, die es vermochte, den Touristenströmen und Besuchermassen trotz allem Dreck und organisiertem Billighandel so etwas wie eine unverwüstliche Würde zu verleihen. Fremde waren ihr in Rom immer wie Pilger, weniger als Pauschaltouristen denn als verstockte Busreisende vorgekommen – so zumindest hatte sie es in Erinnerung.

Seit ihrem Versuch, in dieser Stadt nicht nur vorübergehend glücklich zu sein, sondern in ihr zu leben, war sie nicht mehr dort gewesen. Das war im Millenniumjahr gewesen, es hatte noch diese lappigen Lirescheine gegeben, und Marlies hatte endlich ihr Langzeitstudium der Kunstgeschichte und zum wiederholten Mal die Beziehung zu Till beendet.

Durch einen glücklichen Zufall – einen Wohnungstausch – hatte sie ein winzig kleines möbliertes Appartement im historischen Zentrum direkt am Campo de' Fiori gefunden. Durch ein schießschartengroßes Fenster konnte man sogar auf die Schirme der Marktstände auf der Piazza schauen.

Giovanna Fiorentini lebte währenddessen in Marlies' hässlicher Berliner Studentenbude. Die Italienerin war mit ihrem Tanzensemble an einer unbeachteten Theaterbühne genauso glücklich gewesen wie Marlies mit dem Sprachkurs an der römischen Abendschule und ihrem Job als Aushilfskellnerin in einer Trattoria am Bahnhof Termini.

Im *Il Quattro Fontane* war ihr Federico, ein wenig beschäftigter Schauspieler und Gelegenheitsregisseur, über den Weg gelaufen. Er hatte sie mit der Theaterszene von Rom bekannt gemacht, ihr die unzähligen Keller- und Hinterhoftheater und nach Mottenkugeln riechenden Kleinkunstbühnen gezeigt und ihr ein Heer junger Schauspielerkollegen vorgestellt, die wie Federico über jede Menge Tagesfreizeit verfügten.

Schon bald besuchte Marlies nicht mehr den Sprachkurs, sondern immer begeisterter die Aufführungen des ihr merkwürdig antiquiert vorkommenden Rezitiertheaters, bei denen junge

Männer mit dunklen Sonnenbrillen zur Musik von John Cage im Stehen und ohne Bühnenbild antike Dramen improvisierten. Der durchschlagende Erfolg beim Spracherwerb ließ bei Marlies infolgedessen nicht lange auf sich warten. Nach kurzer Zeit schwamm sie in der melodischen Angebersprache so sicher und zufrieden wie an den Wochenenden in dem dreckigen Meer von Ostia.

Federico hatte bald so getan, als hätte er sich in Marlies verliebt, und Marlies hatte sich ganz gegen ihre Gewohnheit auch einmal als Laienschauspielerin versucht und Federicos Drängen und den immer feuchteren Küssen nachgegeben. Sie mochte Federico. Ihr gefielen sein blondes, langes wallendes Haar und seine grünen Augen, die ihr für einen Italiener recht untypisch vorkamen. Ein waschechter Macho war Federico dennoch. Er befahl Marlies, was sie anzuziehen und mit wem sie nicht zu reden hatte, und er wusste stets alles besser. Das war ihr neu und nach den Jahren mit Till auch einmal eine willkommene Abwechslung.

So waren sie eine Weile ziemlich gut miteinander ausgekommen. Er hatte sie sogar an einem Sonntag zum Mittagessen zu seiner Familie mitgenommen in ein Hochhaus am Grande Raccordo, dem Autobahnring an der Peripherie von Rom. Die Großfamilie hatte Marlies überschwänglich aufgenommen. Federicos kleine Mutter hatte sich zur Begrüßung auf ihre Zehenspitzen gestellt, Marlies für eine gefühlte Ewigkeit an ihren Betonbusen gedrückt und ihr dann zärtlich übers Haar gestrichen, ganz als wäre Marlies die heiß ersehnte Schwiegertochter. In dem engen Wohnzimmer mit einem Marmorboden – so blank, dass man sich wie in einer Putzmittelreklame in ihm spiegeln konnte – und einer grünen Plüschsitzgruppe mit Schonbezügen stand auch der gewaltige Tisch, auf dem Mamma Pia ein Sonntagsmenü mit gut zehn Gängen auftischte. Marlies war immer wieder zum Zugreifen animiert worden, bis zu einem Völlegefühl von ungeahntem Ausmaß, das sie an die rumpelnden Steine im Magen des bösen Wolfs denken ließ.

An diese körperliche Schwere, aber auch an das Gefühl, als Fremde wie eine Tochter umsorgt worden zu sein, daran hatte sie später noch häufig denken müssen. Durch die Berge von Essen hindurch, durch das freundliche Geplapper am Tisch, durch die neugierigen Blicke auf sie und Federico als Paar war sie sich auf eine ganz besondere Weise angenommen vorgekommen, so willkommen wie noch in keiner Familie zuvor und nie wieder danach.

Doch so wohl sie sich bei Mamma Pia auch gefühlt hatte, es keimte dabei doch auch ein schlechtes Gewissen in ihr. War sie hier denn nicht so etwas wie eine Hochstaplerin? Die Tanten hatten sie nach ihrem Kinderwunsch befragt, und ein dicker Onkel hatte Federico ein Daumen-rauf-Zeichen gemacht und ihm zugezwinkert, Marlies beim Aufstehen auf den Hintern gestarrt und ihr zum Abschied in die Wange gekniffen.

Vielleicht war es die Überdosis Familie gewesen oder auch nur Mamma Pias selbst gemachter Limoncello – auf dem Fußmarsch in die Innenstadt hatte sie sich auf der Aurelia Antica mehrfach hinter den großen schwarzen Müllcontainern übergeben müssen – nur gut, dass sie zuvor Federico abgeschüttelt hatte.

Als sie an diesem Spätnachmittag in ihre Gasse einbog, sah sie als Erstes seine Turnschuhe. Mit weit von sich gestreckten Beinen, sodass die Touristen einen großen Bogen um ihn machen mussten, hatte Till auf den warmen Stufen vor ihrem Palazzo gelegen, den Kopf auf dem Gitarrenkoffer, und selig geschlafen. Zwei Tage war er von Berlin nach Rom mit verschiedenen Bummelzügen unterwegs gewesen. Eine schnellere Verbindung war nicht drin gewesen, denn er war wieder einmal pleite. Als Marlies ihn weckte, hatte er vor allem einen Wunsch: essen. Marlies kochte ihm einen Rest Kartoffeln mit einer Handvoll Möhren in einem Sud aus dem letzten Suppenwürfel. »Möhrendurcheinander« hatte Gisela das genannt. Was wohl Mamma Pia zu diesem merkwürdigen Brei gesagt hätte?

Marlies wusste, dass Federico am nächsten Morgen, wie an jedem Tag, um elf in der Bar am Platz auf sie warten würde. Zunächst hatte sie überlegt, einfach nicht hinzugehen und einfach früher mit Till zu einer Besichtigungstour aufzubrechen. Aber Till hatte wie immer lange geschlafen, dann im Bad getrödelt, und als sie dann endlich auf die Piazza traten, war es Schlag elf gewesen und Federico hatte schon fröhlich unter einer Markise in ihre Richtung gewinkt. Ob er die Situation sofort erfasst hatte? Marlies konnte sich nicht mehr erinnern. Nur noch daran, dass Till sich leutselig von Federico auf einen Kaffee und ein Hörnchen hatte einladen lassen.

Die beiden hatten sich in einer Konversation auf Englisch versucht, was bei Federico so charmant rüberkam wie bei Roberto Begnini und bei Till wie immer unsicher und unbeholfen geklungen hatte. Zum Abschied gaben sich alle die Hand, und dann hatte Till etwas getan, was sie noch nie bei ihm gesehen hatte: Er versuchte sich in einer angedeuteten Umarmung mit Federico und schlug ihm kumpelhaft auf die rechte Schulter. Machte die südliche Sonne hier eigentlich alle Typen im Handumdrehen zu Machos?

Marlies hatte sich nicht mehr nach Federico umgedreht und ihn wenig später vergessen.

Letztes Jahr war sie ihm plötzlich auf dem Berliner Theatertreffen wiederbegegnet. Er stand vor ihr an der Kasse und hatte sich kaum verändert.

»Time was nice to us«, hatte er gesagt und behauptet, an ihr sei die Zeit so gut wie spurlos vorübergegangen. Das war natürlich gelogen, aber doch so nett, dass mit ihm noch ein Bier trinken ging. Um drei vor der Bar am Fasanenplatz hatte er sie dann – »solo una volta« und »per l'amicizia« –, stark schwankend, küssen wollen. Kein einziger Tag sei in den letzten sechzehn Jahren vergangen, an dem er nicht an sie gedacht habe. Immer noch würde er sie lieben. Da war sie aber lieber mal schnell in ein plötzlich aufkreuzendes Taxi gesprungen.

Marlies hatte zwar Italienisch, doch nie die italienischen Männer verstehen gelernt. Ob er das wohl nur annähernd ernst gemeint hatte? Hatte sie Frederico so wenig gekannt damals? Wie dumm sie doch mit Anfang dreißig gewesen war. Richtig erwachsen hatten sie eigentlich erst die Kinder gemacht - und das hatte man jetzt davon.

»Worüber grübelst du denn hier so versonnen nach?«

Heike war von der Toilette zurückgekommen und warf schwungvoll ihre goldene Handtasche auf den Tisch. Alles, was Heike tat, machte sie mit der Kraft der zwei Herzen und der Eleganz zweier Öltanks.

»Du hast da so eine tiefe Furche zwischen den Augenbrauen, ist die neu? Die ist mir noch nie zuvor aufgefallen«, sagte sie, wie immer zwei Spuren zu laut.

Der halbe Laden schien sich nach Marlies umzudrehen. Die Frau am Nachbartisch und ihr Begleiter starrten ihr schamlos auf die Nasenwurzel.

»Mensch, Heike, schrei doch nicht immer so.«

»Und du hör mal auf, an dieser Kerze zu popeln. Das macht mich ganz nervös. Kann man im Übrigen heute ganz prima wegmachen lassen, diese Zornesfalten, hab ich mir sagen lassen.«

Ob Heike jetzt etwa auch schon mit Botox experimentierte?

»Ach hör auf, das mit der Falte hat Till neulich auch schon bemerkt«, sagte Marlies. »Aber neu ist die nicht. Zornig bin ich geboren, und wütend bin ich auch nicht erst seit gestern.«

Der Kellner erschien zögerlich mit ihrem Essen an der Tischkante und wartete geduldig darauf, dass sich Marlies und Heike die Servietten auf den Schoß legten. Marlies nahm dem schüchternen Kellner resolut den Teller mit dem Thunfischcarpaccio aus der Hand, und Heike ließ ihre gigantische Handtasche zu Boden plumpsen, um Platz für ihre extragroße Portion Pasta mit Ragout zu schaffen. »Extragroß«, das hatte sie bei der Bestellung tatsächlich so gesagt. Wie wenig eitel man doch sein konnte! Bei Heikes Körperumfang hätte sich Marlies eher in Grund und Boden geschämt oder lieber im Geheimen zu Hause große Portionen verdrückt, als hier dem Kellner kess zuzublinzeln, um dann noch ein »Ich hab aber Hunger wie ein Eisbär« hinzuzufügen.

»Wo waren wir stehen geblieben?«, fragte Heike mit vollem Mund. Als Marlies ihr darauf nicht antwortete, schien es ihr auch schon wieder eingefallen zu sein. »Also, dann hat Till das Handy fallen lassen, und weil du seit Neuestem einen Code hast, konnte er auch nicht die heißen Nachrichten von Ralf lesen. Und nun? Worüber regst du dich so auf? Ist ja gar nichts passiert.«

Unweigerlich musste Marlies auf ihr Handy schauen – immer noch keine Nachricht von Ralf.

»Stell dich doch bitte nicht so doof, hier geht es schließlich ums Prinzip. Er hätte, wenn er gekonnt hätte, verstehst du? Das enttäuscht mich, das passt nicht zu ihm. Ich versteh das gar nicht. Er hat mir in all den Jahren nie nachspioniert. Das hätte ich nie gedacht, wie kann man sich so verändern? Unsere Beziehung beruht doch darauf, dass wir uns in Ruhe lassen.«

Jetzt legte Heike die Gabel an den Tellerrand, stützte den Kopf auf die Hände und schaute Marlies durchdringend an. »Wer stellt sich denn hier doof? Du bescheißt deinen Mann seit gut zwei Monaten. Du hast eine Affäre und lügst ihn frech an, wenn er dich bittet zu sagen, was los ist, und jetzt wunderst du dich darüber, dass dein sanfter, ach so berechenbarer Mann irgendwann auch mal die Faxen dicke hat.«

Das Wort Affäre hatte Heike schon wieder so laut ausgerufen, dass Marlies sich reflexartig im Raum umschaute und die Frau vom Nachbartisch schnell die Augen niederschlug.

»Geht's noch lauter? Hier sitzt unsere halbe Nachbarschaft. Du bist wirklich unmöglich.« Marlies hielt noch einmal nach bekannten Gesichtern Ausschau. Am Tresen saß Carola, ihre Kosmetikerin, in der hinteren Ecke die ehemalige Kindergärtnerin von Anni und Jan mit neuer Frisur und altem Mann.

Von denen schien aber keiner Marlies und Heike zu beachten. Rechts neben ihnen greinte ein Kleinkind. Es hing wie ein Schiffbrüchiger über der Reling des Hochstuhls und versuchte mit einer spuckenassen Patschhand nach dem bunten Kauring zu greifen, der auf den Boden gefallen war. Auf einmal wurde das pausbäckige Ding gepackt und von der dunkel behaarten Hand des Vaters wieder zurück in den Sitz gedrückt. Die Plötzlichkeit dieses Vorgangs hatte den kleinen Jungen verstummen lassen, und er starrte Marlies mit schreckgeweiteten Augen an.

Was tun wir nur unseren Kindern an, was tun wir uns nur an?, ging es Marlies durch den Kopf, und sie merkte, wie heiße Tränen in ihr hochstiegen.

Heike war ihre beste Freundin, keine ihrer Freundinnen kannte sie länger und besser. Marlies hatte sich von ihr Trost erhofft. Und auch wenn sie sich unbewusst vielleicht gewünscht hatte, dass Heike für Till Partei ergreifen würde, schmerzte sie die Wahrheit, die Heike aussprach. Plötzlich wünschte sie sich, sie hätte irgendeine Bekannte ins Vertrauen gezogen, eine Frau, die sie weniger gut kannte und die Till langweilig und ignorant fand. Davon kannte sie schließlich auch ein paar.

Heike machte sich wieder mit Heißhunger über das Essen her und redete dabei weiter. »Kannst du dich noch daran erinnern, wie du bei der Geschichte von Till mit dieser Kollegin aus dem Musical ausgerastet bist? Wie hieß die doch gleich?«

»Sina.«

Wenn Marlies nur an diese Frau dachte, bekam sie Magenschmerzen. Ausgesprochen hatte sie diesen Schreckensnamen schon seit Jahren nicht mehr. Das Carpaccio würde Heike gleich auch noch verdrücken können, wenn sie mit dieser Fragerei weitermachte. Allein die Nennung dieses blöden Namens verdarb ihr den Appetit.

»Aber das ist es ja genau. Du hast es erfasst. Deswegen erzähle ich Till ja auch lieber nichts. Das war so furchtbar, damals. Ich verstehe das alles ehrlich gesagt bis heute nicht. Knutscht der einmal mit einer anderen herum, und dann will er gleich ausziehen. Komm, das kann man doch wirklich nicht miteinander vergleichen. Das war so kränkend. Ach, viel mehr als das. Das war eine unvorstellbar schlimme Zeit. Erinnerst du dich noch, wie er mehrere Monate in dieser winzigen Einzimmerwohnung in Marzahn gehaust hat? Wie auf Droge jiepernd nach dieser Frau, die mit ihm nur gespielt hat, und er war auch noch zu vernagelt oder zu geil oder was weiß ich, um das zu merken. Und die Kinder bekamen auch noch alles mit. Die sollten ihn in dieser leeren Bude mit der Matratze und dem Spirituskocher ja sogar noch besuchen. Das war doch das totale Chaos.«

Marlies merkte, wie Selbstmitleid in ihr aufstieg, aber weil sie wusste, dass ihr Heike diese Schwäche nicht durchgehen lassen würde, versuchte sie es mit Entrüstung.

»Das mit Tills Auszug willst du mir aber jetzt nicht auf diese Weise verkaufen, oder?« Heike war auf einmal richtig sauer. »*Du* hast ihn doch zuerst geohrfeigt, dann aus eurer Wohnung geworfen und darauf noch das gemeinsame Konto für ihn sperren lassen. Was wäre ihm denn anderes übrig geblieben, als sich eine Bude zu suchen?«

»Das kann man doch alles überhaupt nicht miteinander vergleichen. Das mit Ralf ist doch nur Spaß«, sagte Marlies, »aber Till hat diese Klarinettistin geliebt.«

Sst, sst. Beide Frauen schauten auf das Handy, das neben Marlies' Weinglas vibrierte.

»Nur keine Hemmungen«, forderte Heike sie auf, »schau schnell drauf, dann kannste wenigstens weiteressen. Nicht dass noch deine drei kalorienarmen Fischscheiben warm werden.«

Ich warte. Das war alles, was da stand. Genug, um Marlies wieder in Wallung zu bringen. Am liebsten hätte sie sich sofort die Jacke übergeworfen und wäre zu Ralf gerannt. Fünf Minuten, länger brauchte sie nicht vom Restauranttisch zu seiner Bettkante. Aber so funktionierte ihre Freundschaft zu Heike natürlich nicht. Sie konnte sich nicht um acht mit ihr verabreden, um dann nur von sich zu reden und noch vor zehn Uhr die Biege zu machen. Außerdem würde ihre Freundin mit Sicherheit noch ein Tiramisu bestellen.

»Na, alle Erwartungen erfüllt?«, fragte Heike und grinste breit.

Marlies wollte irgendetwas Schlagfertiges erwidern, aber sie merkte, wie ihr als Entgegnung nur ein schulmädchenhaftes Lächeln glückte.

»Und bei dir?« Das klang verlogener, als es gemeint war. Denn in der Ordnung eines guten Freundinnengesprächs wäre jetzt eigentlich Heikes Redezeit angebrochen.

Aber noch eigentlicher hätte Marlies nun Heike gerne mal ausführlich von Ralf vorgeschwärmt. Das war doch bei so einem harmlosen Verknalltsein eigentlich fast das Beste – im Gespräch mit einer Freundin noch einmal in aller Seelenruhe die verlockenden, verbotenen Momente genüsslich aufzuwärmen. Gern hätte sie Heike jetzt ein paar pikante Details aus ihrem aufgefrischten Liebesleben verraten.

Männer machten doch angeblich auch so etwas. Erzählten die sich nicht solche Sachen wie »Die ist vielleicht toll im Bett, wenn du wüsstest…?«.

Sie wollte gar nicht wissen, was für delikate Einzelheiten Till damals über sein neu aufgelegtes Sexualleben seinem Freund Jost mitgeteilt hatte, ungefragt oder auf Nachfrage. Oder doch!

Ob sie Heike vielleicht mal fragen sollte, wie sie es fand, wenn ihr ein Mann Schimpfwörter ins Ohr raunte oder beim Sex an den Haaren zog?

Aber so etwas besprach man eben nicht unter Freundinnen, und außerdem hatten Heike und Peter immer so gewirkt, als hätten sie ihre Kinder am Schießstand auf dem Rummel gewonnen. Heike und Sex, das ging irgendwie nicht zusammen. Hatte sie Sex, wenn überhaupt, nicht immer mit einem CH ausgesprochen, so wie in *sechs*?

Heike war seit dem tragischen Unfall ihres Mannes vor zwei Jahren allein, unglücklich und wurde von Monat zu Monat dicker, aber auch blonder. Als Heike soeben das Lokal durchquert hatte, war Marlies nicht entgangen, wie mehrere klebrige Männerblicke an Heikes üppigem Ausschnitt festgepappt waren.

Also noch einmal: »Erzähl doch mal, was gibt es bei dir Neues?«

Marlies spürte bei der Frage bereits die Angst vor der ausufernden Antwort ihrer Freundin zum Befinden ihrer drei Söhne. Begann sie erst einmal Auskunft über Leos, Pauls und Max' Schul-, Haut- und Pubertätsprobleme zu geben, war kein Halten mehr, bis alle Zeitformen der verfehlten mütterlichen Bemühungen in einer Art pädagogischer Konjugationstabelle durchdekliniert waren.

Aber nein. Heike kramte auf einmal unter dem Tisch in ihrer Handtasche und legte nun ihrerseits ein Handy auf den Tisch. Sie wischte ein paarmal über das Display und reichte dann Marlies das Telefon. »90-60-90 würden Männer dazu wohl sagen«, trompetete sie fröhlich aus, während Marlies das Foto eines dunkelhaarigen, jungen Mannes mit gezupften Augenbrauen, Schmachtblick und hinter dem Kopf verschränkten, baumstammdicken Oberarmen in weißer Satinbettwäsche betrachtete. »Ahmed«, sagte Heike mit einem Blick so stolz und selig wie der des Oberförsters beim Anblick des frisch erlegten Sechzehnenders.

»Wo hast du denn dieses Foto her?«, fragte Marlies ungläubig.

»Von dem hab ich nicht nur das Foto, sondern auch noch ganz andere Souvenirs ...«

Marlies unterbrach sie. »O Gott, so genau will ich's lieber gar nicht wissen. Ich hätte nie gedacht, dass du es nötig hast, zu solchen Typen zu gehen. Na ja, ich gebe ja zu, mich hat es auch schon einmal gereizt, dafür Geld zu bezahlen. Aber widert einen das Abgehalfterte an dieser Situation, das Vorhersehbare und Eingeübte nicht irgendwie an? Sag doch ehrlich.«

Heike antwortete nicht, sie schien nur immer weiter verzückt Ahmeds Fotos auf dem Handy zu betrachten.

»Und dann würde ich es, glaube ich auch, irgendwie unappetitlich finden. Ich meine, küsst man denn so jemanden? Also ohne Küssen geht bei mir gar nichts, und wenn man dann weiß, dass der auch sonst ... Also ich meine, für Geld ... Und wer weiß, mit was für alten Schnepfen ...«

Heike hatte inzwischen ihr Handy in ihre Handtasche gesteckt und das Portemonnaie auf den Tisch gelegt. Sie presste ihren Mund zu einem feinen Strich zusammen und hielt nach dem Kellner Ausschau. Dann sprang sie plötzlich auf, schulterte ihre Tasche und bahnte sich umständlich den Weg durch die engen Stuhlreihen in Richtung Ausgang.

»Hey, gar kein Dessert mehr? Willst du schon nach Hause?«, rief ihr Marlies erstaunt hinterher. Doch Heike schaute sich nicht einmal mehr nach ihr um.

SECHS

Rumms! Durch Marlies' rechtes Knie zuckte ein brennender Schmerz. In ihrer Brust raste es. Dort, wo eben noch ihr Nachttisch gestanden hatte, war jetzt eine Wand. Es war stockdunkel im Zimmer. Wo war sie? Sie tastete nach links und fühlte eine warme Schulter. Ihr Herz setzte einen Schlag aus, ihr wurde warm, ihre Kehle trocken. Wie lange hatte sie geschlafen? Wie spät war es? Sie versuchte sich in Ralfs Schlafzimmer zu orientieren.

Die Leuchtdioden eines Routers blinkten in einem unregelmäßigen Stakkato. Die Digitalanzeige des DVD-Players am Fußende des Bettes leuchtete hellgrün. Sie setzte sich auf und versuchte, die Uhrzeit auf dem Gerät zu entziffern. Die Kontaktlinsen rieben wie Sandpapier hinter ihren Lidern, und es dauerte eine Weile, bis sie die Zahlen scharf gestellt hatte. 5.22 Uhr. Vor Erleichterung hätte sie sich beinahe wieder hingelegt. Um diese Uhrzeit lagen bei ihr zu Hause noch alle im Tiefschlaf. Kein Problem, bis Tills Wecker klingelte, würde sie es pünktlich in ihr Bett schaffen.

Marlies kletterte vorsichtig über den in Seitenlage von ihr abgewendet schlafenden Ralf, umständlich darauf bedacht, ihn nicht zu wecken. Es war nicht leicht, sich in dem dunklen, fremden Zimmer zurechtzufinden, ohne Krach zu machen. Sie hörte seinen regelmäßigen Atem.

Warum schnarchten eigentlich immer nur Ehemänner, Liebhaber hingegen nie?

Während sie auf Zehenspitzen zur Schlafzimmertür schlich, war sie sich auf einmal sicher, dass Ralf gar nicht schlief, sondern sich bloß schlafend stellte. Sie hätte nicht sagen können, woher sie das wusste, aber sie hatte keine Zweifel: Er gab nur vor zu schlafen. Anscheinend wollte er jetzt weder reden, noch legte er Wert auf einen Abschiedskuss oder eine letzte Umarmung.

Marlies öffnete sachte die Tür zum Wohnzimmer. Bleiche Lichtstreifen fielen durch die Jalousien. Draußen dämmerte es, und sie hörte vereinzeltes Vogelgezwitscher.

Ihre Kleider lagen nicht mehr auf dem Parkett, Ralf hatte sie, nachdem sie eingeschlafen war, fein säuberlich auf dem Sofa zusammengelegt und ihre Schuhe parallel zueinander auf dem Teppich ausgerichtet. Sogar ihr Höschen hatte er so etwas wie gefaltet und zuoberst auf ihrer Jeans drapiert.

Er musste also noch einmal aufgestanden sein, um aufzuräumen. Sie stellte sich vor, wie er dabei noch Musik gehört hatte. Beim Einschlafen war es Prince gewesen. »Sometimes it snows in April, sometimes I feel so bad...« Da hatte sie noch kurz einen müden Gedanken daran verschwendet, warum sie selbst bei den uninteressantesten Auftragsartikeln um passende Formulierungen rang, während Popstars sich anscheinend auf die Prägnanz einiger süßer Wörter, auf den Schmelz weicher Streicher und auf ihre raunenden Background-Sängerinnen verlassen konnten. Bestimmt hatte Ralf beim Abwaschen der Weingläser noch eine letzte Zigarette geraucht und schließlich, ordentlich wie er war, auch noch den Aschenbecher ausgespült.

Bei Ralf herrschte stets eine unheimliche Ordnung. Er schien kein Buch zu besitzen und keine Erinnerungsstücke, er mochte keine Blumen und sammelte nichts. Auf dem Sideboard standen drei Schalen aus geflammtem Muranoglas, und auf der Fensterbank lagen geometrisch geformte Basaltstücke. Die Wohnung war spärlich möbliert und mit dezenten Dekorationsstücken ausstaffiert. Sie schien wie aus einer dieser glänzenden Architekturzeitschriften entsprungen, aus einem der Magazine, wie sie auf den Tischlein teurer Friseursalons auslagen. Marlies hatte sich immer gefragt, wer die wohl lesen würde, außer den bis zur Ohnmacht erwärmten Damen unter den Trockenhauben. Jetzt wusste sie es. In Ralfs Altbauwohnung lagen diese Journale dezent aufgefächert in einer flachen Olivenholzschale unter dem Glastisch.

Das leere Wohnzimmer ging in die offene Küche über, deren schwerer, überdimensionierter, grauer Küchenblock träge in der Mitte des Raums lag, wie ein auf eine Sandbank angeschwemmter Meeressäuger. Hier kochte nie jemand. Im Kühlschrank wurde jede Menge Wein gelagert und Löwensenf, unzählige Eier - immer waren da Eier - und manchmal auch eine Schachtel mit Sushis vom Vortag. Die kratzigen Filzkissen in gedeckten Farben auf dem Sofa befanden sich stets in derselben Anordnung auf den Sitzpolstern, die beige Mohairdecke lag wie achtlos über der rechten Armlehne - stets exakt an derselben Stelle.

Ich hätte niemals gedacht, dass Yogalehrer so wohnen, hatte sie lachend gestaunt, damals, als Ralf sie an einem Sonntagabend nach dem Kurs auf einen *Drink*, wie er sich tatsächlich ausdrückte, zu sich nach Hause einlud. Sie hatte etwas unschlüssig und aufgekratzt in der blitzblanken Küche herumgestanden, während er eine Flasche Pouilly Fumé öffnete, und sich gewundert, dass es bei Ralf weder Traumfänger noch asiatische Windspiele zu bewundern gab.

Am ersten Abend war Marlies nicht lange geblieben. Nachdem sie ein paarmal am Wein genippt hatte, hatte sie Ralf unvermittelt geküsst, ohne jede Vorwarnung. Es war ein Kuss, von dem ihr die Knie weich wurden. Ach was, das war noch stark untertrieben. Dieser Kuss war die Querschnittslähmung ihres freien Willens gewesen. Sie hatte schon ganz vergessen, dass es solche Küsse gab. Küsse, unter denen man zu gleichen Teilen mit dem Fußboden, der Gegenwart und mit einem anderen Menschen verschmolz.

Dann hatte Ralf ihr das T-Shirt ausgezogen, und als sie sich mit einem Mal, den Oberkörper entblößt, unter einem 400-Watt-Strahler in seiner Küche stehen sah, bleich mit ihren rosa BH-Striemen und so flachbrüstig, wie sie nach zwei Kindern nun einmal war, hatte sie Reißaus genommen.

Sie hatte sich hastig angezogen, dabei noch eine Entschuldigung gemurmelt, und war über den flokatiartigen Läufer im Flur gestolpert. Auf der Flucht aber hatte sie auf der Flurkommode ihr Portemonnaie vergessen – typisch.

Pünktlich um sieben am anderen Morgen, noch vor dem Aufstehen, las sie seine SMS auf ihrem Handy: »Ich hab da noch etwas, was dir gehört – und das ist nicht nur deine Brieftasche.« Hui. Um elf Uhr hatte sie wieder bei ihm auf der Matte gestanden, dankbar für die Möglichkeit, über Ralf doch noch ein oder zwei Dinge herausfinden zu können.

Ralf war von Beruf eigentlich Coach, hatte er ihr nach einer wilden Knutscherei im Treppenhaus erklärt. Er verbessere durch eine spezielle Form der Körperarbeit die berufliche Performance seiner Kunden. Was sie sich darunter vorstellen sollte, hatte Marlies nicht gefragt, es interessierte sie auch nicht wirklich. Den Yogalehrer gäbe er nur aus »Spaß an der Freude«. So hatte er sich tatsächlich ausgedrückt. Marlies war etwas, das sie für sich selbst *worthörig* nannte: Ein schiefer Ausdruck konnte sie wie ein eiskalter Regenguss erwischen und jede noch so romantische Situation sofort abkühlen. Sie spürte, wie fremd und verlassen sie sich auf einmal in seinen Armen fühlte. Dachte auch kurz über einen erneuten, diesmal vielleicht doch etwas eleganteren Abgang nach. Doch da hatte Ralf sie einfach hochgehoben und ins Schlafzimmer getragen. Und damit bewiesen, dass er nebenberuflich auch noch über ganz andere Talente verfügte – und, wie sich bald herausstellte, auch vollständig rasiert war, ganzkörperrasiert.

Es hatte sich gelohnt, wenigstens dieses eine Mal nicht so genau hinzuhören. Bis zum Abend war sie bei ihm geblieben. Ralf hatte einen tiefen Eindruck und mehrere violette Abdrücke auf ihr hinterlassen.

Er war nicht so groß wie Till, dafür aber kräftiger und deutlich energiegeladener. Dass er gut gebaut war, war keine Überraschung für Marlies gewesen, sie hatte ihn beim Yoga schon lange und ausführlich betrachten können. In den Kursen trug er auf seinem gestählten Körper kaum mehr als seine Yogaschüler. Was in Ralfs Fall bedeutete: eine sehr knappe himmelblaue Badehose, die Marlies' Fantasien über Wochen hin beflügelte. Ralfs Haut war gleichmäßig dunkelbraun, wahrscheinlich Sonnenbankbräune, und er hatte eine Glatze. Nicht so etwas Halbkahles, das Heike *Sportplatz mit Hecke* nannte, sondern eine wirklich gut polierte Kojak-Glatze.

Nie hätte Marlies gedacht, dass sie so sehr auf kahle Köpfe stehen würde. Sie hatte sich immer für den südländischen Typ interessiert, für den mit dem dunklem Bartschatten und der wild wuchernden Teppichwolle auf der Brust. Jetzt erst fiel ihr auf, wie viele glatt rasierte Männerköpfe es gab. Auf einmal schaute sie sich auf der Straße nach jeder Glatze um. Kein Kopf war so schön, so rund und wohlgeformt wie der von Ralf. Heike hatte Marlies dabei beobachtet, wie sie beim Einkaufen einem kahl rasierten, jungen Skater versonnen nachblickte. »Na? Neues Beuteschema?«, hatte sie gefrotzelt. Marlies hatte nur versonnen nicken können.

Zu allen anderen Vorzügen war Ralf auch noch fünfzehn Jahre jünger als sie. Zum ersten Mal in ihrem Leben verstand sie die alten, faltigen Typen, die sich als Jungbrunnen eine knackige Barbiepuppe kauften. Unbeschwertheit und Jugendlichkeit konnten in einem schon einen enormen Frischzelleneffekt erzeugen.

Nun hieß es nur noch, sich in Ralfs Anwesenheit, an der Seite seines stählernen Astralleibs nicht wie ein alter, ausgebeulter Sack vorzukommen.

Ralfs Matratze war ihr anfänglich wie eine große, unbekannte und endlos weite Landschaft vorgekommen, in der Dinge passierten, die sie nie für möglich gehalten hatte. Er hatte ihr aufregendes Zeug ins Ohr geflüstert. Romantische Betrachtungen zunächst, dann schon am Nachmittag bereits eine Menge versauter Sachen, am Abend allerhand noch nie gehörte Obszönitäten. Er hatte von ihr geschwärmt, wie schön und begehrenswert sie sei und wie wunderbar der Sex mit ihr - frei und unverstellt.

So etwas hatte sie noch nie erlebt. Aber noch während sie dabei war, schweigend zu genießen, überkam sie die Angst. Hier würde sie ab jetzt kräftig an der Angel hängen, das stand mal fest. Dieser Mann war gefährlicher als irgendeine Droge, und es stand zu befürchten, dass er sie schneller abhängig und dazu dümmer machen würde als Crack und Crystal Meth zusammengenommen.

Aber gleich am ersten Tag hatte er auch schon begonnen, ihr von seiner kleinen Tochter zu erzählen. Die lebte bei der Mutter, einer Zufallsbekanntschaft, die gleich in der ersten Nacht von ihm schwanger geworden war und ihm nun die Hölle heißmachte, indem sie unzuverlässig und launisch mit seinem Besuchsrecht umsprang. Marlies hätte bei diesem Thema gern mit einer imaginären Fernbedienung den Sender gewechselt. Was kümmerte sie Ralfs Vergangenheit? Sie war nicht angetreten, um seine Kummertante zu werden. Genau genommen wollte sie so wenig wie möglich aus seiner Vergangenheit wissen.

Ralf sollte seine glatte Oberfläche behalten, auf die sie alles Begehren, Verlangen, alle Leidenschaften und ihre unerfüllten Träume projizieren konnte.

Und dann gab es da noch etwas an dieser Geschichte, das ihr schlagartig schlechte Laune bereitete: Machte der es eigentlich immer ohne Gummi? So bescheuert konnte man doch kaum sein. Man *verlor* ja schließlich nicht von ungefähr und per Zufall irgendwo ein Kind.

Aber hätte man über - wie hieß das doch gleich - *ungeschützten Geschlechtsverkehr* nicht vorher vielleicht mal reden sollen?

Och nö, wie unappetitlich. Über so etwas hatte sie ja seit Jahren, genau genommen seit Jahrzehnten nicht mehr nachdenken müssen. Tja, und nun musste sie es wohl auch nicht mehr, denn nun war es ja wohl zu spät für Bedenkenträgerei.

Bevor Ralf ihr jedoch den gesamten Sorgerechtsstreit ausbreiten konnte, den er mit dieser furchtbar gemeinen und rücksichtslosen Kindsmutter ausfocht (man kennt immer nur die Guten, pflegte Heike zu sagen, wenn im Bekanntenkreis jemand seine Version einer Trennung, von Betrug und Verrat vortrug), hatte sie festgestellt, dass sie Hunger hatte.

Und das war noch nicht einmal ein Vorwand, um das unerfreuliche Thema zu wechseln. Als Ralf sich Hemd und Hose übergeworfen und das Haus verlassen hatte, um beim Thailänder nebenan ein paar labbrige Sommerrollen zu kaufen, nutzte sie den Augenblick, um die Wandschränke im Schlafzimmer zu öffnen. In denen, neben einer stattlichen Auswahl von Sportbekleidung, gut zwanzig schmal geschnittene, sehr ähnliche dunkle Anzüge und geschätzte fünfzig weiße Button-down-Hemden hingen.

American Psycho? Und das mitten im Prenzlauer Berg. Wer hätte das gedacht!

Das war nun auch schon wieder gute zwei Monate her. Am Anfang hatten sich Marlies und Ralf fast täglich getroffen. Er schrieb ihr jede Stunde irgendeine sehnsüchtige Nachricht. Irgendwann, nach ein paar Wochen, konnte er sie dann auf einmal nicht mehr so häufig sehen, weil seine Ex eine Fortbildung begonnen hatte und ihm nun doch wieder ab und zu die gemeinsame Tochter überließ, ärgerlicherweise auch über Nacht.

Marlies blieb nichts anderes übrig, als Verständnis zu heucheln.

Und plötzlich klangen auch seine Kurznachrichten deutlich anders. »Ich kann heute leider nicht. Ariane schläft bei mir. Ich bin so glücklich.« Oder: »Kann heute erst nach zehn, will noch mit Arri zu Abend essen.«

Na, super. Und was war denn bitte mit ihr? Sie hatte gleich zwei Kinder, die sie brauchten. Warum hatte *sie* eigentlich nie das Bedürfnis, mit denen Fischstäbchen zu mampfen, anstatt sich über Ralf herzumachen? Irgendetwas an ihrer tollen Amour fou war in Schieflage geraten. Marlies spürte das, und sie spürte noch etwas anderes: Verzweiflung.

Das hier war schon lange kein Spiel mehr. Sie redete sich ein, dass sie Ralf brauchte, um ihren stumpfsinnigen Alltag zu meistern. Während sie ihre öden Artikel schrieb, lechzte sie nach der nächsten Verabredung. Sie ertrug Till überhaupt nur noch, wenn sie wusste, an welchem Tag sie Ralf wiedersehen würde. Und dabei wurde sie immer unausstehlicher.

Anstatt nun endlich zufrieden zu sein – hatte sie nun nicht wirklich so gut wie alles, was sie sich je ersehnt hatte –, machte sich das unangenehme Gefühl von Hoffart, von Überheblichkeit in ihr breit. Sie behandelte Till wie einen Lakaien.

Tills Anspruchslosigkeit und seine schafartige Ergebenheit ins Schicksal hatten Marlies immer schon an ihm gestört. Warum noch mal konnte man im Leben nicht alles haben? Das war doch nicht einzusehen! Man hatte doch nur eins.

Neulich hatte sie ihm an den Kopf geworfen, sie habe seinetwegen seit Jahren auf alles verzichtet, was ihr jemals Spaß gemacht hätte. Er hatte darauf nichts erwidert. War nur schweigend aus dem Haus gegangen. Als er nach einer halben Stunde wieder zurückkam, hatte er vom Weinen gerötete Augen gehabt und sie keine Chance, ihn zu trösten.

Aber auch Ralf gegenüber hegte sie inzwischen ausgesprochen

ambivalente Gefühle. Merkwürdig, was war eigentlich aus dem Thema Liebe geworden?

»Ich liebe dich«, hatte Ralf nach gut einer Woche auf einmal behauptet. Dabei wusste sie, ohne viel von Ralf zu wissen, dass der keine Ahnung, keinen blassen Schimmer von Liebe hatte. Er gefiel sich einfach in der Rolle des Liebenden. Das könnte man ja mal ausprobieren. Bestimmt wollte er sie lieben. Das glaubte sie ihm sogar, nur spürte sie deutlich, dass er dazu einfach nicht imstande war.

Es war trotzdem schön, seine Liebesbekenntnisse zu hören. Und ein berauschendes Gefühl war es, einem fast fremden Menschen gegenüber ein solches Geständnis zu wagen.

Also warf sie alle Bedenken über Bord und wagte es eines Tages, nach ein paar starken Cocktails in einer dunklen Bar:

»Ich liebe dich.«

Ralf war danach sofort verstummt. Und keiner von beiden war je wieder darauf zurückgekommen.

Was hatte sie eigentlich gewollt? Mit Ralf durchbrennen? Für ihn, einen fünfunddreißigjährigen Yogalehrer, die Familie verlassen? Wohl kaum. Mit Ralf käme sie vor Langeweile um, so viel war klar. Seine unreflektierte Art war auf Dauer gewiss schwerer zu ertragen als Tills Zukunftsängste, dessen ewige Selbstzweifel und seine Antriebslosigkeit zusammen. Till hatte immerhin ein Thema, das ihn beschäftigte, das eine Buch, das er gerade las, oder wenigstens ein neues Gitarrenriff, das ihn vollständig absorbierte. Ralf dagegen schien nur aus Körper und Vaterschaft zu bestehen. Er erzählte immer bloß Geschichten. Storys von Leuten, die sie nicht kannte, am liebsten aber von seiner Tochter und von sich selbst, Anekdoten aus früheren Zeiten, aus seiner Kindheit. Sein Job interessierte ihn nicht sonderlich. Zumindest sprach er fast nie davon, und ging ihm, wie es aussah, auch nicht besonders regelmäßig nach. Außer mit Ariane zusammen zu sein, ein paar

Kumpels zu treffen oder dreimal in der Woche im Yogastudio Kurse zu geben, hatte er wohl nichts vor.

Warum nur wollte sie so dringend von einem solchen Mann geliebt werden? Von einem Typen, den sie noch nicht einmal schätzte?

Und woher kam plötzlich diese nagende Verlustangst?

Am Anfang war sie sich vorgekommen wie die Loreley hoch oben auf dem Rheinfelsen. Wie die personifizierte Verlockung, außerhalb von Ralfs Reichweite, die so lange ihre Löckchen striegelte, bis er - und ein Haufen anderer Segler - eines Tages an ihrem Felsen zerschellen würde und im Sog seines Begehrens unterginge. Aber dummerweise hatten sich irgendwann die Rollen vertauscht, und es entging ihr nicht, dass sie es war, die in einen fatalen Strudel aus nie gekannten Emotionen geraten war. Wie war das nur geschehen? So ein Mist, nun war sie die Bedürftige - unsouverän und damit ziemlich erpressbar.

Als sie sich an diesem frühen Morgen in der leeren Wohnung umschaute, schmerzte sie die Tatsache, dass Ralf noch bevor sie seine Wohnung verlassen hatte, all ihre Spuren getilgt und gründlich beseitigt hatte. Nach dem Aufstehen würde Ralf nichts mehr an ihre gemeinsame Nacht erinnern.

»Ach, könntest du einmal nur eine ganze Nacht mit mir verbringen, ich würde kein Auge zutun, weil ich dich immerzu anschauen müsste«, hatte er ihr einmal ins Ohr geflüstert. Aber Marlies konnte sich gut daran erinnern, dass sie es gewesen war, die das Thema zuerst aufgebracht hatte.

»Wenn ich doch nur die Nacht über in deinen Armen bleiben dürfte«, hatte sie im Weggehen theatralisch gehaucht.

Dabei hätte sie bei jedem Abschied doch nur gern gehört: »Geh noch nicht, bleib noch etwas.« Oder: »Komm bald wieder.« Hatte er jemals so etwas gesagt?

Sie konnte sich nicht daran erinnern. Irritiert aber hatte sie von Anfang an, dass er, noch während sie neben ihm lag, »Das war aber schön mit dir« sagte.

»Was heißt hier *war*, es ist doch *noch*!«, hatte sie protestiert, worauf er nicht reagierte. Meistens lag er dann schon etwas abgerückt von ihr auf seiner Seite des Betts, die Arme hinterm Kopf verschränkt, schaute ihr auch nicht mehr in die Augen, sondern hinauf an die Stuckdecke. In Gedanken war er längst irgendwo, jedenfalls nicht mehr bei ihr.

Das waren die Momente, in denen sie sich gern in ihr eigenes Bett gebeamt hätte, so wie jetzt. Wäre sie doch nur schon bei sich zu Hause. Auf einmal musste sie an ihre Friseurin denken. »Der Drops ist jelutscht« war einer der Lieblingssprüche der lebensklugen Urberlinerin. Wie war sie denn jetzt nur darauf gekommen?

Als sie die Wohnungstür hinter sich zuzog, beschlich sie ein unangenehmes Gefühl. Sie kam sich vor wie ein Dieb, der bei einem Einbruch vergessen hatte zu stehlen und stattdessen seine eigenen Spuren in einer fremden Wohnung hinterlassen hatte. Aber was konnte sie schon bei Ralf verloren haben?

Gisela hätte eine Antwort darauf gehabt, das wusste Marlies. Hätte ihre Mutter sie dabei beobachten können, wie sie sich morgens kurz vor sechs aus der Wohnung eines fremden Mannes stahl, sie hätte ihr mit Sicherheit eine ihrer typischen Standpauken zu den Themen Ehre, Stolz und Selbstwertgefühl gehalten.

Marlies' Seufzer hallte in dem kahlen Treppenhaus nach.

Im gleißenden Morgenlicht stand sie nur zwei Häuserblocks von der eigenen Wohnung entfernt auf der Straße und sah sich um. Schon hellte sich ihre Laune merklich auf. Der Himmel war so klar wie ein frisch geputzter Spiegel, die Häuserfront vor ihr wirkte so stark konturiert, als wären Giebel und Wände von einer feinen, schwarz gestrichelten Linie nachgezeichnet, die sie an die

Bastelbogen ihrer Kinder erinnerte. Fehlte nur das Piktogramm für die kleine schwarze Schere.

Auf der Straße war noch nicht viel los. Zwei Fahrradfahrer kamen ihr entgegen, in hautengen Polyesterleggings und taillierten Sportjacken mit integrierter Trinkflasche. Wo radelten die beiden Jungs im Partnerlook um diese Uhrzeit wohl hin? Ins *Berghain*? Nie hatte ihr einer erklären können, wozu es diese Mousepads in den Hosen über den straffen Popos brauchte. Fiel man ohne diese Unterbodenverstärkung etwa vom Sattel? Guten Morgen, Berlin.

Eine hennagefärbte Mittfünfzigerin sprach einfühlsam auf ihren Dackel herab, der gerade dabei war, in das sorgsam gepflegte Stiefmütterchenbeet des Blumenladens *Tausendschön* zu kacken, mitten hinein. »Ja, meene Püppi, lass dir ruhig Zeit, Mutti wartet auf dich.«

Darauf bückte die Hundehalterin sich, und Püppi sprang der Besitzerin erschrocken auf die Füße. Das seidige Fell des Tierchens hatte haargenau den gleichen Farbton wie die saure Dauerwelle von Frauchen, und so wirkten die beiden für einen kurzen Moment wie ein besonders originell komponierter Wolpertinger. Über ihre rechte Hand zog die Frau wie einen Handschuh ein rosa Tütchen, griff beherzt nach dem dampfenden Haufen und zog mit der Linken die Tüte geschickt über die geballte Faust, hielt sie am oberen Ende mit beiden Händen fest und ließ sie dann um den oberen Rand rotieren. Schwupps, einen Knoten gemacht, schon konnte es weitergehen.

Ein gepflegter Rentner mit schönem, vollem Silberhaar in Trachtenjanker und Sandalen überquerte die Straße. Wie lange hatte Marlies schon keinen älteren Menschen mehr in ihrem Kiez gesehen. Wo mochte der nur so früh an diesem Morgen herkommen?

Der Mann näherte sich entschlossenen Schrittes dem Kinderspielplatz und zog dabei ein Stöckchen aus seinem Einkaufsbeutel, auf dem »Brot vom Bäcker - Backen aus Tradition« stand. Er öffnete das Tor in dem metallenen Jägerzaun und blieb neben einer Bank vor dem Sandkasten stehen. Dann begann er mit dem Stock in dem großen Mülleimer zu stochern.

Wann hatte das begonnen? Vor wie vielen Jahren? Wann war das Pfandflaschensammeln eigentlich als salonfähiger Zusatzverdienst in der Mitte der Gesellschaft angekommen? Marlies konnte sich nur daran erinnern, dass sie so etwas in Hamburg in den Achtzigern nie gesehen hatte. Penner und Junkies, na klar, aber nicht der normale Mitbürger, der plötzlich im Unrat wühlte. Sie wusste, dass es Till bei dem Anblick dieser Müllsammler inmitten des allgegenwärtigen Wohlstands auch immer schauderte. Genau aus solchen deprimierenden Alltagsbeobachtungen speisten sich seine Zukunftsängste. Und nun wurde auch Marlies bei einem Anblick wie diesem in der Magengegend auf einmal flau. Okay, auch Gisela hatte stets peinlich genau darauf geachtet, die Rabattmarken auf die Bonuskarten der Ladenkette *Ihr Platz* zu kleben. Aber in ihrem Fall hatte man das noch Sparsamkeit genannt. War das, was sie hier sah, nur ein unappetitliches Hobby oder schon blanke Not?

»Verdammte Scheiße«, murmelte der Alte vor sich hin. Schmiss den Stock auf den Boden und begann nun mit bloßen Händen den Müll zu durchforsten.

Mit einem Mal drehte er sich zu Marlies um, und ihre Blicke trafen sich. Das wütende, zerfurchte Gesicht des Müllsammlers ließ sie zusammenzucken. Schnell schaute sie wieder vor sich auf den Bürgersteig und beschleunigte ihre Schritte. Zu spät. Der Mann richtete sich nun über dem großen Papierkorb auf. Ohne hinzuschauen registrierte sie, wie er sie fixierte.

»Alte Schlampe!«

Hatte sie richtig gehört? Seine Stimme klang schrill und hoch, wie die einer bösen Hexe aus den Märchenfilmen, die ihre Kinder früher so gern an Sonntagvormittagen im Fernsehen geschaut hatten, um dabei jedes Mal vor Angst zu bibbern.

»Du alte Kuh, du bist so alt und hässlich, dass ich kotzen könnte, du…« Er suchte nach Worten, fand noch eins, das sich wie *Fotze* anhörte, und bemerkte dann noch etwas über die widerwärtige Beschaffenheit des weiblichen Geschlechtsteils.

Marlies lief inzwischen im Geschwindschritt die Straße hinab, schaute stur geradeaus, hörte den Alten laut hinter ihr herkrakeelen und bog schnell um die nächste Ecke.

Noch drei Häuser, dann hatte sie es geschafft. Sie rannte inzwischen fast und nestelte dabei ihren Haustürschlüssel aus der Umhängetasche. Als die Tür hinter ihr endlich ins Schloss fiel, lehnte sie sich im Hausflur gegen die Briefkästen und schnappte nach Luft. Sie fühlte, wie ihr der Schrecken Hals und Wangen gerötet hatte, wie ein heißkalter Sonnenbrand der Scham ihr über die Haut kroch. Wie ging das noch mit dem Weinen? Sie gab ihr Bestes, aber es wollten sich keine Tränen einstellen. Plötzlich musste sie an ein Märchen denken. *Von einem, der auszog, das Fürchten zu lernen.* Worum war es da gleich noch mal gegangen?

Da war ein junger Typ, der sich partout nicht gruseln konnte. Es wollte ihm einfach nicht gelingen, das Geschäft mit der Angst. Er fürchtete sich weder vor schwarzen Katzen noch davor, dass einer am Galgen baumelte, oder vor kegelnden Totenköpfen.

Was war es noch gleich, wovor ihm am Ende doch noch gegruselt hatte? Seine Frau hatte ihm heimlich nasse Heringe ins Bett gekippt.

Sollte es am Ende das sein? Sollte etwa die Banalität das Gruseligste, das Furchtbarste alles nur Denkbaren sein?

SIEBEN

Bitte keine kostenlosen Zeitschriften und Werbung einwerfen.

Den Briefkasten verstopften trotzdem wellige Stadtteilzeitungen, Handzettel preisgünstiger Heizkohlelieferanten und mehrere knallbunte Broschüren mit den aktuellen Sonderangeboten der umliegenden Discounter.

Till schaute auf die Fotos der glänzenden, wie frisch lackiert wirkenden Fleischbrocken und betrachtete die weißlichen Koteletts in ihren Styroporassietten. Der Anblick des Billigfleischs erinnerte ihn an einen ekligen Vorfall vor ein paar Monaten. Er war mit Jan auf dem Weg zum Bolzplatz durch den Park gegangen, der wie immer voll war mit umherrennenden Kindern und den dazugehörigen Eltern auf ihren Picknickdecken, mit Skatern und Joggern und zu Tills Leidwesen auch mit diesen Trommlern, die er nicht ausstehen konnte und die ihn mit ihrem monotonen Bongo-Getrommel in den Wahnsinn trieben. Plötzlich war Jan wie elektrisiert vor einem Laternenmast stehen geblieben. »Schau mal Till, das Schweinchen da!« In gut einem Meter Entfernung pappte an der Laterne in Kinderaugenhöhe ein schlecht kopiertes Foto. Als Till sich zu dem Bild hinunterbeugte, sah er sofort, dass hier etwas nicht stimmte. Einer ziemlich dreckigen Sau in Seitenlage rann dunkles Blut aus dem Maul. Darunter hatte jemand mit Filzstift in Krakelschrift *Hm, lecker Schnitzel* geschrieben. Auch Jan hatte inzwischen das Unheimliche an der Abbildung entdeckt. »Das Schwein ist ja tot. Das ist doch furchtbar. Schau dir das arme Tier an. Das machen die Menschen mit hilflosen, kleinen Tieren.« Jan blickte ihn mit weit aufgerissenen Augen an.

Diese Fascho-Veganer! Fingen die jetzt schon hier in dieser Gegend an, unschuldige Kinder zu traumatisieren?

Jan war mit einmal ganz blass um die Nase geworden und stand kurz davor, in Tränen auszubrechen. Immer, wenn Jan weinte, fühlte sich Till an sich selbst erinnert. An sich als das kleine Kind, das er einmal gewesen war. Jan sah ihm beim Weinen ähnlich, und das, obwohl er Marlies wie aus dem Gesicht geschnitten war. »Ich kann heute Abend bestimmt nicht einschlafen, Papi. So ein totes Schwein verfolgt einen ja noch im Schlaf. Siehst du? Deshalb esse ich keine Tiere. Ich weiß gar nicht, wie du überhaupt Fleisch essen kannst. Musst du nicht immer an die süßen Schnauzen der Schweine und an die lieben Augen von den Kühen denken?«

Till nahm den Sohn in den Arm und wiegte ihn leicht hin und her.

Was hätte er sagen sollen? Nein, er dachte nicht an Tiere, während er Fleisch aß. Aber er war dennoch froh, wenn das Fleisch, das er selten kaufte, möglichst wenig an die Körperteile eines Tieres erinnerte. Am liebsten war ihm Gehacktes für die Bolognese-Sauce oder für die kleinen Burger, die er Anni zum Kindergeburtstag briet. Unvorstellbar, was passierte, wenn er bei sich zu Hause so eine große Zunge aus dem Einkaufskorb ziehen würde, wie seine Mutter sie früher manchmal als Sonntagsbraten zubereitet hatte. Er sah es noch rosig auf dem Küchentisch liegen, dieses absurde, geradezu obszön wirkende Körperteil des gemütlichen Wiederkäuers. Die dicke Haut der Oberseite mit den kleinen Hubbeln und den ausgeprägten Papillen ließ sich leicht abziehen, wenn das Fleisch gar war und noch ganz heiß, das hatte ihm seine Mutter erklärt. Hmm! Was hatte das immer gut geschmeckt, zusammen mit der sämigen Meerrettichsauce und den festen gelben Kartoffeln. Wie gern würde er jetzt wieder einmal so eine Zunge essen, nur anfassen wollte er sie lieber nicht.

An diesem Morgen befanden sich im Briefkasten unter dem Reklameberg auch zwei Rechnungen eines Versandhandels, ein Brief der Walter-Serner-Gesamtschule und eine Postkarte, auf der man jede Menge Nadelwald sah. Sie war mit der Aufschrift *Zauberhaftes Taubertal* versehen.

»Lieber Till! Das Wetter ist gut, das Essen im Kurhotel ist reichlich und schmackhaft. Meinem Fuß geht es schon viel besser, der Verband konnte ab, und auch das Wassertreten bekommt mir. Wir freuen uns schon auf das Wochenende bei dir und den Kindern. Es grüßt dich Mutti mit Vati.«

Er schaute eine Weile auf die blaue Kugelschreiberschrift der Mutter und fragte sich, wie diese Tage in der Kur wohl wirklich aussahen. Sollte das Herumwaten in Heilwasser etwa gegen eine Venenschwäche helfen, die man auch etwas uncharmanter als »offene Beine« bezeichnen konnte? Das Rauchen aufgeben wäre da doch wohl die einzig richtige Heilmethode gewesen.

Mutti mit Vati ... Es grüßte also nur die Mutter, während der Vater sie noch nicht einmal in einer von der Krankenkasse verordneten Kur aus den Augen ließ. Kein Butterbrot konnte der sich alleine schmieren. Ohne seine Frau fand er sich zu Hause nicht zurecht. Dabei war er kerngesund wie ein junger Baum, während seine Frau immerhin einen Schwerbehindertenausweis besaß. Gegen die Kur der Mutter hatte er sich so lange zur Wehr gesetzt, bis ihn der Hausarzt beiseitenahm und ihm riet, doch nur ein einziges Mal auch an seine Ehefrau zu denken

»So ein netter Mann, dieser neue junge Arzt. Er ist Ausländer, aber trotzdem gut aussehend und wirklich feinfühlig«, hatte seine Mutter geschwärmt.

Den Besuch der Eltern am kommenden Wochenende hatte Till total verdrängt. Auch Marlies wusste noch von nichts. Er stellte sich vor, wie die Eltern wieder ihre Oberbetten auf seinem

Sofa ausbreiten würden, die Medikamente der Mutter sich in der Küche stapelten und Marlies sich vor der Nasendusche des Schwiegervaters im Badezimmer ekelte.

Es war immer das Gleiche. Der erste Tag ging noch. Marlies trank einfach zusammen mit seinem Vater den bulgarischen Rotwein, den dieser in zwei Kisten in den vierten Stock schleppte. Der Rotwein war immer schon vor der Mutter da, die ebenfalls in die Dachwohnung gehievt werden musste. Da es keinen Fahrstuhl gab, konnte sie das ganze Wochenende lang nicht ein einziges Mal die Wohnung verlassen, nur zum Rauchen ging sie an die frische Luft - auf den Balkon.

Sie kochte, putzte, besserte die Wäsche und Tills Socken aus und badete die Kinder - jeden Tag! Bis sogar Anni so frisch und gebügelt aussah, als wäre sie der Waschmittelwerbung entsprungen. Am ersten Abend wurden Themen wie die wachsende Flüchtlingsmisere und die Eheschließung homosexueller Paare, überhaupt alles Politische noch weiträumig umgangen und nur Alltägliches besprochen. Wenn nicht gerade gegessen wurde, redete die Mutter am liebsten über die Gerichte, die sie als Nächstes zubereiten würde. Der Vater schwieg und trank dazu.

Am nächsten Tag eskalierte die Situation dann aber mit Sicherheit. Sei es, dass Marlies vom billigen Fusel einen dicken Kopf hatte oder einfach nicht mehr weiter schauspielern konnte. Länger als vierundzwanzig Stunden hielt der Burgfrieden nie. Spätestens wenn der Vater die Schlagzeilen der Tageszeitung kommentierte, gab es Ärger. Das letzte Mal hatte Marlies es nur bis zum Samstagvormittag mit ihren Schwiegereltern zusammen in der eigenen Wohnung ausgehalten, dann war sie wutentbrannt und türenschlagend gegangen. Der Vater hatte doch tatsächlich in die Runde gefragt: »Wenn man zu Negern nicht mehr Neger sagen darf und das Wort Farbige jetzt auch tabu ist, wie nennt man denn dann diese Mohrenköpfe?«

Marlies schien förmlich auf diese Art politisch inkorrekter, unterirdischer, geschmackloser Bonmots zu lauern. Sie boten ihr eine willkommene Gelegenheit, den Rest des Wochenendes bei Heike zu verbringen.

Till stieg mit der Post in der Hand und der Zeitung unterm Arm die Treppe hinauf und überlegte, ob er den Eltern nicht einfach mal absagen könnte. Zum ersten Mal überhaupt.

»Entschuldigt, liebe Eltern, ihr könnt leider nicht zu Besuch kommen. Marlies und ich haben eine Krise, und sie erträgt es zur Zeit nicht, mit mir in einem Bett zu schlafen, deshalb könnt ihr euch nicht in unserem Wohnzimmer breitmachen.«

Marlies hätte auf diese Weise mit ihrer Mutter geredet, das wusste er. Aber warum es ihm im Alter von fünfundvierzig Jahren immer noch wichtig war, einen guten Eindruck auf seine Eltern zu machen, das konnte er sich beim besten Willen nicht erklären. Musiker, das war nicht gerade das von ihnen angestrebte Berufsziel für den Sohn gewesen. Er hatte sein ganzes Leben lang das Gefühl gehabt, ihnen etwas beweisen zu müssen. Dass er ein guter Gitarrist war. Dass er als Musiker eine Familie ernähren konnte. Und nicht zuletzt, dass er glücklich verheiratet war. Den Tag, an dem er seinen Eltern unterbreiten müsste, dass er auf allen Gebieten gescheitert war, konnte er sich nicht vorstellen. Von all seinen Ängsten war dies die schlimmste Vorstellung. Und das nicht nur wegen des Reputationsverlustes in den Augen seiner Erzeuger.

Im zweiten Stock kam ihm Marlies in Joggingklamotten, mit wippendem Pferdeschwanz und Kopfhörern auf den Ohren entgegen. Sie sah übernächtigt aus, irgendwie noch fertiger als ohnehin schon in letzter Zeit und ziemlich schlecht gelaunt.

»Lass mal die Post sehen.« Als sie den Brief von der Schule entdeckte, hellte sich ihre Miene merklich auf. »Hey, da ist ja jetzt endlich nach Jans Zulassung am Schwarzen Konvent auch die Zusage von Annis Schule. Sie riss den Brief auf, faltete ihn auseinander und starrte eine gefühlte Ewigkeit auf die drei Zeilen. »Das gibt es doch gar nicht! Das ist ja eine Absage. Was machen wir denn jetzt?« Sie ließ sich auf den kratzigen Sisalläufer im Treppenhaus plumpsen.

Till setzte sich neben sie und legte ihr einen Arm um die Schulter. »Was soll's? Dann nehmen wir eben eine andere Schule. Reg dich nicht auf, das wird schon.«

Aber Marlies schüttelte unwillig seinen Arm ab. »Du bist mir echt'n Herzchen«, sagte sie in dem Ton, den Till nicht ausstehen konnte und der ihm seine Frau schlagartig unsympathisch machte. »Du warst doch bei den Schulbesichtigungen dabei. Du weißt doch, dass man inzwischen auf jeder beschissenen Gesamtschule einen Einserschnitt vorzuweisen hat. Und bei Annis Dreien und Vieren können wir das dann wohl vergessen. Die Walter-Serner-Gesamtschule lag in unserem Einzugsgebiet, deswegen hatte mir die Schulsekretärin ja auch Hoffnungen gemacht.«

Till konnte sich nicht mehr an jede einzelne der weiterführenden Schulen erinnern, die sie besichtigt hatten. Marlies hatte ihn an den Tagen der offenen Tür mindestens durch acht oder zehn geschleift. Es kam ihm so vor, als hätten in jedem Schulfoyer die gleichen, von den Schülern mit Plakatfarben gepinselten Kunstwerke gehangen: Flaggen ferner Länder und bunte Multikultiporträts.

Anfänglich hatten ihm die Schulinspektionen sogar noch Spaß bereitet. Er fand es schön, das Leben seiner Kinder in gute Bahnen lenken zu können. Wie privilegiert sie doch waren, in einer Großstadt zu leben, um wie viel aufgeklärter und bewusster als seine Eltern damals. Die hatten ihn einfach auf das nächstgelegene Gymnasium geschickt, nur weil es so günstig mit dem Omnibus zu erreichen war. Dabei hatte die naturwissenschaftlich-mathematische Ausrichtung der Schule gewiss nichts mit Tills Begabungen zu tun gehabt. »Musisch und künstlerisch heißt es immer dort, wo sich Faulheit und Nichtskönnerei breitmachen.« Das war die Meinung des Vaters gewesen.

Und ganz so schienen das auch heute noch viele Eltern in Berlin zu sehen. Die Schulen, auf denen das Künstlerische gefördert wurde, standen auf keiner Top-Ten-Liste, und sie machten auf Till auch keinen sonderlich überzeugenden Eindruck. Die einzige Ausnahme war ein Musikgymnasium in Berlin Mitte gewesen, eines für musikalisch hochbegabte Kinder.

Aber warum hatten sie sich die überhaupt angeschaut? Weder Anni noch Jan hatten sich je besonders für Musik interessiert. Der Besuch der Musikschule Erdbeerklang in der Nachbarschaft hatte bei beiden keinerlei Nachhall erzeugt. Ein Jahr lang waren sie im Kindergartenalter dazu verdonnert gewesen, alle vier Wochen ein anderes Musikinstrument kennenlernen zu müssen. Instrumentenkarussell hatte sich das genannt, dabei musste es den Kindern ja schwindlig werden.

Nach dem Ende des von Marlies ehrgeizig betriebenen Projekts hatten die beiden sich im Musikunterricht ihrer Schule nur noch widerwillig zum Schlagen der Triangel überreden lassen.

Ob er wohl als Kind an einer Schule für Musikgenies angenommen worden wäre. Hätte sein Talent dafür gereicht? Wohl kaum, denn er hatte ja erst mit fünfzehn angefangen, Gitarre zu spielen. Und Noten lesen konnte er bis heute nicht.

Unerträglich voll war es an den Besichtigungstagen in den sogenannten Eliteschulen mit Schwerpunkt Altsprachen gewesen. Hier waren die Anmeldezettel bereits nach wenigen Minuten vergriffen, und die Eltern fielen in die Aula ein wie die Wanderheuschrecken in ein afrikanisches Weizenfeld.

Wie merkwürdig ihm der Run auf die Schulform seines Großvaters vorkam. Kein einziges Elternteil aus der Grundschule oder der Kita seiner Kinder hatte das große Latinum oder konnte in der Taverne unter den S-Bahn-Bogen sein Souflaki auf Altgriechisch bestellen.

Eine Schule für Jan hatte Marlies schnell gefunden. Er hatte an den drei besten staatlichen Gymnasien der Stadt an den Aufnahmeprüfungen teilgenommen und war an allen angenommen worden. Am Ende hatte er die Wahl allein getroffen. »Ich nehme die Schule, an denen die Lehrer am strengsten sind, dort lernt man am meisten«, hatte er festgelegt.

War das wirklich sein Kind? Vielleicht hatte Marlies Jan doch eher wie ein Pantoffeltierchen im Alleingang und in eigener Zellteilung produziert.

Das eigentlich Unerfreuliche an diesen Infotagen Anfang des Jahres war für ihn eigentlich nur die Launenhaftigkeit seiner Frau. Schon eine ganze Weile benahm sie sich so, als ob ihr die Kinder eine unerträgliche Last und die ganze Beschäftigung mit dem Thema Schule eine furchtbare Bürde wären. Dabei machte er ja nun wirklich schon das meiste mit den beiden, und im Haushalt sowieso.

Unverständlich war für Till die Akribie, mit der Marlies die Schulsuche betrieb, mit verbissener Miene und unermüdlich vor sich hin schimpfend. Laut Marlies waren alle für Anni infrage kommenden Schulen in hässlichen Gebäuden untergebracht und total verdreckt. Die Schüler bezeichnete sie als schwitzig und pilzig-pubertär, und die aufmerksam durch die Gänge wandelnden Eltern machten auf sie einen entweder stockkonservativältlichen oder peinlich-prolligen Eindruck. Den Direktoren und Direktorinnen, die ihre Schule anpriesen, glaubte sie ohnehin kein Wort.

»Was sollen das eigentlich für Werte sein, von denen hier

immer gefaselt wird? Wertevermittlung, dieses Füllsel wird immer dann laut herausposaunt, wenn ein Programm fehlt.« Einzig von Jans Jesuitenschule war sie überzeugt. »Wo gebetet wird, herrscht Ordnung«, hatte es eines Tages zu Tills großer Überraschung geheißen.

Er hatte Marlies noch nie beten gesehen, und übermäßige Frömmigkeit war ihm an ihr auch noch nie aufgefallen. Einmal hatte er sie skeptisch gefragt, ob sie sich eigentlich sicher sei, dass Anni dringend ein Abitur brauche, und dann zu allem Überfluss noch nachgesetzt, warum sie sich bei Jans Schule so sicher sei, dass diese Pater nicht vielleicht auch von dem Schlag wären, die den Kindern gern mal den Popo kraulten. Das schien ja, wie man den Berichten in den Zeitungen entnehmen konnte, inzwischen so eine Art Volkssport unter engagierten Pädagogen zu sein. Da hatte Marlies ihn angeschrien: »Du redest schon genauso einen Scheiß wie dein Vater.«

Das war das Totschlagargument: Du bist wie dein Vater! Gab es eine schlimmere Beleidigung? Und weil ihm nichts anderes eingefallen war, hatte er – nun gut, originell war das wirklich nicht gewesen – entgegnet: »Okay, ich hab aber wenigstens einen.«

Da hatte Marlies tagelang nicht mit ihm gesprochen. Es war wirklich erstaunlich, wie nachtragend seine Frau sein konnte.

»Ich schaff das alles nicht mehr. Ich schaff es einfach nicht mehr.« Marlies hielt ihre Knie umschlungen und wischte sich die laufende Nase an der Jogginghose ab. Den Brief hatte sie zerknüllt und auf die Treppenstufen geschmissen. Was meinte sie damit eigentlich? Das sagte sie seit Neuestem ständig. Was war denn hier nicht zu schaffen? Es sah doch für sie gerade gar nicht so übel aus. Sie hatte noch eine Serie über Freizeitaktivitäten für Familien im Berliner Umland in der Pipeline. Die war schon fertig geschrieben und spülte jetzt regelmäßig Geld in die Haushaltskasse, und bei ihm lief es doch auch nicht so übel. Er gab jetzt wieder zwei Schülern Gitarrenunterricht, was ihm Spaß machte und ein paar Extras für Jan und Anni ermöglichte.

Jan war fleißig, Anni glücklich, alle waren gesund, und er, Till, tat, was er konnte.

Ilsebill – so hatte Jost Marlies neulich genannt. »Na, mein Junge, was macht deine Ilsebill denn so, isse schon Papst geworden?«, hatte er ihn neulich nach der Vorstellung im Musicaltheater gefragt. Till konnte sich nicht erinnern, wann er das letzte Mal so gelacht hatte.

Marlies rappelte sich auf, suchte ein neues Lied auf ihrem iPod und lief die Treppe hinab, ohne sich nochmals umzudrehen. Er blickte ihr nach. Sie gefiel ihm, wie sie da so energisch abrauschte. Mindestens so gut wie vor dieser Ewigkeit, als sie sich kennengelernt hatten. Vielleicht sogar noch besser. Die enge Sporthose stand ihr. Wenn er ihr heute so als Fremder im Park begegnen könnte, er würde sie mit Sicherheit ansprechen. Dann aber fiel ihm ein, dass er noch nie in seinem Leben eine fremde Frau angesprochen hatte. Immer war er es gewesen, der angesprochen wurde. Selbst Sina – die er im Musicaltheater von der ersten Stunde an hatte anstarren müssen, so zauberhaft war sie ihm erschienen – hatte damals den ersten Schritt getan und ihn gefragt, ob er nach der Vorstellung vielleicht noch etwas mit ihr trinken gehen wolle. Sollte er das vielleicht auch einfach einmal ausprobieren? So im Vorbeigehen auf der Straße einfach mal *Hallo* sagen, wenn etwas Attraktives vorüberrauschte? Oder irgendeinem hübschen Mädchen im Supermarkt ein Kompliment machen, ganz plötzlich und unerwartet, an der Kühltheke vielleicht? Aber wo war sie, die Frau, die er unbedingt kennenlernen musste? Er sah sie irgendwie nie. Er wollte doch eigentlich nur seine Frau, seine Marlies wiederhaben. Das konnte doch nicht so schwierig sein.

Oben in der Wohnung sah er Marlies' Laptop auf dem Küchentisch liegen. Zugeklappt. Ohne lange darüber nachzudenken, öffnete er ihn im Vorbeigehen, und hell und strahlend leuchtete das Mailprogramm auf. Er schaute im Stehen auf ihre Nachrichten, klickte ein paarmal durch die eingegangenen Mails und öffnete dann diejenigen, die Marlies zuletzt formuliert hatte. Am Morgen hatte sie zwei Mails an ihre Redaktion und eine an Heike verschickt. Er wollte den Computer gleich wieder zuklappen, aber Marlies' Nachricht an die Freundin trug die interessante Betreffzeile *Bitte um Verzeihung*.

Wofür musste sich Marlies denn bei Heike entschuldigen?

»Liebe Heike, bitte sei mir nicht böse. Ich kann mir gar nicht erklären, warum ich das alles gesagt habe. Vielleicht war ich eifersüchtig, weil der junge Mann so verliebt blickte, vielleicht war ich auch neidisch, weil du so glücklich aussahst, als du ihn mir zeigtest. Männer für Sex zu bezahlen, das ist so eine Idee, irgendetwas daran finde ich ...«

Hatte er da einen Schlüssel im Schloss gehört? Hastig klappte er den Computer zu. Er fühlte seinen Puls in seinen Schläfen pochen. Der schnelle Herzschlag hallte in seinem Kopf wider, ein Gefühl, das er noch aus dem Sportunterricht kannte: Bundesjugendspiele, Hundertmeterlauf kurz vor der Zielgeraden.

Wenn jetzt Marlies in die Küche käme! Sie würde an der geöffneten Nachricht sofort sehen, dass er ihr hinterherspioniert hatte. Er horchte auf Schritte im Flur, aber alles war still. Hatte da nicht doch gerade etwas leise geknackt? Schlich sich Marlies vielleicht an? Es konnte doch sein, dass sie den Laptop als Köder ausgelegt hatte. Ihr Handy und das iPad ließ sie auf jeden Fall schon lange nicht mehr achtlos herumliegen. Er spürte, wie ihm das Adrenalin in den Fingerkuppen kribbelte. So etwas hatte er bisher nur erlebt, wenn er nachts auf der Autobahn bei langen Fahrten ein Sekundenschläfchen gemacht hatte und erst kurz hinter der

Ladeklappe eines Sattelschleppers wieder aufgewacht war, um wie wild auf die Bremse zu treten.

In der Wohnung war kein Mucks zu hören, aber dafür vernahm er, wie die Tür zur Nachbarwohnung zugezogen wurde. War wohl Kerstin gewesen. Er war noch einmal davongekommen.

Schnell schloss er die Mail an Heike und dann das Mailprogramm. Aber halt! Das Programm war doch offen gewesen, als er den Computer aktiviert hatte. Aber was hatte er zuerst gesehen? Den Maileingang oder -ausgang? Wie genau hatten denn die Einstellungen ausgesehen? Er konnte sich nicht mehr erinnern. War irgendeine andere Nachricht geöffnet gewesen?

Also, das war ja wirklich entwürdigend, in welche Lage man sich als erwachsener Mensch bringen konnte! Wenn Marlies Verdacht schöpfte, dass er in ihrem Computer schnüffelte, würde sie sofort den Spieß umdrehen, und *er* stünde da wie der Betrüger. Verkehrte Welt! Dabei wollte er doch nur wissen, was los war. Gab es denn nun einen anderen Mann oder nicht? Vielleicht bildete er sich das alles auch nur ein? Aber wenn doch, wie mächtig war dieser Gegner? Er wollte jetzt endlich wissen, mit wem er es zu tun hatte.

Gleichzeitig aber auch nicht. Genau genommen wollte er suchen und nichts finden. Aber worum es sich bei Marlies' Entschuldigung an Heike gehandelt hatte, das beunruhigte ihn.

Kaufte sich Marlies' dicke Freundin jetzt Männer? Und präsentierten sich die Damen nun schon gegenseitig ihre Liebhaber? Marlies war doch gestern angeblich nur mit Heike beim Italiener zum Essen gewesen. Trafen sich dort etwa die Damen mit ihren Lovern? Das hatte er diesen zwei knappen Zeilen nicht entnehmen können, aber jetzt fehlte ihm die Traute, noch einmal nachzuschauen.

In seiner Hosentasche ertönten die Anfangsakkorde von *La Paloma*, der Klingelton, der einen Anruf von Jost ankündigte.

»Na, meine Pennbohne, was treibst du denn Schönes?«

»Mensch, du kommst mir wie gerufen, mein Lieber. Du kannst dir nicht vorstellen, was ich gerade für einen Scheiß gebaut habe. Ich steh hier vor Marlies' Computer und hab nur so zum Spaß in ihre Mails geschaut, aber jetzt weiß ich nicht mehr, wie genau das auf ihrem Desktop ausgesehen hat, als ich den Computer öffnete. Wenn das rauskommt, hab ich hier wieder die schönste Diskussion am Hals. So einen Stress brauche ich gerade wirklich nicht.«

»Tja, was soll ich da sagen? Ich war ja beim Schnüffeln nicht dabei. An dir ist ja wirklich 'ne zweite Mata Hari verloren gegangen. Wie hat der Bildschirm denn zuallererst ausgesehen?«

»Maileingang und im rechten Fenster der Text der neuesten Mail.«

»Na siehste, damit hab ich immer gute Erfahrungen gemacht, das erste Bild stimmt immer. Bei mir hat auf jeden Fall noch nie eine Braut was gemerkt.

Jetzt stellste das alles mal wieder so ein, wie du es vorgefunden hast, und dann denkste wieder schön an was anderes. Das ja 'nen Ding. Damit verbringt mein alter Kumpel Till also seine Vormittage. So zum *Spaß* spioniert er seiner Marlies hinterher. Komisch, du hörst dich dabei aber irgendwie gar nicht *amused* an.«

»Bin ich auch nicht.«

»Sach mal, haste es eigentlich schon mal mit so etwas ganz Originellem wie zum Beispiel mit Fragen probiert? Ich meine so etwa in dem Sinne von ...«, Jost verstellte seine Stimme eine Tonlage tiefer und sagte in onkelhaftem Ton, »... meine Liebste, du bist hier doch schon seit Wochen so ulkig. Du vögelst doch nicht etwa mit einem anderen Mann? Nun raus mit der Sprache, mir kannste das ruhig erzählen, ich bin doch schließlich dein Ehemann.«

»Nee, hab ich nicht, und das will ich auch überhaupt nicht. Ich will, dass sich der Spuk verzieht. Eigentlich will ich nur beruhigt werden. Ich will von nichts wissen, was es nicht wert ist und mich total durcheinanderbringt. Außerdem hat Marlies doch noch einen bei mir gut, nach der Sache mit Sina. Wir hatten schließlich mal abgemacht, den anderen nicht mit einem Seitensprung zu behelligen. Und ich bin es doch gewesen, der diese Vereinbarung zuerst gebrochen hat, weil ich mich damals wie ein Blödmann verliebt hatte, jetzt muss ich da anscheinend durch.«

»Aber mal ehrlich ...«, Jost holte tief Luft, als würde er zu einem großen Sprung ansetzen, »... wann habt ihr eigentlich so eine Kacke ausgemacht? Also ich bin ja nicht gerade das, was man 'nen Paartherapeuten nennen kann, und ich war auch noch nie länger als ein paar Monate mit einer Frau zusammen, aber ich sach dir jetzt mal eins: Natürlich ist da was, da würde ich glatt meinen Arsch drauf verwetten. Sonst würdest du doch nicht schon seit Wochen so am Rad drehen. Und du spürst das doch auch, nicht zuletzt weil du diese Frau seit einer Ewigkeit kennst. Und in dem Moment, wo du das weißt, und Marlies weiß, dass du das weißt und wer weiß noch alles das auch weiß, hilft es doch überhaupt nichts, einen auf Laufvogel zu machen und seine Rübe in den Märkischen Sand einzubuddeln.«

»Also, ich bin mir da nicht sicher. Wenn ich das durchhalte, bis sich der erste Rausch verzogen hat, dann bin ich vielleicht wieder auf der Gewinnerseite, schon allein wegen der Kinder. Mit dem ganzen Gequatsche macht man doch auch 'ne Menge kaputt.«

»Das sagt der Richtige!« Jost kicherte. »Wer rennt denn hier ständig auf die Couch und muss sich ausquatschen? Das hab ich eh noch nie verstanden. Als Musiker bezahlt man doch schließlich keine Leute fürs Zuhören! Das sollte bei uns doch wohl immer noch andersrum laufen. Hab ich recht oder stimmt's?«

Till spürte, wie er plötzlich keine Lust mehr auf Josts launige Sprüche hatte. Was wusste der schon vom Leben? »Also tut mir leid, aber das ist nun echt was anderes. Die Musik, meine Ehe und die verschiedenen Versuche, meine eigenen Probleme zu lösen, das kannste nicht alles in einen Topf werfen, das bringt nichts. Am meisten ärgert mich zur Zeit diese verteufelte Indiskretion. Da draußen gibt es in jedem Fall 'ne Menge Leute, die etwas von mir wissen, schon allein das, was Marlies alles so ihren Freundinnen erzählt. Also ich hab da in ihren Mails so eine komische Nachricht an Heike gefunden...« Schwupps, nun war es draußen. Das hatte er doch Jost eigentlich gar nicht erzählen wollen, dieser alten Tratschtante.

»Soso. Da hat dir also heute etwas ganz gehörig die Petersilie verhagelt. Raus mit der Sprache, was schreiben sich die munteren Häschen denn so?«

»Warte mal kurz.« Till schaute sich in der Küche um und ging ein paar Schritte die Wendeltreppe hinab. War er auch wirklich allein in der Wohnung? Dann durchquerte er das Wohnzimmer, ging auf den Balkon und zog die Balkontür hinter sich zu. »Kannst du dir vorstellen, dass die beiden Männer für Sex bezahlen? Ich meine, dass die zu so Typen gehen und in irgendeiner schmierigen Bude bei so einem Kerl mit Schmachtblick Geld auf der Kommode hinterlassen?«

Jost gab vor zu grübeln und sagte nach einer Pause: »Denkbar ist alles.«

»Vielen Dank, mein Freund. Du warst mir mal wieder eine große Hilfe. Nein, ich kann mir das bei Heike nicht vorstellen, die ist dafür viel zu knausrig. Und Marlies hat das überhaupt nicht nötig, die sieht doch gut aus und findet immer einen für umsonst.«

»Ganz im Gegensatz zu dir, was?« Jost freute sich schon wieder hörbar darüber, seinen Freund aufziehen zu können. »Wenn du dir auch mal nur ein bisschen Mühe geben würdest, etwas mehr Drive hättest und dich ein wenig umschauen würdest, dann könntest du doch lässig die halbe weibliche Belegschaft der Berliner Philharmoniker flachlegen. Aber du musst schließlich auch von Zeit zu Zeit ...«

Till fiel Jost ins Wort: »Ich weiß nicht, ich finde, das ist bei Frauen irgendwie was anderes. Ich stell mir die dann irgendwie so bedürftig vor, und das passt überhaupt nicht zu Marlies.«

»Das ist dieses Alter, glaub's mir. Frauen in dem Alter sind irgendwie ... Wie soll ich das erklären? Ich war auch mal mit so 'ner Mittvierzigerin zusammen.«

»Mensch Jost, halt, stopp mal: Du bist doch selber Mitte vierzig.«

»Sicher, aber ich erzähl ja auch von vor über zehn Jahren. Heute würde mir das nicht noch mal passieren. Also, diese Anja war Lehrerin, und ich hatte sie in St. Pauli in einer Bar kennengelernt. Sie war der Typ dralle Tippse mit Schlafzimmerblick. Stand da so allein am Flipperautomaten und schaute immer wieder unternehmungslustig in meine Richtung. Es war mir sofort klar, die ist leicht zu pflücken. Sie war wirklich hübsch und auch ganz knusprig, hatte noch 'ne ganz gute Figur und auch keine Kinder, das macht die Sache ja immer leichter. Da hab ich sie mitgenommen. Sie war echt lustig und mopsfidel, machte so allerhand mit ...«

»Wenn ich mir was wünschen darf, dann verschon mich bitte mit weiteren Ausschmückungen deiner Bettgeschichten. Ich hab noch nicht mal richtig gefrühstückt. Und ich weiß auch jetzt gar nicht, was das alles mit Marlies zu tun haben soll.«

Wie spät war es überhaupt? Um zwei wollte Peter, sein neuer Gitarrenschüler, zu ihm kommen. Ein wenig zu klampfen und Musik zu hören, das schien Till jetzt allemal tröstlicher als dieses Gespräch hier.

»Warte mal kurz, ich hab's gleich. Gleich weißte, worauf ich hinauswill. Also, besagte Anja hüpfte schon ein paar Wochen munter durch mein Bettchen, da hatte sie die dufte Idee, mich nach Sylt einzuladen. Ihr Vater – sie kam aus nicht ganz so schlechten Verhältnissen – hatte dort 'ne Ferienwohnung. Und in Kampen ist es dann passiert, der Wind drehte sich. Wir waren ja schon ein ganzes Weilchen miteinander beschäftigt, die Sache war nicht mehr wirklich brandheiß. Und dieses Zusammeneinschlafen und Wiederaufwachen, Barfuß-Händchenhalten am Strand – abends machte mir Anja Russische Eier und Krabbenbrote –, das kam mir schon bald irgendwie klebrig vor. Als wir endlich wieder in Hamburg waren, freute ich mich auf meine wohlverdiente Ruhe. Also hielt ich sie so ein bisschen auf Abstand, und du glaubst nicht, was da plötzlich los war! Fing ganz harmlos an. Ich kam nachts von einem Gig nach Hause, und da lag so ein Lebkuchenherz mit *Für mein Spatzl* vor der Tür. Da schwante mir natürlich nichts Gutes. Mindestens dreißigmal rief sie mich in den folgenden Tagen an. Ein Glück nur, dass ich damals noch kein Handy hatte. Aber jeden Tag waren die Kassetten von meinem Anrufbeantworter vollgequatscht. Erst so ganz witzig und launig, dann vorsichtig sehnsüchtig, später vorwurfsvoll traurig. Dann folgten Liebesbekundungen, und irgendwann war nur noch Schniefen und Schluchzen zu hören. Ich hatte gar nicht vorgehabt, sie nie mehr wieder zu treffen. Ich wollte nur mal ein bisschen Abstand. Aber je doller dieses Affentheater wurde, desto deutlicher merkte ich, dass ich sie wirklich überhatte, dass ich einfach nicht mehr wollte. Und dann, eines Abends, ich kam so um fünf in der Früh nicht mehr so ganz nüchtern heim, da saß sie im Treppenhaus vor meiner Tür. Die ganze Nacht hatte sie auf mich gewartet. Verquollene Augen, verschmierte Schminke, das ganze Programm. Was machste da? Ich hab's auf jeden Fall nicht übers Herz gebracht, sie wegzuschicken. Hab mir gedacht, dass ich das am nächsten Morgen oder lieber noch am Mittag wieder in den Griff bekommen würde, und sie also mit in die Wohnung genommen. Aber dann, als ich sie in den Arm nahm, da passierte plötzlich etwas: Sie küsste mich wie irre, so verzweifelt, wie ein Ertrinkender im weiten Ozean nach dem Rettungsring greift. Am ganzen Körper zitterte sie, wurde aber gleich darauf ganz wild. Sie umarmte mich so fest, dass ich beinahe keine Luft mehr bekam. Ich hatte das

Gefühl, sie frisst mich gleich, sie verleibt sich mich ein, und dabei hat sie auch noch so derangiert und kaputt, so total abturnend ausgesehen. Da hab ich es nicht mehr ausgehalten. Ich hab sie einfach in meiner Bude stehen lassen und bin zu Uwe, mit dem ich die Nacht unterwegs gewesen war. Aber du glaubst es nicht, als ich am nächsten Tag in meine Wohnung kam, war mein ganzes Zimmer demoliert. Im Bett, also auf der Matratze, lag mein Billy-Regal mit all meinen Büchern und den CDs. Die Yuccapalme hatte sie aus ihrem Topf gerissen und die Wurzeln plattgetreten, überall war Blumenerde. Den Plattenschrank hatte sie sich anscheinend zuletzt vorgenommen, denn da schien ihre Kraft nur noch dazu gereicht zu haben, zwei oder drei Platten aus den Hüllen zu fetzen. Das war mein Glück. Und auch, dass ich mir beim Verlassen der Wohnung in der Nacht noch schnell meinen Bass geschnappt hatte.«

»Mein Gott, Jost, das ist ja furchtbar. Die Frau tut mir leid. Ich versteh allerdings nicht, warum du mir das gerade jetzt erzählst. Was hat das alles mit Marlies oder mit Heike zu tun?«

»Ich sag es dir, Till, das ist das Alter. Das Alter ist das Problem. So eine Geschichte wie die mit Anja passiert dir mit jungen Frauen nie. Okay, die rasten vielleicht mal aus, oder wenn man Pech hat, bekommt man eine geschallert. Aber das hier, das war die totale Verwirrung, das blanke Entsetzen, echte Torschlusspanik eben. Und vielleicht ist das bei deinen Mädels ja jetzt auch so was. Was ich damit sagen wollte: Glaub mir Junge, Frauen über vierzig – da weiß man nie, was die auf den letzten Metern noch alles so anstellen.«

ACHT

Marlies schaute aus dem Fenster auf den obersten Stock des gegenüberliegenden Gründerzeitbaus, den der Hausbesitzer, ein Misanthrop, unlängst in einem das Auge täglich aufs Neue quälenden Müllabfuhrorange hatte streichen lassen. Was nützte einem die schönste Einrichtung, wenn der Blick aus dem Eigenheim ein derartiger Absturz in die Geschmacklosigkeit war? Was aber, wenn man auch noch selber beschissen eingerichtet war und zudem nichts gegen eine solche Attacke auf die Sinne ausrichten konnte? Sie hatte schon über ein Rollo nachgedacht, aber im Dunkeln zu arbeiten, konnte nicht die Lösung sein. Die ersten Tage, nachdem das Gerüst vor dem Haus abgebaut worden war, hatte sie den Schreibtisch vom Fenster abgerückt und sich mit dem Rücken zum Ausblick gesetzt. Doch das Visavis von Ordnern und mit Taschenbüchern vollgestopften Regalen deprimierte sie fast noch mehr als die verschandelte Häuserfront. Wenn sie es schon nicht zu einem stilvollen Ambiente gebracht hatte, wollte sie wenigstens die bröckelnde graue Fassade mit den Einschusslöchern aus dem Zweiten Weltkrieg zurückhaben. Stattdessen hatte sie nun täglich stundenlang diese dreißig Zentimeter dicken Wärmedämmplatten in Signalfarbe vor Augen – Danke an den unbekannten Investor.

Ihr Tagebuch lag schon seit einer halben Stunde vor ihr aufgeschlagen. Die zwei reinen weißen Seiten waren immer noch unberührt. Marlies drehte den Stift zwischen den Händen und kaute an der Innenseite ihrer Backe. Sie hatte vorgehabt, die Szene mit dem Alten auf dem Spielplatz aufzuschreiben, und auch schon damit begonnen, aber nach zwei Zeilen die Doppelseite aus dem Heft gerissen.

Dass der Mann hinter ihr hergebrüllt hatte, war für sich genommen doch noch keine Notiz wert. Ein verwirrter Rentner, vielleicht litt er an Alzheimer, daran schien ja heute jeder Zweite über siebzig zu leiden. Gisela hatte das noch »tüttelig werden« oder »verkalkt sein« genannt. Irgendein geistig verwirrter Müllsammler krakeelt ihr am frühen Morgen Obszönitäten hinterher – so what? Es war nicht diese Begebenheit gewesen, die sie so fertiggemacht hatte, sondern das, was sie in ihr ausgelöst hatte. Tagelang hatte sie wie neben sich gestanden und hätte sich stündlich waschen können. Immerzu schlafen und am liebsten eine Pille für das Vergessen schlucken, das wäre das Beste gewesen. Sie konnte sich nicht des Eindrucks erwehren, dass der Mann etwas gesehen hatte. Nein, natürlich war sie nicht wirklich alt und bestimmt auch nicht hässlich. Es war nicht gekränkte Eitelkeit, was sie quälte. Es kam ihr so vor, als ob der Fiesling sie durchschaut hatte. So als wüsste er, woher sie an diesem Morgen kam und wohin sie morgen gehen würde, als hätte er in die Glaskugel geschaut. Unheimlich. Etwas lief hier ganz und gar schief. Die schöne Leichtigkeit und der Übermut der letzten Wochen waren futsch. Geblieben war ihr ein Gefühl, das sie schon als Kind kennengelernt hatte und seither fürchtete: Scham. Dieser Wutzwerg hatte die Beschämung aus Kindertagen wieder in ihr Erwachsenenleben zurückgebracht, und zwar innerhalb einer einzigen Minute. Sie schämte sich jetzt für alle Höhepunkte der letzten Wochen, für die Sache mit Ralf, für den ganzen Lug und Trug und die Heimlichkeiten. Sie hatte sich ihrem eigenen Leben gegenüber so erhaben gefühlt, und dann war sie in einem einzigen Augenblick vor sich selber der Länge nach in den Dreck geschlagen.

Der irre Müllsammler, der nur noch wenig glühende Ralf, der todtraurige Till und die viel zu häufig allein gelassenen Kinder, dazu der beknackte Job und diese unsägliche Spießergegend – jetzt war ihr das alles zu viel.

Ich will das alles nicht mehr, dachte sie plötzlich. Ich will hier weg, am liebsten würde ich jetzt abhauen, einfach untertauchen. Und mit einem Mal spürte sie ein beklemmendes Gefühl im Hals und in der Brust, so als ob ihr die Luft ausginge. Wie früher beim Kiffen, wenn man den unangenehmen Druck spürte: Wenn man glaubte, eine ganze Fußballmannschaft habe sich im Schneidersitz auf dem Oberkörper niedergelassen.

Sie klappte das Tagebuch zu und den Laptop auf.

Spaßbad, Folge drei. Der Text zum Badeparadies Jena war schon abgenommen worden, nun fehlten nur noch die Bilder – und genau hier lag das Problem. Jan war aus dem Projekt ausgestiegen. Für eine Bildstrecke bekamen ihre Kinder jeweils fünfzig Euro Taschengeld. Anni hätte es auch für umsonst gemacht, aber Jan hatte schon nach den letzten zwei Homestorys wegen der Auswahl der Fotos den Aufstand geprobt.

Die Zeitschrift *Kinder* hatte ihr und der Familie einmal eine Schlittenhund-Safari in Norwegen gesponsert. Für einen einzigen popeligen Artikel zwei Wochen Ferien vom Feinsten – mit Übernachtungen in Iglus und einem Eis-Hotel und zum Schluss noch eine kräftige Rutenbehandlung in einer echt nordischen Sauna. Das war mal ein Deal gewesen – alles umsonst! Doch kaum wieder aus Nordland zurück, verlangte Jan die Fotos zu sehen. So etwas Peinliches wie das mit den gelben Turnschuhen bei der Rennsteig-Story sollte ihm nicht noch einmal passieren. Da hatte die ganze Familie vor der Kamera in zünftiger Wanderkleidung posiert, und nur er stand da in gelben Puma-Sneakers auf dem Großen Beerberg, weil in ganz Berlin zu Ferienbeginn in keinem einzigen Outdoorgeschäft mehr Wanderstiefel für Kinder aufzutreiben gewesen waren. Das peinliche Detail hatte Jan erst in der bereits gedruckten Ausgabe entdeckt und daraufhin eine Woche lang kein Wort mehr mit Marlies gesprochen. In Norwegen war es dann die uncoole, selbst gestrickte Bommelmütze von der Oma gewesen, derentwegen er alle Bilder von sich hatte sperren lassen wollen. Aber das ging natürlich nicht. Hier lief die Redaktion Sturm. Marlies konnte nicht die Ferien einer vierköpfigen Familie verkaufen, und dann fehlte eines der Kinder auf den Bildern im Heft. So war auch dieser Artikel in Druck gegangen und Jan endgültig an die Decke. Für die Schwimmbadserie stand er nun nicht mehr zur Verfügung. Ohnehin ekelte er sich vor dem Chlorwasser, in dem lauter ungewaschene Menschen herumschwammen, und es war undenkbar, dass er sich halb entkleidet ablichten ließ. Daher musste sie sich nun Carla, die Nachbarstochter, ausleihen.

Marlies öffnete den Ordner mit den Fotos, die sie in der Badelandschaft gemacht hatte. Fotografieren war wirklich nicht ihre Sache, aber mit dieser neuesten Generation Smartphones konnte man fast nichts mehr verkehrt machen. Die Fotos würden von der Bildredaktion noch etwas bearbeitet werden müssen, besaßen aber schon jetzt eine klasse Druckqualität. Und die beiden Mädchen hatten ihren Spaß gehabt, das sah man auf den Bildern. Anni grinsend im Whirlpool, Carla mit geschlossenen Augen unter der eiskalten Schwallbrause, die beiden tauchend im Wasserlabyrinth - warum nur hatte Anni in ihrem Eigensinn diesen viel zu kleinen Badeanzug eingepackt? Sie sah in diesem engen, türkisen Ding mit dem Muster von Riesenpalmen aus wie eine kostümierte Wurst. Konnte man das eigentlich schon Busen nennen, oder war das noch Babyspeck? Von dem war allerdings reichlich vorhanden. Carla dagegen wirkte in ihrem zartrosa Rüschenbikini wie eine feingliedrige Elfe. Marlies wählte von Carla ein Bild, auf dem sie in der Regenbogensauna einen Radschlag vollführte. Bei Anni sah sie zu, dass sie sich auf den Bildern vornehmlich bis zu den Schultern im Wasser befand. Schade, dass Jan nicht mitgekommen war, so ein kleiner dürrer Typ mit Schlaumeierbrille und Superman-Badehose hätte sich auf der High-Speed-Turborutsche gut gemacht.

Marlies' Blick wanderte zum Bücherregal hinüber. Auf einem Regalbrett standen gerahmte Familienfotos. Wie niedlich ihre Kinder doch gestern noch gewesen waren! Anni im Kinderwagen mit Häkelmützchen. Anni und Jan nackt mit bunten Schaufeln beim Bauen einer Sandburg. So hatte es mit den Homestorys angefangen.

In den ziemlich verregneten Ferien an der Nordsee, im Sommer 2008, hatte sie wochenlang jeden Tag eine neue Burg oder ein Sandkunstwerk mit den Kindern gebaut und die Werke liebevoll mit Muscheln und Strandgut verziert. Nur so aus Spaß hatte sie die Bilder an eine Kollegin in der Redaktion verschickt. Ein Jahr darauf, kurz vor dem Sommerloch, hatte man sie dann gebeten, daraus die Fotostrecke »Keine Langeweile am Strand – kreativ im Sand« zusammenzustellen und mit kleinen Bastelanleitungen zu versehen.

Auf Jans Einschulungsfoto sah Marlies sein verängstigtes Gesichtchen. Jan, der Kleinste in der Klasse – der mit der größten Tüte. Daneben, im gelben Bilderrahmen, sie selbst, hochschwanger in einem Daunenmantel auf Borkum. Till hatte sie als Michelin-Männchen im Gegenlicht fotografiert. Till, der tatsächlich noch schlechter fotografieren konnte als sie selbst. Auch von ihm stand ein Foto auf dem Familientrophäenregal, ein schwarzweißes, das ihn mit langem Haar und Ringel-T-Shirt zeigte, auf einer Kleinkunstbühne, mit entrücktem Rockerblick Gitarre spielend. Das war der Till, wie sie ihn kennengelernt hatte. Wo war er jetzt hin? All diese Menschen gab es noch – und gleichsam auch wieder nicht, nicht mehr.

Sie stand auf, stellte sich ans Fenster und blickte in den Hof. Im Sandkasten hatte sie neulich einen Fuchs gesehen, einen kleinen dreckigen Großstadtfuchs auf der Suche nach Müllresten. Der Sand war schon lange nicht mehr erneuert worden. Es war Till, der den Sandkasten zusammen mit dem Etagennachbarn kurz nach ihrem Einzug gezimmert hatte. Die Konstruktion hatte Wochen gebraucht, denn beide Männer waren handwerklich gleich unbegabt gewesen. Das Werkeln war einem Initiationsritus zur Vaterwerdung gleichgekommen. Hatte man schon kein Haus gebaut und keinen Platz gefunden, um einen Baum zu pflanzen, so sollte der Erwerb der Eigentumswohnung und die Gründung einer Familie doch wenigstens durch eine symbolische Handwerksarbeit gekrönt werden. Den alten Geräteschuppen hatte Marlies mit zwei Müttern renoviert und ihn als Spielraum für die Kinder hergerichtet. *Eltern verboten* hatte Kerstin damals mit schwungvoller Schreibschrift in roter Farbe auf die Tür geschrieben.

Kerstins Kinder hatte ihr Mann schon vor der Scheidung mit nach Braunschweig genommen. Die Jungs waren inzwischen fünfzehn und achtzehn Jahre alt und nur noch am Wochenende bei der Mutter in Berlin zu Besuch. Noch Monate nach dem Auszug von Kerstins »Männern«, wie sie früher gern sagte, hatte Marlies ihre Nachbarin nachts hinter der Wand schluchzen gehört.

In dem Sandkasten wurden nun keine Kuchen mehr gebacken, und der fast nie genutzte Kinderraum war wieder zum Schuppen verkommen. Die Kindergartenkinder von damals waren inzwischen Teenager.

Und die neuen, jüngeren Familien, die in die Wohnungen derer einzogen, die sich ein Haus im Berliner Umland gekauft hatten, blieben mit ihren Babys lieber für sich.

Marlies setzte sich wieder vor den Computer. Merkwürdig, so ein Tag. In Relation zu der zu erledigenden Arbeit schien er nie die passende Anzahl von Stunden bereitzuhalten. Stand man unter Zeitdruck durch einen Abgabetermin, war, ehe man es sich versah, schon wieder Zeit für das Abendessen – natürlich bevor der Text fertig geschrieben war.

Aber jetzt war es gerade Mittag, und ihr fiel zu diesem Tag nichts Nennenswertes mehr ein. Sie war bereits acht Runden um den Parkteich gelaufen und hatte schon drei Tageszeitungen gelesen. Der Schreibtisch war geordnet, alle Mails waren beantwortet. Post war heute auch keine im Briefkasten gewesen. Sie hätte noch ein paar Recherchen zu ihren kommenden Artikeln machen können, aber ihr fehlte der Antrieb.

Im Gegensatz zu Tills immer gleichbleibender leichter Schwermut wurde Marlies hin und wieder von einem niederschmetternden, stark in Verruf stehenden Gefühl überwältigt, von einer heftigen Leere, einer Ahnung von Sinnlosigkeit, gegen die kein Kraut gewachsen war.

Nur langweilige Menschen langweilen sich. Wie oft hatte sie diesen Spruch ihren Kindern schon an den Kopf geworfen?

Wenn es Abend wurde, half gegen das milchige Gefühl der Alkohol. Den ödesten Stehpartys mit den vorhersehbarsten Konversationen konnte Marlies nach zwei Gläsern Sekt eine Wendung geben – und sei es auch nur ins Skurrile und Absurde. Manchmal verstand sie nur zu gut, wie man zum Alkoholiker werden oder eine Drogenkarriere beginnen konnte. Jetzt ein Glas Wein oder eine *Line*... Hui, das reimte sich sogar, kam aber wohl dennoch kaum infrage.

Tagsüber trinken, so hatte das bei Gisela begonnen, mit Prosecco. Auf ihrem Sechzigsten hatte man schließlich mit Brause anstoßen müssen und an jedem Ostern darauf geachtet, dass sich in den Schokoeiern auch ja kein Eierlikör befand. Marlies trank einfach zu gern, um riskieren zu können, nie wieder trinken zu dürfen. Ob ihre Mutter auch diese Anfälle von Sinnlosigkeit gekannt hatte? Dieses innere Beben, diese alarmierende Unruhe? Vielleicht hatte sie die Zustände ja geerbt. Sie hatte sich mit ihrer

Mutter nie über den Grund ihrer Trinkerei unterhalten, darüber, wie alles angefangen hatte. Sie ist unglücklich, das hatte ihr als Erklärung gereicht. Aber da draußen waren doch alle mehr oder weniger unglücklich, und dennoch schienen sie wie nach Plan zu funktionieren. Schienen. Es schien so. Schien so, als ob.

Immer häufiger erhaschte Marlies einen Blick hinter die Fassaden ihrer Mitmenschen, und immer öfter hätte sie auf diese Einblicke gut verzichten können.

Je mehr ich sehe, je mehr ich verstehe, desto verwirrter werde ich, desto weniger weiß ich – hatte sie in ihr Tagebuch geschrieben.

Nach welchen Informationen hätte so einer wie Sokrates heutzutage wohl gegoogelt?

Auf den Bücherstapeln neben ihrem Schreibtisch lagen mehrere Romane, die sie immer schon einmal hatte lesen wollen. Wann, wenn nicht jetzt? Aber so einfach ging das nicht. Sie konnte sich nicht wie Till einfach aufs Sofa fläzen und dort den Rest des Tages, versunken über einem Roman, verbringen. Selbst im Urlaub sprang sie inzwischen schon nach kurzer Zeit von der Sonnenliege auf und fing zwanghaft an zu kochen. Rannte in den Supermarkt, um einzukaufen, oder sortierte ordentlich die Unterhosen auf der Wäschespinne.

Total zerfasert kam sie sich vor.

Jetzt wäre der richtige Moment, um einmal die Themen der erfolgreichen Sachbücher zu studieren, um hinter die Geheimnisse ihrer Erfolge zu kommen. So ein Sachbuch schreiben, das wär's doch! Unlängst erst war eine alte Bekannte mit einem Aufruf zur letzten Lockerung über Nacht steinreich geworden.

Wer Ordnung hält, ist nur zu faul zum Fluchen: Die Streitschrift für konstruktiven Zorn hatte sich jetzt schon über achtzigtausend Mal verkauft! Es war ihr ein Rätsel, wie man mit einer einzigen mageren These vierhundert Seiten füllen konnte, aber letzten Endes handelte es sich hier doch auch nur um Strickmuster, deren

Gedankenrapport, hatte man ihn erst einmal begriffen, beliebig zu variieren war. Mit Heike hatte sie sogar schon einmal ein Exposé zu einem Trauerbuch geschrieben. *Es geht immer heiter – Hundert Wege aus der Trauer* sollte es heißen. Aber kaum, dass sie beide das dürre Gerüst zu dem Buch entworfen hatten und die These gerade anfing, Fahrt aufzunehmen, erschien *Mein dritter Frühling* – das Erinnerungsbuch der Witwe eines im Ring gestorbenen Boxchampions, in dem exakt die gleichen Durchhalteparolen ventiliert wurden, die sich auch Heike aus dem Kugelschreiber geleiert hatte, und Essig war's mit dem schnellen Geld.

Dabei wäre Geldverdienen doch mal eine willkommene Abwechslung. »Ich will in diesem Jahr Geld verdienen« – das war auf der letzten Silvesterparty Marlies' guter Vorsatz zum neuen Jahr gewesen. Mal ganz was Neues. Sie hatte fast fünfzig werden müssen, um plötzlich einen Wunsch zu hegen, den heutzutage alle bereits im Grundschulalter hatten. Aber das neue Jahr war schon längst wieder das alte, und immer noch war weit und breit kein Geldsegen in Sicht.

»Give a little bit. Give a little bit of your love to me ...« Nebenan im Wohnzimmer griff Roger Hodgson, der Sänger von Supertramp, kraftvoll in die Gitarrensaiten. Sie kannte den Vortrag, den Till gerade seinem neuen Gitarrenschüler hielt. Wie man mit nur drei Akkorden einen tollen Popsong machen konnte und wie verblüffend es war, wenn man hinter der fröhlichen Gute-Laune-Musik die todtraurigsten Texte erkannte. Wie häufig hatte Till ihr das nun schon mit aufrichtiger Verehrung und Verwunderung erklärt? Was der dreizehnjährige Peter wohl dazu dachte?

»Now's the time that we need to share, so find yourself, we're on our way back home – dudelumm, dudelumm, delumm, delumm ...«

Time to share – eigentlich ja ganz topaktuell. Shareconomy war eine tolle Sache, und dazu auch recht nützlich. Seit einer Weile fuhr auch sie nun schon mit diesen flotten Minis und Smarts durch die Stadt. Fünf Euro vom Alexanderplatz bis zum Tiergarten. Autos mit anderen teilen, das funktionierte schon einmal ganz prima. Was gab es sonst noch, das sie teilen konnte? Viel besaß Marlies ja nun wirklich nicht. Sie hätte da noch einen Mann im Angebot. Wollte den nicht vielleicht jemand teilen? Also nicht für immer natürlich, nur genau so viel und so häufig, dass auch er mal wieder gute Laune bekäme und sie daraufhin in Ruhe ließe, das wär's doch.

In der Geldbörse befanden sich noch Quittungen für die Steuer, die sie sortieren musste. Auch eine Form der Beschäftigung. Eine Bewirtungsquittung ausfüllen oder die Fahrtstrecke, Art und Umfang der Leistung in einen Taxibeleg einfügen. Marlies schüttete den Inhalt ihres Portemonnaies auf dem Schreibtisch aus und schmiss alle unnützen Zettelchen und EC-Karten-Belege in den Papierkorb. Da fiel ihr mit einem Mal eine Visitenkarte in die Hände: *Artificial Artbay*.

Wer hatte ihr die noch gleich zugesteckt?

Aber sicher doch, jetzt erinnerte sie sich wieder an diese muntere, runde Schweizerin, Gründerin eines Start-up-Unternehmens, die sie in der Umkleidekabine des Schwitze-Yogakurses kennengelernt hatte. Marlies hatte ihr einmal nach der Turnstunde bei einem Yogitee und einem sauren Apfel unerwartet ihr Leid geklagt. Mit einem »Und, was machst du denn so beruflich?« hatte die eloquente Unternehmerin die Gesprächsanbahnung übernommen. Marlies hatte Gaby von ihrer Tätigkeit als Journalistin eines Familienmagazins berichtet. Aber auch davon, dass sie eigentlich vor vielen Monden einmal Kunstgeschichte und Italienisch studiert hatte. Und schon bald hatte sie davon erzählt, wie sehr sie dieser ganze Erziehungskrempel anödete.

Es war doch manchmal erstaunlich, was man wildfremden Menschen so alles unvermittelt anvertraute. Marlies war sich nicht sicher, ob sie jemals einer ihrer besten Freundinnen einen derart offenen Bericht ihres gescheiterten Daseins geliefert hatte.

Als sie Gaby ihr Herz ausschüttete, war sie mit einer Studie über ökologische Babybreis beschäftigt gewesen. »Ich kann gar nicht so viel schreiben, wie ich Bäuerchen machen könnte«, hatte sie Gaby mitgeteilt und damit eine fast schon hysterische Lachsalve eingefahren. Diese Frau schien, obwohl sie Schweizerin war, doch immerhin über Humor zu verfügen. »Melde dich mal, wenn du eine neue Herausforderung suchst«, hatte Gaby gesagt, und es hatte aufrichtig und verlockend geklungen.

Wann, wenn nicht jetzt?

»Erst denken, dann melden«: Dieser alte Lehrerspruch, mit dem auch Gisela immer hausieren ging, kam ihr jetzt in den Sinn, als sie in der Warteschleife des Unternehmens *Artificial Artbay* darauf wartete, mit Gaby verbunden zu werden. Dabei nudelte ihr die ganze Zeit *Rollin' in the deep* als Synthie-Pop ins Ohr. »Wen darf ich melden?«, hatte die erstaunlich ältlich klingende Empfangsdame des jungen Unternehmens gefragt – zum Auflegen war es da schon zu spät gewesen. Und noch bevor Marlies es sich anders überlegen konnte, hatte sie auch schon Gabys flotten Willkommensgruß vernommen: »Hey Marlies, ich dachte schon, ich würde nie mehr von dir hören.«

Was zieht man eigentlich zu einem Vorstellungsgespräch an? Marlies durchforstete ihre Garderobe. Die High Heels, die Ralf in seinem Kleiderschrank für sie bereithielt, wären jetzt nicht übel gewesen. Aber die würden wohl so schnell nicht mehr zum Einsatz kommen. Ralf hatte in den letzten Tagen nur noch ein paar lauwarme Tagesberichte in Form knapper SMS abgesondert. Na warte, hatte sich Marlies geschworen, dich lasse ich am ausgestreckten Arm verhungern. Aber ihr Lover schien auch auf ihr Schweigen hin keinen nennenswerten Appetit mehr zu entwickeln.

Sie wählte den dunkelblauen Hosenanzug, den sie sich zu Giselas Beerdigung zugelegt hatte, und suchte im Bad nach Schminkutensilien. Beim Zurechtmachen kam sie sich wie Anni beim Verkleidespiel vor, so ungelenk fielen die Handgriffe aus, der Lippenstift war eingetrocknet und die Wimperntusche hart und krustig.

Marlies hatte nicht damit gerechnet, dass Gaby sich an sie und ihr Gespräch erinnern würde, und erst recht nicht so schnell. »Nein, das gibt es doch gar nicht, du kommst ja wie gerufen«, hatte sie ins Telefon posaunt. »Wir hatten gerade eine Sitzung, da wurden die International Offices besprochen. Du kannst doch Italienisch, oder? Und du verstehst was von den schönen Dingen des Lebens und hast dein Leben in Berlin satt?« Marlies nickte heftig, und obwohl das Gaby nicht sehen konnte, redete sie wie bestätigt weiter. »Da hab ich vielleicht einen passenden Job für dich. Du bist doch flexibel? Dann komm doch gleich heute Abend mal vorbei. Ist achtzehn Uhr für dich okay?«

Freund Zufall war Marlies selten hold gewesen, und das obwohl sie sich ihm nie in den Weg gestellt hatte, wenn sich endlich einmal eine Gelegenheit bot. Till hatte an diesem Abend seinen üblichen Einsatz – Hauptstadtmusical, die Hundertneunundvierzigste – um zwanzig Uhr begann der Einführungsabend für die neuen Eltern im Schwarzen Konvent, Jans weiterführender Schule.

»Klar«, antwortete Marlies. »Flexibel? Immer!«

NEUN

Artificial Artbay befand sich in den zwei oberen Stockwerken eines mächtigen, dunkelroten Klinkerbaus, einer alten Bierbrauerei in Neukölln. Nachdem Mitte der Achtziger hier der letzte Tropfen Gerstensaft in die gedrungenen braunen Flaschen geflossen war, hatten sich zunächst in den weiträumigen Loftetagen gleich mehrere alternative Theaterprojekte, ein Flamenco- und ein Tantrastudio, ein türkischer Mädchentreff, ein Nachhilfeverein nebst drei illegalen Kellerbars eingenistet. Seit einem Jahr teilte sich jetzt aber das Start-up die gesamte Gewerbefläche mit dem Rückgabezentrum eines international operierenden Internetversands, der seinen Siegeszug mit Schuhen begonnen und inzwischen auf so gut wie alle Banalitäten des täglichen Bedarfs ausgeweitet hatte.

Während Marlies in einem tiefen Klubsessel aus Knautschleder vor dem weißen Empfangstresen darauf wartete, bei der Chefin von *Arificial Artbay* vorgelassen zu werden, strömte unablässig eine schwer beschäftigt wirkende Jugend in Geschwindschritt an ihr vorbei.

Putzige Mädchen mit munter wippenden Pferdeschwänzen in Hotpants oder unverschämt kurzen Blümchenkleidern, mit Flip-Flops oder bunten Turnschuhen eilten die Flure entlang. Die auf Halbmast schwebenden Jeans der dürren Hipster lenkten Marlies' Blick unweigerlich auf die freigelegten Zentimeter einer schicken Unterhose oder direkt auf einen Millimeter wohlgebräunter Poritzen. Zipfelmützen und Zauselbärte kamen ihr entgegen – toll, hier könnte man sich ja wie Schneewittchen unter hundert Zwergen fühlen! Piercings blitzten im Neonlicht. Marlies versuchte die Nasen- und Zehenringe zu zählen, die Schreibschrifttätowierungen auf Waden, Unterarmen und flaumigen Nacken zu entziffern. Dabei fragte sie sich, ob die Führungsriege des Online-Auktionshauses die Firma *Urban Outfitters* als aktuellen Ausstatter dieses Bienenschwarms hatte gewinnen können.

Wie war sie bloß auf ihre Trauerkostümierung, auf diesen unmöglichen Hosenanzug gekommen? In dieser Verkleidung würde sie hier als Mutter der Nation durchgehen. Aber andererseits, was wäre die Alternative gewesen? Sie konnte sich doch schlecht in Annis Kleiderschrank bedienen, um hier nicht aufzufallen. Marlies überlegte, wie sie in dieser Umgebung in den neuen Shorts ihrer Tochter gewirkt hätte. Ihre Beine waren ja eigentlich noch ganz in Ordnung.

Nach einer Weile riss sie eine Blondine mit Zahnspange und schwarzer Nerdbrille aus ihren schwerwiegenden Überlegungen, indem sie sich zu ihr hinabbeugte.

»Darf ich dir vielleicht was zu trinken anbieten, Marlies? Red Bull oder lieber einen Matetee?«

Wie wohlerzogen die Jugend von heute doch war! Wenngleich es ihr doch lieber gewesen wäre, das Mädchen hätte sie gesiezt. Ein wenig Distanz, passend zum Altersabstand, konnte hier doch wohl kaum schaden. So zu tun, als ob sie in diesem Ambiente eine von ihnen wäre, war keine Option.

»Ein Wasser wäre schön«, sagte Marlies.

»Mit Sprudel oder ohne?«, hauchte das Wesen, das eine bezaubernde S-Schwäche hatte.

Marlies schaute dem Mädchen direkt in den Ausschnitt unter die weite Bluse an einem rosa BH vorbei und durch die Lücke zwischen ihren Schenkeln auch gleich wieder aus ihrer Bekleidung heraus, direkt auf den Fußboden. »Thigh Gap« nannte man diese Beinstellung, bei der die Oberschenkel in der Mitte ein paar

Zentimeter auseinanderstanden. Falsch eingehängt, hätte Gisela diese Beine bezeichnet, diesen Zwischenraum, der heute anscheinend das begehrenswerte Detail in einem perfekten Körperbau darstellte. Diese Information hatte Marlies der *Mädchen* entnommen, die Carla bei einem der letzten Spaßbad-Aufenthalte dabeihatte. Dass es diese Teenager-Zeitung immer noch gab! Und dazu mit den immer gleichen Themen wie vor dreißig Jahren. Nur dass damals noch niemand ahnen konnte, dass eine Beinstellung einmal eine eigene Benennung bekommen würde – so wie auch erst heute die drei tief einschneidenden Falten im Schritt einer engen Damenjeans oder Leggings einen Namen hatten: »Camel Toe« – igittigitt.

»Oder Sprudel?«, wiederholte das Mädchen noch einmal laut, als sähe Marlies nicht nur aus wie ihre Oma, sondern wäre auch so schwerhörig wie die.

Doch ehe sie antworten konnte, hörte sie auch schon Gabys Stimme: »Marlies, ich freu mich so!«

Marlies versuchte sich mit einem ähnlichen Elan, wie er in Gabys enthusiastischer Begrüßung lag, aus dem Sessel zu schwingen, doch der Sessel war so tief und so niedrig, dass sie beim Aufstehen leicht ächzte, um nach einem kurzen Schwanken wieder nach hinten in die weichen Kissen zu plumpsen. Gaby hielt ihr eine Hand hin und zog sie zu sich hoch. Dabei lachte sie schallend und umarmte sie gleichzeitig. Sie küsste Marlies links und rechts laut schmatzend auf die Wange, schubste sie dann etwas von sich, wie um sie zu begutachten, und rief begeistert: »Toll siehst du aus!«

Gaby wirkte so wach wie nach dem tausendsten Red Bull, dazu wieselflink und rasend schnell von Begriff. Marlies fühlte sich mit einem Mal sehr müde. Am liebsten hätte sie eine Steppdecke aus der Handtasche geholt, sie sich über den Kopf gezogen und sich an Ort und Stelle auf dem Buchenholzlaminat zusammengerollt.

Sie kannte dieses Phänomen. Schaute sie jemand so frisch und munter mit solch weit aufgerissenen Augen an, überfiel sie stets der dringende Wunsch, sofort zu Bett zu gehen.

Patronising, was meinte der Engländer doch gleich noch damit? Aber bevor sie die Antwort fand, hatte Gaby sie auch schon zur Tür hinausgeschoben. Interessanterweise nicht durch die Glastür, hinter der das Jungvolk verschwand, sondern durch die Eingangstür und zurück zum Lift.

»Jetzt gehen wir erst einmal was Schönes essen. Ich bin seit heute Morgen um sieben nicht mehr rausgekommen. Es gibt hier einen schnuckeligen Griechen gleich um die Ecke.«

Marlies musste einen letzten Rest Energie mobilisieren, um nicht mit ihrer gesamten Aufmerksamkeit an dieser Wortkombination hängen zu bleiben und endgültig zu verstummen.

Auf der Straße entwickelte Gaby ein beachtliches Tempo, Marlies fiel in eine Art Trab, um mit ihr Schritt zu halten. Zu ihrer Erleichterung bemerkte sie, dass auch Gaby einen Hosenanzug trug, sogar einen noch unmodischeren mit weiten Hosenbeinen. Und dazu schweren Bakelitschmuck, eine Kette aus gelben Ananas, deren grüne Büschel ineinander verhakt waren. Unter dem Obst hüpfte eine rote Lesebrille an einem Silberkettchen über Gabys gewaltigen Busen auf und ab. Sieh da, es war also doch möglich, bei *Artificial Artbay* erwachsen zu bleiben.

Gaby zündete sich im Laufen einen Zigarillo mit Vanillearoma an, und daran, dass ihr von diesem Geruch schlagartig übel wurde wie bei einer Fahrt in einem mit einem Duftbaum verpesteten Taxi, bemerkte Marlies, dass sie heute noch nichts gegessen hatte. Vielleicht war der Grieche doch gar keine so dumme Idee.

Obwohl ihr ein ausuferndes Essen mit Gaby wirklich nicht recht sein konnte. Es war schon kurz vor sieben, und sie hatte Jan versprochen, bei dem Elternabend seiner neuen Schule vorbeizuschauen, mehr als eine halbe Stunde zu spät durfte sie da natürlich nicht erscheinen, so viel war klar. Aber jetzt Gaby gegenüber Zeitnot andeuten? Das war doch wohl auch schlecht denkbar.

Das von Gaby erwähnte Schnuckelige an dem »Griechen« hatte nichts mit dem Schlager von Udo Jürgens gemein, und die angebotenen Speisen nichts mit den breiig gefüllten Weinblattrollen der Taverne »Poseidon« dereinst in Hamburg-Harburg.

Das »Noun« war eine ehemalige Schlachterei, weiß gekachelt und spärlich möbliert. Anstelle von Stühlen waren unterschiedliche Melkschemel an meterlange, tiefergelegte schmale Tafeln geschoben. Es war noch recht früh am Abend, aber der Schuppen war bereits brechend voll und irritierend laut.

Andreas, der glutäugige, drahtige Wirt des Etablissements, wurde von Gaby auf die gleiche enthusiastische Weise umarmt, geküsst und taxiert wie kurz zuvor Marlies. Und auch ihm wurde vonseiten der Matriarchin eine fabelhafte Konstitution bescheinigt. Sie folgten ihm in die Mitte eines der drei parallel zueinander aufgestellten Tische und zwängten sich zwischen eine Reisegruppe von Italienern und ein ältliches süddeutsches Pärchen, das sich in verängstigter Weise in die Lokalität verirrt zu haben schien, nun aber einen eisernen Durchhaltewillen an den Tag legte.

»Ich bestell für uns. Hier gibt es ganz fabelhafte Kleinigkeiten.« Gaby fuhr mit dem rot lackierten Zeigefinger die Speisekarte auf und ab und orderte kurz darauf eine Menge Dinge mit fremdartigen Namen, geläufig und welterfahren.

»Hier schmeckt sogar der Retsina«, frohlockte sie. Und tatsächlich, der Weißwein war vorzüglich und erinnerte kein bisschen an die senfgelbe Möbelpolitur, die Marlies und Heike 1994 beim Inselhopping auf den Kykladen beinahe das Augenlicht gekostet hätte.

»Also, schieß los«, forderte Gaby sie auf. »Was weißt du über AA?«

Sie sprach die beiden AAs gekonnt englisch aus, und doch konnte sich Marlies des albernen Drangs nicht erwehren: »Über die Anonymen Alkoholiker?«

Gabys Gesicht verzog sich jedoch nicht zu dem Lächeln, das sie erwartet hatte; ihr Blick blieb nur gleichbleibend neugierig. »Kleiner Scherz«, hörte Marlies sich sagen.

Wie peinlich! Das hier war ein Vorstellungsgespräch, und sie war nicht vorbereitet. Sie hatte sich, kurz bevor sie den Bus in Richtung Neukölln genommen hatte, einmal kurz auf der Seite von *Artificial Artbay* umgetan und auch in letzter Zeit in der Zeitung so manches über das frische, viel beachtete Unternehmen angelesen, aber so richtig verstanden, was das bahnbrechend Neue an diesen Internet-Versteigerungen sein sollte, hatte sie nicht.

»Die Welt ist eine Wucht - der Slogan gefällt mir«, sagte Marlies, während sie sich schnell eine Scheibe Weißbrot in den Mund schob.

»Die Welt ist deine Bucht, meinst du. Ja, das ist von mir. Find ich auch nicht schlecht.« Gaby musste jetzt fast schreien, so sehr war der Lautstärkepegel in dem Restaurant inzwischen gestiegen. »Ich hab so das Gefühl, ich sollte dir jetzt noch einmal erklären, was wir hier eigentlich so treiben.« Das klang wieder angenehm nachgiebig, freundschaftlich und weniger geschäftlich. Marlies spürte, wie sich sofort eine innere Anspannung löste. Sie lehnte sich ein wenig zurück und wäre beinahe vom Melkschemel gefallen. Sie hatte ganz vergessen, dass diese Dinger keine Rückenlehnen besaßen.

»Also, wir sind derzeit ein Unternehmen mit rund hundert Mitarbeitern, die externen Experten mal nicht mit eingerechnet. Wie ich dir neulich schon erzählte, habe ich zehn Jahre lang zusammen mit meiner Schwester eine Galerie für Art-déco-Möbel und Schmuck in Basel betrieben, bevor wir den Laden Anfang der

Nullerjahre schlossen und unser Geschäft nur noch im Onlinebereich weiter betrieben.«

Gaby wischte sich den Mund mit einer kleinen blau-weißen Papierserviette ab und nahm einen großen Schluck Wein.

Aha, dachte Marlies, sie ist also schon einmal pleitegegangen. Oder wie führt nun der Weg von Basel über die unbestimmbaren Weiten des Internets hierher nach Berlin?

»2006 wurden Sabina und ich von einer internationalen Jury zu Powersellern des Jahres gekürt, und wir haben auch noch ein paar weitere Jahre ziemlich gut verdient. Doch irgendwann wurde uns das Internet-Geschäft zu beliebig. Sucht man heute im Netz nach Antiquitäten, Designerstücken, Kunst oder altem Schmuck, landet man über die Algorithmen in einer x-beliebigen chinesischen Ramschkiste. Oder auf den Seiten der großen Konzerne, die ihre billige Neuware mit den geläufigen, appetitanregenden Suchkriterien verlinken. Es war also an der Zeit, sich mal was Neues auszudenken. Da traf ich in Zürich auf meinen alten Freund Achim, einen frisch abgefundenen Investmentbanker, und mithilfe der Gersteweck-Gruppe, dem großen Zeitschriftenkonzern, starteten wir letztes Jahr die Eroberung des deutschen Marktes.«

Andreas erschien und verteilte vor ihnen kleine Schüsselchen mit Pasten, Oliven, eingelegtem Gemüse und Joghurt. Die Italiener neben ihnen musterten Gaby und Marlies mit unverhohlener Neugier. Wie naiv diese Südländer doch sein konnten! Sie beobachteten die beiden deutschen Damen ganz ohne Scheu.

»Jetzt ist es wieder an der Zeit zu expandieren«, fuhr Gaby fort, nachdem sie sich aus allen Schüsseln bedient und sich eine ordentliche Vorspeisenplatte auf ihrem Teller zurechtgemacht hatte, während Marlies erst jetzt bemerkte, dass sie den Kartoffelauflauf schon eine Zeit lang direkt aus der Schale löffelte. »Das läuft bei uns immer so in Schüben. Du musst dir das wie lang auslaufende Wellen vorstellen. Man kann nicht einfach stehen bleiben, man wird mit fortgerissen und muss sich immer wieder neu freischwimmen, auch wenn einem manchmal die Puste auszugehen scheint.« Gaby holte tief Luft, als wäre sie gerade aus den Tiefen des Atlantischen Ozeans aufgetaucht. »Jetzt geht es also weiter mit Europa. London, Barcelona und auch Paris stehen schon. Fehlt nur noch Italien, und da – hab ich an dich gedacht.«

»Das ist aber nett von dir.« Marlies hatte keine Ahnung, was Gaby durch den Kopf ging, wenn sie an Marlies und an Italien dachte. »Und was könnte hier meine Aufgabe sein?« Marlies überlegte, ob diese vage Wortwahl schon eine verräterische Auskunft darüber gab, wie wenig sie tatsächlich über das Unternehmen wusste. Schon bereute sie wieder, sich so kurzfristig mit Gaby verabredet zu haben.

»Das ist es ja, Marlies. *Hier* sollst du nichts tun. Du sollst für AA in Italien eine Außenstelle gründen. Ein internationales Büro, in, sagen wir mal, Mailand oder Florenz – den Standort überlasse ich dir.«

»Rom. Es muss schon Rom sein. Das ist ganz wichtig«, sagte Marlies hastig und spürte, wie sich ein heißer Strom der Begeisterung aus ihrem Bauch in die Herzgegend ausbreitete.

»Meinetwegen auch Rom, ist mir egal. Such dir eine Wohnung und uns ein Büro. Zentrale Lage und eine gute Adresse sind dabei wichtig, und dann leg los. Du siehst gut aus, sprichst die Landessprache, erfreust dich an Luxus und Lebensart, und du bist ehrgeizig, so jemanden brauchen wir.«

»Ich weiß nicht«, sagte Marlies, während ihr eine zarte Röte ganz langsam über die Wangen kroch. »Ich bin eigentlich gar nicht besonders ehrgeizig.«

»Doch, meine Liebe, das bist du. Das erkenne ich an der Falte zwischen deinen Augenbrauen. Ehrgeiz ist etwas Wichtiges, etwas Grundlegendes. Den Ehrgeiz brauchst du, und weil ich weiß, dass du ihn besitzt, habe ich dich ausgewählt.«

Marlies betrachtete Gaby und entdeckte über ihrer Nasenwurzel gleich zwei tiefe, zentimeterlange Furchen.

Ausgewählt werden – jemand wusste über sie etwas, das sie anscheinend nicht wusste. Das war ein Ton, der Marlies gemeinhin missfiel. Aber jetzt wollte sie sich nicht auf den falschen Tonfall konzentrieren, sondern auf ihre Zukunft als Leiterin eines dynamischen neuen Unternehmens in Italien.

Als hätte sich in ihrem Oberstübchen ein Fenster geöffnet und alle Sorgen würden mit einer einzigen zukunftsträchtigen Idee hinausgelüftet, erschien ihr Rom wie die Lösung aller Probleme.

»Außerdem hast du doch gesagt, du wärst dein Leben leid. Schnapp dir deine Kinder, verlass deinen langweiligen Mann, und los geht's.«

Was fiel Gaby ein, Till langweilig zu nennen? Sie kannte ihn doch überhaupt nicht!

»Was genau wird denn meine Aufgabe in diesem Büro sein?« Huch, sie redete ja schon, als hätte sie bereits einen Vertrag in der Tasche. »In erster Linie wirst du in die Akquise gehen. Italien ist von der Wirtschaftskrise gebeutelt, der Süden hat in manchen Gegenden eine Arbeitslosenquote von über vierzig Prozent. Die Menschen verkaufen ihren Besitz, um zu überleben. An dieser Stelle setzen wir den Hebel an, was das Aufspüren interessanter Luxusgüter angeht. Und dann gibt es natürlich auch jede Menge potenzieller Käufer mit altem Geld, Kunden mit Konten in der Schweiz und auf den niederländischen Antillen. Wie in Griechenland, wo wir ab nächster Woche eine Dependance in Athen eröffnen. Wir werden für jedes europäische Land eine eigene, aggressive Werbestrategie im Online- und Printsegment erarbeiten, und wenn die in Italien erst greift, brauchst du eigentlich nur noch deine Netze aufzuspannen und den Fang einzusammeln. Du solltest die wichtigsten Messen und Ausstellungen besuchen, Kontakte knüpfen und halten. Ein wenig Werbung kann nicht schaden und natürlich auch deine gute Figur im Namen der AA. Das sollte doch ein Leichtes für dich sein, oder?«

Sicher, das hörte sich nicht nur einfach, sondern auch lukrativ und politisch unglaublich unkorrekt an. Den geplanten kulturellen Ausverkauf Italiens beschloss sie sofort vor Till geheim zu halten.

»Und wonach genau soll ich suchen?«

»Du weißt ja, dass wir zunächst ganz konservativ begonnen haben. Der virtuelle Auktionssaal war vom ersten Tag an proppenvoll, und unser neues Bietersystem funktioniert inzwischen auch reibungslos. Doch gerade jetzt haben wir ein brandneues Konzept entwickelt, das uns endgültig von jeder Konkurrenz abheben wird – die Themenversteigerungen!

Die erste Versteigerung dieser Art trug die Überschrift ›Rasant im Schnee‹. Das waren hundert Einzelstücke zum Thema Schnelligkeit und Wintersport. In der hatten wir zum Beispiel den Sportwagen Lotus Esprit S1 aus dem Bond-Streifen ›Der Spion, der mich liebte‹, mit dem Roger Moore 1977 diese atemberaubende Verfolgungsjagd durch die österreichische Schneelandschaft hinlegte. Das gab dann natürlich jede Menge Aufmerksamkeit bei der Presse, was ja immer die beste Werbung ist. Jetzt bereiten wir die Auktion ›Rosa-Rot‹ vor, mit einer indischen Korallenfigur aus dem fünfzehnten Jahrhundert und einem wunderschönen apricotfarbenen Muranolüster aus den zwanziger Jahren. Er ist mit über fünf Meter Durchmesser der größte Kronleuchter, der je in der Geschichte der Glasbläserei Venini gefertigt wurde. Ich hab schon zu Fabienne in Paris gesagt: Cherie, jetzt fehlt mir nur noch ein kleiner Picasso aus der rosa Periode.« Gaby kicherte, hob dann das fast leere Weinglas – die Flasche hatten sie in rasantem Tempo niedergemacht – und prostete Marlies begeistert zu.

»Auf Italien – Salute!«

Es war halb zehn, als sie sich zum Abschied noch einmal umarmten und Gaby Marlies mit einem »Und du bist dir sicher, dass du kein Taxi brauchst?« in die laue Frühsommernacht entließ. Es wurde langsam dunkel. Marlies war hellwach.

Über den Elternabend brauchte sie jetzt natürlich nicht mehr nachzudenken. In vier Wochen wäre sie mit Kindern und Mann ohnehin über den Alpen verschwunden. Sie begann im Stechschritt die Sonnenallee hinabzulaufen. Sie fühlte sich, als hätte Gaby sie mit einem unsichtbaren FireWire an ihren eigenen, großzügig aufgeladenen Energiehaushalt angeschlossen.

Was war das denn für eine Summe gewesen, die Gaby am Ende ihrer Unterhaltung genannt hatte? Ganz ohne Not, denn Marlies hätte von sich aus das Thema Geld natürlich noch nicht angesprochen. Das war ja gut und gerne das Dreifache von dem, was Till aus dem Musical mit nach Hause brachte. Ihre Wohnung in Berlin würden sie möbliert vermieten. Nicht nur im Bötzowviertel schien schon jetzt jede dritte Wohnung zur Mehrzwecknutzung freigegeben und die Invasion der Rollköfferchen zu befördern. Nach einer gewissen Entrümpelung würden ihnen die sympathischen Familien aus Dänemark und die gut angezogenen, eleganten französischen Pärchen die Bude für ein Wochenende in Europas angesagtester Metropole bestimmt aus den Händen reißen. Zwei Balkone, Parknähe, Blick auf den Fernsehturm in belebtem Altbaukiez. Marlies dichtete bereits die Immobilienanzeige: »Wunderschöne Maisonette-Wohnung in zentraler Lage ...«

Und die paar Stunden Gitarrenunterricht in der Woche könnte Till auch in Rom geben. Bestimmt lief das dort noch weit besser für ihn, schließlich waren Italiener viel musikalischer als die alten Germanen. Vielleicht würde er im Süden endlich mal heruntersteigen von seinem inneren Sofa, aus seiner Lethargie erwachen. Nie wieder dieses lästige, verhasste Musical, stattdessen könnte er sich doch eine neue Band suchen. *Unplugged and old-fashioned*, wie diese Stadt war, sollten sich doch gewiss leicht eine Handvoll Bob-Dylan-Anhänger in mittleren Jahren finden, die ab und zu eines der diversen stillgelegten Kinos rockten. Zumindest ums Geld müsste Till sich jetzt keine Sorgen mehr machen. Und worum dann eigentlich sonst noch?

Marlies fiel beim besten Willen keine mögliche Schattenseite ihres neuen Lebens im Süden ein.

Mit mehr Zeit und Muße, in einer neuen inspirierenden Umgebung würde ihr bestimmt auch noch das Projekt Sachbuch gelingen, ganz nebenbei. Mit einem Thema, das irgendwie etwas mit Auswandern an und für sich und mit den daraus resultierenden, stark erweiterten Erziehungsperspektiven im Besonderen zu tun hätte. Sie würde es Anni und Jan ermöglichen, die Deutsche Schule in Rom zu besuchen, zusammen mit den Bälgern von Diplomaten und Managern. Und alles allein das Werk ihrer eigenen Hände, besser gesagt ihres Kopfes. Werde doch Lehrerin, hatte Gisela ihr immer geraten, das ist eine sichere Bank. Aber wer wollte schon sichere Bänke? Selbstständig in Rom eine Familie ernähren zu können, das war's! Das war ihr nicht am Gitterbettchen in Hamburg-Harburg gesungen worden.

Der Job für AA hörte sich wahrlich nicht sonderlich stressig an. Abends sich auf Vernissagen herumtreiben, die wichtigsten Messen des Landes besuchen, ab und zu irgendwo einen Lamborghini vom Hof fahren, einen Bulgari-Ring abholen oder einen Botticelli abhängen und den einen oder anderen Principe davon überzeugen, dass er in der Themenauktion »Goldene Zeiten« den einen Klimt ersteigern sollte - das klang, als könnte *la vita* tatsächlich einmal *bella* werden. Sie freute sich schon auf morgen, wenn sie ihrer Familie die frohe Botschaft verkünden würde.

Eine Parmigiana würde sie zum Abendessen machen. Der Auberginenauflauf war das einzige Gericht, das alle Familienmitglieder mit der gleichen Begeisterung vertilgten. Sie beschloss, Champagner zu kaufen. Till trank zwar nicht, aber sie hatte eine bestimmte Vorstellung, wie feierliche Momente zu begehen waren, und mit so einer Flasche würde sie zur Not auch allein fertigwerden.

Die würden Augen machen. Noch drei Wochen bis zu den großen Ferien, dann würden sie sich mit leichtem Gepäck aufmachen und für unabsehbare Zeit hinterm Brenner verschwinden. Bestimmt würde Federicos Schwester nichts dagegen haben, wenn sie sich die ersten Wochen in ihrer stets leer stehenden Einliegerwohnung einquartierten.

Grillen im Garten, Aperitivo am Kolosseum und nach einem heißen Tag am Strand und dem Sichfreischwimmen im Mittelmeer abends dann Fisch in Ostia – wow, das war ja der Sechser im Lotto! Denn was war das auch für ein Land, diese Bundesrepublik Deutschland? Mehr als ein Vierteljahrhundert gab es jetzt schon ein einziges, ein vereintes, immer langweiliger werdendes Gebiet, das sie in seiner gesamtdeutschen Überschaubarkeit anödete. So wie, für sich genommen, jedes ostdeutsche Proletenkaff und jede einzelne beschissene westdeutsche Fußgängerzone – Zeit zu gehen!

Am Kottbusser Tor blieb sie vor einem Spätkauf stehen und erstand ein lauwarmes Dosenbier. Bei einem Jungen mit umgedrehter Baseballkappe schnorrte sie eine Zigarette. Das Milchgesicht war mit Sicherheit nur wenig älter als Anni.

Dass der Knirps rauchte, womit er sich bei Tag mit Sicherheit eine veritable Standpauke von Marlies eingefahren hätte, kam ihr nun gelegen. Heute war sie schließlich nicht als Mutti unterwegs, sondern als demnächst schon erfolgreiche Geschäftsfrau, die sich eine Entspannungspause verdient hatte.

»Tachchen, gibst du mir mal 'ne Zigarette?« Der Lümmel grinste und hielt ihr erst die Packung und, nachdem Marlies sich eine Zigarette genommen hatte, auch wortlos das Feuerzeug hin.

Der Junge fabrizierte, konzentriert und regelmäßig wie eine Dampflok, blaue Rauchkringel.

»Du weißt schon, dass du vom Rauchen Pickel bekommst und nicht mehr wächst?«

Er hielt inne, schaute kurz auf und murmelte dann, leise, wie zu sich selbst: »Und du weißt schon, dass du vom Rauchen Falten kriegst und bald stirbst.«

Marlies drehte sich schnell um und lief weiter in Richtung Oranienstraße.

Ihr Handy zeigte drei neue Nachrichten an. Die erste war von Anni:

»Mami, der Janni weint, er macht sich Sorgen, dass du nicht pünktlich zum Elternabend kommen wirst.« Ein Blick auf die Uhrzeit, zu der die SMS eingegangen war – 19.59 Uhr.

Okay, jetzt war es zu spät, darauf zu antworten. Die Heulerei machte sie ohnehin stinksauer, und das Telefonat mit Jan wäre nicht besonders tröstlich für den Sohnemann ausgefallen. Inzwischen hatte er sich bestimmt in den Schlaf geweint.

Die zwei weiteren Nachrichten stammten von Ralf. »Kannst du heute kommen?« um 20.21 Uhr und »Hast du Zeit für einen kurzen Besuch, ich muss mit dir reden« um 21.14 Uhr.

Oje, ihr Liebhaber klimperte ja nicht gerade heftig auf der Gefühlsklaviatur.

Und überhaupt, was hieß denn hier reden? Das hörte sich ja beunruhigend an. Sie schaute erneut auf die Uhr, es war kurz nach zehn. Zu früh, um nach Hause zu gehen, wie sie fand. Mit Gabys neuem Energieschub ließ sich heute schließlich noch etwas Interessantes anstellen, da war sie sich sicher. Eine Art Finale, schwebte ihr vor, der definitive Abschied von Ralf. Wenigstens ein würdiger Abgang, der dem heftigen Beginn ihrer Affäre angemessen wäre.

Sie spürte, wie der Alkohol sie beflügelte. Nach dem Gespräch mit Gaby schien ihr auf einmal alles verteufelt einfach.

In dieser Nacht könnte ihr etwas ganz Neues gelingen. Warum nicht einmal die Rollen tauschen? Sie der Wolf und Ralf das wehrlose Lamm seines Begehrens. Und dann nach einer letzten heftigen und für Ralf sicherlich schwer zu vergessenden Körperkarambolage – *ciao amore*!

»Was bekomme ich von dir, wenn ich zu dir komme?«

Marlies tippte und bahnte sich gleichzeitig ihren Weg durch die überfüllte Kreuzberger Touristenmeile, an grellen Dönerständen und fettgetränkten Pommesbuden vorbei. Sie geriet in eine Truppe blonder, nordisch wirkender Frauen, die über ihre Alltagskleidung T-Shirts mit der Aufschrift »Junggesellinnenabschied« gezogen hatten. Die Damen schwankten bereits, klappten vor Lachen zusammen und hielten sich die Bäuche, bis diejenige von ihnen, die ein kleines weißes Krönchen trug, damit begann, ihre Kumpaninnen mit rosa Schaumwein zu besprühen. Daumen auf den Flaschenhals, die Flasche Rotkäppchensekt geschüttelt, und dann immer auf die kreischenden Freundinnen.

Marlies konnte sich gerade noch rechtzeitig hinter einem Dixi-Klo unter einem Baugerüst in Deckung bringen. Der schaurige süß-saure Geruch menschlicher Exkremente, gemischt mit Staub und Mörtel, ließ sie aufstoßen. Sofort wurde es ihr wieder flau im Magen. Sie warf die Kippe in den Bauschutt und die leere Bierdose gleich hinterher.

»Mal sehen, was willst du denn?«, tippte sie.

Und als hätte Ralf ihre Ungeduld über einen Stadtteil hinweg gespürt – die Konvergenz der Seelen hatte er diese sich überkreuzenden Gedanken tatsächlich einmal pathetisch unverfroren genannt –, folgte sogleich, sst, sst: »Komm jetzt bitte!«

»Nein!«

Der sollte sich ruhig mal ein bisschen abstrampeln.

Marlies schlug den Weg Richtung Mitte ein. Sie hatte das Gefühl, heute einen Halbmarathon in Bestzeit absolvieren zu können.

Wie lange sie schon nicht mehr zu Fuß in Kreuzberg unterwegs gewesen war! Im Grunde war jeder Großstadtmensch doch auch nur ein Landei in seinem eigenen Kiez. Kreuzberg, auch dieser Teil Berlins würde ihr in Rom keinen Tag fehlen. Sie erinnerte sich an die Gespräche im Bekanntenkreis, als vor einigen Jahren die ersten Freunde vom Prenzl'berg die Nase voll hatten und plötzlich Kreuz-Kölln priesen. Als wäre irgendetwas Neues daran, wenn man die Namen zweier heruntergekommener Stadtteile mit prekärer Bildungssituation in einen Mixer steckte. Inzwischen hatte wieder der Run auf die bürgerlichen Stadtteile wie Charlottenburg und das piefige Wilmersdorf begonnen. Auf einer Party hatte ihr neulich ein Immobilienmakler das hohe Lied auf Spandau gesungen. Tolle Wassergrundstücke gäbe es dort. »Genau, Spandau, das hört sich doch wie der perfekte Ort an, um dort final ins Wasser zu gehen.« Das hatte der Immobilist nicht verstanden, oder er hatte schon nicht mehr hingehört.

Sie ging nun am dunklen Mariannenplatz vorbei und hielt auf den Fernsehturm zu. Die Touristenströme verebbten, es wurde dunkler und angenehm ruhig um sie herum. Am Engelbecken herrschte eine dunstige Herbststimmung. Woher kam denn mitten im Frühsommer dieses merkwürdige Laub auf der Straße? Sie inspizierte die finsteren Hauseingänge, sah auf das Schild einer Arztpraxis. War das nicht der Hals- und Ohrenarzt, bei dem sie eines Nachts mit dem kleinen, stark fiebernden Jan aufgekreuzt waren – sst, sst.

»Komm erst einmal in meine Arme, dann sehen wir weiter.«

Na, das war doch mal ein Wechsel der Tonart! Hörte sich doch fast schon gefühlig an.

Vor ein paar Tagen hatte sie eine Zeitungsreportage über drei weibliche Opfer von Heiratsschwindlern gelesen. Einsame Herzen waren leicht zu brechen. Diese blöden Puten aber auch – fielen immer noch auf die dümmsten aller erdenklichen Tricks herein und öffneten sogar noch in den aussichtslosesten Situationen das Portemonnaie, schrieben Schecks aus und füllten Konten auf. Nein, die konnten nicht wirklich auf ihr Mitleid hoffen. Wie bescheuert musste man denn für so etwas sein?

Aber ein Detail dieses Artikels hatte ihre Aufmerksamkeit erregt: der Strategiewandel der Betrüger im Zeitalter der virtuellen Nachrichten. Hatten die Kerle früher noch im Ernstfall körperliche Präsenz zeigen müssen, was so viel hieß, wie Elfriede mit den Stützstrümpfen, koste es, was es wolle, auch handfest zu begatten, mussten sie heute nur noch ihre Zuwendung als Liebes-SMS verteilen. Das anheimelnde Umsorgen in Form von gefühligen Nachrichten reichte den meisten Frauen voll und ganz, ja war ihnen vielleicht sogar lieber als der Ernstfall – der Engkampf auf einer Matratze. In einem der Fallbeispiele war eine rüstige Frührentnerin vom Niederrhein zu Wort gekommen, die detailliert schilderte, wie sie nach den Liebesbotschaften auf ihrem Handy in die größte Abhängigkeit geriet.

Die Masche des virtuellen Lovers schien immer die gleiche zu sein. Die Welt da draußen ist böse, nur wir verstehen uns, die anderen erkennen uns nicht und wissen nicht, wer wir wirklich sind. Mit dieser Form der sozialen Abspaltung erreicht der Betrüger langfristig die absolute Bedürftigkeit seines Opfers, da sie sich im Lauf ihrer Netzbeziehung von allen Freunden und Verwandten abwendet und im Alltag zunehmend vereinsamt.

»Ich konnte erst wieder essen, wenn er mir geschrieben hatte. Doch in dem Moment, in dem ich seine Nachricht las, wollte ich schon wieder eine neue, ich konnte wieder nichts essen, bis er mir am Abend schrieb. Nichts interessierte mich so sehr wie seine SMS. Ich ging nicht mehr aus dem Haus, traf keine Bekannten mehr, schaute nicht mehr fern, um nur den Eingang der Nachrichten nicht zu verpassen.«

Nein, natürlich war Ralf kein Heiratsschwindler. Ihr Blick fiel wieder aufs Handy, das sie vor sich hertrug, das Display nicht aus den Augen lassend.

Sst, sst.

»Ich habe dich doch nicht so häufig gebeten, oder? Aber jetzt tue ich es.«

Das war alles so banal, so albern. Marlies musste über sich selber lachen. »Scheißkerl«, sagte sie laut, und der ihr entgegenkommende dunkelhaarige Mann mit den starken Augenbrauen und dem messerklingenscharfen Menjoubart wirkte für einen Moment so, als ob er ihr gleich ins Gesicht spucken wollte. »Dich meinte ich nicht, ich meine, ich meinte Sie nicht, ich meine doch nur, ich meinte jemand ganz anderen ...«

Der Mann drehte sich um, machte mit beiden Händen vor seinem Gesicht eine Scheibenwischerbewegung, dann verschwand er hinter einem SUV, der quer auf dem Bürgersteig geparkt war.

Ralf hielt sie doch tatsächlich für den Junkie, der sie war. Die Art, mit der sie seit Eingang der nicht besonders heißen Kurznachrichten schon wieder inwendig zu beben begann, machte ihr zu schaffen. Nein, hier war kein Rollentausch möglich, ausgeschlossen. Ralf war und blieb der liebe Dealer, der sie immer sparsamer mit dem ersehnten Stoff versorgte, und sie das bedürftige Etwas. Daran änderten die guten Neuigkeiten des Abends leider rein gar nichts.

»Ich denke schon den ganzen Tag an dich.«

Da war sie wieder, die spärliche Zuteilung dieses ungestreckten, kristallinen Stoffs, den es nirgends zu kaufen gab. Marlies schaute sich um, sie lief Richtung Köpenicker Straße, hier musste es doch irgendwo ein Taxi geben.

»Es gibt nicht viel in meinem Leben, das mir wichtig ist …«

Briefchen aufgefaltet, Pulver auf den Löffel, ein Spritzer Zitronensaft dazu und über die Flamme gehalten. Zisch.

»Ich wollte mich schon seit Tagen bei dir melden …«

Nadel auf die Kanüle gesteckt und in die brodelnde Brühe gehalten.

Marlies winkte einem entgegenkommenden Taxi, ließ sich auf die Rückbank fallen, den Blick immer noch auf das Display ihres Handys gerichtet, und nannte Ralfs Adresse.

»Früher ham einem die kleenen Damen wenigstens mal ’nen schönen Tach jewünscht.« Der Taxifahrer, Typ Helmut Schmidt mit Prinz-Heinrich-Mütze, schaute Marlies freundlich im Rückspiegel an.

»’tschuldigung.«

Sst, sst. »Ich muss dir etwas sehr Wichtiges sagen. Schon lange, aber ich hab mich nicht getraut. Komm zu mir!«

Was sollte das sein? Marlies war es egal. Hier ging es nicht um Inhalt, hier zählte allein der Sound. Das Ausrufungszeichen lies ihr Herz hüpfen.

Spritze aufgezogen, senkrecht gehalten und vorsichtig die Luft entweichen lassen, bis ein erster Tropfen aus der Nadelspitze perlt.

Auf Marlies’ Klingeln folgte der Türsummer fast zeitgleich.

Gleich zwei oder drei Stufen nahm Marlies beim Treppensteigen auf einmal, wie eine dieser sportlichen Kommissarinnen auf Verbrecherjagd in Röhrenjeans, die man neuerdings jeden Abend im Öffentlich-Rechtlichen geboten bekam.

Ralf stand in Socken auf seiner Fußmatte im dunklen Treppenhaus. Schwarzes T-Shirt, ernste Miene, weit ausgebreitete Arme. Hinter ihm flackerten gelb und einladend die Kerzen auf dem Wohnzimmertisch und warfen dramatische Stummfilmschatten in den Flur.

Marlies stolperte in seine Arme und vergrub den Kopf an seiner Brust. Ralf umarmte sie fest und immer fester. So standen sie eine Weile. Wie ein kleines Kind wiegte er sie in seinen muskulösen Armen. »Ist ja gut, ist ja alles gut«, sagte er beschwichtigend und lehnte seinen Kopf auf ihren.

In der Dunkelheit seiner Umarmung wurde sein Herzschlag zu einer Art durchdringendem, immer stärker einlullendem Beat. Das vertraute Waschpulver, sein Aftershave. Die Wärme dieses Körpers, die weiche glatte Haut, seine Stärke wirkten wie ein Lösungsmittel auf ihre inwendigen Verhärtungen. Sie spürte, wie sie unter den auf sie einwirkenden Kräften schwächer und weicher wurde. Ralf löste langsam die Umarmung und nahm behutsam ihren Kopf in die Hände. Still war es, als seine Handflächen auf ihren Ohren lagen. Nichts mehr hören, nichts mehr sehen müssen, niemandem etwas recht machen müssen, nicht mehr kämpfen müssen. Gab es das?

Ralfs Kuss traf sie von oben rechts, seinen Kopf hielt er leicht schräg, und sein leicht geöffneter Mund traf diagonal auf ihre Lippen.

Der Schuss war gesetzt, ein schmerzhafter Strom von stechender Hitze und inwendig grellem Licht erfasste sie.

Ralf ließ sie los. Marlies torkelte leicht, schwankte nach hinten, schwang wieder vor und prallte mit Wucht gegen Ralfs Brustbein. Sie begann zu wimmern. Dann brach sie in ein lautes, die ganze Welt anklagendes Weinen aus.

ZEHN

Worin lag die Aggression, die zusammen mit dem geschäftigen Klappern aus der Küche ins Wohnzimmer drang? In der Art, wie Marlies energisch die Schubladen öffnete, gleich darauf wieder zuknallen ließ und mit schweren Soldatenschritten die Küche durchquerte? In den tiefen Atemzügen und punktgenau gesetzten Stoßseufzern, mit denen sie den Wasserhahn volle Kanne aufdrehte und krawumms, mit dem Wasserdruck einer Schwallbrause, den Putzeimer füllte? Wie konnte es sein, dass er bereits einfache Putzgeräusche für eine Kriegserklärung hielt?

Oder gab es hier vielleicht gar keine Aggressivität? Marlies sorgte nur fleißig für Ordnung, und er bildete sich das alles bloß ein? War er schon paranoid? Wie hieß doch dieser Film noch gleich? Dieser alte Schwarz-Weiß-Streifen, in dem eine Ehefrau durch beständiges Rumoren verrückt gemacht werden soll?

Nein, absichtlich in den Wahnsinn trieb Marlies ihn wohl kaum. Warum sollte sie auch? Davon hätte sie nun wahrlich keine Vorteile. Doch die lautstarken Auseinandersetzungen der letzten Zeit führten dazu, dass er in allem, was sie tat und sagte, einen Vorwurf vermutete. Er wusste, dass Marlies es nicht schätzte, wenn er tagsüber schlief, dass sie seine Antriebslosigkeit unsexy fand. Sogar Jost begann sich schon über den depressiven Freund zu beschweren. Trauerklößchen hatte er ihn gestern genannt und ihm mitleidig den Bauch getätschelt.

Der dichte Gefühlsnebel, von dem Till seit Wochen umgeben war, machte ihn zunehmend langsamer. Alles, jeder Handgriff, jede einfache Entscheidung, ja sogar Einkaufen oder Duschen fiel ihm jetzt schwer. Kein Wunder, dass Marlies sich kaum mehr von ihm in den Arm nehmen ließ. Wie sollte er ihr in dieser Verfassung begehrenswert erscheinen? Selber schuld – sein Lebensmotto.

Sina kam ihm wieder in den Sinn. Ihr auf ihn gerichtetes Verlangen hatte ihn stark und glücklich gemacht. Damals hatte er wie wild komponiert. Wenn er ihr nachts die neuen Stücke vorspielte, hatte sie ihn mit tränenfeuchten Augen angehimmelt wie einen Star – so war es ihm zumindest vorgekommen.

In seiner Erinnerung hatte dieser vitale Till mit ihm heute, hier auf diesem Sofa, an diesem eigentlich recht sonnigen Tag im Juni kaum mehr gemeinsam als die Haarfarbe. Die Wochen mit Sina blieben unvergessen, auch wenn er wusste, dass er sich mit dieser Affäre selber ins Abseits gespielt hatte. Gefühle waren flöten gegangen, die eigenen und auch die von Marlies, unwiederbringlich.

Bis heute, vier Jahre später, hatte er sich nicht mehr richtig von dieser Niederlage, von Sinas unerklärlich plötzlicher Zurückweisung erholt.

Seitdem wollte er wieder zu Marlies zurück, wollte nicht nur in der gemeinsamen Wohnung wohnen, sondern auch zurück in ihre Gedanken und ihr Leben. In ihr Herz, so sangen sie das in diesem Musical. Er wollte sie zurückerobern, im Sturm, doch ihm fehlte die Kraft.

»Nimm mich zurück«, hatte er sie angebettelt, als Sina von einem Tag auf den anderen einfach untergetaucht war.

Und Marlies hatte ihn wieder aufgenommen. Konnte er es ihr verübeln, dass sie ihn nicht mehr angenommen hatte? In dieser Zeit waren die Depressionen zurückgekehrt, die er aus der Teenagerzeit kannte. »Du hast doch nur Liebeskummer«, hatte Marlies damals trocken bemerkt. Als wäre er wirklich noch ein Teenager.

Liebeskummer, was für ein albernes Wort für einen wild brodelnden seelischen Ausnahmezustand. Er hatte wochenlang nicht mehr das Haus verlassen können und Ängste aller nur denkbaren Art entwickelt. Nein, sexy war das nicht, das musste er zugeben. Warum war er nur so beschädigt? Er beschloss, nie wieder im Sitzen zu pinkeln. Nach all den Niederlagen hatte er immerhin noch als Mann eine Chance, männlich zu bleiben, oder konnte wenigstens versuchen, es wieder zu werden. So wie er sich jetzt gab, konnte er sich selber nicht leiden. War er nicht am Ende selbst schuld, wenn sie ihn betrog?

»Bleib ruhig liegen!«, rief Marlies aus der Küche, als sie Till auf dem Sofa ächzen hörte. Wie großzügig! Till war in der Nacht kurz vor eins vom Musical nach Hause gekommen und hatte einen sehnsüchtigen Blick ins Schlafzimmer geworfen, aber ihr ehemals gemeinsames Bett war leer gewesen.

Im Wohnzimmer hatte Jan auf dem Sofa gelegen, unter drei Wolldecken, total verschwitzt, mit am Kopf klebenden Haaren und tomatenroten Bäckchen. Till hatte eigentlich vorgehabt, ihn in sein Bett zu tragen, aber sein Sohn hatte sich an ihn geklammert, mit geschlossenen Augen kleine Schmatzgeräusche gemacht und schlaftrunken »Da bist du ja endlich« gemurmelt. Deshalb hatte Till spontan aufs Zähneputzen verzichtet, nur schnell noch in der Küche das Licht gelöscht und war dann zu seinem Sohn unter den Deckenberg gekrochen. Jan war an ihn herangerobbt und hatte sich halb auf ihn gelegt, sein Knie über Tills Hüfte geschoben. Ich bin Kontaktschläfer, hatte Jan mit sechs Jahren einmal behauptet, nachdem er ein Buch über Wolfsrudel in den Karpaten gelesen hatte.

Till hatte im Dunklen nach Jans Bein getastet. Wie lang die Gliedmaßen seines Sohnes bereits waren! Und erst die Füße – überproportional groß, genau wie die Zähne. Jans Bein hatte schwer auf Tills Körper gelegen.

War es nicht erst gestern gewesen, dass Jan mit seiner gesamten Leibesgröße noch in seinen Unterarm gepasst hatte? Marlies hatte in Jans ersten Lebenstagen Fotos von dem nackten, schrumpeligen Baby gemacht, hoch auf dem kräftigen Unterarm, an der behaarten Brust des stolzen Vaters. Die Fotosession hatte an einem Herbsttag im Ehebett stattgefunden. Till erinnerte sich daran, wie er Anni im Frühnebel in den Kindergarten geschoben hatte. Danach hatten sie zu dritt – Vater, Mutter, Sohn – nackt im Bett gelegen und Mozarts Krönungsmesse gehört. In einer Art ekstatischem Halbschlaf hatten sie im elterlichen Liebestaumel geschwelgt. Marlies hatte das Idyll fotografiert. Die kleinen, rosigen Händchen und den winzigen Fuß in der großen Hand seines Erzeugers. Als Till ein paar Tage später in einem Drogeriemarkt die Bilder aus dem Ausgabeschlitz eines Fotodruckers fummelte, hatte er erstaunt festgestellt, was für ein erhabenes Gefühl in diesen Bildern sichtbar wurde. Nie zuvor hatte er eine solche Liebe auf Fotoabzügen ausmachen können. Er war sich privilegiert vorgekommen. Eine starke Frau, schöne Kinder, ein komfortables Leben. Wenngleich ihm die Euphorie schon damals absturzgefährdet erschien. Mit dem unerwarteten Glück kam die unbekannte Angst vor dramatischen Unfällen, unheilbarer Krankheit oder auch nur Arbeitslosigkeit. Plötzlicher Kindstod. Solche Worte kamen ihm in den Sinn, noch nie benutzte, höchstens gelesene, jetzt waren sie auf einmal grausam real.

Kurz darauf sah er in einem Drehständer bei McPaper Postkarten von zarten Babys auf männlichen Muskelkörpern. »Schau mal, Marlies, erinnern dich diese Bilder nicht an etwas?« Er hatte tatsächlich geglaubt, das Motiv *Nackter Säugling auf nacktem Vater* wäre eine kompositorische Erfindung von Marlies.

Sie hatte nur spöttisch auf einen anderen Kartenstapel gezeigt – »Säuglinge in Blumentöpfen«. »Vielleicht hätte ich euch beide besser gleich eintopfen sollen.«

»Wie spät ist es?«, rief Till in Richtung Küche.

»Halb eins«, hallte es zurück.

Er stellte den Fernseher an, unterdrückte sofort den Ton und zappte durch die Kanäle.

Marlies kam ins Wohnzimmer. Sie trug Spülhandschuhe und drohte ihm mit dem gelben Gummizeigefinger. »Sollen wir denn unser wertvolles Leben vor der Glotze verplempern?«, fragte sie in ihrem munteren Krankenschwesterton.

»Man muss sich doch informieren und wissen, was los ist in der Welt ...«

»Steh auf und lies die Zeitung, die liegt auf dem Küchentisch.«

»Lass mich doch einfach mal in Ruhe. Lass mich doch einfach hier liegen. Ich bin gestern mitten in der Nacht von der Arbeit gekommen und war heute Morgen schon um halb sieben auf den Beinen. Ich habe die Kinder versorgt und mich um alles gekümmert. Eine Entschuldigung für Jan habe ich auch noch im Halbschlaf hingekritzelt, und Anni fand ihr Biobuch nicht. Ich habe es dann gefunden, nach zehn Minuten Suche, beim Altpapier in der Kammer. Und dann musste ich noch mal raus auf die Straße und hinter ihr herlaufen, weil sie das Pausenbrot vergessen hatte.«

Marlies unterbrach ihn lachend. »Die Ärmste«, sagte sie in gespielt bedauerndem Tonfall. »Nicht dass sie noch vom Fleisch fällt. Sie droht ja gerade zu verhungern, das dünne Würmchen.«

Till stöhnte, er war immer noch müde. »Du wirst sie noch in eine Essstörung hineinquatschen. Hör doch mal auf damit, immer an Annis Figur herumzunörgeln. Ich seh sie schon eines Tages kotzend über der Kloschüssel hängen, wenn du so weitermachst. Du weißt, das ist jetzt ein sensibles Alter, mit zwölf. Erinnere dich doch mal daran. Du müsstest doch noch wissen, wie das war, Busen zu bekommen und die ganzen anderen Sachen. Wenn die Mädchen von heute fernsehen, könnten sie auf die Idee kommen, der Sinn des Lebens bestehe darin, unsichtbar zu werden. So dünn wie die meisten Tanten in diesen Castingshows sind.«

»Na, dafür sind diese dürren Damen aber ganz schön medienpräsent. Anni ist wie du, die denkt über ihre Figur nicht nach. Nicht umsonst war *Karlsson vom Dach* früher eines ihrer Lieblingsbücher. Sie tickt genauso wie ihr Vater. *Karlsson, ein schöner, gerade richtig dicker Mann in den besten Jahren.*«

Till wandte sich wieder dem Fernseher zu. Marlies war mal wieder auf Krawall gebürstet. Wo hatte sie nur diese Energie her? Viel geschlafen hatte sie doch wohl auch nicht.

Marlies verschwand, und kurz darauf hörte er, wie sie mit dem Schrubber energisch in rhythmischen Kreisbewegungen über den Küchenboden schrappte.

Dieses ganze Palavern machte nur noch müder. Konnten in einer Ehe überhaupt einmal neue Themen aufkommen? Etwas Neues, noch nie Gesagtes? Über die Kinder und die unterschiedlichen Vorstellungen von Erziehung, ach, über eigentlich alles nur Denkbare hatten sie doch schon tausendmal geredet.

Wärst du nur ein klein bisschen anders, nur ein wenig – etwas mehr so, wie ich mir das wünsche, dann würde ich dich mehr lieben können. Der Gedanke klang inzwischen für ihn bei jedem zweiten Satz mit, den Marlies an ihn richtete. Für sie wiederum schien alles, was er sagte, verdächtig nach Loriot zu klingen. Dabei war es mitnichten so, dass er wie der ewige Comic-Ehemann *doch einfach nur hier sitzen* wollte. Ganz im Gegenteil, er wollte gern etwas mit Marlies erleben und mit ihr reden, doch sie entzog sich ihm immer, und ihre Gespräche verliefen inzwischen wie Grabenkämpfe. Aus der Deckung krochen beide nicht mehr zur vorsichtigen Annäherung, sondern nur noch zu Verteidigungszwecken.

Till spürte, dass heute einer dieser Tage war, an dem ihn dieser graue Zustand, dieser Bürgerkrieg der Geschlechter, nicht einmal mehr traurig machte. Alles war auf einmal so hohl, dumpf – final egal. Sogar die Eifersucht der letzten Wochen war futsch. Wo war denn dieses große, angsteinflößende Gefühl nur hin? Es fehlte ihm jetzt. Alles war besser als dieser Schlamm, in dem er gerade zu versinken drohte.

Im Fernsehen tauchten hinter einer blonden Fernsehansagerin die bunten Bilder einer Flugzeugkatastrophe auf. *Suche nach Blackbox geht weiter*, las er auf dem Tickerstreifen. Schnell umschalten. Durchnässte Flüchtlinge in Schlauchbooten, kleine Kinder auf den Armen, Frauen mit Kopftüchern, Männer in goldenen Isolierdecken, alle weinend. Umschalten. Gruppen dunkelblauer Gestalten vor dem hellblauen Hintergrund eines Plenarsaals. Eine Politikerin mit gelbem Schal und roter Igelfrisur hob mahnend die Hände und wetterte ins Mikrofon. Schnell umschalten. Ein gesplitteter Bildschirm. Rechts eine Frau, hüftabwärts in einem wollenen Slip, das Oberschenkelfett schlug weiche Wellen unter der weißen Haut – links daneben dieselbe Frau, straff in eine knielange Miederhose eingezwängt: Ein Maßband zeigte sieben Zentimeter verlorenen Hüftumfang. Umschalten. Eine junge, knapp bekleidete Frau steuerte mit langem wehendem Haar im prasselnden Sommerregen auf einen braun gebrannten Jüngling zu. Sie warf ihm die Arme um den Hals, und er umschlang ihre Taille und wirbelte sie ausgelassen um die eigene Achse, wobei er sie innig auf den Mund küsste. Dann ließ er sie los, und sie drehte sich ausgelassen mit hocherhobenen Armen im Regen, barfuß durch tiefe Pfützen tanzend – dann die Großaufnahme eines Deorollers. Ausschalten.

Till suchte neben sich in der Sofaritze nach dem Telefon.

»Ja guten Tag, Frau Paul, hier ist der Till, der Gitarrenlehrer vom Peter«, krächzte er mit heiserer Stimme in den Hörer. »Genau, dieser schreckliche Schnupfen ... Eben, daraus wird heute nichts, nicht dass er sich noch ansteckt. Genau, dann bleibt es bei nächstem Dienstag. Ja, Ihnen auch einen schönen Tag noch.«

Er tippte auf die Taste mit dem roten Hörer, dann sofort auf die mit dem grünen. Die Nummer von Frau Dr. Birger kannte er auswendig.

»Hier ist die psychotherapeutische Praxis von Dr. Bärbel Birger. Leider befinde ich mich derzeit im Gespräch. Sie können jedoch ...« Till wartete auf das Piepen, dann sprach er mit klarer, kräftiger Stimme aufs Band: »... es ist wirklich dringend. Wenn es irgendwie geht, am besten gleich. Ich muss so schnell wie möglich bei Ihnen vorbeikommen.«

»Woran erinnert Sie das?« Frau Birger nahm den Stift von ihrem Klemmbrett auf und notierte etwas, während sie gleichzeitig aufmerksam auf Tills Antwort zu warten schien.

»An meine Tanzschulzeit, vielleicht.« Till hatte sich bei Frau Dr. Birger eine Art freies Assoziieren angewöhnt. Er stellte ferne Vermutungen an über den Menschen, als den er sich sah, wie für einen ihm unbekannten, bereits aktenkundig gewordenen Straftäter. Indem er Wortwendungen wie »vielleicht«, »weiß nicht genau« und »es könnte sein« gebrauchte, versuchte er sich an vagen und zurückhaltenden Erklärungen, ähnlich denen, die ein Zwangsverteidiger einem mittellosen Ersttäter als Verteidiger vorschlug.

Till wusste, was seine Therapeutin hören wollte. »In der ersten Tanzstunde bin ich meiner Partnerin bestimmt hundertmal auf die Schuhspitzen getreten. Je mehr ich mich bemühte, ihr auszuweichen, umso treffsicherer bin ich ihr auf die Füße getrampelt.«

»Und so sehen Sie sich jetzt in der Beziehung zu Ihrer Frau? Sie verletzen sie durch Ihr Ungeschick?«

Till zögerte, Frau Dr. Birger befand sich auf dem Holzweg. »Nein, es ist eher so, dass der Takt nicht stimmt. Wir sind gemeinsam aus dem Tritt gekommen, das würde auch Marlies so sehen, glaube ich.«

Frau Dr. Birger machte eine Pause, schaute Till über den Brillenrand prüfend an und seufzte leicht. »Ist Ihnen das wichtig? Ich meine, die Konsensbildung? Kann es sein, dass bei Ihnen die Sehnsucht nach partnerschaftlicher Harmonie weit über der Erfüllung der eigenen Bedürfnisse steht? Dass Sie Ihre Gefühle schon gar nicht mehr wahrnehmen können, nicht mehr merken, was Sie brauchen, weil Sie so sehr damit beschäftigt sind, es Ihrer Frau recht zu machen?«

Was war denn das für ein Quatsch? Es war jetzt wohl besser, er machte sofort mit dem Tanzschulenbild weiter. »Ich glaube, ich sehne mich nach so einer Art harmonischem Paartanz«, sagte er nachdenklich. »Aber Marlies hat, ganz so wie meine erste Tanzschulliebe, keine besonders große Lust mehr, mit mir zu schwofen.«

»Sie sehen also einen gewissen Anteil an der Disharmonie schon auch bei ihr?«

»Na ja, ich dachte, das hätte ich in den letzten Sitzungen bei Ihnen doch wohl deutlich gemacht.« Till konnte sich einen genervten Unterton nicht verkneifen.

»Till, für mich ist es wichtig, dass Sie mir Ihre Gefühle genau schildern. Ich will und kann hier nicht interpretieren.«

»Schuld ist für mich keine kategorische Größe«, sagte Till, weil sich das logisch und sinnvoll anhörte und genau das Gegenteil von dem war, was er dachte.

»Das glaube ich Ihnen nicht«, sagte Frau Dr. Birger und blickte ihn weiter mit einem durchdringenden Mutterblick an. So wurde er vor ewigen Zeiten schon gemustert, wenn es wieder geheißen hatte: »Wer hat Papas Schokolade aufgegessen?« Leugnen war zwecklos.

»Sie halten sich für schuldig. Sie glauben, ihre Antriebslosigkeit, ihre Stimmungstiefs könnten der Grund dafür sein, warum sich Ihre Frau von Ihnen abgewendet hat und eventuell einem anderen Mann zugewandt haben könnte. Sie geben sich Schuld an vielem, an sehr vielem, Till. Aber halten wir jetzt erst einmal fest, dass es Ihnen sehr wichtig ist, Ihre Frau von einer Beteiligung an Ihrer gemeinsamen Krise freizusprechen. Warum ist das so?«

Ja warum? War das überhaupt so? Hatte er das irgendwann einmal behauptet? Was wusste er denn schon? War er nicht hier, um zur Abwechslung einmal eine Antwort auf eine der unzähligen, in seinem Kopf wie wild rotierenden Fragen zu bekommen? »Sie wissen bereits alles. Sie kennen schon alle Antworten. Sie müssen die Teile nur noch richtig zusammenfügen!«, hatte Frau Dr. Birger bereits bei der ersten Sitzung bemerkt.

Das war ihm tröstlich vorgekommen, aber als er Jost von dieser neuen Einsicht berichtete, hatte der nur lakonisch bemerkt: »Ja klar, genau, so isses. Das Leben ist eines dieser hunderttausend Teile Puzzle *Rote Geranien vor blauem Himmel.*«

Wer Jost zum Freund hatte, brauchte sich wenigstens um feindliche Gedanken nicht selbst zu kümmern.

»Das ist doch gar nicht so. Ich könnte hier den Rest der Stunde damit verbringen, mich über meine Frau zu beschweren. Aber was würde das bringen? Ich fühle mich beschissen behandelt. Das wissen Sie, und das weiß auch Marlies, nur ändert das nichts. Ich meine, ich ändere auf diese Weise nicht die Situation und auch nicht meine Frau.«

Frau Dr. Birger legte den Stift beiseite und faltete ihre Hände in ihrem Schoß. »Ich frage mich gerade, wenn Sie mit Ihrer Frau darüber reden würden , was Sie in Ihrer Beziehung stört und was Sie sich von ihr wünschen, in welchem Ton Sie das vortragen?« Sie nahm ein Hustenbonbon aus der Schale vom Beistelltisch und wickelte es umständlich aus. »Besser gesagt, wie würde sich ein solches Gespräch von Ihrer Seite entwickeln, gesetzt den Fall, Marlies wäre kooperativ? Was wäre das Ziel Ihrer Aussprache?«

Till schaute an Frau Dr. Birger vorbei und beschloss, die Frage einfach auszulassen. Er fürchtete sich vor der Stille, in der sie jetzt wieder auf eine Antwort wartete.

»Also sagen wir mal, Sie stellen Marlies zur Rede und fragen, ob sie eine Beziehung zu einem anderen Mann unterhält, wie würden Sie ein solches Gespräch eröffnen?«

Till fiel auf, wie krumm er vor Frau Dr. Birger in seinem Sessel hing. Bei ihrer letzten Frage war er noch ein wenig mehr in sich zusammengesunken. Er ließ seinen Blick ratlos durch den Raum schweifen, darauf bedacht, Frau Dr. Birgers Scheinwerfer aus Aufmerksamkeit und Vorahnung auszuweichen. Wieder hörte er die Therapeutin seufzen. Wurde sie jetzt etwa auch schon ungeduldig mit ihm?

»Nun gut, beginnen wir einmal mit einer kleinen Übung. Ich möchte Sie jetzt um etwas bitten, Till. Suchen Sie sich doch mal einen anderen Platz hier im Raum aus. Nehmen Sie eine neue Position ein, und stellen Sie sich vor: Ich bin Ihre Frau.«

Unter Frau Dr. Birgers linkem Schuh, einer Art Wanderschuh mit Keilabsatz, klebte ein Fetzen von einem welken, rostfarbenen, beinah durchsichtigen Blatt, das in Till ein kurzes, wehmütiges Herbstgefühl, eine Vorahnung von Sterblichkeit und Verfall erzeugte. Sie trug matte Strümpfe in Asphaltgrau. Ihr rechter Knöchel war dicker als der linke. Der Fuß schien wie ein Hefeteig aus dem Schnürschuh herauszuquellen.

Nun stellte Till sich vor, Frau Dr. Birger wäre seine Frau. Ihm wurde ganz warm, und er hatte das unbestimmte Gefühl, entweder in hysterisches Lachen ausbrechen zu müssen oder demnächst einen Schüttelweinkrampf zu erleiden.

»Ich bin also Marlies und habe Ihnen gerade wieder vorgeworfen, dass Sie Ihren Hintern nicht hochbekommen und immer nur auf der Couch liegen. Sie lassen sich das nicht länger gefallen und wehren sich.«

Um Himmels willen! Alles, nur das nicht. Kein Rollenspiel, bitte. Dafür fehlte ihm heute die Kraft, das war immer so schweißtreibend peinlich. Er hatte schon als Kind einen großen Bogen um jede Theater-AG und die Krippenspiele zu Weihnachten gemacht. Ein einziges Mal hatte er den Hirten gegeben und dann auch prompt den Text vergessen: »Siehst du den Stern dort oben?«

Während Frau Dr. Birger ihn weiter stumm musterte, betrachtete er zum tausendsten Mal die Einrichtung der Praxis. Er könnte von dem gepolsterten Ikea-Freischwinger, auf dem er ihr gegenübersaß – sie ihrerseits wippte in einem ebensolchen Sitzmöbel –, auf das weiße Sofa wechseln oder auf die schmale Eckbank unter dem großen Fenster. Dann säße er jedoch hinter der Therapeutin und direkt neben dem verhassten Puppenhaus, in dem die kleinen Figuren im dritten Stock des dachlosen Gebäudes übereinanderlagen wie erschossene Zivilisten nach einem Häuserkampf. Ob er ihr jetzt seine Angst vor Puppen gestehen sollte? Dass er sich im Kinderzimmer immer vor Annis nackten Plastikpuppen mit dem stumpfen Haar und den weit aufgerissenen Glasaugen fürchtete? Aber das würde nur wieder weitere Fragen aufwerfen, und da Frau Dr. Birger partout nicht dazu bereit war, Antworten zu geben, ließ er dieses neue Thema lieber gleich wieder fallen.

Das Puppenhaus war eine Zumutung. Konnte man das nicht verhüllen, wenn gerade kein Patient im Vorschulalter zugegen war? Was, wenn er nun eine dieser Mittvierzigerinnen mit dem Problem eines unerfüllten Kinderwunsches wäre? Der würde der Anblick von Kinderspielzeug gewiss auch nicht behagen.

Nicht zum ersten Mal kam ihm der Verdacht, dass die Psychologin ihre Patienten gezielt in seelische Notlagen brachte. Ob das Bestandteil ihrer Behandlungsmethode war oder ein wirtschaftlicher Aspekt zur Verlängerung der Therapiedauer? Geschäftstüchtig war sie bestimmt, und eine gewisse Gewinnoptimierung war Frau Dr. Birger durchaus zuzutrauen.

Wenn er sich schon einen anderen Platz suchen müsste, dann würde er ihren Bürostuhl wählen. Von dort aus könnte er in den Kalender schauen, der aufgeklappt auf dem Schreibtisch lag, und einen Blick auf ihre silbergerahmte Familie werfen. Komisch, er würde sich wohl niemals trauen, sich in die Position der Macht zu versetzen.

»Sorry, das kann ich nicht. Lieber würde ich über meine aktuelle Angst sprechen. Ich hab nämlich das Gefühl, dass sich da wieder etwas zusammenbraut. Wenn ich jetzt nicht schnell reagiere, schaffe ich es nicht mehr zur Arbeit. Meinem Gitarrenschüler hab ich heute schon absagen müssen. Ich würde meinen derzeitigen Zustand wirklich als akut bezeichnen.«

Frau Dr. Birger nahm ihre Lesebrille ab und massierte sich mit einer Hand die Stirn. »Das ist gut, dass Sie jetzt so offen über Ihre Bedürfnisse sprechen. Es ist wichtig, dass Sie sich verweigern, wenn Sie etwas nicht möchten. Das erlebe ich bei Ihnen zum ersten Mal. Diese Haltung könnte Ihnen auch in Ihrer Partnerschaft helfen. Ich weiß, es fällt Ihnen nicht leicht, Nein zu sagen.«

Auf dem Eichenparkett neben seinem Sessel stand eine Kleenexbox. Es hatte Sitzungen gegeben, da war er schon beim Anblick der auf ihn wartenden Taschentücher in Tränen ausgebrochen. Jetzt nur nicht weinen! Aber was war eigentlich so schlimm daran? Wenn ihn die Anspannung verließ, die Tränen wie die Wörter aus ihm herausflossen, hatte sich das immer befreiend angefühlt. Aber er wusste, dass die von ihm dann unkontrolliert ausgesprochenen Sätze später wie wild in seinem Kopf tobten. Die Gedanken waren dann in der Welt. Aus Befürchtungen und Vermutungen waren dann reale Probleme geworden, die sich für geraume Zeit nicht mehr verdrängen ließen. Sehr unschön. Das Drama seines verkorksten Charakters trat dadurch geradezu schreiend ans Licht. Diese Heulerei hatte ihn meistens für den Rest des Tages, manchmal noch wochenlang verfolgt, als eine tiefe Scham. Nach solchen Ausbrüchen war er zu nichts mehr zu gebrauchen. Kapitulationen galt es zu vermeiden.

So wie Frau Dr. Birger vor ihm saß, konnte er ihr geschätzte zwei Handbreit unter den Rock schauen. Es gab nicht viel zu sehen, die Beine in den festen Strümpfen trafen sich irgendwo im Ungefähren, im Halbdunklen.

Wie wohl ihr Mann so war? Er hatte Herrn Birger noch nie zu Gesicht bekommen. Vielleicht hieß der noch nicht einmal so. Immer, wenn er Paare traf, musste er sich zwanghaft ausmalen, was sie zusammen im Bett trieben. Wie Frau Dr. Birger sich wohl anstellte? Behielt sie das Klemmbrett der Begierde fest im Griff, oder hoffte sie nach so viel täglicher Fragerei auch einmal auf handfeste Antworten?

Frau Dr. Birger blätterte unbeirrt in Tills Akte. Sie schien etwas Bestimmtes zu suchen. Und da war es auch schon. Befriedigt lehnte sie sich zurück.

»Nicht Nein sagen können, Sie kennen dieses Muster aus Ihrer Kindheit, nicht wahr?

Unglaublich, wie war sie jetzt darauf gekommen? Es musste Jahre her sein, dass er ihr von seinen Eltern erzählt hatte. Ihre unheimlichen Aufzeichnungen und ihre präzise Erinnerung hatten es wirklich in sich.

»Ihre Mutter hat es Ihrem Vater stets recht machen wollen und Sie darüber verleugnet. Ja, Sie sogar verraten, wenn es sein musste. Und so, wie Sie mir das berichtet haben, macht sie das heute noch. Sie duldet alles, was Ihr Vater ihr antut, und wehrt sich nicht dagegen. Sie haben mir oft davon erzählt, wie sehr Sie dieses Verhalten in Rage bringt.«

Till dachte an Berichte von gewalttätigen Vätern, deren Söhne später ihrerseits wieder die Kinder schlugen. Warum das Muster der Gewalt immer weitergetragen wurde, von einer Generation zur nächsten, das hatte er noch nie verstanden. Wenn man nicht geradezu grenzdebil war, dann hatte man doch wohl die freie Wahl, sich der Welt gegenüber auf eine selbstbestimmte Weise zu verhalten. Und nun sollte er plötzlich seiner Mutter ähneln?

Na, dann müssten ihm seine Kinder zu Weihnachten doch wohl Dankesbriefe schreiben. Schließlich hätte er auch so wie sein Alter werden können. Dann würden Anni und Jan jetzt wohl in Angst und Schrecken leben, mit vom Langziehen chronisch rot glühenden Ohren. Auch Marlies hätte dann gute Gründe, im Winter mit Sonnenbrille ins Kino zu gehen.

Ach du meine Güte! Der Besuch der Eltern stand ja an. Immer noch hatte er keine Gelegenheit gefunden, Marlies davon zu berichten. Der Termin war inzwischen dreimal verschoben worden. Obwohl die letzte Wunde an Mutters Schienbein schon gut verheilt war – alles dicht und nichts suppte mehr –, war sie doch vorgestern urplötzlich wieder aufgebrochen. Erst auf mehrfaches Nachfragen, hatte Mutter zugegeben, ganz allein einen Getränkekasten in den dritten Stock der Rehaklinik hinaufgeschleppt zu haben.

»Du weißt doch, die sehen das hier nicht so gern, wenn man mal ein Bier trinkt. Da hab ich den Kasten vom Penny gegenüber erst einmal in die Waschküche getragen und gedacht, der Papa bringt ihn hoch, wenn es dunkel wird. Aber dann war er vor den Tagesthemen eingeschlafen. Das Bier konnte aber doch schlecht noch einen weiteren Tag neben den Wäschetrocknern stehen. Nach zehn geht hier aber der Aufzug nicht mehr, da geht eigentlich nichts mehr. Na ja, was soll ich sagen, Bubi? Wenn meine Beine so anfällig sind, ist es ja vielleicht auch besser, dass ich noch ein bisschen hierbleibe. Zu Hause muss ich ja sowieso mit der ganzen Hausarbeit alleine klarkommen«.

Inzwischen hatten sich die Eltern für das erste Wochenende der Sommerferien angekündigt. Aber was war eigentlich aus dem gesponserten Familienurlaub an Ost- oder Nordsee geworden? Er hatte davon nichts mehr gehört. Normalerweise liebte Marlies es doch, ihre Ferienpläne auf dem Küchentisch auszubreiten.

»Gut«, unterbrach Frau Dr. Birger seine Gedankengänge. »Reden wir über Ihre aktuellen Ängste. Was hat Sie heute ganz genau dazu bewogen, so außer der Reihe zu mir zu kommen?«

Sie zog ein geblümtes Stofftaschentuch aus ihrer Rocktasche und schnäuzte sich.

Posaunen von Jericho.

»Till, Sie müssen ehrlich zu sich werden, nur dann kann ich Ihnen eine Hilfe sein.« Dabei lächelte sie und wischte sich noch einmal über die Oberlippe. Wie war denn auf einmal der orange Lippenstift auf ihre Schneidezähne gekommen?

Till schloss die Augen und lehnte sich zurück, der Sessel gab unter seinem verlagerten Körpergewicht angenehm nach. Nun hieß es genau sein, da hatte seine Therapeutin schon recht - aber das war schwierig. Wenn er sein Problem beschreiben konnte, dann war die ersehnte Lösung doch schon greifbar, oder? Er hatte aber Angst vor etwas, das er nicht kannte und nicht ändern konnte. Auch das war nichts Neues, das hatten Ängste ja so an sich. Wie machte man das - das Unbekannte, das Unheimliche, Unerklärbare beschreiben? Und warum das Ganze, wenn man doch eine Frau Dr. Birger hatte, die mit allen psychologischen Wässerchen gewaschen war. Er spürte, wie er kurz davor stand, seine Therapeutin mit einer Placebo-Antwort abzuspeisen. Aber seit die Krankenkasse die Sitzungen nicht mehr finanzierte, hatte er sich vorgenommen, zielorientierter auszusagen. Und außerdem wollte er heute an die richtigen Pillen gelangen.

»Ich glaube, das größte Problem ist, dass es zwischen der Welt und mir keinen Schutzfilm mehr gibt. Alles Leid um mich herum trifft mich unmittelbar. Wenn ich eine Frau auf der Straße sehe, die in der einen Hand ein Handy hält, in das sie hineinplärrt, und mit der anderen ihr Dreijähriges genervt hinter sich herzieht, geht's schon los. Dieses Bild verfolgt mich genauso wie der Penner mit den verfaulten Zehen, der im Vorraum unserer Sparkasse übernachtet und dort anscheinend hinter den Papierkorb scheißt. Ich weiß, das ist für alle Menschen, die morgens vorm Brötchenholen noch Geld abheben wollen, eine Herausforderung. Aber dann kommt ein schlimmes Bild zu den vielen anderen, so geht das den ganzen Tag. Und wenn ich dazu noch verlorene Schnuller im Matsch und abends im Fernsehen die nicht abreißenden Flüchtlingsströme und all die anderen täglichen Katastrophen, Anschläge, Unfälle, Waldbrände sehe, dann …«

Till hob ratlos die Schultern, schaute Frau Dr. Birger kurz an und senkte unter ihrem stechenden Röntgenblick sofort die Augen.

»Dann guck eben nicht hin, stell die Glotze aus!« Das war Marlies' Kommentar dazu. Aber das genau schaffte er eben nicht, er musste zwanghaft hinschauen, und je mehr Leid er sah - und eigentlich sah er kaum etwas anderes -, desto sinnloser erschien ihm das Leben. Er überlegte, ob er der Therapeutin erzählen sollte, dass er sich neulich beim Musical hatte krankmelden müssen, nachdem er nachmittags einen Film über eine Hühnerfarm gesehen hatte, in der Küken mit einer Art Monsterstaubsauger eingesogen und bei lebendigem Leib mit Federn, Krallen, Augen und Innereien zu Geflügelbouletten verarbeitet wurden.

Wieder überfiel ihn der Drang, in Tränen auszubrechen. Was machte er hier eigentlich? Er konnte es kaum erwarten, aus dieser verdammten Praxis zu kommen. In Kürze würde er die Kinder einsammeln. Jan musste am Ende der Stadt von einem *Jugend forscht* Workshop abgeholt werden. Anni war dann bereits bei ihrer Freundin Carla nebenan. Wie gut, dass es die Kinder gab! Heute Abend Milchreis auf dem Sofa und einen dieser lahmen ZDF-Krimis, das würde ihn trösten. Mit Anni und Jan im Arm. Auch wenn Jan immer schon nach einer Minute wusste, wer der Mörder war - stets der bekannteste Schauspieler, so seine Theorie -, was Anni wiederum schlechte Laune bereitete, weil ihr Bruder dummerweise immer recht behielt.

Tills Blick fiel wieder auf die Kleenexschachtel, und auf einmal wusste er, warum er so dringend seine Therapeutin hatte treffen wollen. Er schluckte die aufsteigenden Tränen hinunter. Das funktionierte wirklich. Sie liefen nun wieder zurück und hinten am Gaumen herunter. Sein Herz pumpte schneller. Genau, das war es doch gewesen, was er die ganze Zeit hatte berichten wollen.

»Es gibt da etwas, das ist neu, neu an Marlies. Ich glaube, sie entfernt sich gerade von mir, ich meine – endgültig. Ich kann es kaum beschreiben, aber ich weiß, wenn jetzt kein Wunder geschieht, dann ist sie bald weg. Ich kann nicht sagen woher ... also wieso ... wie ich darauf komme, aber da droht eine Zuspitzung. Ich muss das aufhalten, ich muss ...«

Er hatte nun das Gefühl, dem Dilemma dicht auf den Fersen zu sein. Nur noch eine kleine Gedankenanstrengung, dann hatte er es. Alles war auf einmal sehr klar, er musste etwas tun. Aber was? Er hoffte insgeheim, Frau Dr. Birger würde ihm befehlen, Marlies endlich zur Rede zu stellen. Jetzt musste er nur noch schnell den heutigen Morgen schildern, um das Drama ihrer verfehlten Kommunikation zu illustrieren.

»Ich brauche Ihren Rat. Was soll ich tun? Wie komme ich am besten an sie ran? Wie erfahre ich, was wirklich los ist? Also heute Morgen, da hat sie wieder auf diese aggressive Art die Küche geputzt, und dann wollte ich ihr eigentlich ...«

»Till, es ist Zeit. Die Stunde ist um. Wir müssen aufhören.« Die Psychologin schaute bedauernd auf den kleinen Braun-Wecker auf ihrem Schreibtisch, der leise tickte. Sie klemmte den Stift unter das Brett auf ihren Knien.

Klack. »Klappe zu, Affe tot«, hätte seine Mutter gesagt.

Als er wieder auf der Straße stand, war die Sonne verschwunden, und der Himmel hatte sich dunstig zugezogen. Er war grau wie das Straßenpflaster, grau wie die ersten grauen Haare in seinem

Bart, grau wie seine Gedanken. Grau ist alle Theorie, warum hieß das so? Bei ihm war die Praxis deutlich grauer. Ihm grauste vor der Praxis von Frau Dr. Birger. Nie wieder wollte er seinen Fuß in diese Räume setzen. Er wusste, dass er nur zu bald wieder dort hocken würde.

In der Jackentasche schloss sich seine Hand um den kleinen rechteckigen Zettel, auf den seine Therapeutin mit Bleistift Datum und Uhrzeit des nächsten Termins notiert hatte. Er zog den Zettel hervor. Das gelbe Blatt rollte sich an einer Seite leicht ein, der Klebestreifen hatte bereits einige feine, schwarze Flusen seines Taschenfutters angezogen. Auf dem Post-it war in lila Schreibschrift der Name eines Pharmakonzerns gedruckt. In der anderen Jackentasche steckte das zusammengefaltete Rezept für die kleinen, dunkelblauen Pillen, die ihm Frau Dr. Birger noch schnell verschrieben hatte. Sie würden ihn noch fauler, noch dicker, unattraktiver und kein bisschen glücklicher machen. Sie würden die Distanz zwischen ihm und seinen Mitmenschen vergrößern und im besten Fall eine wattige Pufferzone gegen das Leid der Welt schaffen, mehr nicht. Beim ersten Mal hatte er sich von ihnen noch so etwas wie eine Leichtigkeit erwartet, war aber durch den Effekt einer in Beton gegossenen Außenwelt, an der jede Form des Zugangs abprallte, enttäuscht worden. Er hatte gehofft, die Tabletten würden ihn dem Zustand der anfänglichen Verliebtheit mit Sina wieder näher bringen. Überzogene Erwartungen – das war noch viel zu milde ausgedrückt.

»Lass den Scheiß«, hatte Jost ihn ermahnt, als Till nach Sinas Verschwinden in einen gefährlichen Ausnahmezustand, in eine Art seelische Seenot geraten war und zum ersten Mal dieses Zeug genommen hatte. »Davon bekommst du einen Popo wie 'ne Milchbäuerin von der bayrischen Alp und keinen mehr hoch. Kannst du dir dich unter so 'ner Droge als glücklichen Mann vorstellen? Trink lieber mal ein Schnäpschen und schmeiß den Kack ins Klo.«

Glücklich? Was wussten Menschen wie Jost und Marlies schon von Depressionen? »Ich bin auch nicht immer gut drauf« – weiter reichten Marlies' Vorstellungen nicht. »Man muss lernen, sich zusammenzureißen. Und immer schön in Bewegung bleiben«, lautete ihr Rat. Und Jost? »Wenn ich einmal traurig bin, dann trink ich einen Korn ...«, sang der und schüttete sich regelmäßig zu.

Aber Trinken war nun einmal keine Option. Alkohol schmeckte ihm nicht. Er mochte weder den Geschmack noch die Wirkung, trank noch nicht einmal Bier. Wenn die anderen um ihn herum in den Bars und auf Partys immer alberner wurden, störte ihn das nicht. Er wusste, manche seiner Freunde kamen sich beobachtet vor, und auch Marlies warf ihm vor, er würde ihre Weingläser zählen, aber das stimmte nicht. Der Verlauf, den solche Abende nahmen, war für ihn ganz normal, schließlich liefen sie seit über zwanzig Jahren so oder so ähnlich ab. Wenn die Gespräche irgendwann zu absurd wurden, ging er einfach ins Bett. Sein Bett war ohnehin die verlockende Zuflucht aus allen sozialen Zusammenkünften. Das hatte Marlies nie verstanden. Es war nicht nur ein Hort der Ruhe, des Friedens und in Friedenszeiten auch des Sex, sondern vor allem der Ort, wo ihm am meisten einfiel. Früher hatte er die besten Lieder im Dunkeln komponiert, eng neben der schlafenden Marlies. Dann war er allein, nur nicht einsam gewesen. Er hatte fast immer Sehnsucht nach seinem Bett, und das nicht erst, seitdem er auf dem Sofa schlafen musste.

Während er sich mit dem Rezept in der Hand auf den Weg zur nächstgelegenen Apotheke machte, nahm er sich vor, unter dem beruhigenden Einfluss der Medikamente sein Bett zurückzuerobern – und auch seine Frau. Oder umgekehrt. Die Reihenfolge war egal.

Im Wohnungsflur waberte Till, Anni und Jan der angenehme Duft eines warmen Abendessens entgegen.

»Boah, das riecht aber gut«, rief Anni begeistert. »Kocht Mami heute? Schade, dass ich schon bei Carla Nudeln gegessen hab.« Sie trat sich mit der rechten Schuhspitze von hinten in die Ferse des linken, zugeschnürten Turnschuhs und schleuderte ihn in eine Ecke des Wohnungsflurs.

»Psst!« Till legte den Zeigefinger an die Lippen. »Iss einfach noch 'ne kleine Portion mit. Ich glaube, Mami wollte uns heute mit einem besonderen Festmahl erfreuen. Es gibt auch Nachtisch, den hab ich schon gesehen.«

Till überlegte kurz, ob es wirklich gut war, Anni zum Essen zu animieren. Seine Tochter war in letzter Zeit wirklich ein wenig füllig geworden, da hatte Marlies schon recht.

»Ich schätze mal, Mami wird uns den Plan für die Sommerferien unterbreiten. Wenn ich mich recht erinnere, wollte uns die Redaktion sogar 'ne neue Zeltausrüstung spendieren.« Es fiel ihm selbst auf, wie aufgedreht fröhlich und gekünstelt enthusiastisch er sich anhörte. Er kannte diesen Ton von den Freizeitpapis auf den Spielplätzen: »Naaa, mein Sohnemann, wollen wir jetzt noch ein gaaaanz tolles, großes Eis mit vielen bunten Streuseln drauf essen?« Immer wenn er diesen klebrig-süßen Ton der Väter-Anbiederei vernahm, stellte er sich die schlimmen Rosenkriege zwischen den Eltern dieser ewig bestechlichen Scheidungskinder vor.

In Jans Blick erkannte er sofortige Skepsis.

»Super, für mich ein Einmannzelt bitte.« Jan war bereits im Kinderzimmer verschwunden, aus dem Till nun einen einsamen Monolog vernahm: »Ich hasse zelten. Ich weiß gar nicht, was ich daran am Schlimmsten finde, die Schlangen vor den dreckigen Klos, die dünnen Türen, durch die man alles hören muss, was sich in den Kabinen abspielt, oder die langen dunklen Haare im Ausguss der Dusche, aus der immer nur ein pipidünner Wasserstrahl kommt. Und dann die wabbelige Luftmatratze, aus der spätestens nach drei Stunden die Luft entweicht, und der klamme Schlafsack, der nach kurzer Zeit anfängt, so komisch zu müffeln...«

Till unterbrach Jan sofort. »Tu mir den Gefallen und mach heute mal keinen Stunk. Marlies hat schön für uns gekocht, und wir freuen uns jetzt auf das gute Essen und auf unsere Sommerferien. Es gibt Kinder, die können überhaupt nicht wegfahren, so muss man auch mal denken.«

»Ja, und die armen Kinder in Afrika, die nichts zu essen haben, die gibt es ja auch noch, denen können wir ja heute unsere Essensreste mit DHL schicken.« Jan verdrehte die Augen. »Mich interessiert eigentlich nur, wie Marlies den Elternabend fand und wie der neue Klassenlehrer so ist.«

»Was wird denn da unten so getuschelt, kommt ihr heute noch mal hoch zu mir?« Marlies hing kopfüber am Geländer der Wendeltreppe und winkte mit einem Bratenwender. »Das Essen ist fertig und der Tisch gedeckt. Nur die Hände müsst ihr euch noch selber waschen«.

Mannomann, Marlies hatte ja plötzlich eine wirklich super Laune. Till nahm die Wendeltreppe in ungewohnt sportlichem Tempo, was ihm, oben angekommen, Herzklopfen bereitete, das durch Marlies' Anblick noch verstärkt wurde.

Sie war geschminkt, trug ein ihm unbekanntes, hautenges Kleid und eine neue Föhnfrisur. Till spürte einen scharfen Stich in der Magengegend. Er konnte Veränderungen, unangekündigte zumal, ebensowenig leiden wie sein Sohn Jan.

Heute Morgen der Putzteufel in Jogginghose – und wer war sie jetzt? Das hatte doch alles wieder nichts Gutes zu bedeuten. Er vermisste ihre langen, wilden Locken. Das glatte Haar ließ ihn fremdeln. Und ihr Make-up roch immer ein wenig wie der Staub unter seinem Jugendbett.

»Wow, du siehst ja fabelhaft aus.« Beinah hätte er gesagt: »So gut hast du ja schon lange nicht mehr ausgesehen.« Aber rechtzeitig fiel ihm ein, dass Marlies gern sagte, Liebeserklärungen und Komplimente müssten ohne die Worte *noch* und *schon* auskommen. Er küsste sie flüchtig auf die Wange und lief schnell an ihr vorbei Richtung Gästetoilette.

Am liebsten hätte er jetzt die ganze Palette blauer Pillen auf einmal geschluckt, mitsamt der zweireihigen Aluverpackung. Die freundliche Apothekerin hatte ihn beim Kauf mit leiser, sanfter Stimme darauf hingewiesen, dass selbst bei sofortiger Einnahme mit einer stimmungsaufhellenden Wirkung nicht unter einer Woche zu rechnen sei. Wie sollte er nur die Zwischenzeit überbrücken?

Als kleiner Junge in Latzhosen hatte er in der Weihnachtszeit einmal einen ganzen Strauß Kalenderblätter vom Wandkalender gerissen. Den schweren Wohnzimmersessel hatte er dazu an die Wand wuchten müssen. Er hatte es sattgehabt, so lange auf das Christkind zu warten. Es war der kleine, am Jahresanfang mehrere Zentimeter dicke Kalender seines Vaters gewesen, der mit den rechteckigen Seiten und den roten Ziffern für die Sonntage. Die Tat hatte ihm eine schallende Ohrfeige eingebracht – aber auch die tiefe Erkenntnis, dass an der Zeit nicht zu rütteln war.

Jetzt hätte er dennoch gern die Fast-forward-Taste auf der Fernbedienung seines fremdgesteuerten Lebens gedrückt, so lange, bis er sich bei strahlendem Sonnenschein auf einem Luxuszeltplatz im Liegestuhl oder auf Spiekeroog am Strand befand.

Bis dahin galt es, nur noch drei Wochen und den Besuch seiner Eltern zu überstehen. Er trank das Wasser direkt aus dem Hahn und schluckte vorsorglich zwei Pillen auf einmal.

Die Kinder saßen schon am Tisch, und Marlies schaufelte den Auflauf gerecht auf die Teller. Er bekam wie immer das größte Stück, den Ernährerbonus.

»Piep, piep, piep, wir ham uns alle lieb ...«

ELF

»Du lügst! Du lügst mich an. Du lügst uns alle an. Immer lügst du. Schon lange! Die ganze Zeit. Du bist eine verdammte Lügnerin. Du ...«

An seinem Hals trat eine blaue Ader weit hervor. Das sah nicht gut aus. Zwischen seinen Augen erschien ein kleiner roter Punkt, der sich wie eine aufgehende Sonne auf der Stirn ausbreitete, strahlend und zusehends größer werdend. Marlies' Handy zitterte in seiner Hand.

Während des Abendessens war sie von ihrer Familie mit Fragen bombardiert worden, wie aus einer auf Stufe zwölf donnernden Ballmaschine beim Tennistraining. Till und Anni wollten alles auf einmal über den bevorstehenden Sommerurlaub an der See wissen, und Jan unterbrach jeden mit Fragen zu seiner neuen Schule. Das Schulthema hatte sie zunächst ignoriert.

Jan: »Hab ich denn nun 'nen Lehrer, oder kriege ich 'ne Lehrerin?«

Anni: »Darf Carla eigentlich mitkommen in die Ferien? Bitte! Carlas Mama sagt, wenn wir gleich am Anfang fahren, geht das.«

Till: »Also am Anfang der Ferien, da ...«

Marlies: »Da muss ich erst mal mit Carlas Mutter reden, es gibt da eine kleine Planänderung.«

Till: »Was ändert sich denn nun schon wieder?«

Anni: »Am Ende der Ferien könnten mich die Fischers noch eine Woche mit nach Fuerteventura nehmen.«

Marlies: »Was für ein Glück, dass wir gerade wieder im Lotto gewonnen haben.«

Jan: »Es kann doch nicht so schwierig sein, mir wenigstens den Namen des Lehrers zu sagen.«

Anni: »Carlas Mama sagt, wenn wir jetzt für mich den Flug buchen, gibt es noch ganz preisgünstige Angebote.«

Till: »Neulich rief mich meine Mutter aus der Reha an. Die Eltern würden gerne am ersten Wochenende zu Anfang der Schulferien kommen, für zwei Tage.«

Marlies: »Also, das passt mir gar nicht.«

Anni: »Aber warum denn nicht? Wenn wir doch dann von der Nordsee wieder zurück sind. Ich kann doch auch bei Carla umsonst wohnen. Ach bitte, bitte, Mami, ich würde dann auch alle Aufgaben schon vorher …«

Jan: »Warst du wenigstens halbwegs pünktlich? Waren viele Eltern da? Bestimmt kamen die meisten zu zweit, aber das habt ihr ja noch nie geschafft, einmal zusammen zu einem Elternabend zu gehen. Dabei geht es diesmal wirklich um was. Das ist immerhin 'ne Eliteschule. Wenn ich hier schon am Anfang den Anschluss verpasse …«

Marlies: »Nein, ich meine die Sache mit Oma und Opa. Die können uns nicht besuchen. Wir haben gerade zu viel zu tun.«

Till: »Ich hab aber schon zugesagt. Was sollen wir denn auch Großes zu tun haben? Wir planen doch keinen Umzug, sondern nur einen Urlaub. Die Rucksäcke sind doch in einer halben Stunde gepackt, und den Mietwagen können wir heute noch buchen.«

Jan: »Ich frag mich auch, wie ich mit den Öffentlichen von hier nach Wilmersdorf komme, das dauert ja bestimmt eine Stunde. Vielleicht kann man auch eine Fahrgemeinschaft gründen. Hast du gestern wenigstens die Klassenliste mit den Adressen bekommen? Hoffentlich gibt es auch ein paar gescheite Jungs. Ich hatte das Gefühl, bei der Aufnahmeprüfung waren nur Mädchen mit festen Zahnspangen da.«

Till: »Also, ich hab Urlaub bis Ende Juli. Wir müssen uns doch nicht so hetzen. Aber was ist eigentlich mit den Zeltplätzen: Sind wir da nicht schon ziemlich spät dran? «

Jan: »Ich sag schon die ganze Zeit, ich will nicht zelten gehen. Ich bleib hier.«

Anni: »Ich find Zelten super.«

Jan: »Na, das ist ja die Hauptsache.«

Marlies: »Mensch, seid doch alle mal kurz still.«

Sie holte die Flasche Champagner uns dem Kühlschrank, entkorkte sie mit einem demonstrativen Knall und verkündete aufgekratzt: »Heute gibt es was zu feiern – unser neues Leben!«

Till hatte sie bei diesen Worten angeschaut, als hätte sie einen tragischen Todesfall verkündet. Er nippte bereits lustlos an seinem Champagner, während Marlies noch vor ihm stand und darauf wartete, mit ihm anzustoßen.

»Wann gibt es denn endlich das Dessert?« Anni spielte mit ihrem Löffel. Jan war damit beschäftigt, die Zwiebelstückchen mit der äußeren Gabelzinke aus seiner Portion Auflauf an den Tellerrand zu schieben. Er aß immer noch, während alle anderen schon lange fertig waren. Jetzt schaute Till auch noch unterm Tisch nach neuen Nachrichten auf seinem Handy.

Marlies überlegte kurz, ob sie noch einmal versuchen sollte, wie bei einer Tischrede mit dem Messer gegen ihr Glas zu klopfen. Wieso horchte denn hier keiner auf, wenn sie eine so feierliche Ansage machte? Till wie auch die Kinder hatten die Ankündigung eines neuen Lebens wohl für einen Scherz gehalten.

»Passt doch mal auf! Ich habe mich heute mit einer Bekannten getroffen, die ich vor Monaten beim Yoga kennengelernt habe. Sie heißt Gaby und leitet eine Online-Plattform für Luxusgüter. Also, diese Gaby hat mir gestern einen wirklich tollen Job angeboten.«

Immerhin schaute Till jetzt endlich von seinem Telefon auf. Er schob es wieder in die Gesäßtasche seiner Jeans.

Nun hob Marlies zu einer kurzen Nacherzählung an, worum es sich bei dem Unternehmen *Artificial Artbay* handelte, und zitierte Gaby: Niemand sei für die Leitung einer Vertretung des

Online-Auktionshauses in Italien so geschaffen wie sie. Marlies. Dabei versuchte sie an Tills Miene abzulesen, wie er diese unerwartete Wendung seines Lebens aufnehmen würde.

»Was wollen die denn mit dir? Du hast doch von solchen Online-Geschäften keinen blassen Schimmer.« Till lehnte sich zurück.

Marlies ignorierte die Frage und redete stattdessen munter weiter. »Dann habe ich natürlich sofort gesagt, dass Mailand gar nicht infrage kommt. Rom, nicht wahr Liebster, Rom müsste es sein, das siehst du doch auch so?«

Aus dem Augenwinkel hatte sie noch gesehen, wie Annie mit dem Zeigefinger auf die Spitze des vor ihr liegenden Löffels tippte. Aber da war es schon zu spät, und das Ding machte einen Salto in der Luft und flog quer über den Tisch.

Jan zuckte zusammen. Der Griff des Löffels hatte ihn mit ziemlicher Wucht an der Schläfe getroffen.

»Sag mal, bist du total bescheuert?«

«'tschuldigung, 'tschuldigung ...« Anni hielt sich in Erwartung des drohenden Angriffs den rechten Arm schützend vor den Kopf und ging unter den Tisch in Deckung.

Marlies hörte ein kurzes Reißen, wie das Öffnen eines Klettverschlusses an einem Sportschuh. Jan hatte blitzschnell ausgeholt und Anni ins Haar gegriffen.

Marlies sprang auf und lief um den Tisch herum. Jan hielt ein Büschel langer brauner Haare in der Faust. In Annis Nacken leuchtete eine dunkelrote, wunde Stelle.

Beide Kinder heulten. Jan liefen die Tränen nur so aus den Augen, wie Badewasser über den Wannenrand. Wütend musterte er dabei nacheinander alle Familienmitglieder. Anni hockte wimmernd, mit gesenktem Kopf und geschlossenen Augen, in sich zusammengekauert auf der Küchenbank. Ihre Tränen ploppten wie die Tropfen eines defekten Wasserhahns in unregelmäßigen Abständen auf ihre speckige Jeans.

Still war es auf einmal.

Marlies nahm Anni in den Arm, während Till versuchte, Jan die Hand auf die Schulter zu legen. Doch Jan wehrte die Berührung ab und stieß dabei mit dem Ellbogen die Mineralwasserflasche um. Der Sprudel floss leise gluckernd in die Auflaufform.

Beim Anblick der Essensreste, diesem schaumigen Brei in der Tischmitte wurde Marlies von einer lange nicht mehr gekannten Wut wie von einer weit ausholenden Abrissbirne erfasst.

»Herr im Himmel! Kann man in dieser Familie nicht mal einen einzigen Satz zu Ende sprechen, ohne dass der Notarzt kommen muss?«

Heftig schlug sie mit der Faust auf den Tisch und rutschte dabei an der Tischkante ab. Das Geschirr schepperte, und ein dumpfer Schmerz breitete sich von ihrem Handknöchel bis hinauf zum Ellbogen aus. Sie stampfte mit dem Fuß auf und schloss die Augen. Dann hievte sie sich die schwere Anni auf den Schoß, presste sie an sich und begann sie zur Beruhigung wie ein Kleinkind zu wiegen. In lodernder Rage und von den Schmerzen in ihrer Hand aufgewühlt sah sie die Küche wie in rote Farbe getaucht.

Jan sprang auf und verschwand.

»Mach wenigstens die Sauerei auf dem Tisch weg«, schrie Marlies ihm hinterher und küsste Anni auf die Schläfe.

»Also, ich will hier ja nicht urteilen, aber warum bist du denn jetzt nur auf Jan so wütend? Es war doch Anni, die angefangen hat.«

Till verschränkte die Arme vor der Brust. Er tat so, als wäre er nicht sonderlich in den Familienstreit involviert.

»Ich werd verrückt. Das war doch ein Versehen! Anni hat Jan doch nicht verletzen wollen. Er hat total überreagiert. Woher kommt eigentlich diese Aggression bei den Jungs? Sind das die Hormone? Das ist doch nicht normal, gleich so auszuholen.«

Sie bemerkte, wie Anni sich ihre Rotznase an Mutterns neuem Designerkleid abwischte, lockerte ihre Umarmung und setzte Anni wieder auf der Küchenbank ab.

»Habt ihr mir eigentlich zugehört? Ich habe euch gerade eine Neuigkeit mitgeteilt, die alles verändern wird. Wir haben jetzt die einmalige Chance, noch einmal von vorn anzufangen. Ist euch das klar? Wir reden hier nicht von einem Strandurlaub oder von einem Schulwechsel. Wir werden unser ganzes Leben neu aufziehen – im Süden, unter der südlichen Sonne.«

»Wer hat das entschieden?«, fragte Till.

Marlies wurde es heiß.Was war denn heute los, waren hier alle verrückt geworden?

Und dann war Jan polternd die Wendeltreppe wieder zu ihnen hinaufgerannt, ihr Handy in der Hand. »Du lügst! Du lügst mich an, du lügst uns alle an.« Er hielt ihr das hell erleuchtete Display entgegen: Ralfs und Marlies' Dialog in grünen Kästchen. »Du warst überhaupt nicht auf dem Elternabend, gib's zu!«

Auf einmal erschien Marlies die ganze Szenerie in der Küche wie ein Bühnenstück, wie ein sorgsam inszeniertes Kammerspiel. Küchenbank, Tisch und Stühle, das zerstörte Abendessen und der welke Tulpenstrauß waren die Requisiten. Till, die Kinder und sie die Laiendarsteller in einem Einzimmerdrama.

»Nur du kannst mir helfen, du bist mein Trost, mein Prinz, bring mich fort…«, las Jan laut von ihrem Telefon ab. Er sprach hoch und affektiert wie ein Möchtegerntransvestit in einer Verwechslungskomödie aus den fünfziger Jahren und wackelte dabei mit dem Po. »Wenn ich dich heute sehen darf, erfülle ich dir jeden Wunsch.«

Anni hatte aufgehört zu weinen und starrte ihren Bruder wie einen unbekannten Geisteskranken an. Till, so weiß wie sein T-Shirt, verharrte regungslos auf seinem Stuhl.

Marlies stand auf und machte einen Schritt auf Jan zu. Der

zuckte zurück, wie in Erwartung einer Ohrfeige. Ihr standen kleine Schweißperlen auf der Oberlippe, und doch war ihre Hand, die nach dem Telefon griff, eiskalt. Sie starrte auf die weißen und grünen Sprechblasen.

»Woher kennst du meinen Code?« Die Frage und ihre Hilflosigkeit dröhnten Marlies in den Ohren.

»Das ist doch kein Geheimnis. Alle Mütter nehmen als Zahlenkombination ihren Geburtstag, also den Tag und den Monat. Und die Väter immer das Geburtsjahr oder umgekehrt.«

Jan schaute triumphierend zu Till hinüber, dessen PIN-Code er damit wohl auch kannte. Dabei versuchte sich sein Sohn an einem dreisten Grinsen, das aber gleich in ein ängstliches Lächeln abstürzte. Nein, sein Vater hatte jetzt nicht die Absicht, sich mit ihm zu verbünden.

Till stand auf. Wie groß er plötzlich wirkte. Er blieb neben Marlies stehen und fixierte sie mit steinernem Gesichtsausdruck.

Es zitterte und zuckte zwischen ihnen. Woher kam dieses Zittern, das ihr merkwürdig auf den Magen ging, so wie die Bässe in einem übersteuerten Rockkonzert?

Ihr war übel. Hätte sie dieses Theater vorausgesehen, sie hätte die fettigen Auberginen nicht so hastig in sich hineingeschaufelt.

Till flüsterte: »Anni, Jan - raus!«

Jan verschwand sofort wieder im unteren Teil der Wohnung, Anni aber blieb am Treppengeländer stehen und blickte sich um. Sie hat Angst um mich, dachte Marlies. Was hab ich nur angerichtet?

Das heiße Gefühl der Wut wich einem noch unangenehmeren, dem der Panik. Sie sah die kleinen hellgrünen Einsprengsel in Tills rehbrauner Iris, seine traurigen Augen, die jetzt einen ganz anderen, nicht zu deutenden Ausdruck annahmen. Sie sah seine Hände, die sie so oft berührt hatte, so lange, bis sie die Berührungen eines Tages nicht mehr gespürt hatte. Sie sah seine Arme, in denen sie geweint und ihre Kinder geboren und die er irgendwann um eine andere gelegt hatte.

Aus dem V-Ausschnitt seines T-Shirts wuchsen die dunklen Brusthaare bis hinauf zum Adamsapfel. Seine Kieferknochen schienen im Herzrhythmus zu beben. Till schwang ein wenig vor und zurück, wie jene im Stehen betenden Mitglieder einer Kirchengemeinde.

Die Zeit stand still, hatte sich verheddert und kam nicht mehr vom Fleck. Anni schien am Treppengeländer festgewachsen zu sein.

Was läuft hier ab?, dachte sie. Ist das der Kurzfilm, an den ich mich für den Rest meines Lebens erinnern werde? Einer dieser Schicksalsmomente?

Vor fünf Minuten noch war das alles ein ganz gewöhnliches Familienchaos gewesen, ein durchschnittliches Abendessen. Fünf Minuten. Wann hatte sie eigentlich das letzte Mal gebetet? *Lieber Gott, mach die letzten Minuten ungeschehen, ich will auch immer ganz lieb nach Hause gehen.*

Till stand neben ihr wie ein Unfallopfer unter Schock.

Was gab es zu sagen, wenn man getötet hatte, und sei es auch aus Versehen?

Entschuldigung, Verzeihung. Hab ich nicht mit Absicht gemacht. Wird nicht wieder vorkommen.

Till hob die Hand.

Schüttle mich, schlag mich, bitte tu was. Marlies schloss die Augen, aber Till kam nicht herüber, berührte sie nicht, ging stumm an ihr vorbei. Dann stand er auf der Terrasse, legte den Kopf in den Nacken und ließ sich von der Abendsonne das Gesicht wärmen. Als Marlies neben ihn trat, sah sie, wie ihm die Tränen an den Ohrmuscheln vorbei in den Nacken rannen.

»Liebster, lass uns reden.«

Till zuckte zusammen.

»Liebster? Lass den Scheiß.«

Sein Ton war nicht aggressiv, eher resigniert. »Ich hab keine Ahnung, was ich je für dich war, aber Liebster, das wäre doch wohl ein gewisses Alleinstellungsmerkmal. Liebster? Bist du bescheuert? Kann man davon auch mehrere haben? Gibt es die in der Mehrzahl? Im Komparativ: Liebster, Liebsterer, der Liebsteste?« Jetzt kam Till aber in Schwung, sprach immer lauter. »Schauen wir doch mal.«

Er nahm ihr das Handy ab. Wozu Widerstand leisten? Jetzt war ihr schon alles egal.

»Na, wie hast du denn den Kerl noch so genannt, außer Liebster?« Blitzschnell gab er ihr Geburtsdatum ein. »Da, Prinz! Und hier, Schönster!« Er dehnte das I und das Ö. »Und wer warst du in dem Gesülze? Engelchen – nein, wie originell. Schatz und – meine Marlies ...« Er las wie ein Verzweifelter die alten SMS.

Ach, hätte sie doch nur gestern all diese Wörter gelöscht. Das hatte sie doch vorgehabt. Wieso hatte sie es nicht geschafft, das rote Häkchen zu setzen und sich mit einem Fingertipp von den letzten vier Monaten zu verabschieden?

Ralfs Worte: Warum hatten sie denn immer noch diese Bedeutung? Sie hatte die Nachrichten konserviert, so wie die rote Rose ihres ersten Freundes. Nur dass sie die in *Westermanns Weltatlas*, irgendwo zwischen Süd- und Nordamerika, verwahrt hatte. Doch Sentimentalität 2.0: All das Sehnen und Schmachten, die vermeintlich süßen Geheimnisse, jetzt war das alles nur noch lächerlich. Sie würde den Kram nie wieder lesen, das hatte sie auch schon gestern gewusst. Auch ihre eigenen Nachrichten erschienen ihr kurz nach dem Absenden doch immer schon peinlich. O Reue! Wie sie diese ganze Affäre bereute!

Till hatte gefunden, was er suchte.

»Huch, was ist denn das? Kraftausdrücke! Pikant. Hui, das

sind ja richtig derbe Schweinereien.« Till pfiff bewundernd durch die Zähne. »Diese versauten Nachrichten werden dein Söhnchen sicher brennend interessiert haben. So kennt er seine Mutter ja noch gar nicht. So kenne ich seine Mutter leider auch nicht. *Hm, du schmeckst wie Bienenhonig* ... Boah, ich muss gleich kotzen.«

»Psst.« Marlies schaute sich um. War da jemand auf dem Balkon der Nachbarn? »Komm, wir gehen rein.«

»Ah, Madam hat Angst um ihren guten Ruf. Tja, den hast du dir selber versaut, du ganz allein. Von mir aus kann Kerstin alles hören. Das ist mir scheißegal.«

Marlies legte den Zeigefinger an die Lippen.

Jetzt wurde Till laut. »Ach, das ist dir unangenehm? Plötzlich peinlich? Du Schlampe! Ach, das gefällt dir nicht, wenn ich dich Schlampe nenne? Komisch, gerade las ich da noch was ganz anderes. Warum findest du denn das jetzt nicht geil, wenn ich dich beschimpfe? Kann ich das nicht so gut wie der? Los antworte, ich will das wissen.«

Marlies sah einen Schatten hinter der welligen, milchig hellen Plastikabsperrung. Sie holte tief Luft und legte Till eine Hand auf die Brust. Er schaute diese Hand wie ein unbekanntes Insekt an. Dann stieß er sie weg und ging zum Geländer.

Er tut sich was an, dachte Marlies. Er will mich bestrafen. Ohne sich umzudrehen, wusste sie, dass Anni die Szene immer noch beobachtete. *Ehedrama aus Eifersucht. Nach einem Familienstreit am Prenzlauer Berg musste eine Zwölfjährige mit ansehen, wie ihr Vater aus dem Dachgeschoss sprang.*

Marlies stellte sich hinter Till und legte die Arme um seine Taille. Sie erwartete, dass er sie abwehrte, aber er blieb regungslos stehen. Das Zittern war weg. Still standen sie hintereinander.

So haben wir Hunderte Male irgendwo gestanden, dachte sie.

Es ging doch. Es konnte doch auch einfach so weitergehen. Es würde einfach weitergehen. Wir schaffen das. Wir überleben auch das, und dann werden wir eines Tages darüber lachen.

»Wie lange geht das schon?«

Was für ein Satz!

»Vier Monate.«

Nein, schon wieder dieses unpassende Lächeln. Warum musste sie auch immer in den schlimmsten, schicksalsträchtigsten Momenten blöd grinsen?

Tills Herz schlug schneller als das eines kleinen Nagetiers.

»Vier Monate. Vier Monate lang hast du mich angelogen und betrogen. All diese Verabredungen mit Freundinnen, die irre Geschäftigkeit plötzlich, die vielen Stunden Laufen im Park, das war alles dieser Mann.«

Er ist total fassungslos, dachte sie. Wie unendlich leid er ihr tat – und sie sich gleich mit. Fassungslos, was bedeutete eigentlich Fassung, und wie verlor man sie? Worin lag der Ursprung dieses Ausdrucks? In einer mit lautem Knall zerplatzten Glühbirne? Wenn man die Fassung nicht mehr aus der Lampe bekommt, mit einer Zange hantiert und dann einen gewaltigen Stromschlag bekommt. Die eine Körperhälfte wird taub, die Zehen krallen sich an der Schuhsohle fest.

»Komm, wir gehen rein, setzen uns und reden in Ruhe.«

»Ich bin die Ruhe selbst. Sag, was du sagen willst, ich stehe hier ganz gut.« Er drehte sich zu ihr um und löste sich damit aus der Umarmung, dann machte er einen Schritt zur Seite und begann das Geländer zu streicheln wie einen alten treuen Hund.

»Es ist vorbei.« Marlies hörte sich reden. Ihre Stimme sollte beruhigend klingen und entschlossen. Leider schaltete die Tonlage von allein auf bedauernd um.

»Ich weiß«, sagte Till und schniefte.

»Nein, nein, nein! Du weißt nichts! Ich meine das mit Ralf, *das* ist vorbei.«

Till lachte kurz auf. »Seit wann denn? Seit letzter Nacht um eins? Warum denn noch weiter lügen? Das ergibt doch keinen Sinn. Du kannst ihn haben. Geh zu diesem Mann. Geh, lauf, fang dein neues Leben an. Das hattest du doch heute vor, nicht wahr? Ein neues Leben, ein neuer Mann. Wie wäre es mit ein paar neuen Kindern? Die Medizin macht's möglich.«

»Du bist geschmacklos.«

»Wer, ich?«

»Quatsch, *ich* will keine neue Familie. Ich weiß nicht, wovon du redest. *Du* hattest vielleicht solche Pläne damals. So sind unsere Streitereien doch immer. Du wirfst mir etwas vor, was du dir selber nicht verzeihen kannst.«

»Das schaffst auch nur du, mir in einer solchen Situation mit Psychologisieren zu kommen.«

»Also, ich will ja nicht mit deiner Sina-Geschichte anfangen.«

»Das ahnte ich, das wusste ich. Du kannst dir nicht einmal jetzt Vorwürfe verkneifen. Ausgerechnet jetzt kommst du mir mit der alten Geschichte. Sehr wahrscheinlich bin ich an allem schuld. Aber wenn ich so derart der Falsche bin, wenn du mir seit Jahren nicht verzeihen kannst, dann freu dich doch, dass du mich jetzt los bist.«

Till ging an ihr vorbei und verschwand, immer noch ihr Telefon in der Hand, im Halbdunkel der Wohnung.

Los, los, los. Jemanden los sein. In ihrem Leben war plötzlich eine Menge los, geradezu lose. Allein die Ereignisse der letzten Nacht, alles hatte sich enorm verselbstständigt. Und hemmungslos fing sie an zu heulen. Die Erinnerung an Ralf gab ihr den Rest.

Nach den zwei obligatorischen Runden emotional-physischen Nahkampfs war Ralf aus Marlies' klammernder Umarmung entkommen. Nach dem letzten Stöhner war er wieder auf die rechte Seite des Bettes gerollt und schwieg nun, mit entrücktem Blick, die Arme hinter dem Kopf verschränkt. Sie war noch einmal ganz nah an ihn herangerückt, hatte einen Arm über seine Brust und ein Knie über seine Beine gelegt. Dann begann er zu erzählen. Tochter Ariane hatte endlich eine schwere Grippe überwunden, besaß nun eine lose Zahnspange und eine Reitbeteiligung für ein Haflingerpony in der Uckermark.

»Wie schön für sie«, hatte sie gesagt – und *What the fuck* gedacht.

Total verrückt gewesen war es noch ein paar Minuten zuvor mit ihm. Wie immer. Hysterischer Sex: Dass es so etwas gab, das hatte sie vor Ralf nicht gewusst. Und dass sie einmal eine so schmerzliche Nähe gut finden würde, auch nicht.

It was fun for a while, there was no need of knowing. More than this, you know there's nothing, more than this, tell me one thing …

Gab es eigentlich noch einen einzigen Typen, der so hot war wie Bryan Ferry? Wo waren nur die schnürsenkelbreiten schlanken Krawatten geblieben?

Die Musik war wichtig. Ralf hatte immer Musik im Schlafzimmer laufen. Sie hatte die Funktion von Make-up, überspielte die Unebenheiten, raue Stellen und bald auch die ersten Altersflecken ihrer fragilen Affäre.

Flüster. Warum sie denn so dringend hatte kommen sollen?

Räusper. Das würde doch jetzt, da sie nach Italien aufbrach, auch keine Rolle mehr spielen. »Ich freu mich für dich, und vielleicht ist es ja auch besser so.«

»Das klingt aber merkwürdig nach Abschied.« Marlies stützte sich auf einen Ellbogen und starrte ihn an.

Kalte Pause.

Ralfs Handy klingelte. Es war seine Exfrau. Die angeblich Vollverrückte, die bescheuerte Trockenpflaume, mit der er schon seit Jahren kein Wort mehr wechselte, nun bekam sie in geduldigem Ton die Aufnahmefunktion des DVD-Players erklärt.

O yeah.

Some expressions in your eyes always took me by surprise. Where was I, how was I to know?

Ralf warf das Telefon auf den Nachttisch und schloss wieder die Augen.

Dann räusperte er sich. »Tja, so ist es vielleicht.«

»Es ist aus? Aber warum? Ich versteh das nicht, wir können doch trotzdem ... Ich meine, ich bin doch nicht aus der Welt. Es ist doch nicht für immer. Wir können doch in Kontakt bleiben.«

Und dann hatte sich von ganz allein ein gemeiner Vorhang gelüftet, und sie musste sich eingestehen, dass ihre Vermutung, warum er sie hatte sehen wollen, richtig gewesen war. Abschied, möglichst schnell.

Er druckste noch ein wenig herum. »Ich weiß auch nicht. Ich kann das schlecht erklären. Ich bin nicht so gut mit Worten. Weißt du, ich möchte jetzt wieder mehr Zeit mit Arri verbringen. Meine Tochter braucht mich.«

»Kannst du doch. Tust du doch auch! Wer hindert dich daran? Ich bestimmt nicht. Oder spielt ihr beiden am liebsten um Mitternacht Mau-Mau?« Marlies ärgerte sich, dass sie sofort laut und aufbrausend wurde.

Jetzt sah Ralf sie mitleidig an. »Schau mal, das mit uns ist so künstlich. Wir können uns nicht in der Öffentlichkeit sehen lassen, ich kenne deine Freunde nicht, wir werden nie einen Alltag miteinander haben.«

Einen Alltag mit Ralf? Davon war doch wohl nie die Rede gewesen. Wer wollte denn so was? Das wurde ja immer unheimlicher.

»Ich dachte, das wäre gerade der Witz bei uns. Ist ja noch keine drei Monate her, da wolltest du mit mir in eine Traumwelt fliehen. Warst du es nicht, der den Kram mit der Insel angefangen hat? Ein Ort nur für uns zwei und so weiter?«

Was nützte die Fragerei? Sie hätte doch wissen müssen, was hier gespielt wurde. Zwölf Wochen dauerte im Schnitt die Phase des Verliebtseins. Verliebtheit googeln, da musste man auch erst einmal draufkommen. Nach der glühenden Aufwärmphase sollten sich schnell die profunderen Gefühle eingestellt haben, so unsexy Sachen wie Verantwortungsbewusstsein, Zugehörigkeit, Vertrauen und Verständnis und im besten Fall wohl das, was mit flügelschlagenden Insekten in der Magengegend und meterhohem Wellengang nur noch wenig zu tun hatte – Liebe.

So war das bei allen. Aber das hier war anders. Das mit Ralf konnte einfach nicht so schnell vorbei sein! Dafür war es doch gerade eben noch viel zu intensiv gewesen. War der Sex denn kein Beweis für das Außergewöhnliche an dieser Sache?

»Bedeutet dir das denn gar nichts? Da ist doch etwas Besonderes zwischen uns. Nun sag doch was!«

Ralf, zögernd: »Ja, schon.«

Sehr überzeugend.

Doch dann sagte er etwas, das ihr rasant auf die Sprünge half.

»Das Gefühl ist weg.«

Schwups, das war's.

Na toll! Sein Gefühl war fort, und ihre Gefühle waren sofort als große Heerschar zur Stelle. Trauer, Verzweiflung, Einsamkeit, Enttäuschung, Sehnsucht, Weltschmerz – und nicht zuletzt Scham, Schuld und die alte Tante Bedürftigkeit: Sie alle hatten sich untergehakt und standen nun um Ralfs Boxspringbett mit dem Doppeltopper herum.

Marlies erhob sich in Zeitlupe. Ein letztes Mal. Das war also das letzte Mal.

»Sag mal, tickst du nicht sauber? Dafür lässt du mich mitten in der Nacht zu dir kommen?«

»So einfach ist es nicht.«

Ausatmen, Haare raufen. Zentnerschwere Gefühle.

»Ralf, ich weiß, dass das nichts ändert, aber für mich spielt es eine Rolle. Sag es mir doch einfach. Hast du eine neue Frau kennengelernt?« O Gott, das war doch der Text einer betrogenen Ehefrau. Wie bekam man denn um Himmels willen mit derart weichen Beinen nur die Stimme fest?

Ralf wich ihrem Blick aus. Sein schlankes Nein konnte die Wahrheit oder genauso gut gelogen sein.

»Komm doch noch einmal in meine Arme.«

»Nein danke.«

Wenigstens die letzten Worte mussten souverän klingen. Ein souveräner Abgang war das Mindeste. Bloß nicht umdrehen.

Er war noch nicht einmal mehr aufgestanden für sie.

»Was hätte ich denn tun sollen? Ich hätte dir doch schlecht eine SMS schicken können.«

Da hatte Marlies es plötzlich eilig gehabt, ihre Klamotten zusammengeklaubt und in den Flur geschleppt. Sie murmelte etwas vor sich hin. Mumblecore. Bei einem heraufziehenden Nervenzusammenbruch war ein Selbstgespräch das beste Gegenmittel: Mach dir doch nichts vor. Das war Langeweile. Ein letztes Mal vögeln. Im Fernsehen lief gerade nichts. Aus Sentimentalität? Vielleicht war er ja sentimental. Was weiß denn ich? Was weiß ich schon über diesen Mann? Ich kenne den doch überhaupt nicht.

Mein Gott, in was für Situationen man kommen konnte! Das hatte man davon, etwas mit einem Kerl ohne Bücherregal anzufangen, einem stahlharten Illiteraten.

Ich bin neunundvierzig, zweifache Mutter, seit einer Ewigkeit verheiratet, kurz davor, endlich Karriere zu machen, und jetzt stehe ich bei einem fremden Mann nackt im dunklen Flur und suche meine linke Socke.

»Pass nur auf! Aus zwei mach null. Die Gleichung geht schnell auf.« So was in der Art hatte Heike am Vormittag in der Eisdiele in Mitte bemerkt und sie dabei prüfend angeschaut. »Du siehst im Übrigen furchtbar aus. Du hast ja die gleiche Gesichtsfarbe wie dein Eis.

Brennnesselsorbet mit Gurke, wie Gisela gesagt hätte: schmeckt wie eingeschlafene Füße.

Über das Desaster mit Ralf konnte Marlies Heike heute noch nichts berichten. Das schob sie lieber auf. Sie balancierte noch auf allzu wackligen Beinen an einem inneren Gefühlsabgrund entlang. Besser nicht dran denken – was ihr natürlich nicht gelang. Aber immerhin lenkte es sie ein wenig ab, Heike von dem neuen Job zu berichten.

»Eigentlich ein Traum.«

»Was sagt denn Till dazu? So wie ich den alten Stubenhocker kenne, will der doch bestimmt nicht fort aus Berlin.« Das hatte Marlies bei Licht besehen schon vermutet, aber um bis zur feierlichen Mitteilung der tollen Neuigkeit unumstößliche Fakten zu schaffen, beschloss sie, sich als Erstes einmal so etwas wie ein Businessoutfit zuzulegen. Heike kannte einen Secondhandladen, in dem sie ein purpurfarbenes Wickelkleid, einen cognacfarbenen Ledertrenchcoat und ein paar Schlangenlederpumps kauften.

»Wild at heart«, schrie Heike begeistert, als Marlies in dieser neuen Montur die Vorhänge der Umkleidekabine beiseiteschob.

»Yeah, ich suche einen Rocksender, ich kann keinen Rocksender finden.« Marlies war wie wild auf der Stelle herumgehüpft, wie die blutjunge Laura Dern in ihrem absoluten Lieblingsfilm. Zigmal hatte sie den mit Heike zusammen während des ersten Studiensemesters angeschaut.

Sofort war die empörte Verkäuferin zur Stelle gewesen, ein Mädchen mit Kleopatrahaarschnitt und -nase. In dem gewaltigen Zinken war erstaunlicherweise auch noch ein Brilli versenkt.

»Was ist denn das hier? Was machen Sie denn da? Also, die Pumps, in denen Sie hier steppen, die müssen sie jetzt aber auch kaufen. Ma echt, das geht doch so nicht.«

Spießerjugend!

»Mach ich. Die Dinger haben auf mich gewartet«, hatte Marlies begeistert ausgerufen und um ein Haar noch ein *Baby* drangehängt. Aber das hatte sie sich dann doch lieber verkniffen.

»Jetzt brauchst du aber noch eine Tasche für deinen Laptop«, hatte Heike beschlossen. »Du kannst deine italienischen Kunden doch wohl schlecht auf High Heels besuchen und dazu eine himmelblaue Umhängetasche aus recycelten Lkw-Planen tragen. »Die schmeißt du am besten in den Müll«, sagte Heike und fügte mit einem Blick auf Marlies' Schuhwerk hinzu: »Zusammen mit diesen gelben Turnschuhen.«

Heike, bei sich selber von Eleganz weit entfernt, bewies heute an Marlies' neuer Garderobe wirklich Geschmack.

Also kaufte Marlies auch noch eine große braune Tasche mit einem goldenen Schloss, die man sich nicht umhängen durfte, sondern mit angewinkelten Ellbogen in der Armbeuge tragen musste. Hätte man auf die Art auch nur eine halbe Stunde den schweren Computer herumgetragen, wäre im Handumdrehen die Blutzufuhr zum Unterarm abgeklemmt, und die Finger würden blau.

»Marlies – die brauchst du!«

»Mensch, für den Preis hätte ich vor Kurzem noch nicht einmal ein zehnteiliges Kofferset für die ganze Familie gekauft.«

»Los, kauf das Ding! Diese Tasche ist ein echter Klassiker, zeitlos. Die überlebt noch jede Familie.«

Marlies blickte von der Terrasse auf die Straße. In der tief stehenden Abendsonne schlenderte ein Familienvater in einem zu großen Anzug versonnen nach Hause, als wollte er die letzten Minuten in Freiheit noch einmal voll auskosten. Haarausfall bei jungen Männern hatte immer etwas Tragisches. Die Kopfhaut des Mannes schimmerte rosig durch den Rest an krausem Bewuchs, der wie spärliches Schamhaar wirkte. Ein adrettes, dunkelblaues

Steppwestenpärchen lief Arm in Arm zum Italiener. Kleine, zerzauste, verdreckte Jungs kamen laut palavernd vom Fußballplatz herüber. Eine hagere Frau, bepackt mit Einkaufstüten, musste vom Gehweg auf die Straße ausweichen, weil ein dunkelhaariger Mann, eine blonde Frau mit zwei Kindern in Kapuzenpullis auf dem Bürgersteig einen undurchlässigen Wall aus Familie gebildet hatten.

Das sind ja wir!, ging es Marlies durch den Kopf. Morgen sind wir das wieder, genau diese Familie. Ich gehe jetzt rein, bring die Kinder ins Bett, und dann rede ich mit Till über Italien.

Da sah sie Till auf dem Fahrrad mit dem Bass auf dem Rücken die Straße herunterbrausen, dicht gefolgt von Jan, der im Stehen in die Pedalen trat, um mit dem Vater mitzuhalten. Der Schulranzen hing ihm schräg von der Schulter, und seinen kleinen blauen Wanderrucksack hatte er auf den Gepäckträger geklemmt. Diesen Rucksack hatte sie ihm in der Kita immer am Mittwoch zum Waldtag verpasst. Wie oft hatte sie sich die Finger in dem blöden Plastikverschluss des Brustgurts eingeklemmt, mit dem man ihn wandertauglich am Kind befestigen sollte.

»Mama, ich will nicht ohne dich zum Ausflug.« Doch kein Jammern und Festklammern an Marlies' Hosenbein hatte geholfen. Bei Wind und Regen ging es in den Wald, das gehörte nun einmal zur Philosophie des Kinderladens. Schien im Sommer die Sonne, hatte Jan sich auch nicht freudiger in die Wandergesellschaft eingereiht.

»Marlies, ich will für immer bei dir bleiben. Ich verlasse dich nie. Wenn du alt bist, dann nähe ich dir eine warme Jacke und schiebe dich durch den Park.«

Die lustigsten Sprüche ihrer Kinder hatte sie jahrelang in kleine Vokabelhefte eingetragen. Wann hatte sie damit aufgehört, und wo waren eigentlich diese Hefte geblieben? Und überhaupt, wohin wollte Jan jetzt auf einmal ohne sie?

Im Wohnzimmer saß Anni im Schneidersitz auf dem Sofa, neben sich eine leere Eispackung. Sie hatte Marlies' iPad auf dem Schoß und spielte mit konzentrierter Miene ein Spiel. Die Küche war verwüstet. Der Champagner war warm. In der Auflaufform schwamm Marlies' Telefon.

»Weißt du, wo Papa und Jan hingegangen sind?«

Anni schaute nicht auf. Das Geschehen auf dem Bildschirm absorbierte sie vollständig.

»Sie sind weg. Erst mal zu Jost, sagt Papa, dann schauen sie weiter. Sie haben mich gefragt, ob ich mitkomme. Aber ich hab gesagt, dass ich lieber mit dir nach Italien ziehe.«

Aus dem iPad dudelte Fahrstuhlmusik. Eine mechanische, monotone Elektropopmelodie in Endlosschleife. Anni war dabei, eine virtuelle Stadt zu bauen. Die Grundmauern mehrerer Einfamilienhäuser standen auf grünem Rasen, und man sah aus der Vogelperspektive in die offenen Räume. Manche Häuser bestanden nur aus einem leeren Zimmer, in anderen gab es schon Flure, Bäder, Küchen und Möbel.

In dem Haus, das Anni gerade bespielte, hüpfte eine schlanke, langhaarige Blondine mit bauchfreiem Top vor einer Kommode auf und ab.

»Ich will, dass die endlich Kinder kriegt«, rief Anni ungeduldig. »Das macht sonst keinen Spaß. Das letzte Baby wurde ihr weggenommen, weil sie arbeitslos wurde. Sie hat es einfach nicht geschafft, genügend Zeitungen auszutragen.«

»Das klingt aber alles sehr deprimierend. Warum spielst du so etwas? Und warum bewegt sich die Frau in dem Zimmer so komisch?«

»Die muss aufs Klo. Aber ich hab noch nicht genug Geld verdient, um ein Bad zu bauen. Gleich macht sie wieder Pipi ins Wohnzimmer. Ach, ich weiß was. Fabian hat mir letztens ein Geheimnis verraten. Wenn man ein ganz bestimmtes Passwort eingibt, dann erhöht sich der Kontostand von ganz alleine, dann kann ich ihr vielleicht sogar ein Auto besorgen. Dann bekommt sie auch eine gute Arbeit und kann endlich wieder Kinder kriegen.«

»Macht das Spiel denn dann noch Spaß? Ich meine, das ist doch geschummelt, oder?«

Anni schaute auf und lächelte Marlies an.

»Gestern hat Frau Heidkamp während der Mathearbeit Paula den Spickzettel abgenommen. Dann hat sie ihr eine Sechs gegeben und gesagt: Man darf ruhig schummeln. Man darf sich nur nicht dabei erwischen lassen.«

Marlies schluckte. Anni sprang auf und umarmte Marlies stürmisch.

»Ach, Mama, ich hab dich lieb.«

ZWÖLF

»Komm doch einfach mit zu mir ins Bettchen. Wir machen's uns gemütlich. So wie früher. Das war doch immer lustig. Ich mach uns Musik an und bau uns eine schöne Tüte.«

Nachdem er Jan auf Josts klappriges Kanapee gebettet hatte, saß Till in der verqualmten Sperrmüllküche des Freundes. An Schlaf war nicht zu denken. Die blauen Pillen zeigten erste Wirkungen. Eine künstliche Ruhelosigkeit, ein kaltes Herzrasen ohne erhöhte Pulsfrequenz gesellten sich zu dem heißen Grundton echter Verzweiflung. Mit Jost das Bett teilen, so weit kam das noch! So tief konnte er doch noch nicht gesunken sein.

»Du schnarchst, das halte ich nicht aus.«

Jan hatte den ganzen Abend kaum ein Wort gesagt. Schweigend war er hinter seinem Vater nach Moabit geradelt. Dann hatte er in Josts dreckigem Badezimmer ein Stück Fensterbank freigeräumt, seinen kleinen Kulturbeutel ausgepackt und sich stumm den Schlafanzug angezogen, während Till in Josts Kleiderschrank nach Bettwäsche kramte, die nicht nach fünf Tagen unausgeräumter Waschmaschine roch. Beim Gutenachtsagen hatte Till, so wie Jan das gewohnt war, das Bettzeug eingeschlagen und um ihn herum festgestopft.

Eine Weile saß er noch auf der Sofakante und betrachtete Jan, der das Blumenmuster des Sofabezugs musterte. Sollte er etwas erklären, was er sich selbst nicht erklären konnte, oder wenigstens den Versuch machen, das Kind zu trösten? Jan sah eher wütend als traurig aus. Was sagt ein Vater, wenn die Eltern vor den Kindern mal so richtig die Hosen heruntergelassen haben?

Er versuchte so viel väterliche Wärme wie möglich in eine Floskel zu legen: »Janni, sag mal, wollen wir darüber reden?«

Jan nahm das schwere Kopfkissen und packte es sich kurz entschlossen aufs Gesicht.

»O nein«, vernahm Till dumpf unter den klumpigen Daunen. »Alles, nur das nicht! Nicht noch mehr reden.«

»Also, schieß los!«

Jost rieb sich die Hände. Er gab sich nicht die geringste Mühe, seine kindliche Neugier zu verbergen. Er war wirklich der geborene Katastrophentourist. Leute wie er waren der Grund für die kilometerlangen Staus auf den Autobahnen, die nach dramatischen Busunglücken erst mal abbremsen, den Hals recken, ganz nah heranfahren und dann laut »Nein, wie schrecklich« rufen.

Till machte es kurz: Marlies' neue Frisur, Marlies' neues Leben, Marlies' neuer Mann ...

»Und wie kommt es, dass du den Schlaumeier gleich mitgebracht hast?«

Wie sprach er denn von Jan? Das tat weh. Nun gut, dann musste er eben weiter ausholen und erzählen, wie diese bahnbrechende Neuigkeit ans Tageslicht gekommen war.

Jost schlug sich mit beiden Händen auf die Schenkel. »Also, ich hab ja keine Kinder. Ich mag auch keine Kinder, ich will niemals Kinder haben, und ich halte mich bestimmt nicht für eine Supernanny. Aber das Kerlchen hat sich doch wohl echt eine Backpfeife verdient. Hast du dem wenigstens mal die abstehenden Ohren lang gezogen? Was bilden sich diese Blagen von heute eigentlich ein? Was ist das für eine Art, die eigenen Eltern zu bespitzeln?«

Till hatte fest mit Josts üblichem Marlies-Bashing gerechnet. Nun war er total aus dem Konzept gebracht.

Das letzte Mal, als Jost bei Marlies und Till zum Essen eingeladen war, hatte er sich auch so einen dicken Hund geleistet. Irgendeine diffuse Einmischung in das hauseigene Erziehungskonzept. Warum man denn die Kinder von heute immer in alle Entscheidungsprozesse einbeziehen müsse?, hatte er Marlies herausfordernd bei einem bis dahin harmonisch verlaufenden Abendessen gefragt. Kinder bräuchten Leuchttürme, das habe er in der Zeitung gelesen.

Die Kinderlosen wussten immer erstaunlich gut, wo der Hase in Gestalt etwaiger Nachfahren in Zukunft hinhoppeln sollte.

»Also«, hatte Marlies da gesagt, »ich schlag jetzt mal was vor: An diesem Tisch macht jeder erst mal das, was er am besten kann.« Dabei hatte sie Jost ziemlich angsteinflößend angefunkelt. »Was in deinem Fall heißt: mittelmäßig Bass spielen. Am Nachmittag einen Liter Jägermeister trinken und abends mit schalen Versprechungen minderjährige Kosmösen abschleppen.« Kosmösen, das Wort hatte sie wirklich anstelle von Kosmetikerinnen benutzt. Vor den Kindern! Jan hatte verdutzt aufgeschaut, und Jost war danach noch nicht einmal mehr mit dem Versprechen eines warmen Abendessens ins Bötzowviertel zu locken gewesen.

Kurz nach Mitternacht kam dem Freund eine Idee.

»Komm mal mit runter in den Hof, da hab ich heute Mittag was ganz Tolles entdeckt, du wirst Augen machen. Das hier ist nämlich Moabit, da braucht man nicht zu suchen und auch nicht zu kaufen – man findet einfach, so wie Picasso. Du wirst sehen, in ein paar Wochen könnt ihr zwei Hübschen euch eine Rückkehr ins Schwabenparadies gar nicht mehr vorstellen.«

Till hatte da so seine Bedenken. Aber er folgte Jost mit einigem Zögern in den Hof. Und mit dem schwer angetrunkenen Freund, der sich auf jedem Treppenabsatz eine neue Zigarette anzünden wollte, hievte er einen ranzigen Fernsehsessel in die enge Zweizimmerwohnung im vierten Stock. Da wurde das Ding erst einmal im Flur geparkt. Es roch alles andere als gut, verfügte aber über eine funktionstüchtige Fernbedienung, mit der man das Prachtstück aus den achtziger Jahren unter lautem Brummen und Knarzen in eine Art Liegeposition bringen konnte. Geschlagene zwei Stunden bearbeitete Till das Velourspolster mit Teppichschaum, den er in der Speisekammer neben einer Packung Miracoli und zwei Dosen Ragout fin gefunden hatte. Kein Spülmittel im Haus und kein Fitzelchen Auslegware weit und breit, aber eine Spraydose Teppichschaum?

»Du glaubst es nicht, neulich hatte ich hier mal so 'ne Maus zu Gast, die hat mir derartig schlimme Flecken auf meiner Matratze hinterlassen. Du weißt schon – Barbarossa, in der Regel trage ich einen roten Bart ...«

Till schaute an die Decke und dann aus der Küche in Richtung Wohnzimmer. Ob die Zimmertür auch gut geschlossen war? Josts Qualmerei war ja wirklich nur schwer zu ertragen.

»Gerade noch hatte mir meine Mutter, so nach dem Motto, achte auf dich, mein Junge, du wirst ja auch nicht jünger, eine dieser schicken Dunlopillo-Matratzen spendiert. Für Schläfer in Seitenlage. Ich sach noch, Mama, Matratze für Missionarsstellung wäre in meinem Fall angebrachter. Aber was soll ich sagen, seitdem schlaf ich wie Gott im dänischen Bettenlager.«

Till war müde, mehr als müde, streng genommen schon tot. Josts Gequatsche bescherte ihm eine Nahtoderfahrung. Das wusste er, seit er einmal einen Fernsehbericht zu dem Thema gesehen hatte. Man will eigentlich nur noch seine Ruhe, hatte es da geheißen, aber dann ist da dieses gleißende, irritierende Licht am Ende des Tunnels, das einen mitreißt und daran erinnert, dass höhere Mächte etwas befehlen – ganz gleich, was.

»Also, was soll ich dir sagen: Nach drei, vier Behandlungen mit dem Schaum waren diese Flecken« – Jost nahm noch einen Schluck aus der zimmerwarmen Schnapsflasche – »nicht mehr rot, verstehst du, sondern dunkelbraun und doppelt so groß. Ich sach noch, Mama ...«

Jost hatte die Wohnung möbliert übernommen. Der Vormieter, auch ein Musiker, war verrückt geworden, hatte den Dalai Lama hinter den Eierpappen brabbeln hören und deswegen einen Großteil der Verschalung wieder abgeknibbelt. Schade eigentlich, als Musiker konnte man einen schalldichten Übungsraum gut gebrauchen. Machte aber nichts, weil die Wohnungen neben, über und unter Jost sowieso leer standen. Seitdem er in der Zeitung gelesen hatte, dass es für Vermieter von steuerlichem Vorteil sei, Wohnungen leer stehen zu lassen, wiegte er sich in dem beschissenen Hinterhof mit Kohleofen in Sicherheit. Von jetzt an würde er in dieser Bruchbude für immer und unbehelligt jede Art von Krach machen können. Aber Vorsicht, die Wege der Immobilienschweine waren schließlich unergründlich.

Mit »Ich-hab-in-der-Zeitung-gelesen« fingen bei Jost viele Sätze an, die selten ein schlüssiges Ende fanden.

»Auf jeden Fall freu ich mich, dass du hier bist, mein Trauerklößchen. Jetzt ham wir endlich mal ein bisschen Zeit füreinander.«

Er setzte Till einen Kuss auf die Wange. Jost schaffte es doch wirklich, jede Niederlage mit einiger Fantasie in seinen persönlichen Vorteil zu verwandeln.

»Das halte ich alles nicht aus!« Tills Stimme zitterte.

Jost schaute den Freund erschrocken an. Er tat ihm unendlich leid. Mann, wenn er dieses Luder Marlies nur in die Finger bekäme! Was hatte die aus seinem Kumpel gemacht? Er überlegte, ob er Till in den Arm nehmen sollte.

»Jost, stell dir vor, in zwei Wochen kommen meine Eltern zu Besuch.«

Till sah aus, als würde er jeden Moment in einen Weinkrampf ausbrechen.

»Junge, also echt! Es tut mir leid, aber du hast'n Sprung in der

Schüssel. Du hast'n Knall. Wenn du jetzt glaubst, dein Problem sei der Besuch deiner Eltern, dann ist dir nicht mehr zu helfen.«

»Guten Morgen, ich heiße Marlies und bin für elf mit Gaby verabredet.«

Der dicke Junge hinter dem Plexiglastresen blinzelte in den Computer, fingerte auf der Tastatur herum, murmelte etwas und zog dabei die Nase kraus. Er sah aus, als könnte er den Kalender nicht bedienen oder als wäre er eine gerade erst eingestellte studentische Hilfskraft, ein begriffsstutziger Praktikant.

»Sagst du mir noch mal deinen Nachnamen? Unter Gaby kann ich dich nicht finden. Ach nee, hier hab ich dich ja, beim Ole, unserem Chief Operating Officer. Der Termin ist in unserem Konferenzraum *Strandhütte* eingetragen. Den Gang runter, die dritte Tür links. Ich sag dem Ole Bescheid.«

Die Strandhütte war ein kahles Zimmer mit welligem blauem Teppichbelag, in dem mehrere weiße Tische zu einem U zusammengeschoben worden waren. Vor dem großen Fenster hing ein schiefes Lamellenrollo, wie das gigantische Schlupflid eines Schlaganfallpatienten. Von der Stirnseite der Tischanordnung warf ein Beamer ein hellgraues Parallelogramm an die Raufasertapete. Mehrere leere Dosen Red Bull standen herum, einige schon eingedellt, neben ein paar Konferenzfläschchen Mineralwasser. Marlies wischte ein paar Brötchenkrümel von einem türkisfarbenen Bürostuhl, setzte sich und wartete. Sie war schon fast eingeschlafen, als die Tür energisch aufgerissen wurde. Ole flog förmlich ins Zimmer. Kaum sah sie ihn, da saß er auch schon.

»Hallo?« Marlies hielt ihm die Hand entgegen, aber Ole machte sich bereits an dem Beamer zu schaffen.

»Scheiße, ich bin schon spät dran, und jetzt hat hier einer wieder das Computerkabel rausgezogen. Was müssen diese Willis eigentlich immer an der Technik herumspielen?«

Marlies widerstand nur knapp dem Impuls, sich zu entschuldigen. »Ich dachte, ich wäre heute mit Gaby verabredet.«

Ole klappte einen dicken, kleinen grauen Laptop auf und begann, die Tastatur zu traktieren. Er sprach, ohne vom Bildschirm aufzuschauen.

»Für Personalfragen bin ich zuständig«, sagte er und klatschte in die Hände.

Es war ihm endlich gelungen, das unscharfe Logo von *Artificial Artbay*, zwei ineinander verhakter As in Form zweier abstrahierter Zeichenzirkel über einer bunten Weltkarte, an die Wand zu werfen.

Ole – besondere Kennzeichen: keine. Schlank und drahtig. Mittleren Alters. Blaue Jeans, blaue Augen, weißes Hemd, ein weißes faltenloses Gesicht und kein Hauch von Mimik. Wie mit Spannlack gestrichen, dachte Marlies.

»Soso, du möchtest dich also um die Leitung eines International Office bewerben. Welches Land noch gleich?«

Na super. Ole war ja ausgesprochen gut auf sie vorbereitet.

»Gaby hat mich gefragt, ob ich nicht die Vertretung für Italien übernehmen möchte, genauer gesagt in Rom.« Marlies beugte sich über den Tisch und dämpfte ein wenig die Stimme. »Gaby und ich sind befreundet.« Sollte diese Fitnessmumie gleich mal wissen, mit wem sie es hier zu tun hatte.

Um ein Haar wäre Ole ein Lächeln entglitten, aber er hatte sich sofort wieder im Griff. »Wir sind hier alle mit Gaby befreundet.« Er machte eine Pause und rollte mit seinem Stuhl ein wenig zurück. »Vertretungen gibt es bei AA schon seit letztem Monat nicht mehr. Wir installieren jetzt Büros.«

Was dieser Unterschied zu bedeuten hatte, war Marlies schleierhaft.

»Das soll mir recht sein, dann sagen wir eben Büro. Gaby meinte, es müsste eines in guter Lage sein. Ich hab schon mal im

Netz nachgeschaut, es gibt da ein ganz tolles Angebot direkt im Palazzo Pamphilj, hundert Quadratmeter für fünfzehnhundert Euro, das ist quasi geschenkt. Da wäre die Anschrift dann Via del Corso, zentraler und glamouröser geht es wohl kaum.«

Jetzt kam doch noch eine Minimalbewegung in Oles Stirn, eine Art sanfte Woge, die langsam von seinen Augenbrauen in Richtung Haaransatz rollte.

»Immer langsam mit den jungen Pferden. So weit sind wir noch nicht.«

»Ach, wird hier auch mit Nutztieren gehandelt?«

Ole stutzte, schaute distanziert zu ihr hinüber und überging den Rohrkrepierer.

»Zunächst reicht uns ein Homeoffice mit deiner Privatadresse. Liegt deine Wohnung im Zentrum?«

»Im Augenblick suche ich noch. Das steht noch nicht so ganz fest.«

»Aber wohnen tust du schon in Rom, oder? Ich wundere mich gerade, als Standort für Italien war eigentlich Mailand geplant.«

»Rom liegt aber wesentlich günstiger. Zwischen dem alten Adel im Süden und der vitalen Kunstszene im Norden. Der Standort ist ideal, das war auch Gabys Meinung.«

Ole zuckte mit den Schultern. »Mal ehrlich, mir ist das total egal. Ich könnte auch ganz auf Italien verzichten. Ich frage mich, was man dort überhaupt holen will. Autos vielleicht, oder alte Uhren? Aber alte Sachen aus Italien ausführen, geht das überhaupt? Habt ihr da nicht so ein total beknacktes Ausfuhrgesetz?«

»Ach, es gibt doch immer Mittel und Wege.« Marlies zwinkerte Ole verschwörerisch zu.

Huch, der Ausschnitt ihres Wickelkleids war verrutscht und legte einen Teil des BHs frei. Aber Marlies hätte genauso gut oben ohne in der Strandhütte sitzen können. Sogar als nackte Tatsache wäre sie an Ole abgeprallt.

»Wir müssen uns streng an die Regeln halten. Wir werden von allen Seiten beobachtet und überwacht. Erst recht jetzt, nach unserem Börsengang, können wir uns keinen noch so kleinen Fehler leisten.« Mit Daumen und Zeigefinger machte er eine Zwergenpenisgeste. »Darauf wartet die Presse nur. Keine krummen Sachen! Sonst bekommt der Gerhard von der Rechtsabteilung eine Hochfrisur.«

Marlies hatte keine Idee, wovon Ole sprach. Und von den Handelsbedingungen in Italien hatte sie auch noch nie etwas gehört. Das hatte Gaby aber gewusst, als sie ihr den Job antrug. Da musste sie jetzt kein schlechtes Gewissen bekommen.

»Ich kann dich beruhigen. Ich hatte nicht vor, für *Artificial Artbay* ins Kittchen zu wandern.«

»Super«, stellte Ole unpassenderweise nun fest. »Dann reich mir doch bitte mal deinen Lebenslauf und dein Motivationsschreiben rüber.«

Schockstarre. »Tja, davon hat Gaby mir leider nichts gesagt. So was hab ich jetzt gerade nicht dabei.«

»Verstehe ich nicht, du bist doch kein Teenie mehr. Du wirst dich doch schon einmal irgendwo beworben haben. Ich kann schlecht auf der Grundlage deines Stadtteil-Bibliotheksausweises eine Personalakte anlegen.« Er rieb sich mit den geballten Fäusten die Augen. »Bis spätestens Ende der Woche brauche ich die Sachen auf meinem Tisch, okay?«

Also, sie war ja nun wahrlich keine Feministin, aber langsam begann es sie doch zu interessieren, ob dieser Ole mit einem Mann genauso geredet hätte. Ihr Vorstellungsgespräch bei der Redaktion der Zeitschrift *Kinder* war seinerzeit jedenfalls ganz anders verlaufen. Der Chefredakteur Herr Spitzer war ein Charmeur alter Schule gewesen. Ein kurzer Augenaufschlag, ein noch kürzerer Rock, und mit einem Handkuss hatte sie den Job damals bekommen. Vielleicht lag es daran, dass Ole dreißig Jahre jünger war als Herr Spitzer. Männer wie der wurden heute gar nicht mehr gemacht. Bestimmt lag es aber auch daran, dass sie heute zwanzig Jahre älter war als die kernig-vitale Marlies von einst. Unschöne Vorstellung, gleich weg damit.

Ole fummelte wieder am Beamer herum, und Marlies hatte schon die Hoffnung, für heute entlassen zu sein, als an der Wand auf einmal mehrere Tortenstücke erschienen.

Markt heute, Markterwartung morgen und übermorgen. Marktsegmente in Prozenten. Expansionsbedarf der verschiedenen Sektionen, dargestellt in drei farbig unterschiedlichen Säulen. Steile und flache Kurven in Diagrammen und zum Schluss eine Tabelle in anheimelnden Pastellfarben.

»Das ist der Businessplan für Südeuropa. Noch stehen Zeitumfang und Umsatzvolumen nicht fest. Das würde ich jetzt gerne mit dir besprechen. Du wirst ja den Markt dort am besten kennen.«

Ole erklärte nun die einzelnen Querspalten, die von oben nach unten in unterschiedliche Investitionen und die zu erwartenden Kosten eingeteilt waren. Manche Beträge standen fest, so die Büro- und Werbungskosten. Andere hatte Ole noch offen gelassen. Ein Posten interessierte Marlies besonders. Unter »Gehalt Office Manager« war noch kein Eintrag gemacht.

»In die erste Zeile tragen wir monatlich die zu erwartenden, stetig steigenden Umsatzzahlen ein, und nach Abzug aller Kosten links darf unten kein Minus erscheinen. Bis zum Ende des Jahres sollte dann natürlich am Schluss der Tabelle ein erträgliches Plus stehen. Verstanden?« Sie nickte.

»Solltest du also im nächsten Monat anfangen, sagen wir mal, in zehn Tagen, würde uns ein Umsatzvolumen von …«, er zeigte mit einem Bleistift auf einen Betrag in der obersten Zeile, »… erst einmal völlig genügen. Du siehst, dass wir dann unten knapp hinter der Null liegen. Das können wir über die Sommermonate so beibehalten.«

»Aber im Sommer tut sich in Italien gar nichts. Da sind die Leute für drei Monate am Strand.« Hoffentlich merkte ihr Ole die plötzlich aufkeimende Aufregung nicht an. Wie eisig und ernst das alles hier plötzlich klang.

»Eben, deswegen liegen wir da auch weit unter den Möglichkeiten und erhöhen erst ab September. Das bisschen Umsatzvolumen ist ja fast nichts, im Zweifelsfall ein halbes Gemälde.«

Halbe Kunstwerke? Von Gemälden verstand Ole bestimmt noch weniger als von Umgangsformen.

»Was meinst du? Schaffen wir das im Dezember?« Wieder wanderte der Bleistift auf die oberste Spalte ganz rechts, in der sich eine Menge Nullen tummelten. »Also für Paris wäre das kein Problem.«

Jetzt galt es für sie, Zeit zu gewinnen.

»Aus dem Stegreif ist das natürlich schwer zu sagen. Das müsste ich durchrechnen.« Eine Rechnung mit ausschließlich Unbekannten, das konnte ja heiter werden.

»Du hast keine betriebswirtschaftliche Ausbildung, nehme ich an?«

Es war nicht auszumachen, ob es sich dabei um eine freche Bemerkung oder um eine noch unverschämtere Feststellung handelte.

»Also ehrlich, Ole, lass es mich mal so sagen: Ich glaub nicht an Businesspläne. Ist das nicht so etwas wie der totgefahrene Hase, der auf der Sandbank Schlittschuh läuft?«

Nochmals versuchte sich Marlies an einem gewinnenden Lächeln.

Keine Reaktion auf der anderen Seite. Höchstens ein leichtes Zusammenziehen der Augenbrauen. Aber vielleicht war der Typ einfach nur kurzsichtig.

»Ich meine, das können wir doch alles gar nicht vorhersagen. Das ist doch eine Pippi-Langstrumpf-Rechnung *Widewidewitt, ich mach mir die Welt, wie sie mir gefällt.* Was weiß ich denn, was die Italiener im Oktober auf unserer Plattform für Sachen verkaufen wollen, ich kann doch auch nur …«

Ole unterbrach sie.

»Pass auf, Margit.«

»Marlies!«

»Okay, meinetwegen auch Marlies. Ich lege diese Rechnung unseren Investoren vor und schraube die Erwartungen gewaltig in den Keller, aber dann musst du auch loslegen. Du kannst natürlich auch gern Nein sagen, oder: Das schaffe ich leider nicht. Dann suchen wir uns jemand anderen. Ich bin sowieso der Meinung, Mailand wäre besser.«

»Ach ja? Und wenn dir jemand verspricht, dass er in der Glaskugel die Zukunft der italienischen Marktentwicklung gesehen hat, dann stellst du den ein?«

Marlies war sich darüber im Klaren, dass sie mit ihrem puterroten Gesicht und den sich langsam ausbreitenden Schweißflecken unter den Armen mittlerweile alles andere als einen gewitzten Eindruck machte.

Ole wendete ihr sein Steingesicht zu, faltete die Arme vor der Brust und ließ sie ein wenig schmoren. Stille, nur der Beamer rauschte. Ole öffnete eine Mineralwasserflasche, griff nach einem Plastikbecher und schenkte sich ein.

»Es geht nur so, wie ich es dir gerade erklärt habe. Glaub mir, wir werden hier alle in die Pflicht genommen. Ich brauche Mitarbeiter, die wissen, was sie tun, und Verantwortung übernehmen. Du kannst ja noch einmal darüber schlafen, bis du dir sicher bist. Ich mache hier schon mal die Berechnungen anhand der anderen Offices fertig. Du gibst mir dann bis Ende der Woche Bescheid und bringst mir die Unterlagen. Aber eines können wir auch gleich heute noch klären. Was wäre denn, auf dieser Grundlage, so deine Gehaltsvorstellung?«

»Gaby hatte mir ja zuerst einen Stundenlohn genannt. Und wenn ich den jetzt mal auf einen Fulltime-Job, also auf die Achtunddreißig-Stundenwoche hochrechne, dann ...«

»Das war für die Vertretung. Aber das ist aus und vorbei, wie ich schon sagte. Stundenlohn gibt es nicht mehr. Du musst mir jetzt schon eine Hausnummer nennen, damit ich das mit den anderen vom Vorstand besprechen kann.«

Der Stundenlohn erschien ihr plötzlich zu hoch für einen Fulltime-Job. Till hatte ja recht, was qualifizierte sie eigentlich für diese Tätigkeit?

»Na gut, dann würde ich jetzt einfach mal sagen ...« Kaum hatte Ole Marlies' Forderung vernommen, war die Zahl auch schon in roter Schrift in die Liste eingetragen.

Er hat noch nicht einmal nachgefragt! Verdammte Kacke, das war bestimmt eine total albern geringe Gehaltsvorstellung gewesen. Ihre verspätete Einsicht schien sich in geheimnisvoller Weise auf Oles Pokerface zu spiegeln.

»Das geht schon okay so. Und sonst? Irgendwelche Zusatzvereinbarungen?«

»Was meinst du denn damit?«

»Ich meine gar nichts, das überlasse ich dir.«

»Aber gerade darum wollte ich ja heute Gaby treffen, um solche Feinheiten zu besprechen.«

»Tja, aber nun sitzt du eben hier mit mir zusammen.«

Das war mit Sicherheit nicht das Gleiche. Ole beugte sich zu Marlies über den Tisch.

»Kommission? Schon mal gehört?«

»Ja klar«, sagte Marlies.

Ole schaute sie mit einem Ausdruck leichter Verzweiflung an. »Von einem monatlichen Umsatzvolumen an bist du prozentual an unserer Kommission beteiligt. Und nun noch eine letzte Frage: Meinst du, du willst den Job?«

»Wenn ich ihn nicht wollte, hätte ich ja auch heute Morgen zum Friseur gehen können.«

»Aber du hast jetzt keinen Termin, oder?«

»Beim Friseur?«

»Wo auch immer.« Der Mann war tatsächlich nicht aus der Reserve zu locken. »Wenn du jetzt noch Zeit hast, dann lasse ich dich mal eben durch unsere Abteilungen laufen.«

Seltsame Ansage. Sie war doch keine Märklin-Eisenbahn.

Marlies hatte zigmal bei Gaby angerufen. Zuerst ging immer nur die Mailbox an, und eines Tages hatte sie Katharina am Apparat, Gabys neue Assistentin.

Shirley Bassey raunte ihr mal wieder Goldfinger ins Ohr, während Kathy versuchte, sie mit der Chefin zu verbinden. Wenn sie es überhaupt versuchte.

»Das tut mir wirklich leid, Marlies«, sagte Kathy beschwingt. »Auch heute ist die Gaby den ganzen Tag schon immer in irgendeiner Besprechung.«

»Sag ihr bitte, ich bin immer zu erreichen, meinetwegen auch um Mitternacht. Es geht um meinen Vertrag.«

»Alles klar, mach ich. Tschü-hüs.«

Weg war sie, und Marlies grübelte weiter über dem zehnseitigen Arbeitsvertrag. Jetzt wäre es gut, einen Anwalt zu kennen. Sie kannte aber keinen und verspürte auch nicht die geringste Lust, noch mehr Geld für eine unsichere Arbeitsstelle auszugeben. Warum sollte Gaby ihr etwas Böses tun? Das würde schon alles seine Richtigkeit haben. Außerdem, was blieb ihr denn anderes übrig, als dieses Angebot anzunehmen? Zu Italien gab es keine Alternative. Hierbleiben ging nicht mehr, das stand außer Frage. Der Wagen, der rollte bereits.

Mittwoch und Donnerstag hatte sie um die Mittagszeit am Schultor auf Jan gewartet und dann doch Reißaus genommen, sobald der Winzling beim Klingeln mit den Ersten, den Schnellsten, im Geschwindschritt den Schulhof überquert hatte. Was hätte sie auch von ihm wollen können? Auf keinen Fall Druck ausüben. Sah er bedrückt aus? Er sah eigentlich aus wie immer, fand sie, also: bedrückt, in sich gekehrt, nachdenklich, abwesend. Er schaute beim Gehen meistens nach unten, auf den halben Meter Weg vor seinen Turnschuhkappen. Ob er sie überhaupt gehört hätte, wenn sie ihn laut gerufen hätte. Zweimal war sie unverrichteter Dinge wieder nach Hause gegangen, heute stellte sie sich ihm in den Weg. »Janni?«

Für die Dauer des Flügelschlags einer Eintagsfliege schien es ihr, als würde er einfach weitergehen, dabei stand er längst still. Mit hängenden Schultern, den Kopf geneigt.

»Wollen wir ein Eis essen?«

»Ich weiß nicht. Till wartet mit dem Mittagessen auf mich. Er schimpft mit mir, wenn ich zu spät komme. Ich will nicht, dass er sich Sorgen macht.«

»Ich könnte ihm eine Nachricht schicken.«

»Das ist das Gleiche.«

Das verstand Marlies nicht. »Was ist das Gleiche?«

»Er wird sich Sorgen machen, wenn ich mit dir Eis essen gehe.«

Marlies prustete laut, wie das Pausen-Walross ihrer Kindheit im dritten Fernsehprogramm. »Ich bin deine Mutter!«

»Das hat Till auch gesagt. Sie ist deine Mutter, sie wird bestimmt versuchen, dich zu kapern.«

»Kapern? Hat er sich wirklich so ausgedrückt?«

Jan schwieg.

Marlies kramte das Handy aus der Handtasche, das immer noch nach Olivenöl und Bratenfett roch. Anni hatte es eine Nacht lang in eine Schüssel mit Reis gelegt und damit wiederbelebt.

Allerdings war auf dem Display nur noch ein psychedelisches Regenbogenmuster zu sehen. Benachrichtigungen als SMS gab es nun keine mehr. Egal, denn so häufig Marlies auch nachschaute, es schrieb ihr ohnehin niemand, kein Till und auch kein Ralf. Vibrierte es in der Handtasche, erwies es sich nach hektischem Hervorkramen immer nur als Phantomalarm.

Sie ging in die Rubrik Favoriten und tippte auf den obersten Listenplatz: Till.

»Pass mal auf, ich kapere deinen Sohn nicht. Ich gehe mit ihm nur ein Eis essen.«

»Guten Tag, Marlies.«

»Ja, du mich auch.« Sie schmiss das Telefon wieder zurück in die Tasche.

»Ich geh dann mal. Mir ist nicht nach Eis.« Jan war schon im Abmarsch.

»Warte doch mal.« Marlies umarmte ihren Sohn, der das steif über sich ergehen ließ, unbeweglich und abweisend.

»Schätzchen, du fehlst mir.«

»Mir fehlt alles.« Damit drehte er sich um und ließ sie stehen.

Am Sonntag teilte sie sich mit Kerstin, der einsamen Nachbarin von nebenan, einen Stand auf dem Flohmarkt.

»Hier stehen wir zwei alten Schachteln und verkaufen aus Umzugskisten unser altes Leben.« Vor zwei Jahren waren Kerstins Jungs von einem Tag auf den nächsten mit dem Vater aus Berlin verschwunden. Doch Kerstin hatte seither einmal die Woche in den Kinderzimmern die Betten frisch bezogen, auch wenn die Bengel höchstens einmal im Monat für ein knappes Wochenende zu Besuch kamen. Aber letzte Woche war mit einem Mal ein polnischer Handwerkertrupp angerückt.

»Wenn du unsere Zimmer abschaffst, kommen wir eben gar nicht mehr, haben mir Timon und Nepomuk gedroht«, gestand

Kerstin ihrer neuen Verbündeten im Treppenhaus. »Aber ein Stück weit Ordnung muss doch sein. Und neue Farben in den eigenen vier Wänden machen schließlich auch neuen Mut.«

Marlies sah schon das muntere Sonnenblumengelb vor sich. Würg. Die stets schlecht beratene Kerstin hatte sich einen Rat verdient.

»Wer sich für Papis dicke Brieftasche entscheidet, kann von Mami nicht verlangen, den Rest des Lebens im Heimatmuseum der verlassenen Mütter zu wohnen. Hast du mit deinen Söhnen schon mal wirklich geredet? Du wirst sehen, wenn die merken, dass du hauptberuflich nicht immer nur Muttertier bist, dass du vielleicht sogar einen neuen Mann kennengelernt hast, dann stehen die, schwups, wieder vor deiner Tür. Dann betteln die darum, wieder unter ihrer Rennwagenbettwäsche schlafen zu dürfen.«

Kerstin hatte aber niemanden kennengelernt, und in der Kinderbettwäsche schlief seit neuestem Malek, der Sohn von Piotr, dem freundlichen Elektriker.

Nachdem der Flohmarkt dichtgemacht hatte, sinnierte Kerstin bei einem Feierabendbier auf Marlies' Terrasse ermattet über ihr Leben. Es war ein mäandrierender Monolog, halblaut in die Flasche geflüstert, während vom Park afrikanische Trommeln herüberdröhnten.

»Ich hätte ihre Spielsachen nicht verkaufen dürfen. Aber so was fällt einem erst auf, wenn es zu spät ist. Man handelt eben immer unbedacht. Nun bereue ich, dass ich sie damals vor die Entscheidung gestellt habe: mit ihrem Vater mitzugehen oder bei mir zu bleiben. Ich hätte auf klar geregelte Besuchszeiten und auf mein Sorgerecht pochen sollen. Aber ich war mir doch damals so sicher, dass sie zu Hause bleiben würden.«

Das dritte Bier auf Marlies' Terrasse verführte die sonst so unsentimental veranlagte Nachbarin zur Leutseligkeit. Kerstin war immer schon eine graue Erscheinung gewesen. Trotz ihrer ein Meter achtzig und ihrem breiten Schwimmerkreuz konnte man sie leicht übersehen. Seit der Trennung war sie nicht mehr nur dünn, sondern wurde täglich auch dürrer und sehniger. Inzwischen hatte sie mehr Ähnlichkeit mit einem zweiarmigen Baukran als mit einem weiblichen Wesen.

»Ehrlich gesagt, ich hätte nie im Traum gedacht, dass sie alle beide den Koffer packen und mit ihrem Vater zusammen aus meinem Leben verschwinden würden. Ich wollte, dass sie aus Liebe bei mir bleiben, nicht unter Zwang oder aus schlechtem Gewissen. Aber dann hatten sie gar keins, ich meine ein Gewissen. Ich habe nie einen einzigen Anruf bekommen, nicht einmal ein *Wie geht es dir, Mama?*«.

Marlies überlegte, ob noch Wodka im Gefrierschrank lag.

Die bleibt für immer allein. Die kriegt nie wieder einen ab, dachte sie, sagte aber:

»Gräm dich nicht. Im Leben kann sich immer wieder alles ändern.«

»Wenn ich nachts wach liege und nachdenke, was ich falsch gemacht hab, bin ich bis zum Morgengrauen beschäftigt. Jede Nacht, immer wieder fällt mir etwas Neues ein. Warum hab ich damals nur? Wäre es nicht besser gewesen, wenn? Wäre ich doch nur liebevoller, nachgiebiger, ach, vielleicht strenger oder auch konsequenter gewesen. Hab ich genug zugehört? Genug nachgefragt? Herrje, ich bereue so viel. Eigentlich alles.«

Kerstin schnappte nach Luft wie ein Weihnachtskarpfen in der Badewanne.

Bereuen, das war Marlies' Stichwort. Sie hatte etwa doppelt so schnell wie Kerstin getrunken. Es war immer das Gleiche: Das erste Bier schmeckte am besten, und nach dem dritten wurde sie sauer. Ihren Mitmenschen zuliebe hätte sie immer nur zügig weitertrinken sollen, auf dass sie schneller müde wurde und weniger dummes Zeug reden konnte. Aber dafür hätte sie jetzt Schnaps gebraucht, mit Bier ging das unmöglich.

»Was ist eigentlich los? Ich frage mich, warum neuerdings alle um mich herum alles nur Erdenkliche bereuen? Blau ist das neue Schwarz, und Bereuen ist die neue Angst. Es war doch eben noch der letzte Schrei, öffentlich seine Ängste zu erklären. Jetzt wird auf einmal überall bereut. Und was man nicht alles bereuen kann! Sogar Kinder bekommen zu haben. Ich bereue es, Mutter zu sein, Kinder geboren zu haben! Das hat sich angeblich früher nur keine Frau zu sagen getraut, heißt es neuerdings.

Wer so was behauptet, der kannte meine Mutter schlecht. *Hätte ich nur damals in Neapel den schönen Obsthändler nicht erhört.* Den Sermon kenne ich, so ging es meine ganze Kindheit lang. Ich bin mir ungefähr so erwünscht vorgekommen wie Fallobst im November.

Aber ich sag dir eins: Ich bereue jetzt gar nichts mehr! Und das nicht, weil ich mich für den Spatz von Paris halte. Sondern weil Reue eine Haltungsschwäche ist, eine Immunschwäche, die jedes zielorientierte Denken untergräbt. Bereuen ist doch krank! Wer es bereut, Kinder bekommen zu haben, der bereut auch, geheiratet zu haben, einen bestimmten Beruf gewählt zu haben, in einer zufälligen Stadt zu leben oder«, Marlies nahm einen großen Schluck Bier, »das alles nicht getan zu haben. Nur der Kinderlose, der hat sich natürlich bewusst gegen den Nachwuchs entschieden. Oder er ist steril, unfruchtbar. Dabei ist Kinderlosigkeit doch das Einzige, was bereut werden müsste. Und ich meine nicht Familie, sondern Kinder. Einfach nur Kinder kriegen, weil es schön ist und das eigene Leben überschreitet, einfach nur so. Kinder sind doch unsere Zukunft und nicht irgendwelche Zwerge oder hilflose Idioten. Worum geht es also?«

Erschrocken hielt Marlies inne, wie eine, die den Beifall von der falschen Seite aufbranden hörte.

»Ich will ja nicht wie Pro Familia klingen, bei Gott, nein. Staatliche Nachwuchsprogramme, Kirchengedöns, all das konservative Gebrabbel kotzt mich an. Ich verstehe nur nicht, wie man das Einzige, was nicht zu bereuen ist, bereuen kann. Ehrlich gesagt, verstehe ich überhaupt nicht, worum es geht.«

Kerstin versuchte ihr zu folgen, war aber in Gedanken woanders, bei ihren abtrünnigen Kindern und der zerstörten Familie.

Marlies fuhr fort: »Schuld an der Antikinderhaltung ist dieses ganze Internetshopping. Reue ist was für Online-Konsumenten. Sie können nur bestellen und kaufen, wenn sie auch umtauschen können. Bereuen setzt voraus, dass man an so etwas wie das Richtige glaubt, das man nur leider noch nicht gefunden hat. Stattdessen hat man sich zufällig mit irgendeinem wahllosen Angebot zufriedengegeben. Es ist wie die Sache mit dem richtigen Leben im falschen.«

Marlies hatte ziemlich laut und hektisch gesprochen, beim Reden sogar ein bisschen gespuckt. Kerstin war stumm vor ihr zurückgewichen. Sie wunderte sich jetzt selbst. Wie konnte sie nur in eine solche Brandrede verfallen?

»Falsches Leben? Davon habe ich nie gesprochen.« Kerstin wirkte verwirrt.

Au weia. Ihre liebenswürdige Nachbarin hielt Adorno bestimmt für einen Gebirgszug in Peru. In ihrem Bücherregal, daran erinnerte sich Marlies jetzt, stapelten sich wellige, farbenfrohe Taschenbücher mit blumigen Covern.

»Ich hab mir das ja alles nicht ausgesucht«, murmelte Kerstin leise. »Wenn man verlassen wird, dann macht man sich eben so seine Gedanken. Marcus und ich hatten immer so schrecklich wenig Zeit für uns, und ich war oft so ungeduldig mit den Kindern. Die ganzen Jahre kommen mir wie ein einziger Dauerlauf vor – in Holzpantinen. Wir haben nicht gelebt, sondern unser Leben nur irgendwie unter Anstrengung gemeistert. Der Kredit war ja auch noch zu bedienen, und die Raten waren happig. Das Thema Geld brachte Marcus ganz schön unter Druck. Heute sehe ich alle die Fehler, die ich gemacht habe. Ich war keine gute Mutter.«

Marlies holte sich noch ein Bier. Gewiss doch, dieser Marcus hatte bestimmt eine andere, jüngere Frau flachlegen wollen, weil es Kerstin an Mutterqualitäten fehlte.

»Siehst du, auch du denkst in diesen Schulnoten«, rief Marlies aus der Küche. »*Ausreichend ist sehr gut* – solche und ähnlich beknackte Erziehungsratgeber musste ich in letzter Zeit für die Redaktion rezensieren. Warum es wichtig ist, junge Mütter von heute zu beschwichtigen. Ja, was weiß ich denn?«

Marlies blieb vor Kerstin stehen, mit dem Bier in der Hand.

»Am liebsten würde ich selber so einen Ratgeber schreiben. Der würde allerdings ziemlich dünn ausfallen: ›Gebt die Kinder auf die nächstgelegene Prekariatsschule, entfernt alle Musikinstrumente aus der Wohnung, macht die Kühltruhe mit Tiefkühlkost voll und kauft von dem Geld, das ihr an Biofraß und Hochbegabtenförderung eingespart habt, scharfe Unterwäsche. Lasst die Bude verlottern und putzt nicht ständig das Klo, denn es ist ohnehin euer Mann, der es versaut. Und denen macht der Dreck nichts, seid ganz unbesorgt. Die wollen in Wirklichkeit einfach nur zweimal am Tag mit einer lockeren, entspannten Frau in schicken Strapsen ficken.‹«

Kerstin schaute erschrocken, und Marlies kühlte schlagartig ab. Ach Mensch, das war ja nicht Heike, mit der sie hier sprach. Man kannte sich doch eigentlich gar nicht, trotz all der Jahre Tür an Tür. Sie ließ sich erschöpft auf die Sonnenliege fallen und spürte schmerzhaft ihr Steißbein. Hatte sie heute überhaupt schon etwas gegessen? Mittlerweile schlackerten ja schon die Leggings an ihr herum.

»Okay, ich habe verstanden. Das war ja jetzt eine ziemliche Abrechnung mit meiner Blödheit.« Kerstin presste die Lippen aufeinander. Dann hob sie die Bierflasche an, trank aber nicht, zeigte nur mit der Flasche auf Marlies. »Du bist ja 'ne ganz Tolle. Wolltest du mir das damit sagen? Du hast alles im Griff, du entscheidest selbst, wann dein Mann dich verlässt.«

Marlies unterbrach sie schnell. »Unsinn. Das hat doch mit dir gar nichts zu tun. Ich meine das eher so generell.«

»Klar ist das Unsinn. Wenn man so eng zusammenwohnt, bekommt man auch eine Menge mit. Natürlich weiß ich, was sich bei dir in letzter Zeit so abgespielt hat.« Kerstin rutschte ein wenig auf Marlies' Balkonstuhl herum. »Also, das neulich ...« Kerstin schaute in die Richtung ihrer Terrassenhälfte. Zack, das saß.

»Das hab ich mir doch gedacht, dass du uns belauscht hast.«

Warum sitze ich hier in meiner kostbaren Freizeit eigentlich mit dieser frustrierten Kuh herum, dachte sie. Wenn die nicht, wie in all den Jahren zuvor, bewundernd zu mir aufschaut und jeden zweiten Satz mit »Nein, wie du das alles schaffst« beendet, soll die sich aber flugs wieder auf ihre Seite der Terrasse trollen.

»Belauscht?« Kerstin war jetzt aufrichtig entrüstet. »Was meinst du denn damit? Was hätte ich denn tun sollen? Seitdem kein schnarchender Mann mehr neben mir schläft, brauche ich kein Oropax mehr. Aber warte mal kurz, was wolltest du mir eigentlich gerade sagen? Dass mein Mann weg ist, weil ich nicht heiß und scharf genug bin?« Kerstin war auf einmal eisig und sachlich. »Wo ist denn deiner hin? Warst du ihm vielleicht ein wenig *zu* entspannt?«

Marlies stellte sich Kerstin in Strapsen vor: Bimsstein in Reizwäsche. Und verspürte plötzlich große Lust, sie an den struppigen, grauen Haaren zu ziehen. Sie zu zwicken oder ihr wenigstens mal kräftig gegen diese knochigen Schienbeine zu treten. Kein Wunder, dass Marcus die Nase voll gehabt hatte von der. Die hatte den doch vor der Geburt der Kinder schon wie einen dritten Sohn behandelt. »Meine Jungs ...« Und dann sahen die sich auch noch alle so ähnlich, der Vater und die Söhne, und wurden von Kerstin in die gleichen weißen Butten-down-Hemden und dunkelblauen Pullunder gesteckt.

Marlies war sich nicht sicher, ob sie wirklich richtig gehört hatte. Hatte diese betuliche Ziege gerade *bornierte Kuh* gesagt? Das war doch das Letzte. Diese Kerstin brauchte sie nun wirklich für nichts, und eine freche Kerstin konnte ihr erst recht gestohlen bleiben.

Es war ja wohl nicht zu viel verlangt, zu einem nachbarlichen Ehekrach wenigstens die Klappe zu halten. Als Marcus damals das Verhältnis mit Suse aus dem zweiten Stock begonnen hatte, war die Nachbarschaft immerhin so dezent gewesen, sich nichts anmerken zu lassen. Dabei hatte die Hausgemeinschaft schon auf dem Sommerfest die Nachtigall in Springerstiefeln trapsen hören. Und das nicht erst, nachdem der tüchtig angeheiterte Marcus eine Dirty-Dancing-Performance zu »The Time of my live« mit der gleichfalls ziemlich angeschickerten Suse hingelegt hatte, rund um den Würstchengrill.

Wow, wie sexy und total enthemmt Suse dabei das Röckchen gerafft hatte.

Gute Beine, hatte Till anerkennend bemerkt. Daran erinnerte Marlies sich noch, und auch daran, dass sie ihn gefragt hatte, ob er sie mit derlei Bemerkungen absichtlich kränken wolle. Hatte ihr Mann überhaupt je bemerkt, dass er seit Ewigkeiten mit einem Paar guter Beine verheiratet war?

Das Getuschel im Haus hatte eine Weile lang noch mit dem Rascheln der Zierkirschen im Herbstwind vor den Fenstern korrespondiert, bis zu dem Tag, als Suses Mann eines Tages früher aus der Agentur nach Hause gekommen war.

Der Donnerknall, mit dem er den nur leicht bekleideten Marcus im Hausflur ausgesetzt hatte, war an keinem einzigen der Nachbarn vorbeigegangen.

Und wer nicht unmittelbar Zeuge dieses mitreißenden Beziehungsdramas gewesen war, der bekam es später hinter vorgehaltener Wohnungstür erzählt. Nur Kerstin gegenüber hatte sich nie jemand etwas anmerken lassen. Alles war schließlich eine Frage der guten Erziehung.

Kerstin schaute nachdenklich in den schwarzen Himmel. Jetzt redete sie in einem geduldigen Sonderpädagoginnenton weiter.

»Erinnere dich mal, wir wollten doch damals alle das Gleiche hier im Haus. Wir alle wünschten uns glückliche Kinder und ein angenehmes Kleinstadtleben mitten in Berlin. Wir wollten unserem Nachwuchs etwas bieten und es uns dabei selber gemütlich machen. Um Selbstverwirklichung ging es doch nie.«

Diese Spießerkuh. Marlies begann die Bierflaschen auf dem Balkontisch einzusammeln. Wir? Wir beide hatten noch nie mehr gemeinsam als dieselbe Postadresse, dachte sie.

»Im Gegensatz zu dir habe ich aber für mein schönes Leben immer schuften müssen, während du in den achtzehn Ehejahren mit einem erfolgreichen Juristen keinen Finger mehr aus der Rührschüssel mit dem Kuchenteig genommen hast.«

Zack, Revanche. Kinnhaken von unten links.

Aber Kerstin hatte keine Lust auf einen Boxkampf über dreizehn Runden. Was kümmerte sie das alles? Diese Marlies war ihr nie übermäßig sympathisch gewesen. Wohingegen Till ... War der Krawallnudel eigentlich bewusst, wie attraktiv ihr geschasster Gatte war? Sah die auch manchmal in den Spiegel? Falls ja, dann musste sie doch wohl sehen, dass sie schon längst nicht mehr faltenfrei war.

Plötzlich wurde Kerstin wieder munter. Sie merkte, wie lauwarmes Oberwasser sanft ihr Schuhwerk umspülte. So obenauf musste sich die dreizehnte Fee im Märchen gefühlt haben, beim Ausstoßen des alles entscheidenden Fluchs. Ein strafender Blick auf Marlies. *Noch ehe dein Kind das achtzehnte Jahr vollendet hat ...*

Sie stand mit geschulterter Tasche in Marlies' Küche, da drehte sie sich noch einmal um. »Wenn du heute noch nicht weißt, was du bereuen sollst, dann wirst du es eben morgen wissen. Geh nach Italien, lass deinen Mann und deinen Sohn zurück, und du bist auf dem besten Weg dazu. Du wirst schon sehen! Denk an meine Worte.«

Zeit zu gehen, dachte Marlies. Erst ins Bett und dann so schnell wie möglich fort von hier. Wenn das so weiterging wie bisher, hinterließ sie in Berlin bald nichts mehr als einen Gefrierbeutel verbrannter Erde.

Mann und Sohn futsch, vom Liebhaber an die frische Luft gesetzt, mit der besten Freundin haarscharf an einem Freundschaftsbruch vorbeigeschrappt und nun auch mit der Nachbarin über Kreuz. In der Redaktion sprach schon lange niemand mehr mit ihr. Die Zeitung einfach so mit der letzten Homestory sitzen zu lassen, das hatte vor allem Herrn Spitzer, den Chefredakteur, der ihr all die Jahre die Stange gehalten hatte, schwer enttäuscht. Sie hatte noch etwas von Scheidung gemurmelt, von totaler Zerrüttung, traumatisierten Kindern und dabei auf sein Mitgefühl gehofft. Aber da war er, mit seinen fast siebzig Jahren, aus anderem Holz geschnitzt. »Herrgott Marlies, Disziplin! Nach zwei Jahrzehnten Ehe werden Sie sich mit Ihrem Mann und den Kindern doch wohl für die letzten vierzehn Tage und ein paar Dutzend Fotos Bildstrecke noch einmal zusammenreißen können.«

But no way. »Von Amrum bis Zingst – das Sommer-ABC für Groß und Klein«, das musste jetzt eine andere glückliche Familie durchbuchstabieren.

Marlies erschrak. Kerstin war, plötzlich wie Kai aus der Kiste, wieder am Treppengeländer der Küche aufgetaucht. »Ach, und bevor wir's vergessen: Ich bekomme für heute noch die halbe Standmiete von dir. Am besten sofort, wenn's geht. Damit wären wir dann wohl quitt.«

DREIZEHN

Fernsehen, ohne vorher um Erlaubnis zu fragen, war schlimm verboten. Mitten in der Nacht den Fernseher anzustellen, natürlich erst recht. Aber ohne zu fragen – wen hätte sie auch fragen sollen, Papa und Mama waren ja nicht da –, hatte Anni in den letzten Wochen nachts die tollsten Filme gesehen.

Nichts war mehr so wie früher. Wann hatte früher eigentlich aufgehört? Als Jans Bauchschmerzen anfingen? Einschlafen ging noch, aber kurz darauf war er wieder hellwach und das Bett neben ihm leer. Es rumorte in seinem Magen, und auf dem Weg ins Bad oder in der Küche traf er dann auf Anni, die auch rumorte, nämlich herum.

Ausnahmsweise waren sie sich einmal einig: Normal war in dieser Wohnung niemand mehr, und zu trauen war weder Papa, der sich immer matter und müder durch die Gegend schleppte, noch Mama, die in der Dunkelheit unternehmungslustig zittrig wie ein ausgehungerter Vampir die Wohnung verließ.

»Komm, wir schauen Nachrichten«, hatte Jan vorgeschlagen. »Ich muss mal was Verlässliches sehen.«

Und tatsächlich, immer wenn Anni diesen gut frisierten Nachrichtensprecher mit dem windschiefen Gesicht und dem dicken Krawattenknoten sah, der so schön beruhigend von Massakern und Splitterbomben erzählte, dann waren die Katastrophen umgeleitet, aus dem Prenzlauer Berg entfernt und in Sicherheit dahin gebracht, wo sie hingehörten, in den Jemen, nach Nordkorea, China oder als Waldbrand nach Australien. Und überhaupt, war das nicht die Sprecherstimme von ihren Enid-Blyton-CDs?

Im Nachrichtenstudio gab es angenehm helles Licht vor blauem Hintergrund, und es herrschte Ordnung und Vernunft. Wenn es knallte, dann meistens weit weg. Solange es diese gut sortierten Blondinen in winzigen Blazern gab, die dem Zuschauer nach dem Wetterbericht eine gute Nacht wünschten, konnte eigentlich nichts passieren. Das war dann wie einer dieser Tage, an denen man es geschafft hatte, nicht ein einziges Mal auf die Fugen des Bürgersteigpflasters zu treten - man war in Sicherheit.

Während der Nachrichten aß Anni Nutella, mit dem Esslöffel direkt aus dem Glas. Jeden Tag suchte sie ein neues Versteck für ihre Nutella-Vorräte, für die beinahe ihr ganzes Taschengeld draufging. Die leeren Gläser schmuggelte sie im Schulranzen aus dem Haus und warf sie in den Mülleimer auf dem Schulhof. Wenn dieser Herr Kleister, oder wie der Nachrichten-Willi hieß, von der Bildfläche verschwunden war, saß Jan leider immer noch auf dem Sofa, und dann ging der Streit um die Fernbedienung los, denn Anni suchte immer etwas ganz Bestimmtes.

So etwas wie diesen alten Film, den sie neulich nach Mitternacht entdeckte, als sie es sich einmal ganz allein vor dem Fernseher gemütlich gemacht hatte.

In dem Streifen traf ein mittelalter Mann mit merkwürdigem Fischmaul eine junge Frau in einem Zimmer. Man wusste sofort, dass es gleich um Sex gehen würde. Und Anni wartete gespannt. Alles in dem Film war langsam, eine Handlung war nicht auszumachen. Geredet wurde auch nicht viel. Aber es war trotzdem nicht langweilig, weil man wusste, es passiert gleich etwas Versautes. Denn die beiden Erwachsenen waren nicht wirklich lieb zueinander, aber sie schauten sich immer so an und machten auch Andeutungen. Und dann passierte etwas, das hatte nichts mit Küssen zu tun, war aber anscheinend Sex. Und obwohl beide davon nicht fröhlich wurden, trafen sie sich trotzdem immer wieder. Und obwohl das Mädchen einen netten Freund hatte, machte sie weiter mit dem Fischmaul-Mann rum, auch in der Küche und sogar auf dem Tisch. Und dann nahm der Mann Butter und verrieb sie auf dem Po der jungen Frau. Das war alles total verwirrend, aber Anni glaubte etwas zu verstehen. Nur, was hatte das alles mit einem Tango in Paris zu tun?

Leider tauchte Jan in seinem viel zu kleinen Batman-Schlafanzug genau in dem Moment auf, als es Anni mal so richtig prickelnd warm unter der Decke wurde. Und Batman war natürlich nicht zu überreden, schnell den Abflug zurück ins Bett zu machen.

Früher konnte Anni Jan leicht dazu bringen, ins Bett zu pinkeln. Dem ewigen Klassenbesten musste sie im Dunkeln nur etwas von den Ratten in der Kanalisation erzählen, die nachts aus dem Toilettenbecken springen und sich im Pullermann verbeißen. So ein Quatsch, sagte Jan dann immer, tat so, als ob ihn das alles kalt ließe, traute sich aber doch nicht mehr ins Bad, und am nächsten Tag musste Mama das Bett neu beziehen. Kleine Männchen in der Waschmaschine oder raschelnde Vogelspinnen hinter dem Klavier, Anni konnte sich eine Menge ausdenken, um den Bruder ans Bett zu fesseln.

Aber leider war Jan aus dem Alter raus, sich mit Schreckensmärchen in den Schlaf treiben zu lassen, und so platzte er genau an der Stelle in den höchst interessanten Film, als die schöne Frau gerade dabei war, etwas Aufregendes mit dem Mann zu machen, und das in der Öffentlichkeit, mit der Hand unter dem Tisch, in einem Tanzcafé. Jan blieb der Mund offen stehen, sofort tauchten rot gezackte Dreiecke auf seinen Wangen auf, und er verschwand für eine Weile im Gästebad. Als er wiederkam, überrumpelte er Anni von hinten, klaute ihr die Fernbedienung und schaltete auf einen Außerirdischen um, der mit haarigen Plüschohren auf- und abhopste, und dabei war, die Welt zu retten. Erst als Anni ihm in den Handknöchel biss, ließ er sie fallen – doch da war es zu spät. Da lag der alte Sack, der so lange die kleine, zarte Frau traktiert hatte, schon bäuchlings tot auf einem Balkon. Jetzt würde Anni nie herausfinden, ob es die Frau war, die den Kerl erschossen hatte (und wenn ja, warum), oder ob der aus Altersschwäche zusammengebrochen war. Und warum sie das ganze Theater so lange mitgemacht hatte.

Dann kam ein anderer Film, und der gefiel endlich auch Jan.

Eine atemberaubende Blondine mit einem präzisen Seitenscheitel und ein Mann mit steifem Hut überfielen, anscheinend in Amerika, ständig so ganz kleine Sparkassen, die nur aus einem einzigen Raum bestanden. Manchmal raubten sie auch Läden aus, die noch viel kleiner waren. Immer fuhren sie mit Oldtimern vor, und ab und zu wurde jemand erschossen, meistens Polizisten. Das Pärchen wirkte dabei wahnsinnig verliebt, auch wenn keiner der beiden in dem Film nackt zu sehen war. Keine Frage, es handelte sich also bei diesen Leuten um zwei echte Bösewichte. Das Komische aber war, dass sie die Nettesten im ganzen Film waren, die Schönsten sowieso. Besonders gut gefiel Anni der scharf geschnittene Nasenflügel der schießwütigen Dame.

Seit diesem Filmerlebnis verbrachte sie im Bad viel Zeit damit, vor dem Spiegel an ihrer dicken Knubbelnase herumzuziehen und zu drücken. Mama hatte ihr einmal erzählt, dass sie als Kind immer vor dem Einschlafen an ihren Daumen gezogen hatte, und nur so hatte sie diesen schönen schlanken Finger bekommen.

Der Film, die misslungene Flucht und die Idealnase der Schauspielerin, all das fiel ihr nun wieder ein, als sie die feinen Hände ihrer Mutter auf dem Lenkrad betrachtete.

Ein nebliger Berliner Sonnenaufgang, und sie waren schon eine ganze Weile auf der Autobahn unterwegs, das Licht fiel bereits waagrecht auf die Sichtblenden.

Hinterm Brenner war das Wetter immer besser. Schon aus Prinzip. Ganz gleich, wie es an diesem Tag wirklich war, wie sich Temperatur und Windstärke diesmal verhielten. Hauptsache, es ging Richtung Süden. Das war Marlies' Überzeugung. Und die kam, kaum hatte man die Grenze passiert, zum einen von ihrer sonnigen Einstellung, aber auch von der tatsächlichen Lichtbeschaffenheit: Licht, das rosarot angeknipst blieb, je weiter man nach Süden vorstieß, von morgens bis abends und sogar wenn es regnete oder stürmte. Diese anheimelnde Beleuchtung konnte höchstens durch einen langen Winterschatten einmal spärlich abgedeckt, aber nie ganz gedeckelt werden.

Auf diese Weise angenehm überbelichtet, war ein grauer Alltag nun ausgeschlossen und blieb im Norden zurück, das war die bange Hoffnung.

Wobei *bang* noch untertrieben war. Der Aufbruch in Berlin hatte Marlies mit ungeahnter Angst erfüllt. Plötzlich, als alles Gepäck im Auto verstaut war, ging die große Flatter los, der absolute Flattermann, ein Gezitter in Händen und Knien wie bei einem kalten Entzug. Wow, was tat sie da? Doch kurz vor Sonnenaufgang hatte sie an der Tankstelle hinterm Wannsee auf dem Klo einen Piccolo geext. Danach ging es ihr stündlich besser.

Sie drehte den Rückspiegel ein wenig zu sich und fand, dass ihr Teint nun, kurz vor Bozen, auch schon deutlich rosiger wirkte als noch vorhin hinter Kufstein.

Eros Ramazotti knödelte: »Se bastasse una bella canzone a far piovere amore ...« Zack, Anni wechselte den Sender. Auf Radio Maria betete eine weinerliche Stimme, nicht auszumachen, ob weiblich oder männlich, das Vaterunser her - auf Italienisch.

»Lass doch mal den Eros«, sagte Marlies.

»Bastasse già - huhuhuhu ...«

»Am besten, wir kaufen gleich an der nächsten Raststätte eine CD mit italienischen Schlagern. Damit stimmen wir uns so richtig auf Rom ein, und du kannst währenddessen gleich noch ein paar Italienischvokabeln lernen.«

Anni forschte konzentriert nach dem letzten Keks in der Prinzenrollen-Verpackung. Oder war vielleicht noch einer zwischen die Sitzpolster gerutscht? Sie klappte die beiden Plätzchenteile auseinander und begann die Schokomasse abzulecken. »Biscotto al chioccolato«, murmelte sie mit vollem Mund. In ihren Mundwinkeln klebte Schokolade, am Kinn pappten Kekskrümel.

Die mampfende Anni versetzte Marlies, trotz des munteren Sonnenscheins, einen kurzen Seitenstich schlechter Laune. »Reich mir doch mal ein Käsebrot rüber.«

Die Kühltasche mit dem Reiseproviant stand im Fußraum beim Beifahrer. Anni tastete zwischen ihren Beinen herum. »Alle weg. Auch Salami gibt's nicht mehr.«

»Sag nicht, du hast nach der Pizza und dem Eis an der Raststätte auch noch alle Brote und alle Plätzchen verdrückt?«

Anni lächelte ein breites Schokoladenmädchenlächeln und sah auf ihr Handy.

»Wir sind doch schon fast zehn Stunden unterwegs.«

Es war gar nicht leicht gewesen, ein Auto für die Reise zu leihen. Oneway Berlin–Rom kostete bei den Mietwagenfirmen so viel wie ein Sommerurlaub auf Capri. Und die Reisekasse musste ja noch für zwei Wochen Meer im August reichen.

Man hätte ja auch fliegen können, aber die Tochter war nicht dazu zu bewegen, Berlin mit leichtem Gepäck zu verlassen. Beim Packen hatte sie sich nicht entscheiden können und außer Bettzeug und Winterklamotten auch noch eine ganze Kiste mit lange schon nicht mehr bespielten, struppigen Puppen und hausstaubverseuchten Plüschtieren gefüllt. Na gut, wenn es sie denn beruhigte. In Italien gab es keine Mülltrennung, da konnte man den Ramsch einfach in großen Säcken auf die Straße stellen.

An der Pinnwand im Supermarkt am Prenzlauer Berg war Marlies beim Tütenpacken – zwischen dem Angebot einer neuwertigen Babywippe und *supersüßen* Irish-Setter-Welpen, billig abzugeben – zufällig ein Zettel aufgefallen, auf dem in Krakelschrift stand: »Auto in Süden überführen«.

Ein Mirko S. suchte da jemanden, der seinen Honda Civic in die italienische Hauptstadt bringen konnte. Keine Kosten. Nur den Sprit musste der Fahrer berappen.

Mirko war mit Sicherheit kein Römer, wahrscheinlich eher schon Rumäne oder vielleicht sogar Roma. Oder Sinti? Jedenfalls hatte er Marlies die klapprige, hellgrüne Mühle vor der Tür abgestellt, auf herzliche Art ihre Hand in seine feuchten Bauarbeiterpranken genommen und dann gar nicht mehr losgelassen. Ein guter Freund in Rom würde den Wagen für sein Unternehmen benötigen. Import – Export.

Warum er denn nicht selber fahren wolle?

»Italien is scheiße. Zu viele Afrikaner. Bei Ausländern hab isch so meine Probleme. Bin ich generell nich so Freund von.«

Während des Handels, der im Nu abgewickelt wurde, stand der kleine Mann breitbeinig vor ihr, zwickte an seinem Hosenstall herum und wischte sich fortwährend mit dem Pulliärmel die Nase ab.

Die Schmutzigen, Häßlichen und Gemeinen – wann hatte sie diesen Film zuletzt gesehen? Gleich morgen würde sie sich in einer italienischen Videothek auf die Suche machen und sich das Original anschauen. Apropos schmutzig: Sauber war ihr Italienisch auch lange noch nicht. Etwas Nachhilfe könnte nicht schaden.

»Pieno!«

Tankwart war für das Jüngelchen mit der Zapfpistole ein großes Wort. Er war eher ein groß gewachsener Schülerlotse in weißem

Unterhemd und Latzhose. Aber ui, schicke Muckis unter der Bronzehaut.

»Volentieri, per una signorina così bellissima.«

Wusch. Rot bis zum Haaransatz. Marlies warf ihr Haar zurück, und Anni lachte breit, man sah ihre schokoladenüberzogenen Schneidezähne.

Bei Hunden konnte man ja immer sagen: Das ist nicht meiner, den hab ich nur in Pflege. Aber konnte man Kinder weglächeln? Sie versuchte es. Versuchte ein *Ich-fahre-nur meine-Nichte-ins-Internat-nach-Bologna* in den Augenaufschlag zu legen, aber da war der Tank auch schon voll. »Bella signorina ....« Der Jüngling war ein Auto weiter gerückt. Und der gleiche Text. Im Rückspiegel sah sie eine zweihundert Kilo schwere Elefantenkuh rosig erblühen.

Schnell nahm sie ihr Töchterchen in den Arm und gab ihr einen schmatzenden Kuss auf die Wange. Was war es doch gut, dass sie Anni hatte.

Leider waren die Stehklos inzwischen von den italienischen Tankstellen verschwunden, und die labbrigen und stinkigen Lirescheine gab es auch nicht mehr. Dass ihr solche Unappetitlichkeiten fehlten, war ein untrügliches Indiz fürs Alter und dafür, dass sie langsam sentimental wurde – *Coming-of-a-certain-Age.*

Noch bevor die Tinte unter ihrem Arbeitsvertrag getrocknet war, hatte ihr Ole den dicken grauen Dell-Laptop überreicht. Leider war sie ein Apple-Snob; hätte es einen Toilettenpapierhalter mit Apfel drauf gegeben, sie hätte auch den gekauft. Das neue Arbeitsgerät war ihr sofort so angenehm wie ein zwickender Stützstrumpf. Microsoft, schon allein das Logo – eine Mischung aus Jobcenter und Toys'R'Us und dazu dieses grobkörnige Display, der taubenblaue Schreibtischhintergrund und die klobigen Ordner – unappetitlich.

Aber das Schlimmste an dieser Kiste war die besonders perfide Kommunikationssoftware von *Artificial Artbay*, die alle Nachrichten untereinander in farbigen Sprechblasen abbildete. Blau für intern, rosa für die Mails, die man an die Kunden geschickt hatte. Jeder Kollege hatte Zugang zu dem System und konnte die Unterhaltungen und die Kundenkommunikation der anderen Mitarbeiter kommentieren und so auch die Schnelligkeit und Genauigkeit der Anfragen beurteilen. Klinkte sich jemand in den Schriftverkehr ein, erschien sein freundlich grinsendes Porträtfoto. Startete man das Programm, wimmelte es sogleich von kleinen Köpfen.

Marlies konnte es kaum glauben, als sie das erste Mal ihren eigenen blonden Wuschelkopf auf der Seite entdeckte. Das war also aus ihrem bisher so eisern beherzten Vorsatz geworden, niemals einem Verein beizutreten. Die besonders geschwätzigen Kollegen beteiligten sich auch noch an einer Art Blog: In einem schmalen Streifen am rechten Rand wurde gewitzelt (lol!), zum Geburtstag gratuliert (1000 Bussis), Urlaub angekündigt (fyi), und bei gelungenen Vertragsabschlüssen wurden Daumen-hoch-, Champagnerglas-, Bomben- und Feuerwerk-Emojis appliziert.

Das System war deshalb so tückisch, weil man mit nur einem einzigen Tastendruck die größte Verwirrung auslösen konnte, indem man eine interne Nachricht versehentlich an einen Kunden verschickte.

An ihrem ersten Arbeitstag schrieb Marlies an Jule: »Liebe Jule, schau mal, hier hat mir jemand ein paar verkokelte Plastiktüten auf rotem Grund geschickt und ein paar kaputte Leinwände. Verlockend, was?« Ob sie jetzt, wo sie schon so weit gesunken war, auch mal zur besseren Verständigung einen Smiley platzieren sollte? Denn ihre neuen Kollegen kamen ihr ziemlich ironieresistent vor.

Warum antwortete ihr Jule, die Kunstexpertin, nicht? Doch dann kam die Antwort, am nächsten Mittag.

»Hallo, Marlies, das darf dir nicht noch einmal passieren! Du hast dem Kunden eine Internal geschickt. Hoffentlich versteht der kein Deutsch. Das eine Bild ist ein Alberto Burri, die anderen zwei sind von Lucio Fontana. Ich glaub, ich spinne. Frag die Maße und die Provenienz ab!!! Ich brauche das alles, aber dalli.«

Generation Hallo. »Ja, Ihnen auch einen guten Hallo!« Den Spruch hatte ihr einmal ein älterer Germanistikprofessor geschenkt, der im Treppenhaus von den jungen Leuten immer mit Hallo begrüßt wurde. Wer seine Nachrichten mit Hallo begann, war bei Marlies schon unten durch.

Es hatte etwas gedauert, bis ihr aufgefallen war, dass die meisten Mitteilungen ihrer Kollegen ganz ohne Anreden auskamen, und bis sie begriffen hatte, was *follow up* bedeuten sollte. »Follow up«, hatte ihr Jule gleich dreimal hintereinander zugefunkt. Und dann: »Du musst schneller werden«.

Pling-Ping! Alle paar Minuten meldete sich ihr Laptop auf dem Rücksitz des Honda mit neuen Nachrichten. Ole hatte nicht übertrieben, als er ihr versprach, über mangelnde Anfragen würde sie sich nicht zu beklagen haben. Die aggressive Online-Werbung fruchtete.

Auf dem Parkplatz der Tankstelle klappte Marlies das Ding auf. Das war kurz vor Florenz. Wow, zweiundsiebzig neue Nachrichten. Anni beobachtete ihre Mutter dabei, wie sie mit zittrigen Händen auf die Schnelle die wichtigsten Fälle zu bearbeiten versuchte. Ein paar Kunden vertröstete sie, beschwichtigte nervende Kollegen und schickte einen Transportauftrag los. Der Rest musste warten, ganz gleich, was diese Annikas, Tinas, Maxe und Jules von ihr verlangten.

Marlies seufzte und rieb sich mit den Zeigefingern die Schläfen. War ein Fiat 500 aus den Sechzigerjahren ein Luxusgut? Interessierte sich jemand in Berlin für Klöppelarbeiten der

Jahrhundertwende aus Palermo? Wer konnte ihr auf die Schnelle sagen, ob die Santa Prassede von Carracci echt war? Sie wollte nicht ständig nachfragen müssen, ihre Kollegen antworteten ihr zunehmend ungeduldiger. Bestimmt tuschelten sie schon oder ätzten bereits ganz offen über sie. Diese Marlies, fast fünfzig und so unbeholfen wie ein Baby.

Mann, sie hatte doch gesagt, dass sie für zwei Tage mal nicht ansprechbar sein würde. »Bin dran«, postete sie noch schnell hinter ein Dutzend entwürdigend forscher Nachfragen. Diese Distanzlosigkeit.

Die Sonne ging schon unter, als sie sich in der Bar hinter der Tankstelle den achten Espresso des Tages genehmigte und ihrer Tochter - okay, ausnahmsweise - die dritte Cola. Aber diesmal Zero. Als Anni die leere Plastikflasche vor der Raststätte in den Mülleimer warf, gab sie einen markerschütternden Klagelaut von sich, ein lautes Säuglingsgreinen.

Wimmelnde Maden und wuselnde Mehlmotten - dieser schockierende Anblick wäre noch erträglich gewesen gegen das, was sich Marlies und Anni bot, als sie sich über den grau verkrusteten Mülleimerrand beugten. Zwischen einer zerknickten, tomatenverschmierten Pizzaverpackung und einer gut gefüllten Pampers blinzelten ihnen zwei braune Murmeln in einem Fellkranz entgegen.

Anni griff beherzt zu und hielt kurz darauf ein Hündchen am Nackenfell in die Höhe. Das haarige Vieh strampelte mit seinen kurzen Beinen und wand sich wie ein Regenwurm am Angelhaken. Es war nicht viel größer als ein Frettchen, aber viel haariger. Und es blutete: Blut pumpte wie aus einem Miniaturrasensprenger in kleinen Stößen aus dem unteren Ende der Fellwurst.

»Mama, schau nur. Maaaamaaaaa, jemand hat ihr den Schwanz abgeschnitten!«

Aber es war keine Sie, es war ein Er, wie sie bald feststellten, als sie das Tier verarzteten.

Fieberhaft suchten sie nach dem Erste-Hilfe-Kasten im Kofferraum, fanden aber neben dem Ersatzreifen nur ein flauschiges weißes Stirnband, das lebensrettende Björn-Borg-Requisit. Ein Fall für die letzte Seite einer bekannten deutschen Illustrierten, schoss es Marlies durch den Kopf: *Was macht eigentlich Björn Borg?*

Der Hund, ein weiß-blaues Frotteeknäuel an den Arsch gebunden, machte auf der Weiterfahrt erst einmal ein ergiebiges Bäuerchen, Autofahren schien ihm auf den Magen zu schlagen. Dann fiel er auf Annis Schoß in einen tiefen Schlaf. Immerhin, die Blutung schien durch den eigenwilligen Kompressionsverband gestillt.

Was war das im Kofferraum unter dem Wagenheber eigentlich für ein blaues Tütchen gewesen? Egal, Florenz war nicht mehr weit, und Marlies war hundemüde.

»Den Köter bringen wir morgen als Allererstes ins Tierheim. Noch vor dem ersten Kaffee.« Ob es in Rom überhaupt Tierheime gab?

Sofort jaulte Anni auf, und Marlies spürte, wenn Anni jetzt protestierte, dann würde sie zusammenbrechen. Das war nun doch alles ein bisschen zu viel. Die Flucht aus Berlin, die lange Fahrt und nun noch das ausgesetzte Hündchen.

Das Zittern in den Knien ging wieder los. Die Nerven. Jetzt doch noch einen kleinen, heimlichen Prosecco an der nächsten Tanke? Sozusagen auf die Hand. *Was hat dich bloß, was hat dich bloß, was hat dich bloß so ruiniert?* So ein Scheißrefrain. Aber in der größtmöglichen Verunsicherung tröstete sie doch der eine Gedanke: Wenigstens vor dem deutschen Radioprogramm war sie in Sicherheit.

»Mama, wir sollten sie Susi nennen«.

Gräßlich, so jung und schon so von der Stange.

»Das ist ein Junge! Nenn ihn wenigstens Petra.«

Anni schaute verdutzt.

»Quatsch, ich weiß was viel Besseres«, entschied Marlies. »Wir nennen ihn Scopino.«

»Scopino, was heißt das?« Anni lächelte beseelt. Beschwingt durch den Namensvorschlag ihrer Mutter glaubte sie fälschlicherweise, ihrem heiß ersehnten Leben als Hundebesitzerin schon deutlich näher gekommen zu sein.

»Klobürste.«

Auf dem Grande Raccordo, dem Autobahnring um Rom, drehten sie mehrere Runden. Erst rechts, dann links herum. Die Klapperkiste verfügte über ein vorsintflutliches Navigationsgerät, das wie ein kleiner schwarzer Barbiepuppenfernseher auf dem Armaturenbrett tanzte, aber Marlies konnte das Ding nicht bedienen, und Anni war voll darauf konzentriert, auf dem Beifahrersitz nur keinen Mucks zu machen, damit Scopino nicht wach wurde. Autofahren schien nicht gerade sein Ding zu sein.

Es war schon nach zwei, als sie den Schlüssel zu Paolas Einliegerwohnung hinter dem Stein neben dem blauen Tor fanden. Federico wohnte hier, wenn er seine Familie und Freunde in Rom besuchte. Rom war für ihn zu teuer geworden. Er lebte inzwischen auf Sardinien, wo er in Olbia ein Off-off-off-Theater leitete und als ewiger Junggeselle ab und zu eine Schauspielschülerin flachlegte, angeblich eine traumschöner und jünger als die vorherige.

Damals in Rom hatte er ihr von seiner lang vergangenen Affäre mit Charlotte Gainsbourg in New York berichtet – und Eifersucht geschürt. Federico und die schönen Frauen! Ach diese Italiener! Eigentlich eine Gemeinheit der Natur, diese Spezies nicht auch mit einem langen Federnbusch auszustatten, mit dem sie bei Bedarf ein schön schillerndes Rad schlagen konnten.

Federico kam Mamma Pia regelmäßig besuchen. Sie war inzwischen bei der frisch geschiedenen und kinderlosen Paola im ersten Stock eingezogen; die beiden Damen wohnten jetzt in einer Mutter-Tochter-WG.

Es war dieselbe Wohngegend, in der Marlies damals das beeindruckende Mittagessen erlebt hatte. Das Hochhaus, in dem seinerzeit die ganze Familie gelebt hatte, war nur wenige Hundert Meter von Paolas Haus entfernt, das in einer Sackgasse lag. Es war die typische römische Suburbia aus den Fellini- oder Pasolinifilmen, dem Märkischen Viertel oder Marzahn in Berlin nicht unähnlich. Halbhohe Hochhäuser mit tristen, unbewohnten Balkonen schachtelten sich neben den wenigen grünen, eher braunen Brachen in- und übereinander.

Das schmale Haus aus unverputztem Beton lehnte vornübergebeugt an einem kleinen Abhang. Zu Federicos Einzimmerappartement mussten Marlies und Anni im Dunkeln einen kleinen Pfad hinabsteigen. Die Haustür befand sich dort, wo sie zunächst den Keller vermutet hatten.

Das Gepäck würden sie morgen ausladen. Marlies wollte jetzt schlafen, nur noch schlafen. Am liebsten hundert Jahre lang, bis sich eine Dornenhecke von Rom bis Berlin ausgebreitet hätte. Ob in der Zwischenzeit vielleicht auch Till in einen tiefen Schlaf fallen könnte? Zusammen mit dem Küchenjungen, dem Koch und den Fliegen? Sie hätte so gern die Zeit angehalten, um einen kleinen Vorsprung und neue Kräfte zu gewinnen.

Die winzige Wohnung war sauber und mit alten Möbeln vollgestellt. Wow, wie lange würde sie es in den Resten eines ehemaligen Jugendzimmers aushalten, ohne schwermütig zu werden? In einem Regal stand eine stattliche Anzahl Tennispokale, an der Wand hingen Pfadfinderurkunden und Bilderrahmen, in denen aufgespießte Schmetterlinge zu Staub zerfielen. Eine matte Glühbirne unter einem rosa Rüschenrock aus Porzellan hing über einem in Pastelltönen gemaserten Resopaltisch. Jemand, wohl Paola, hatte das Schlafsofa bereits ausgezogen und das Bett gemacht. Akkurat, das gestärkte Laken über eine hellgrüne Polyesterdecke geschlagen und alles ordentlich unter die Matratze gestopft. Anni und Marlies mussten über das Kopfkissen in diesen Schlafsack klettern, die Decke ließ sich einfach nicht von der durchgelegenen Matratze lösen. Die Spiralfedern bohrten sich schmerzhaft in Marlies' Lenden. Scopino leckte ihr dankbar den Ellbogen.

»Der Hund kommt nicht mit ins Bett!« Hatte sie das nicht laut genug gesagt? Doch Anni schlief schon tief und fest.

Am nächsten Morgen trank Marlies ihren Kaffee auf dem Innenhof, den man mit einer gewissen optimistischen Grundeinstellung auch Terrasse hätte nennen können. Das ebenerdige Fenster der Küche ließ sich in Richtung eines verwilderten Miniaturgartens öffnen, der aus verdorrtem Dornengestrüpp bestand und in dem ein ehemals orangefarbener Balkonstuhl vor sich hin rostete.

Dunstig und abgasverseucht hing der Himmel am frühen Morgen lustlos über der Stadt. Marlies suchte nach ihren Kontaktlinsen.

Ob man von hier aus die Albaner Berge sah?

Jetzt galt es, sich erst einmal einzurichten. Natürlich nur kurzfristig. Noch heute würde sie den römischen Immobilienmarkt studieren. In Rom leben wollen und dann am Autobahnzubringer halb tot überm Zaun hängen, das konnte ja nicht angehen. Dennoch war sie Federico dankbar, dass er ihr spontan diese Wohnung und jeden Beistand angeboten hatte.

Damals, nach dem Küsschen im Taxi in Berlin, hatte sie sich erst einmal nicht mehr bei ihm gemeldet. Aber hatte er ihr da nicht seine Liebe gestanden? Die konnte sie jetzt dringend gebrauchen, und Paolas Wohnung auch. Vorübergehend natürlich nur.

Als sie sich endlich getraut hatte ihn anzurufen, hatte sich seine Stimme vor Begeisterung fast überschlagen. »Eine Trennung von Till?«, hatte er sogleich neugierig gefragt.

»Nur vorübergehend.«

Das alles würde gut zusammenpassen, Ende Juli sei er auch in der Stadt. Man würde es sich gemeinsam schon in der Einraumwohnung gemütlich machen können. Ach so, ihre Tochter wäre mit von der Partie? Na, dann zöge er eben zu einem Freund an der Piazza Navona. Ohne mit der Wimper zu zucken, dachte Marlies, obwohl sie das am Telefon natürlich gar nicht hatte feststellen können. Da sein Theater gerade Sommerpause hatte, konnte sich Federico angeblich nichts Schöneres vorstellen, als Marlies bei ihrem Neustart behilflich zu sein.

Bei Federicos Freund mit der noblen Adresse hätte Marlies fraglos lieber gewohnt, aber den galt es nun erst einmal kennenzulernen.

Als Erstes musste am Morgen der Computer angeschlossen werden. Sie hatte jetzt schon Angst vor den unzähligen E-Mails, die aufpoppen würden, sobald es zu einer Verbindung gekommen wäre. Hoffentlich gab es in der Bruchbude einen Internetzugang. Aber jetzt hieß es erst einmal, die Technik ins Haus zu holen.

Marlies lief den Abhang Richtung Straße hinauf, und sofort brach ihr in ihrem Bademantel der Schweiß aus. Sie hatte ganz vergessen, wie warm es in Rom im Hochsommer bereits in den frühen Morgenstunden sein konnte, und anscheinend auch, wo das Auto stand, denn es war nirgends zu sehen. Allerdings standen Annis Koffer und ihre Umzugskiste mit dem Spielzeug auf der niedrigen Mauer neben dem blauen Tor. Das Auto jedoch war fort – spurlos verschwunden. Futsch. Futschikato perdutti, wie Gisela in einer Art Fantasieitalienisch gesagt hätte.

Marlies konnte es zunächst nicht glauben. Sie rieb sich die Augen und rannte in der stechenden Hochsommersonne – der heiße Asphalt flimmerte – die Straße auf und ab. Doch der popelgrüne Honda blieb vom Erdboden verschluckt.

Mirko ging nicht ans Handy. Das Tuten am anderen Ende der Leitung klang so entfernt und fremdartig, als würde sie ihm bis in die innere Mongolei hinterhertelefonieren, auch die Nummer des römischen Import-Export-Freundes war offenbar falsch.

Anzeige erstatten? Marlies sah das folgende Szenario bereits vor sich: Das stickige Polizeipräsidium mit den welligen Südsee -Postern an der Wand, in dem sie die nächsten Stunden, wenn nicht gleich den ganzen Tag, verbringen würde, und die begriffsstutzigen Polizisten, die in Zeitlupentempo unwillig die Diebstahlsanzeige mit den drei Durchschlägen ausfüllten.

Was wurde alles vermisst? Eigentlich alles. Ihre gesamte Kleidung, die ganzen Bücher. Zum Glück hatte sie das Handy, die Ausweise und das iPad in ihrer Handtasche mit in die Wohnung genommen. Aber ihr schöner großer Computer war weg. Wann hatte sie das letzte Mal ihre privaten Daten, die Fotos, Nachrichten und die Artikel gesichert?

Der Speicherplatz deiner iCloud ist voll – bestimmt hatte sie diese Meldung auf dem Bildschirm schon einige Monate lang ignoriert.

Aber die größte Katastrophe war der fehlende Laptop, die Nabelschnur zu *Artificial Artbay*. Wie sollte sie jetzt die Anfragen beantworten, das System und die Datenbank verwalten und den nächsten Monatsbericht schreiben?

Lieber Gott, lass das alles nicht wahr sein. Aber was halfen Atheistengebete schon? Das Auto blieb verschwunden. Es gab keine Wunder, nicht einmal im Schatten des Vatikans.

»Mamma mia, che disastro!«

Soeben hatte Mirko ihr den ganzen Irrtum mit dem Auto erklärt. Alles war ihr auf einmal ganz logisch vorgekommen. Genauso war es doch von Anfang an besprochen gewesen, wie hatte sie das nur vergessen können? Das Missverständnis lag natürlich ganz auf ihrer Seite. Und als er ihr dann noch den *Artificial-Artbay*-Laptop überreichte, war all der Ärger vergessen, und ihre Erleichterung ging in ein monumentales Glücksgefühl über.

Federico räusperte sich zum zweiten Mal. Als Marlies die Augen aufschlug, sah sie zunächst nur ein Knie in einer Anzughose. Ihr Hals war trocken, die Haare klebten ihr am Kopf, und schnell wischte sie sich den Speichel aus dem Mundwinkel. Wo war sie?

So traf man sich also wieder. Das hatte sie sich aber anders vorgestellt. Mehr wie im Film. Da war es doch immer so, dass der Mann bereits von Ferne die Arme ausbreitete und die Frau begeistert Anlauf nahm. Jetzt musste sich Marlies erst einmal aufrappeln und ihr Kleid zurechtrücken. So ein verpatzter Auftakt ärgerte sie, aber viel schlimmer noch war die Enttäuschung darüber, dass Mirkos Rückkehr und der wiedergewonnene Laptop nur eine Schlaf-Fata-Morgana gewesen waren. Dann noch lieber Albträume als so ein gnadenlos realistischer Traum vom wiedergefundenen Glück.

Federico nahm sie in den Arm und küsste sie feuchtschmatzend auf beide Wangen. Wow, was tat so eine Umarmung gut. *Bleib mal so, halte mich bitte fest, das hat schon so lange niemand mehr gemacht.* Quatsch, jetzt nur nicht rührselig werden. Sie war doch erst seit ein paar Wochen *solo* – das allerdings zum ersten Mal seit dem sechzehnten Lebensjahr –, außerdem frisch ausgeraubt und als Ehebrecherin fern der Heimat, in der sie ihren zehnjährigen Sohn zurückgelassen hatte. *Uffa* – dieses Geräusch machten die Italiener, wenn das Schicksal einem eine Gleichung mit kartesischen Mehrfachintegralen aufgegeben hatte.

Federico bemerkte, galant wie eh und je, dass sie fabelhaft aussähe, und Marlies gab das Kompliment zurück. Er war noch etwas breiter geworden als bei ihrem letzten Treffen in Berlin, aber sein Haar war immer noch füllig und seine Statur durchaus noch schlank zu nennen. Ob auch er, und an welcher Stelle, bei ihrem Anblick so ein *Noch* dachte?

Das Gedankenlesen, sosehr man sich das früher gewünscht hatte, mit zunehmendem Alter wollte man sich das lieber ersparen.

Federico trug einen lustig unmodischen Anzug. Einen viel zu weiten Zweireiher mit einer zu langen Hose. Dieser Aufzug sollte anscheinend seriös wirken, war allerdings ziemlich nach orientalischem Teppichhändler geraten, zumal er den Nadelstreifenanzug mit Cowboystiefeln kombiniert hatte und das Hemd bis zum Brustbein geöffnet trug.

Wie konnte er es bei dieser Affenhitze in einem Wollanzug aushalten?

Federico schloss eilig das Fenster und knipste das Deckenlicht an. Wusste Marlies denn nicht, dass man im Süden nachts die Fenster aufmacht und sie am Tag, mitsamt den Fensterläden, geschlossen hält. Er konnte nur den Kopf schütteln.

»Du wohnst doch nicht zum ersten Mal in Rom!«

Sollte sie ihre Büroarbeit tagsüber im Schein einer Vierzig-Watt-Birne erledigen? Bonjour Tristesse – Buongiorno Tristezza. So viel zum Hohelied auf das weiche Licht Italiens.

Paola und Pia hatten sie zum Mittagessen eingeladen, im Stockwerk über ihnen schufteten Mutter und Schwester schon seit Sonnenaufgang in der Küche. Marlies hatte das geschäftige Klappern den ganzen Vormittag über gehört. Sie wollte Anni davon abhalten, Scopino mit hinaufzunehmen.

»Ach lass sie doch, Mamma liebt Hunde«, sagte Federico. Anni trug die braune Fellwurst stolz vor sich her die Treppe hinauf wie eine filzige Monstranz.

»Erinnerst du dich noch, Mamma? Das ist Marlies – er sagte *Maliese* –, *meine* Freundin aus Deutschland.

Pia gab ihr die Hand, hielt sie dann fest und tätschelte sie mit der anderen, dabei schüttelte sie ihre schwarz gefärbten Locken. »Buona domenica, cara.«

Kein Wiedererkennen, nichts. Marlies spürte einen Stich in ihrer Brust. Sie hatte sich eine Umarmung, vielleicht sogar Tränen der Rührung erhofft.

Aber als Pia Anni erblickte, breitete sie sofort die Arme aus. »Mamma mia, che bella tu sei. Paola, vedi, come una bellissima ragazzina!«

Anni strahlte über das ganze Gesicht – in ihrem ganzen Leben hatte sie noch nie jemand schön genannt. Und während ihr Paola über das Haar strich, ließ Anni lächelnd Pias Küsse und Liebkosungen, ein kurzes Kraulen unterm Kinn, ein kleines Kneifen in die Bäckchen über sich ergehen. Sogar der potthäßliche Scopino wurde von den Damen unisono für *dolce* befunden und sogleich mit einer Scheibe Parmaschinken bedacht.

Während des Mittagessens war sie mit Federico und Anni die meiste Zeit allein an dem großen Mahagonitisch. Ihr Freund saß an der Stirnseite und machte bei jedem Gang Bemerkungen über die Qualität und die Güte des Essens und seiner Zubereitung. Die Salami sehr gut, nur bei einem anderen Metzger doch noch etwas zarter. Er tätschelte der Schwester die Schulter. Die Mozzarella hervorragend, nur sonntags eben immer schon ein wenig fest. Er legte der Mutter die Hand auf den Schoß. Die Pasta wunderbar. Nur das nächste Mal die Rigatoni vielleicht eine Minute kürzer im Wasser lassen. Er warf die Damastserviette bedeutungsschwer auf den Tisch. Das Lamm herausragend, nur etwas mehr Rosmarin, weniger Knoblauch und, wenn es ginge – Federico schob seinen leeren Teller mit einer theatralischen Geste in die Tischmitte –, ein bisschen weniger rosa.

Die beiden Frauen nahmen diese Bemerkungen dankbar auf, machten den einen oder anderen sachlichen Einwand – der

Metzger habe sein Geschäft schon vor Jahren geschlossen – und diskutierten untereinander weiter, ob es nicht besser gewesen wäre, das Lamm anstatt im Ofen in der Kasserolle auf dem Herd zu garen. Ein solches Gespräch wäre Marlies in Deutschland wie der gröbste Stumpfsinn vorgekommen. Aber die Akribie, die nobelpreisverdächtige Detailverliebtheit in die nationale Kochkunst machten es zu einem wissenschaftlichen Diskurs. Federicos Benehmen, diese Art, die sie in Deutschland für breitbeinigen Chauvinismus gehalten hätte, stellte sich hier als reinste Gewaltenteilung dar – die einen kochen, alle essen, der Mann urteilt. So schien es hier gewünscht zu sein, bei aller Emanzipation, von allen Seiten.

Undenkbar, dass Marlies auf Dauer mit einem solchen Mann an ihrer Seite klargekommen wäre. Der Freund kam ihr an diesem Sonntag wie ein von Testosteron brodelnder Königspudel vor.

Federico blieb in aller Seelenruhe zurückgelehnt und breitbeinig in seinem Lehnsessel sitzen, während die Damen des Hauses auf- und abtrugen. Gestandene Frauen – Paola unterrichtete Informatik an der Universität – schienen nichts daran zu finden, den Sohn und Bruder wie einen Thronfolger zu bedienen.

Wie sie denn darauf käme, dass das Auto geklaut worden sei, fragte Federico und wischte sich die Eisauce der Carbonara vom Kinn.

Marlies wusste nicht, was er meinte. Das Auto sei ja nun einmal weg, es stehe nicht mehr auf der Straße, also sei es wohl geklaut worden. Oder gab es noch eine andere Möglichkeit für das Verschwinden als Diebstahl?

Ob sie sich nicht vorstellen könne, dass der Wagen einfach früher als geplant *abgeholt* worden sei? Nein, von wem denn? Es kenne ja niemand ihre Adresse in Rom.

Das Auto habe doch mit Sicherheit ein GPS gehabt. Da sei es doch ein Leichtes gewesen, es zu orten. Mit so einem uralten

TomTom? Das konnte Marlies sich nicht vorstellen, Federico hingegen schon.

Ob sie wüsste, dass in Italien das meiste Heroin aus Mazedonien käme, fragte Federico. Das mochte so sein, aber sie kam doch gerade aus Berlin und nicht vom Balkan. Und dieser Mirko? Federico blickte sie durchdringend an.

Anni hatte in der Zwischenzeit, ganz gegen ihre Gewohnheit, kein Wort gesagt. Sie genoss schweigend das Essen und stöhnte manchmal leise vor Wohlbehagen. Sie aß wie ein Bauarbeiter, die Gabel in der linken Faust, während sie mit der rechten Hand Scopino unterm Tisch hinter den Ohren kraulte und mit Salami, Fleischstückchen und Nudeln fütterte.

Ob Marlies eigentlich auch diesen merkwürdigen blauen Sack im Kofferraum gesehen habe, den neben dem Reservereifen, fragte Anni plötzlich.

Was hatte sie von Marlies' Gespräch verstanden? Viel mehr Wörter als *macchina* und vielleicht noch *rubato* dürfte sie doch nicht wiedererkannt haben.

»Un sacco blue nel bagagliaio? Vedi?« Auch Federico schien eine außergewöhnliche Sprachbegabung zu besitzen. »Was war denn da drin?« Er legte sein Besteck auf dem Tellerrand ab.

»Ich hab doch nicht reingeschaut!«

»Warum nicht?«

»Ich hatte keine Zeit.«

»Um in einen Beutel zu schauen?«

»Ja, genau. Es interessierte mich eben nicht, ich war an diesem Tag schon über tausend Kilometer gefahren, und Anni hatte gerade einen blutenden Köter gefunden.« Marlies verschränkte die Arme vor der Brust und fixierte den Muranoleuchter an der Decke. War das denn alles so schwer zu verstehen?

Federico grinste. »Du hast dich kaum verändert. Immer noch so stur wie vor zwanzig Jahren.«

Auch Marlies musste lächeln. »Und, was unternehmen wir jetzt?«

Anni schaute zwischen den beiden hin und her. Was sollte das denn hier werden? Flirten nannte man das wohl. Und obwohl es sie leicht beunruhigte, wie aufgedreht lustig und gut gelaunt sich die Mutter gegenüber diesem fremden Italiener benahm, gefiel es ihr doch sehr, dass sie nach dem heutigen Schock plötzlich wieder fröhlich war. Und dieser Federico gefiel ihr auch.

Er hatte ihr bisher nur kurz die Hand gegeben, sich vorgestellt und Scopino über den Kopf gestreichelt. Sie schätzte es, wenn sich die Bekannten ihrer Eltern nicht gleich kumpelhaft an sie, das Kind, heranwanzten.

»Wir essen noch den Nachtisch, und dann fahren wir ans Meer«, entschied Federico.

»Aber ich muss erst zur Polizei. Ohne eine Schadensmeldung zahlt die Versicherung mir keinen Cent.«

»Hast du denn Papiere zu dem Auto?«

O nein: Der Fahrzeugschein zu der Karre hatte im Handschuhfach gelegen.

»Okay, dann üben wir jetzt mal, was du auf der Polizeistation zu Protokoll geben wirst. Allora, du leihst dir von einem wildfremden Mann ein Auto. Wie war doch gleich sein Name?«

»Mirko. Den Nachnamen hab ich leider vergessen zu notieren.«

»Nun gut, dieser Mirko will also kein Geld von dir und nennt dir auch nicht den vollständigen Namen seines Freundes, der nach der Überführung in Rom bei dir die Karre abholen soll. Import – Export, mehr weißt du nicht. Und heute ist dann das Auto mitsamt deinen persönlichen Sachen verschwunden, und die Jungs gehen nicht ans Telefon. Also, selbst wenn du den Bullen nicht erzählst, dass du auf der Fahrt einen Beutel im Kofferraum entdeckt hast, dessen Inhalt dich nicht interessierte, verspreche ich dir in die Hand, dass du mit dieser Story gewaltigen Ärger bekommst.«

Ein Neustart in Rom mit leeren Taschen. Konnte in ihrem Leben nicht einmal etwas reibungslos verlaufen? War das denn zu viel verlangt?

Gegen den plötzlichen Schwächeanfall nahm sie gleich noch mal einen kräftigen Schluck Wein. Rotwein machte sie sentimental.

Was guckte Federico denn schon wieder so inquisitorisch? Den Mann in Berlin sitzen und den Sohn im Stich gelassen, und das war jetzt die Strafe? Katholiken waren ja solche Überlegungen zuzutrauen. Vielleicht glaubte Federico an einen intervenierenden, zürnenden Gott.

»Jetzt schau mich nicht so an!«

»Ich mach mir nur Sorgen um dich.«

Das hörte sich an wie die schlechte Diagnose nach einem Gesundheitscheck.

»Mein größtes Problem ist im Augenblick der fehlende Laptop. Ich sollte mich eigentlich sofort wieder in das System der Firma einloggen und all die Anfragen der Kunden und die Nachfragen meiner Kollegen beantworten.«

Federico schaute sie ungläubig an und steckte den Dessertlöffel in die Crème Caramel. »Du arbeitest für eine Firma?«

»Als freie Mitarbeiterin«, sagte Marlies und lauschte dem Klang der eigenen Worte nach. Sie hätte sich gern freigearbeitet. Genau, so konnte man es nennen, und genau das war jetzt ihre Absicht. »Wenn ich nicht sofort loslege, kann ich mein Leben in Rom ganz schnell vergessen. Ich hab den Job erst seit ein paar Wochen.«

Jetzt aber keinen Tropfen Rotwein mehr. Ihre Stimme begann bereits weinerlich zu vibrieren. Federico legte Marlies die Hand auf den Rücken. »Das schaffen wir schon, ich helfe dir.« Und das war das Schönste, was sie seit Langem von einem Mann gehört hatte.

VIERZEHN

»Der Typ ist gut. Der gefällt mir«, hatte Jost gesagt, als Yasser ihm zum ersten Mal die Hand gegeben und dabei schweigend einen leichten Diener angedeutet hatte. »Der hat Stil und die Ruhe weg.«

Genau das war es, was auch Jan sofort aufgefallen war. Daneben unterschieden ein strichgerader Seitenscheitel und seine akkurate Kleiderordnung ihn von allen anderen Mitschülern, diesen müffelnden, zappeligen, präpubertären Viertklässlern.

Sogar wenn Yasser mit Jan zum Fußballspielen ging, trug er stets ein gestärktes Oberhemd, Anzughosen mit Bügelfalte und blank gewienerte Schnürschuhe.

Er war zwei Jahre älter als Jan und drei Köpfe größer.

Während die beiden in Richtung Spree liefen, summte er leise vor sich hin und dribbelte den Fußball. Jan schaute zu ihm auf, was dazu führte, dass er beim Überqueren der Stromstraße beinahe von einem stark nach links driftenden Einkaufswagen überrollt worden wäre. Der barfüßige Penner, der sein Gefährt über die Straße bugsierte, trug in der stechenden Julisonne eine Wollmütze und war unter seinem mit Pelz gefütterten Wintermantel anscheinend nackt. Die Jungs starrten beide auf seine schwarz verkrusteten Fußnägel.

»Du alter Drecksack, du stinkendes Schwein, pass doch auf«, krakeelte eine alte Frau in Filzpantoffeln und warf dem Penner ein leeres Kornfläschchen hinterher, das knapp neben den Jungs auf dem Asphalt zerschellte. Seit Wochen schon hockte sie an der Bushaltestelle und häufte dort eine Unmenge Müll an.

Anfänglich hatten Jan die vielen einsamen, ziellos umherirrenden Menschen in Moabit noch trauriger gemacht, als er ohnehin schon war. Solche Gestalten hatte er am Prenzlauer Berg nie gesehen. Dort machte man alles in Gruppen – war einer allein, war er mit Sicherheit auf dem Weg zur Arbeit.

Aber sosehr ihn die Härte hier in den ersten Tagen getroffen hatte, umso tröstlicher erschien ihm die Gegend im Laufe der Zeit. Hier war man mit seinem Kummer niemals allein. Im Gegenteil, es konnte immer noch schlimmer kommen – viel schlimmer.

Am Spreeufer setzten sie sich auf eine Bank und schauten den schaukelnden Enten nach. Vor ein paar Tagen hatten sie an dieser Stelle einen Papagei entdeckt, hoch oben in einer Trauerweide, oder war das ein Kakadu gewesen?

Der Vogel hatte Ähnlichkeiten mit einem Cocktailgetränk gehabt, mit einem dieser blau-grünen Mixgetränke, aus denen schillernde Plastikpalmen ragten.

»Schön«, hatte Yasser gesagt. *Schön, schon, tschüs* und *weg* – *das* waren die Worte, die er bisher kennengelernt hatte, mehr gab sein deutscher Wortschatz nicht her.

Jan hatte ihm in der Stadtteilbibliothek eine Lesefibel für Erstklässler ausgeliehen. *Klaus spielt Ball, Marie mag Puppen, Peter hat ein rotes Auto.*

Yasser hatte die Sätze nachsprechen sollen. Aber er hatte nur den Kopf geschüttelt und mit seinem Finger auf die eigene Brust gezeigt und *weg* gesagt. Die deutsche Sprache zu lernen würde sich für ihn nicht lohnen, er schien nicht die Absicht zu hegen, lange zu bleiben.

Jan musste sich jetzt von ihm verabschieden. Sein Freund würde morgen, so wie jeden Tag, bei Jost klingeln, und er sollte nicht denken, dass Jan sich so einfach aus dem Staub gemacht hatte. Ob er ihm einen Brief schreiben sollte? Seine SMS hatte er immer entziffern können. Seine Tante hatte ihm eine kleine seidene Tasche für das glänzende neue Smartphone genäht. Aber schon nach wenigen Tagen war es ihm in der Schule abgezockt worden.

Am Schloss Bellevue streckten sie ihre Nasen durch die Gitterstäbe des Zauns und beobachteten über die Hecken und den getrimmten englischen Rasen hinweg das Wachpersonal. Gerade rollte dort eine glänzende, schwarze Limousine mit polierten Felgen über den knirschenden Kies vor das Portal. »Schön«, sagte Yasser.

Jan nervte es, wenn Till ihn mehrmals am Tag fragte, ob es ihm auch gut gehe.

Wie es denn in der Schule so liefe, ob er sich etwas wünsche, ob er etwas für ihn tun könne?

»Ja.« »Gut.« »Nein.« »Nein, danke.«

Es machte ihm Angst zu sehen, wie ohnmächtig sein Vater war.

Jan hatte Marlies bei ihrem letzten Treffen gebeten, nicht nach Italien zu gehen, aber sie hatte nur geweint und ihm erklärt, weshalb sie gehen müsse. Verstanden hatte er nichts, aber er hatte auch nicht richtig zugehört.

»Ich bin doch nicht aus der Welt. Das Ganze ist ja erst einmal nur ein Versuch, eine Art Auszeit.«

Dann hatte sie versucht, ihn zum Mitkommen zu überreden.

»Die Deutsche Schule dort soll sehr gut sein. Du würdest in null Komma nichts Italienisch, Französisch und Englisch lernen.«

Sie hatte ihn tatsächlich dazu ermutigen wollen, Till im Stich zu lassen. Er nahm ihr eine Menge übel, aber das fand er mit Abstand am schlimmsten.

Und dann war sie fort.

Seine Eltern taten ihm leid.

Dieses Gefühl war verwirrend, besonders irritierte ihn das Mitleid, das er für Till empfand. Plötzlich erschien der Vater ihm wie geschrumpft, schwach und klein, so wie er selbst. Zur Angst gesellte sich Wut: Keiner konnte ihm zuhören und einfach mal den Mund halten. Keiner - außer Yasser.

Zu seiner Einschulung damals war in Jans Schultüte aus den Bergen von Süßigkeiten ein flaches, komisch gestreiftes Tier aus Frotteestoff aufgetaucht. Das Maul war ein Reißverschluss. Wenn man ihn öffnete, konnte man seine Sorgen in den Bauch des Monsters sprechen und sie dort sicher verwahren. Als er schreiben gelernt hatte, fütterte er das Sorgenfresserchen mit zusammengefalteten Zetteln, auf denen er seine Wünsche und Ängste notierte.

Ich will so sein wie alle andern oder *Marlies mag Anni lieber als mich.*

Yasser war viel besser als dieses Ding.

Jost saß in seinem gestreiften Opaschlafanzug im Schneidersitz auf der Couch und schaute Till beim Packen zu.

Er konnte Sonntage nicht ausstehen. Und obwohl die Stille auf den Straßen in Moabit heute vielleicht nicht mehr so lähmend war wie die zu seinen Kindertagen in der norddeutschen Provinz oder so quälend zäh wie die Eppendorfer Sonntage seiner Studienzeit, blieb der Sonntag doch immer eine Schwerstarbeit in Sachen körperlicher Entgiftung und verstrahltem Seelenhaushalt. Zumindest seitdem er die Samstagnächte durchsoff, also seit gut dreißig Jahren. Aber die vergangenen Wochen mit Jan und Till hatten ihn angenehm eingependelt und ihn in ein wohliges Gleichgewicht familiärer Stabilität manövriert. Und all das sollte jetzt einfach so vorbei sein?

Gerade erst war Tills Junge ein wenig aufgetaut, nachdem Jost damit begonnen hatte, dem verstockten Söhnchen das Backgammonspiel und Dartwerfen beizubringen.

Er sah seinem Freund dabei zu, wie der die letzten Kleidungsstücke in seinen Rucksack stopfte. Als der sich nach einer herumliegenden Unterhose bückte, blieb Josts Blick an seinem Hüftspeck hängen. Es war so gekommen, wie er es prophezeit hatte. Die blauen Pillen hatten seinen Freund anschwellen lassen. Sogar der Bund der Jogginghose spannte sich bereits um die Körpergegend, die einmal seine Taille gewesen war. Aber keine Frage: Till funktionierte – das immerhin. Er meisterte seinen Papijob und ging weitgehend klaglos seinem Leben als Repertoiremusiker nach.

Till schaute sich noch einmal prüfend im Wohnzimmer um. Er schien an alles gedacht zu haben.

Jan war mit Yasser, dem kleinen syrischen Nachbarn, unterwegs. Till gefiel diese zarte Freundschaft, die sich zwischen den Kindern entwickelt hatte, sie war schön anzuschauen. Der fremdländische, allein gelassene Junge, der kaum ein Wort sprach, und sein schweigsamer Sohn verstanden sich wortlos.

Es war noch ein wenig Zeit, bis Tills Eltern in der leer stehenden Wohnung am Prenzlauer Berg aufkreuzen würden, pünktlich zu Kaffee und Kuchen.

Jost klopfte einladend neben sich auf das Sofapolster.

»Komm, mein Lieber, setz dich doch noch mal kurz zu mir.«

Till ließ sich schwer neben ihn fallen. Er streckte die Beine von sich und kratzte sich den seit einer Woche nicht mehr gestutzten Dreitagebart.

»Du hast sie noch einmal getroffen, nicht wahr? Kannst es mir ruhig sagen.« Till schaute Jost nicht an. *Sie*, das war in den letzten Wochen stets Marlies gewesen, ganz so, als wäre sie die Einzige, die letzte Frau auf Erden – was Jost so nicht sehen konnte.

Sie, sie, sie. Und dann hat sie gesagt … Und dann hat sie gemacht.

Jost hatte geduldig zugehört, was blieb ihm auch anderes übrig. Bis Till eines Tages auf einmal völlig verstummt war. Da hatten die Tabletten ihre sedierende Wirkung entfaltet. Und da hatte sich Marlies bei Jost gemeldet. Ein paar Tage bevor sie nach Rom aufgebrochen war. Ob man vielleicht mal kurz miteinander reden könnte?

Der Freund hatte sich von dem Gespräch nichts versprochen. Er würde es nicht sein, der sie von dieser beknackten Italienidee abbringen könnte, so viel stand fest. Aber er hatte trotzdem eingewilligt, aus Neugier. Was in aller Welt mochte sie von ihm wollen? Von ihm, dem Amoralisten, die Absolution für mangelnde Integrität erteilt bekommen? Er dachte gar nicht daran!

Zunächst versuchte sie es am Tresen der überfüllten Bar mit launigem Geplänkel. »Na, was macht denn euer Männer-Haushalt so?«

Dann ein besorgter Augenaufschlag: »Wie geht's den beiden?«

»Beschissen.«

Darauf ein Stoßseufzer: »Für mich ist es auch nicht so leicht.«

Und dann hatte sie angefangen zu reden. Wie ein aufgedrehter Wasserhahn. Wie abweisend und ignorant Till in den letzten Jahren gewesen sei. Wie sehr die ganze familiäre Last, vor allem finanziell, aber auch organisatorisch, immer nur auf ihre Schultern gedrückt habe.

Jost hatte sich zunehmend unwohler gefühlt. Hier stand ihm Einmischung doch wohl kaum zu. Und um den gerade erst mühsam zur Ruhe gekommenen Freund nicht unnötig aufzuwühlen, hatte er dieses Treffen auch nicht erwähnt.

Heimlich Marlies treffen – ob das ging?

»Denk doch dran, was ihr zusammen habt. Die Kinder brauchen euch, und all die gemeinsamen Jahre können doch nicht umsonst gewesen sein.«

So oder was ähnlich Ermahnendes hätte er jetzt als Tills alter Kumpel wohl sagen müssen. Aber einen solchen Text brachte er einfach nicht über die Lippen.

»Du wirst schon wissen, was du tust«, das war alles gewesen, was ihm dazu eingefallen war.

Wirklich unangenehm wurde es, als Marlies daranging, ihm ihre Laiaison mit diesem dahergelaufenen Yogatypen genauer zu beschreiben. Das war doch jetzt verkehrte Welt. Wem glaubte sie denn hier ihr Herz auszuschütten? Schließlich war er noch immer der beste Freund ihres Mannes.

»Stopp, das will ich alles gar nicht wissen«, hatte er behauptet und dann doch weiter zugehört. Es war einfach zu interessant, wie gering die Schnittmenge in den Erzählungen der beiden war.

Ach, Mensch, sein alter Kumpel, der hatte ja auch nie Ursachenforschung betrieben. Während des nächtelangen Mäanderns hatte er immer nur von seiner Marlies und seiner Sehnsucht nach dem häuslichen Leben, von Sicherheit und Kinderaufzucht schwadroniert. Warum das alles nun den Bach runtergegangen war, hatte er nie begriffen. Marlies hingegen hatte nur ihre Verteidigungsstrategie im Sinn.

Tills Intermezzo mit Sina, das sie zu Tode gekränkt hatte. Die vielen taubstummen Nächte. Das eingeschlafene Begehren.

Wollte er das denn so genau wissen? Tills gesammelte Unzulänglichkeiten, vor allem die körperlichen, gingen ihn doch nun wirklich nichts an.

»Lass gut sein, Marlies. Hast du keine Friseuse, der du das erzählen kannst? Ich will mit eurem Kram nichts am Hut haben.«

Trotzdem hatte Marlies unbeirrt immer weitere Details ihres Seitensprungs vor ihm ausgebreitet, als stünde sie unter Redezwang.

»Weißt du, der Ralf konnte einfach so unglaubliche Sachen. Der konnte so Dinge im Bett, die ich nie für möglich gehalten hätte.« Pause.

»Er hat mir einfach all die Aufmerksamkeit geschenkt, die ich immer vermisste, Zärtlichkeiten, auf die ich Jahrzehnte gewartet habe.«

Zärtlichkeiten! Allein schon das Wort! Jost kannte sich mit diesen Trullas aus, diesen Tanten, die passiv auf Zärtlichkeiten warteten, dringend lieb gehabt werden wollten. Wenn er dieses Lauern auf Hingabe nur schon witterte, war es bei ihm aus.

Nun reichte es ihm, er hatte genug. Dieses selbstgefällige Gerede, als stünde sein unzulänglicher Freund Till knietief in Marlies' Bringschuld, langweilte ihn jetzt.

»Ich muss dann mal los.«

Er kramte in seiner Hosentasche nach Kleingeld für sein Bier und war schon auf dem Sprung, da fiel ihm noch etwas ein.

»Wenn ich dich richtig verstanden habe, dann ist dein Lover aber jetzt Vergangenheit, oder?« Marlies nickte. Ihr standen plötzlich Tränen in den Augen.

Am liebsten würde sie jetzt wohl noch von ihm getröstet werden - aber denkste, Puppe.

»Du bist nicht gerne solo, oder?«

Marlies schüttelte den Kopf.

»Na dann, meine Liebe, schau dich hier mal um. Was schätzt du, was sind das für Leute, die hier herumstehen?«

Marlies ließ ihren Blick durch die krachvolle Bar schweifen.

»Weiß nicht, das sind doch die gleichen wie die bei unserem Supermarkt an der Kasse, oder?«

»Nicht unbedingt, die Paare, die du hier siehst, sind frisch verliebt oder wollen zumindest etwas ganz Bestimmtes voneinander. Die verheirateten Paare vom Prenzlauer Berg gehen nicht mehr miteinander in Bars. Die Jungs, die du hier am Tresen stehen siehst, haben alle den gleichen Plan. Die wollen die knackigen Mädchen auf der Sitzgruppe dahinten aufmischen.«

Ein paar leicht bekleidete Mittzwanzigerinnen lümmelten auf zusammengeschobenen Polsterhockern herum. Die fünf Mädels waren, jede für sich, mit ihren Handys beschäftigt. Wie Typen, die noch nicht ihre Telefonnummern besaßen, mit denen in Kontakt treten wollten, war Marlies schleierhaft.

»Siehst du hier auch nur einen einzigen Kerl, der für dich infrage käme?«

Marlies schaute sich um. »Weiß nicht.« Die Tränen waren verschwunden, sie lächelte wieder. Das Spielchen bereitete ihr offensichtlich Freude. »Der dahinten, der schlaksige Typ in der engen Lederjacke, der hat schöne Haare.«

»Vergiss es, der ist zu jung für dich.«

Wenn Marlies nun gekränkt war, so ließ sie sich das nicht anmerken. »Woher willst du das wissen? Es gibt eine Menge junger Männer, die auf ältere Frauen stehen. Ich finde auch den neben dem Fenster noch ganz ansehnlich, der hat so was Lässiges.«

»Okay, aber der flirtet ganz offensichtlich mit der minderjährigen Bedienung. Der gründet auch nicht eben den Mythos vom Jungmann, der auf Falten steht. Siehst du den Mann mit dem Bier in der Hand – der neben der Klotür? Der hat gerade sehr interessiert zu dir rübergeschaut.« Jost drehte sich eine Zigarette.

Jetzt sah Marlies schon deutlich weniger amüsiert drein.

»Der mit der Stirnglatze und dem Bierbauch über der Bundfaltenjeans? Hör damit auf, du kannst kränken. Was soll das überhaupt? Und was ist eigentlich mit dir? Meinst du, die hundescheißebraune Blondine dahinten, die du die ganze Zeit schon anstarrst, hat nur auf so einen ungewaschenen, in die Jahre gekommenen Typen wie dich gewartet?«

»Die mit dem Knallbusen und den Ficksandaletten? Klar! Die nehme ich mit, wenn ich will.« Jost steckte sich die Zigarette hinters Ohr, stand auf und bahnte sich den Weg zu dem drallen Ding.

Das gab's doch nicht: Tänzelnd ging er auf sie zu, pustete seinen Pony hoch und sprach die Kleine an – und tatsächlich, auf ihrem Gesicht ging die Sonne auf. Sie spielte ein wenig verlegen mit ihrem Kettenanhänger, indem sie den kleinen Schlüssel an dem Silberkettchen um ihren Hals hin und her schob und dabei ein Schmollmündchen machte. Dann lachte sie hell auf und warf den Kopf in den Nacken. Das schale Kompliment hätte Marlies gern gehört. Aber es schien zu verfangen, denn nun öffnete sie ihren Pferdeschwanz, streifte sich das Haargummi wie ein Armband über die rechte Hand und schüttelte ihre glatten blonden Haare, die ihr jetzt bis über den Hintern fielen. Jost holte seine Zigarette hervor, er schien sie nach Feuer zu fragen. Rauchen? Na so ein Zufall, das hatte sie auch gerade vorgehabt. Schon war die Jeansjacke übergeworfen, und die beiden verschwanden zusammen durch die Tür und in die Nacht.

»Darf ich dir einen Baileys ausgeben?« Der Bierbauchmann schaute sie mit einem feuchten Bernhardinerblick an und legte ihr zutraulich seine große Hand auf den Unterarm.

»Hey, du musst noch zahlen«, hatte der Barmann Marlies hinterhergerufen, als sie schon fast an der Tür war.

Den Zehner hatte sie dem verdatterten Jüngling in der Lederjacke – der mit dem schönen Haar – einfach in die Hand gedrückt. »Tu mir den Gefallen und regle du das für mich.«

Draußen vor der Bar war es Marlies schlagartig kalt geworden. Der leere Bürgersteig mit den platt getretenen Zigaretten wurde von einer nostalgisch verzierten Straßenlaterne fahl erleuchtet. Aber die Raucher, und auch Jost mitsamt seinem neuesten Aufriss, waren verschwunden.

»Ich muss gleich fort. Meine Großeltern kommen uns besuchen. Wir treffen uns in unserer alten Wohnung. Sie bleiben ein paar Tage, und dann fahre ich mit zu ihnen aufs Land. Sie haben einen Garten. Opa hat extra für mich Fußballtore gekauft. Nur kenne ich bei denen niemanden, mit dem ich spielen könnte.«

Während Jan redete, summte Yasser weiter vor sich hin und versuchte, in eine leere Coladose so viele Dellen wie möglich zu drücken.

»Ich bin zum ersten Mal allein bei Oma und Opa. Wenn die drei Wochen doch nur schon um wären. Ich muss dort ständig essen, und von morgens bis abends läuft der Fernseher. An Opas Computer darf ich immer nur für eine halbe Stunde am Tag, er steht dann hinter mir und beobachtet, ob ich auch an dem teuren Gerät nichts verstelle oder gar kaputt mache. Und das Internet läuft über Opas analogem Telefonanschluss; wenn das Modem die Verbindung herstellt, macht es dudelnde Geräusche, und eine einzelne Internetseite baut sich erst nach mehreren Minuten auf. Wenn ich mich aufs Sofa setze, um zu lesen, sagt Opa, ich soll mal was Richtiges tun. Dann geht er mit mir in den Keller, und wir müssen kaputtgegangenes Porzellan kleben oder Leiterplatten löten. Sie trinken jeden Abend Bier und Opa auch Schnaps, und dann streiten sie sich so laut, dass man nicht schlafen kann.«

Jan bückte sich nach einem Stein und schickte ihn über die Wasserfläche. Plumps.

Jost konnte Steine so flach werfen, dass sie wie Frösche über das Wasser hüpften. Marlies konnte auf zwei Fingern pfeifen und auf einem Grashalm *Smoke on the Water* tröten. Till konnte mit den Ohren wackeln und Anni mit einem Auge schielen und mit dem anderen geradeaus gucken. Jan konnte nichts.

Oma und Opa waren nach über vierzig Jahren Zankerei immer noch zusammen, und Till und Marlies hatten sich nur ein einziges Mal wirklich schlimm gestritten, und schon war nichts mehr wie zuvor.

Ein familiärer Bankrott, hatte er Till am Telefon sagen hören. Bankrott, das Wort hatte er googeln müssen. Was hatte denn Zahlungsunfähigkeit mit der Trennung seiner Eltern zu tun? Hatten sie jetzt plötzlich auch noch Geldprobleme? Das wurde ja immer besser. Erst trennten sich die Eltern, und dann ging ihnen auch noch das Geld aus.

Seit dem übereilten Auszug war Jan nicht mehr in der Wohnung am Prenzlauer Berg gewesen. Till hatte dort nur noch einmal ein paar Klamotten, Bücher und Platten abgeholt. Immerhin würde er ab heute endlich wieder ein Zimmer für sich allein haben. Aber wenn er an Annis leere Kinderzimmerseite dachte, bekam er wieder Bauchschmerzen.

Er hatte Yasser einmal in seiner Wohnung besucht. Sein Kumpel hatte ihn vom Balkon aus heraufgewinkt. Sie hatten ein wenig verlegen im engen Flur herumgestanden und nicht so recht gewusst, was sie in der Anderthalbzimmerwohnung anstellen sollten, die Yasser zusammen mit seinem Onkel, der Tante und zwei Cousinen bewohnte. Es hatte noch nicht einmal einen Stuhl gegeben, auf den Jan sich hätte setzen können. Im Wohnzimmer stapelten sich Matratzen und blaue Mülltüten voller Klamotten, und in der Mitte des Zimmers saß den ganzen Tag lang der strenge Onkel in einem beigen Dreiteiler auf einem Sessel und drehte eine kurze Kette mit dunkelbraunen Holzkugeln durch Daumen und Zeigefinger. Die winzige Küche mit einer Kochnische, einem Klapptisch und drei Plastikstühlen war der Aufenthaltsraum der Frauen. Yasser hatte Jan Tee angeboten, so stark und süß, dass er ihm wie ein Faustschlag in seinen ohnehin schon angeschlagenen Magen gefahren war.

Danach hatten sie sich lieber im Hof getroffen und waren draußen ziellos herumgelaufen. Bei schlechtem Wetter hatten sie vor Josts Computer gesessen und auf Youtube arabische Popmusik-Videos geschaut.

Wo wohl Yassers Eltern abgeblieben waren? Jan hatte das Wort für Eltern auf Arabisch im Internet gefunden.

»Alaba?« Ob das das richtige Wort war? Anscheinend, denn Yasser hatte »weg« gesagt.

»Mama?«, hatte Yasser ihn gefragt.

Weg.

»Junge, Junge, du bist ja ein richtig stattliches Mannsbild geworden.«

Tills Mutter lächelte ihren Sohn begeistert an und nahm seinen Kopf in beide Hände, um ihn auf die Stirn zu küssen.

Immer schon hatte ihn alles Körperliche an seiner Mutter abgestoßen. Er hatte sich nie gern von ihr anfassen lassen, sie nie freiwillig berührt und seine Freunde stets um ihre hübschen, schlanken und gepflegten Mütter beneidet. Dabei hatte sie ihm auch immer etwas leidgetan. Das Verhältnis zu seiner Mutter war seit jeher ein Wechselbad aus Scham und Schuldgefühlen gewesen.

Der Vater ließ die zwei durchsichtigen Plastiktaschen mit den Federbetten in der Küche fallen, klopfte ihm im Vorbeigehen auf die Schulter und ließ sich laut stöhnend auf das Sofa plumpsen. Till klebte das T-Shirt am Leib. Seit ein paar Tagen herrschte in Berlin eine afrikanische Hitze, und er hatte eine gute halbe Stunde gebraucht, um seine Mutter in den vierten Stock zu bugsieren. Halb zog er sie, halb sank sie hin – was war das doch gleich?

Warum hatte er die Eigentümergemeinschaft eigentlich nie von der Dringlichkeit eines Aufzugs überzeugen können?

Jetzt sollte er auch noch das restliche Gepäck aus dem Auto der Eltern in die Wohnung transportieren. Wein und Bier hatte er bereits in einem für ihn unvorstellbaren Umfang eingekauft und im Kühlschrank verstaut.

Die verlassene Wohnung würde ihm noch zusätzlich dadurch entfremdet werden, dass seine Eltern sie in eine Art Eckkneipe verwandelten.

Die Mutter zog eine Familienpackung Discounter-Zigaretten aus ihrer braunen Handtasche und schlurfte auf die Terrasse.

»Sind genügend Eier da? Ich dachte, ich mach euch heute Abend Eierkuchen«, rief sie, bereits paffend wie eine Dampflok, durch den Spalt der Terrassentür. »Und bring als Erstes den Käsekuchen aus dem Auto mit nach oben, der wird sonst in der Wärme zu Brei. Und stell Kaffee auf.

Wenn ich nach vier noch Kaffee trinke, mach ich die ganze Nacht kein Auge zu.«

Aye, aye. Ab jetzt würde sein gesamter Tagesablauf einem strengen Lebensmittelreglement unterworfen sein. Widerstand zwecklos.

Wo war eigentlich Jan? Er warf einen Blick ins Kinderzimmer. So ordentlich hatte es noch nie ausgesehen. Mit Anni waren die Verwüstung und all der pinke Glitzerkram verschwunden, ihre Furcht einflößenden Puppen und die unappetitlichen Exponate aus den Experimentierkästen.

Er bemerkte Jan zunächst nicht. Doch auf den zweiten Blick zeichnete sich unter der Bettdecke der Umriss seines dünnen Körpers ab. Er hatte sich die Steppdecke über den Kopf gezogen. Till hob sie an und sah seinen Sohn mit angezogenen Beinen auf der Seite liegen. Jan blinzelte leicht, Tiefschlaf vortäuschend. Er hielt einen Bilderrahmen vor seine schmale Brust gedrückt.

Das Foto stammte aus dieser ersten Homestory für Marlies' Familienmagazin *Hausmann 2.0 – wie mein Mann mir den Rücken freihält. Aus dem Alltag einer Powerfrau.* Der Fotograf hatte bunte Kissen mitgebracht, sie auf dem Wohnzimmerboden ausgebreitet und Marlies und Till aufgefordert, es sich mit ihren kleinen Windelkindern in dem Kissenberg gemütlich zu machen. Dann hatte er sich stehend, wie ein perverser Triebtäter, über die Familie gebeugt und den Auslöser betätigt. »Etwas lockerer bitte. Und denkt immer dran, ihr seid eine glückliche Familie.«

Nein, nicht lügen. Wenn die Großeltern ihn direkt fragen würden, dann sollte Jan die Wahrheit sagen. Aber Till hatte bei seinen Eltern schon etwas Vorarbeit geleistet. Wie hatte Jost ihm während der Sache mit Sina eindrücklich geraten? Richtig lügen war ganz einfach. Man musste dabei immer nur haarscharf neben der Wahrheit bleiben, sonst verhedderte man sich. Lügen hatten es nun so einmal an sich, dass man sie sich schlecht merken konnte.

Also: Marlies und Anni machen Urlaub in Italien, das hat sich gerade günstig ergeben. Leider musste Till noch ein paar Wochen beim Musical einen Kollegen vertreten. Und Jan wollte sich lieber auf die neue Schule vorbereiten als Sandburgen bauen. Das klang plausibel. Und so hatte es die Mutter auch geschluckt. Dem Vater war ohnehin alles egal. Er bestand nicht darauf, seine Schwiegertochter zu treffen, die führe doch immer nur das große Wort, gab sich weltläufig und ihm das Gefühl, ein Prolet zu sein.

»Komm jetzt geh mit mir in die Küche, wir essen ein Stück von Omis Käsekuchen. Gib dir einen Ruck. Ich brauch dich da oben, ich schaff das nicht allein. Außerdem freuen sich die beiden schon seit Wochen auf dich.«

Till war sich nicht sicher, ob es okay war, seinen Sohn derart in Geiselhaft zu nehmen. Aber es war die Wahrheit, ohne Jan würde er jetzt zusammenbrechen.

Als die Türklingel schrillte, zuckte er zusammen, beinahe wäre ihm der Bilderrahmen aus der Hand gefallen. Ein Postbote am Sonntag? Schon rief Tills Mutter aus dem oberen Stockwerk um Hilfe. »Junge, komm mal schnell, hier steht eine Chinesin, die mich nicht versteht.«

Rio kam aus Japan, das hatte er nicht gewusst. Aber dass sie bei ihm einziehen sollte, das hatte Marlies ihm gesagt. Nur hatte er die neue Untermieterin total vergessen. Er war nicht sonderlich begeistert gewesen, als Marlies ihn aufgefordert hatte, jemanden zu suchen, der ihr Arbeitszimmer mieten solle. Er sei es schließlich, der mit dieser Person auskommen müsse.

Wie großzügig! Er dachte gar nicht dran, eine WG zu gründen. Was ging es ihn an, wie Marlies ihre Finanzen regelte? Sie hatte doch damit angegeben, wie gut sie bei dieser Internetplattform verdienen würde! Andererseits, so ganz allein mit Jan zu wohnen, das war ihm auch nicht geheuer. Er überließ es aber trotzdem Marlies, jemanden zu suchen. Und der Zufall hatte ihr wieder einmal geholfen. Sie hatte ihm von Rio vorgeschwärmt, um ihm die ganze Sache schmackhaft zu machen. Zarte fünfundzwanzig sei sie, habe in Amerika irgendwas Steiles, eine Kreuzung aus Gender Studies und Erziehungsanthropologie, studiert, forsche über die unterschiedlichen Ansätze der Kinderaufzucht in Europa im Vergleich zu denen in USA und Asien und mache daher gerade ein Praktikum bei dem Familienmagazin. Total süß sei die, so Marlies.

Rio, unter dem Namen hatte er sich so eine Art Post-Punk-Mädchen vorgestellt. Woher sollte man denn wissen, dass jemand, der in Tokio geboren wurde, so heißen konnte wie die Hauptstadt von Brasilien oder wie der Sänger von *Ton, Steine, Scherben*.

»I've called several times.« Rio ging ihm gerade einmal bis zur Brust, trug einen strengen Zopf, eine große schwarze Brille, als Kleid ein zu lang geratenes Hemd und weiße Söckchen in weißen Turnschuhen. Sie blickte ihn ernst und sehr asiatisch undurchdringlich an. Süß hatte er sich anders vorgestellt.

Seine Mutter war ein paar Schritte in den Flur zurückgewichen, linste ihm von dort aus neugierig über die Schulter und stand trotz Thrombose auf den Zehenspitzen.

Er schob Rio sanft aus der Wohnung, zurück ins Treppenhaus und ließ die Haustür hinter sich zufallen. Neben ihr stand ein überdimensional großer grauer Rollkoffer, so dick wie ein Elefantenbaby. Dann war sie also der anonyme Anrufer gewesen, der ihn in den letzten Tagen immer wieder erreichen wollte. Pech. Till ging schon lange nicht mehr ans Telefon. Spontanes Klingeln konnte bei ihm eine neue Krise auslösen. Und jetzt auch noch Englisch sprechen? Apropos Krise. »I'm sorry, you can't stay here tonight.«

Als er mit dem Käsekuchen, der im heißen Auto der Eltern bereits Blasen warf, wieder nach oben kam, hatte er mit Rio das Wichtigste geklärt. Übermorgen wollte sie wiederkommen. Spontan hatte er ihr die Hälfte der ersten Monatsmiete erlassen. Marlies konnte ihn mal kreuzweise.

Das Elefantenbaby rollte er in Marlies' Arbeitszimmer.

Sie hatte die gesamte Wohnung in einer nahezu sterilen Ordnung hinterlassen, ihr Zimmer jedoch war nicht nur durchgeputzt, es war – geräumt.

Der Schreibtisch war leer, daneben stand ein neues Klappbett, darauf lag als zusammengefaltetes Paket das Bettzeug. An den Wänden zeichneten sich die grauen Umrisse der abgehängten Bilder ab.

Jetzt fehlte ihm auf einmal Jost. Er wollte sofort zurück zu seinem Freund.

So wie jetzt, in dieser verlassenen Wohnung, hatte er sich früher nach der Rückkehr von Klassenfahrten oder Sportfreizeiten gefühlt, nach den ausgelassenen Wochen, der intensiven Gemeinschaft mit seinen Schulkameraden. Dann war ihm sein Jugendzimmer tagelang wie eine Einzelzelle vorgekommen und er sich so einsam wie der Graf von Monte Cristo.

Die Eierkuchen stapelten sich in der Küche. Jan schlief in seinem Bett. Der Opa schnarchte obszön laut auf dem Sofa, während die Sportschau lief. Till sah seinen Vater von der Seite an und war über den Anblick geschockt.

»Du bist genauso wie er«, hatte ihm Marlies im Streit häufig vorgeworfen. Er konnte sich keine größere Demütigung denken als diese genetische Degradierung. Eltern verraten vieles über einen

Menschen, hatte Frau Dr. Birger ihm erklärt. Gerade deshalb sei diese Beleidigung ein solcher Klassiker zwischen Ehepartnern.

Das Unangenehmste an dem Besuch der Eltern, das wirklich Peinigende war die eigene Entwurzelung, die durch eine Art Dauerobservation entstand. Schon wenige Stunden nach ihrer Ankunft wusste Till in der eigenen Wohnung nicht mehr, wohin mit sich. Am liebsten hätte er sich für den Rest des Abends im Gästeklo eingeschlossen.

Er ertappte sich bei dem Gedanken, wie es wäre, wenn die Eltern eines Tages tot umfallen würden. Er malte sich aus, wie er ihr Haus ausräumen, was er behalten, was er wegwerfen würde. Ob er einen Makler beauftragen oder den Verkauf selber organisieren sollte? Er schämte sich sofort für solche Fantasien, wusste aber, dass auch den meisten seiner Freunde Gedanken wie diese nicht fremd waren.

Anni und Jan würde er diese Probleme nicht hinterlassen. Gar nichts würde er hinterlassen. Das konnte er ihnen versprechen. Aber ob sie auch um das geriatrische Gitterbett im Wohnzimmer herumkommen würden? Das stand in den Sternen.

Seine Mutter entkorkte noch eine Flasche Wein. Dann versuchte sie, seine Hände zu umfassen, aber Till war schneller und versteckte sie unterm Küchentisch. Die kummervolle Miene der Mutter machte ihn verlegen.

»Hättest du mir doch nur ein Wort gesagt, mein Bubi. Du musst mir doch nichts vormachen. Wie häufig habe ich dir schon gesagt: Mütter wissen alles!« Mit Schwung schenkte sie sich den Rotwein ein, das Glas lief fast über. »Das bahnte sich ja schon lange an. Ich hab auch immer zu Papa gesagt, der Junge, der ist nicht glücklich. So was spürt man doch als Mutter.

Aber auf eins wär ich im Traum nicht gekommen: dass du auf Chinesinnen stehst! Also so eine könnte man deinem Vater ja glatt nackt auf den Bauch schnallen ...«

FÜNFZEHN

»Ich brauche keine neuen Schuhe, ich brauche neue Füße« – einer von Giselas Standardsprüchen und ein absolut nachvollziehbarer Wunsch. Solange sich Marlies erinnern konnte, hatten die Zehen ihrer Mutter so ausgesehen, als befänden sie sich in einem nicht enden wollenden spastischen Krampf.

Ich brauche keinen neuen Badeanzug, ich brauche einen neuen Körper, dachte Marlies, als sie versuchte, möglichst grazil über den herdplattenheißen Sand zum Wasser zu laufen. Sie spürte Federicos Blicke auf ihrem Po. Peinlich, diese gnadenlose Sommersonnenbeleuchtung. Ihre Füße waren noch okay. Aber neulich in der Umkleidekabine im KaDeWe, da hatte sie im Spiegel für eine Schocksekunde ihre Mutter gesehen.

Wenn sie an Giselas Echsenhals und ihre Sandsackfigur dachte, an ihren traurigen Flachpopo, dann ahnte sie schon, wohin die Reise ging. Vererbung, Gene, familiäre Dispositionen – bloß nicht daran denken. Sie hatte sich vorgenommen, dem Schicksal zu trotzen.

All die anderen weiblichen Wesen, die ihr zwischen den Sonnenschirmen begegneten, hatten es auch nicht leicht. Die meisten waren zu dick und sahen aus wie zerklüftete Felsformationen. Fast alle hielten sich krumm, Körperspannung gleich null, Hängeschultern, die ihr Selbstaufgabe signalisierten. Und die Dünnen wirkten so, als hätte das Leben mit unsichtbaren Wäscheklammern Gewichte an ihnen befestigt. Oder wie Schindmähren, die das Schicksal vor den schweren Karren ihrer traurigen Existenz gespannt hatte.

»Es kommt der Tag, da löst sich das Fleisch vom Knochen.« Das war noch so eine verstörende Feststellung ihrer Mutter gewesen. Reiterhosenoberschenkel, Tränensäcke, Einfuhrschneisen und Tannenbaum-, Tabaksbeutel –, und Nussknackerfalten. Furchtbar, hatte der Schrecken erst einmal einen Namen, konnte er nie mehr in Vergessenheit geraten.

Verglichen mit den Frauen hier am Strand war doch alles noch gar nicht so schlimm. »

Man muss auch mal nach unten vergleichen«, war ein anderer von Giselas vielen Sprüchen gewesen.

Menschenlärm, vor allem Kindergeschrei, Hitze, Gestank, Gedrängel und Müll. Der Strand von Ostia war das perfekte Setting für Dantes Fegefeuer.

Wochenlang hatte sie sich in Berlin an diesen Strand geträumt, nun litt sie schon seit Stunden. Sie konnte Menschenmassen nur schlecht ertragen. Sie hasste die panierten Sonnencremehände, den Sand in der Ritze und den Italo-Rap, der aus den großen Boxen der Strandbar dröhnte. Die stechende Sonne war eine Bedrohung, nicht nur für ihre Haut. Marlies langweilte sich. Man konnte in der Hitze nichts lesen und keinen klaren Gedanken fassen. Das war hier die reine Zeitverschwendung.

Erst im Herbst würde es in der Erinnerung dann wieder wunderschön gewesen sein. Warum kannte sie eigentlich keinen erträglichen Ruhezustand zwischen Beginn und Ende jeder Saison, zwischen Vorfreude und Wehmut?

Das warme Wasser roch nach Urin und Kokos-Sonnencreme. Marlies bahnte sich mühsam einen Weg durch die vor sich hin dümpelnden Menschen jeden Alters. Italiener waren augenscheinlich Nichtschwimmer. Sie saßen im nassen Sand und plätscherten allenfalls ein wenig mit den Füßen. Minutenlang watete sie durch die Brühe, bis ihr das Wasser endlich bis zum Bauchnabel ging. Dann legte sie sich auf den Rücken und schloss die Augen.

Abkühlung. Seit dem Fiasko mit Till wurde sie dieses fiebrige Gefühl nicht mehr los. Jeden Tag dachte sie daran, Ralf anzurufen. Er fehlte ihr wie einem Alkoholiker der Flachmann, das kleine, tröstende Schlückchen zwischendurch, mit dem man sich durch den Alltag brachte. Zu gern hätte sie gewusst, ob er noch an sie dachte, und wenn ja, woran. Das Gefühl, verlassen worden zu sein, schmerzte so wie früher die Knie nach einem Rollschuhsturz.

Es gab nichts, was sie Ralf hätte sagen wollen, zumindest nichts, was sie nicht schon gesagt hatte, und doch redete sie ohne Unterbrechung in Gedanken mit ihm. Ein endloser Monolog, mal laut und wütend, dann wieder leise flehend. Ob man nicht wenigstens doch noch mal miteinander vögeln könnte, bitte, bitte. »Du weißt, dass das nicht geht.« Ach ja? Warum denn nicht? Das konnte sie nicht begreifen.

Jetzt, da sie auf dem Rücken im Meer trieb, bewegungslos, die Ohren unter Wasser, hörte sie immer noch das innere Gemurmel.

Ich liebe dich, ich liebe dich, ich liebe dich, ich liebe dich – das kam dabei heraus, wenn sie versuchte, die innere Stimme auszuloten. Mit dieser Liebeslitanei war eigentlich niemand Bestimmtes gemeint. Es war keine Erklärung, nur ein Mantra für den Drang, lebendig zu sein.

Nein, natürlich hatte sie am Morgen nicht Ralf angerufen, sondern Heike. Sie wollte ihr von dem verschwundenen Auto erzählen. Aber ihre Freundin hatte ihr nicht zugehört. Ahmed war inzwischen bei ihr eingezogen. Ausführlich schwärmte Heike ihr nun von seinen Vaterqualitäten vor. Die Jungs würden ihn vergöttern. Endlich seien sie wieder eine richtige Familie.

Also ehrlich! Feingefühl war noch nie Heikes Stärke gewesen. Wusste sie denn nicht, dass es sich nicht gehörte, einem frisch

Querschnittsgelähmten von dem persönlichen Rekord beim Marathon zu berichten?

Nach dieser Bemerkung hatten sie sich auch noch gestritten.

»Du bist kein Opfer, du bist hier der Täter.« Heike war auf einmal sehr streng mit ihr geworden, sie wurde sogar laut.

Marlies musste sich verteidigen: »Ich habe mich jahrelang für meine Familie krummgelegt. Jetzt hab ich einmal einen Wunsch, eine neue Idee vom Leben, und mein Mann lässt mich im Stich.«

Heike machte ein Geräusch wie ein frisch angestochener Lkw-Reifen. »Red dir das Ganze nicht schön! Du hast Till betrogen und bist dann gegangen. So einfach ist das. Und rede nicht so, als hättest du Jahrzehnte unter häuslicher Gewalt gelitten.«

Dass Heike damit nicht ganz danebenlag, hieß noch lange nicht, dass Marlies deshalb im Unrecht war. Konnten nicht auch Ignoranz und Desinteresse in der Ehe eine subtile Form von Gewalt darstellen? Marlies machte einen zweiten Versuch: »Früher haben nur die Männer ihre Frauen und ihre Familien verlassen, wenn ihnen ihr Leben nicht mehr passte. Wie weit sind wir denn heute mit der Emanzipation gekommen, wenn sich nicht auch die Frau diese Freiheit nehmen kann? Zu gehen, wann und wohin sie will, wenn sie mit allem fertig ist.«

»Stimmt«, sagte Heike. »Du hast recht, früher war die Welt noch in Ordnung, da waren die Männer die Arschlöcher ...«

Das war zu viel. Marlies hatte das Gespräch grußlos beendet.

Es war nicht einfach, Federico und Anni in der unüberschaubaren Menschenansammlung wiederzufinden. Sie saßen einander gegenüber auf einem Handtuch und spielten Karten. Marlies ließ sich neben sie fallen. Vor ihnen lag eine junge italienische Mutter und fütterte bereits seit Stunden ein jammerndes Kleinkind. Der feiste Buddha zappelte und wand sich unwillig unter dem Löffel. Jetzt trat er die Mutter in den Bauch und patschte ihr mit seinen dicken Händen ins Gesicht. »Amore, amore« – mehr sagte diese nicht, küsste nur die Händchen, die sie schlugen. LOVE und HATE hatte sie sich auf ihre Fingerknöchel tätowiert. Warum sich die Leute nur alle beschriften ließen, bis sie aussahen wie bekritzelte Klotüren auf dem Hauptbahnhof?

Sie musste an Ralfs Tattoo in der Lendengegend denken. Was war das doch für ein komisches Ding gewesen? Eine dunkle Träne, oder der eine Teil des Ying und Yang-Zeichens? Und hatte sich seine Ex vielleicht das helle Gegenstück neben ihr Schambein stechen lassen?

Das hatte sie ihn nie gefragt. Nein danke. Das wollte bestimmt jede von ihm wissen. Sie nicht! Aber gestört hatte sie die Markierung schon, wann immer sie beim Sex auftauchte. Schau mich an, schien dieses komische Ding zu sagen: Ich bin das, wovon du nichts weißt, wovon du nie etwas wissen wirst.

Wie viele Körper hatte dieser Körper geliebt? Es war nicht die Eifersucht, die sie bei dem Gedanken erschaudern ließ, sondern die Gewissheit, nur eine kurze Episode im Leben eines anderen gewesen zu sein. Sie würde weder Spuren auf noch in ihm hinterlassen. Sie war nur ein Wimpernschlag gewesen, zwischen dem Davor und Danach.

»Many loved before us, I know we are not new«, sang Leonard Cohen.

UNO! Anni hatte Federico beim Kartenspiel geschlagen und hüpfte jetzt wieder zu der Gruppe tiefbrauner Teenager am Beachvolleyballfeld. Dort wurde sie gleich von einer schlaksigen Gazelle theatralisch umarmt. Aha, Anni hatte also schon Freundschaft geschlossen. Dieses Kind war ein Sonnenschein. Was für ein Glück, dass sie wenistens noch Anni hatte.

Auch Federico hatte Anni hinterhergeschaut. Jetzt trafen sich Marlies' und seine Blicke. Hatte das Spiel in ihrer Schulzeit eigentlich einen Namen gehabt? Einander so lange in die Augen zu schauen, bis einer lachen musste. Aber ums Lachen ging es hier nicht. Marlies schaute weg. Federico schaute sie an. Marlies schaute Federico an. Federico schaute, schaute und schaute. Sie versuchte dem Blick standzuhalten. Gar nicht so einfach.

»Warum gabst du mir die tiefen Blicke?« Gute Frage!

»Ach, so viele Tausend Menschen kennen, dumpf sich treibend, kaum ihr eigen Herz ...« Johann Wolfgang, schätzte Marlies, wäre auf seiner Italienischen Reise beim Anblick der Menschen an diesem Strand ziemlich fix wieder in seine Kutsche gesprungen, ruck, zuck, so schnell hätte man kaum gucken können.

Aber was war das hier eigentlich? War Federico dabei, einen Köder auszulegen? Oder bildete sie sich das nur ein? Jetzt hieß es, schlau zu sein. Bloß nicht wieder so gierig wie Witwe Boltes Hühner die ausgelegten Brotkrumen mitsamt den Fäden verschlingen.

»Du kannst nicht allein sein.« Wie häufig hatte sie diesen Satz hören müssen? Und immer hatte er sie beleidigt. Als wäre Alleinsein eine ganz besondere Lebensleistung. Warum nur? Allein waren die, die keiner haben wollte. Zu denen hatte sie nie gehört.

Sie suchte in der Strandtasche nach ihrem Handy. Ihre Hand zitterte ein wenig. »Hab dich ganz doll lieb«, schrieb sie an ihren Sohn, von dem sie wusste, dass er nicht antworten würde.

»Hunde am Strand sind verboten«. Wo war denn der Bademeister auf einmal hergekommen? Meister Propper stand in roten Shorts neben Marlies' Schulter.

Scopino wuselte mit seinen kurzen Stummelbeinen vor ihr durch den Sand, wie ein überdimensionaler Ohrenkneifer.

Federico richtet sich neben ihr auf. »Gibt's Probleme?«

Eine bedrohliche Frage, die als Antwort keine Alternative zuließ als nur neue Probleme. Und sofort begann auch die heftigste Diskussion mit dem Kraftprotz. Wie immer, wenn schnell gesprochen wurde, verstand sie wenig, dann hörte Italienisch sich nur nach Streit an. Und diesmal täuschte sich ihr Hörempfinden nicht.

Was der *bagnino* denn von ihnen wolle? Man habe sich ja extra weit weg von den anderen Badegästen gelegt, ganz an den Rand der Dünen.

Marlies schaute dem vollkörpertätowierten Lebensretter von unten in sein kurzes linkes Hosenbein und erblickte ein Ei. Glänzend und dunkelrot leuchtend baumelte es ihm aus der Hose.

Federico sprang auf. Die Zentimeter, die er größer war als der Bademeister, war dieser breiter. Hatte sie richtig gehört? Hatte der Typ ihn gerade *Schwanz* genannt? Die Sache begann ihr zu gefallen. Auf einmal sah es so aus, als ob Federico ihn am Kragen packen wollte, aber da war nichts zu fassen. Also gab er ihm einen leichten Schubs vor die rostbraune Brust und steckte prompt selbst einen Schubser ein. Dann machte er eine landestypische Geste mit dem Zeige- und kleinen Finger – was hieß das noch mal? Irgendetwas mit: Gehörnter?

Das war ja besser als jedes Rockkonzert! So mussten sich die Römerinnen bei den Gladiatorenspielen im Kolosseum gefühlt haben. Denn jetzt rastete der kleine Typ erst richtig aus. Er trat Federico mit voller Wucht gegen sein rechtes Bein.

Anni kam angelaufen, nahm vorsichtshalber Scopino hoch und wiegte ihn wie ein Neugeborenes hin und her.

Das Viech hatte ihr wirklich noch gefehlt. Jetzt sollten sie den gesamten Sommer über nicht mehr ruhig am Meer liegen können, weil der Köter immer dazwischenwuselte? Wenn sie den Strandwächter richtig verstanden hatte, waren in ganz Italien Hunde am Meer bis Ende September verboten.

»Hallo? Was machen die denn da?«, fragte Anni sie, eher amüsiert als verängstigt.

»Die spielen Mann.«

»Wow!« Auch die zwölfjährige Tochter war begeistert.

Marlies musste an Till denken. Wenn es irgendeine Form von Ärger gegeben hatte, war der stets fein im Hintergrund geblieben und hatte den Mund gehalten. »Sag du doch auch mal was«, war das Einzige, was ihm dann dazu einfiel.

Jetzt verpasste Federico dem Bademeister, weit ausholend, eine klatschende Ohrfeige. Der wiederum versuchte ihm im Gegenzug ein Ohr abzuschrauben. Aber Federico war schneller, duckte sich und entwischte ihm. Es hatte sich bereits eine Schar Schaulustiger eingefunden, die sich im Halbkreis um sie aufstellten.

Auch die Freundin des Zwergs war angelaufen gekommen. Bedrohlich blitzte sie Marlies an. Klar, für die Umstehenden waren sie eine Kleinfamilie mit Hund. Super, die Verwandlung war gelungen. Berlin war noch etwas ferner gerückt als fünf Minuten zuvor.

Huren, Schwänze, irgendwohin ficken. Was für schöne archaische Beleidigungen diese Sprache zu bieten hatte. Der Bademeister rotzte vor Federico in den Sand.

Marlies konnte es kaum erwarten, was die beiden sich gleich Neues an Beleidigungen und Verletzungen einfallen lassen würden. Doch plötzlich traten die Kontrahenten einen Schritt zurück, umkreisten sich und zogen synchron ihre Boxershorts hoch.

Federico fuhr sich durchs Haar. Der Kleine tastete nach der Sonnenbrille auf seiner Glatze, dann zeigte er noch einmal auf Scopino und dann wieder auf die Holzplanken, die in Richtung Parkplatz führten. Eine Pause entstand – der Zwerg drehte sich um und trat ab. Lässig in den Badeschlappen schlurfend, watschelte er wieder auf seinen Hochstand zu.

Federico verschränkte die Arme vor der Brust. Diesem Pinsel hatte er es aber gezeigt. Und genau die gleiche Haltung lag auch im stolzen Abgang des Bademeisters. Zeit für ein Bier.

Nachdem Jan mit den Eltern abgereist war, hatte sich Till ins Bett gelegt. Er hatte noch nicht einmal Zeit gefunden, sich auszuziehen. Was als Mittagsschlaf begann, wurde zu einem über Tage währenden Dämmerzustand. Es war weniger Müdigkeit als eine allumfassende Antriebslosigkeit. Am schlimmsten waren die Träume - er träumte ausnahmslos Schönes. Er traf seinen geliebten Großvater wieder, der ihn an die Hand nahm und ihm im Wald auf einer Lichtung Märchen und Balladen erzählte. Er schwängerte Marlies, die daraufhin schmerzlos ganz entzückende, blondlockige Labradorwelpen gebar. Er schoss als Mittelstürmer ein astreines Tor, das von einem enthusiastischen Sportreporter mit sich überschlagender Stimme im Privatfernsehen kommentiert wurde. Er hatte ein Date mit Sina und ließ sie warten. Ging schließlich gar nicht mehr hin, weil er noch auf die Schnelle einen Soloauftritt in der restlos ausverkauften Waldbühne absolvieren musste, woraufhin sie tagelang zusammengerollt wie eine Straßenkatze in seinem Hausflur auf ihn wartete.

Jeder einzelne Traum war absolut glaubwürdig und weit realistischer als alles, was ihm in den letzten Wochen zugestoßen war. Erst, wenn er aus den einzelnen fröhlichen Halbschlafepisoden wieder an die Oberfläche der Biberbettwäsche auftauchte, erwartete ihn der reale Albtraum - die verlassene Wohnung. Und Rio, die fremde Gerüche, scharrende Geräusche und einen piepsenden Reiskocher in die Bude gebracht hatte.

Nur zum Essen stand er kurz auf. Erst ging das Pulver für den Vanille-, dann für den Schokoladenpudding zur Neige, und als er auf Milchreis umsteigen wollte, fehlte die Milch. Wie konnten diese Asiaten nur so ganz ohne Kuhmilch auskommen?

Auf dem Weg zum Supermarkt bog er, zu seiner eigenen Überraschung, zu Frau Dr. Birger ab. Er ließ sich nicht abwimmeln, gammelte mehrere Stunden in ihrem Wartezimmer herum und wurde dann von ihr hypnotisiert.

So zumindest hatte sie das genannt. Er hatte das Gefühl, bei einer besonders langwierigen Atemübung einfach eingeschlafen zu sein. Als er die Praxis wieder verließ, trug er einen Stundenplan in der Gesäßtasche seiner Jogginghose. Ab jetzt würde er jeden Tag zur gleichen Zeit aufstehen und ein ganz bestimmtes Übungspensum absolvieren. Sport, Lektüre (von Frau Dr. Birger ausgewählt: *Krankheit als Chance*), dann eine Gitarreneinheit, Essen nach Diätplan. Nicht zu vergessen die festen Schlafzeiten. Das Wort *Geborgenheit* erzeugte in ihm ein kurz aufflackerndes, anheimelndes Kaminfeuer. Und es machte nichts, dass Dr. Birger es in dem abgedroschenen Ritualzusammenhang verwendete.

Eine letzte Frage noch, eine Hausaufgabe sozusagen, hatte sie ihm mit auf den Weg gegeben: Gibt es etwas, was Sie sich erträumen? Erfüllen Sie sich einen Wunsch!

Was meinte sie damit bloß? Amoklaufen? Sex mit Minderjährigen? Ein Anwesen auf den Niederländischen Antillen? Aber Till hatte keine Wünsche. Wer, wenn nicht sie als Fachfrau, sollte denn um die Abwesenheit von Wünschen im Leben eines Depressiven wissen? Das war doch reine Schikane! Am liebsten hätte er Frau Dr. Birger in den dicken Arsch getreten.

Aber stattdessen hielt er sich in den folgenden Tagen artig an ihren Fahrplan, und schon bald rief er Jost an, den alten Berater: »Hey, ich hab eine Idee, wollen wir zusammen angeln gehen?«

Jost war überrascht, er hatte noch nie geangelt. Till auch nicht. Till stellte sich Angeln wie Schlafen im Stehen vor. Schlafen in Gummistiefeln, an der frischen Luft. Er bestellte eine Angel im Internet. Nach welchen Kriterien wählte man eine Angel aus? Er bestellte einfach die billigste und dachte an Marlies, die hätte sich für die teuerste entschieden.

Ein paar Tage mit Jost an der Mecklenburgischen Seenplatte. Er konnte sich nicht erinnern, wann er das letzte Mal einfach so allein losgezogen war. Ohne Familiengepäck, Absprachen,

Streitereien und einer Kaskade von Vorwürfen während der Reisevorbereitungen.

Zwei Tage später lag ein Paketschein im Briefkasten, Sendung beim Nachbarn abzuholen. Der Name sagte ihm nichts, die Nachbarn im Hinterhaus kannte er nicht.

Schumpfmüller. Dritter Stock rechts.

Wie ging es eigentlich an, dass manche Frauen den Bademantel halb offen trugen? Und den Haardutt genau richtig verwuschelt, die Mascara so theatralisch verlaufen, dass das Ganze nicht wie Schlampe, sondern geheimnisvoll auf gepflegte Weise verrucht wirkte?

In den ersten gemeinsamen Monaten, als er in Marlies noch heiß verschossen war, hatte es nichts Schöneres gegeben, als neben ihr im Bad auf dem Klodeckel zu sitzen und ihr beim Anziehen und beim Schminken zuzuschauen. Ziemlich schnell hatte er etwas Entscheidendes gelernt: Gerade das Lässige schien auf genauesten Vorbereitungen, auf dem richtigen, lange eingeübten Handgriff zu beruhen. Inzwischen wusste er: Umso nachlässiger das Haar frisiert, je beiläufiger das Make-up aufgetragen war, desto mehr Zeit und Sorgfalt hatten die Damen auf ihr Äußeres verwendet.

Frau Dr. Birgers blaue Pillen hatten eine Menge unangenehmer Nebenwirkungen. Zum Beispiel sein neues Zeitempfinden. Suchte er beim Bezahlen nach Kleingeld, konnte es vorkommen, dass er beim Anblick des Brandenburger Tors oder des Kolosseums auf den Münzen in eine Art Trance verfiel. Erst das Räuspern der Wartenden in der Supermarktschlange hinter ihm brachte ihn wieder in den Bezahlvorgang zurück.

»Mara«, sagte Mara und ließ den Schumpfmüller weg. Ihr Morgenmantel war ein sehr kurzes Gedicht.

Er sah neben dem Spiegel das längliche Paket in Maras Diele. Er konnte sich nicht von der Stelle rühren und brachte kein Wort hervor. Von dem Fußabtreter auf der Schwelle hatte er eine hervorragende Aussicht auf ihr umgemachtes Bett. Sie hielt sich lasziv am Türrahmen fest. Poledance am Türstock hätte ihn jetzt nicht überrascht, wohl aber die Frage: »Willst du nicht reinkommen?«

»Ich brauche meine Angel«, sagte Till.

SECHZEHN

Claudia hieß das Hochdruckgebiet, das in Berlin weiterhin für anhaltende Hitze und wolkenlosen Himmel sorgte. In Rom hatte es Marlies inzwischen mit einer virtuellen Kaltfront mit demselben Namen zu tun. Nachdem Federico die *Artificial-Artbay*-Software auf ihrem iPad zum Laufen gebracht hatte, erneut nach Sardinien entschwunden war und die Leitung nach Berlin wieder stand, purzelten Hunderte von Nachrichten aus der Postbox. Nach nur zweitägiger Abwesenheit war die Zahl der E-Mails erschlagend. Und in fast jedem der von ihr bereits angelegten *Fälle*, so wurden die eingegangenen Anfragen genannt, hatten sich Kollegen bereits mit unzähligen Nachfragen gemeldet. Immer mehr Mitarbeiter beobachteten sie. *Wo bist du?*, war die häufigste Frage, der Befehl *follow up* war allgegenwärtig. Und auf jeder dieser Seiten entdeckte sie denselben, ihr bisher unbekannten Avatar. Claudia: weißblond, weißes Hemd und ein reinweißes Nußknackerlächeln. In ein paar der Fälle hatte sie bereits tatkräftig eingegriffen, ja sogar einen Kunden auf Englisch angeschrieben.

Was fiel der Schnecke eigentlich ein? Marlies spürte, wie ihre Finger vor Wut zu kribbeln begannen. Jetzt musste sie Gaby doch einmal erreichen, diese Eigenmächtigkeit einer ihr unbekannten Kollegin konnte sie schließlich nicht auf sich sitzen lassen.

Auch die Anzahl der neuen Angebote war erschlagend. Das meiste erwies sich aber bereits auf den ersten Blick als klassische Erbmasse der Mittellosen - dunkelbraune Orientteppiche und verdelltes Zinngeschirr. Dazu gesellten sich die kunterbunten Werke zeitgenössischer Malergenies mit Link zu ihren albtraumhäßlichen Internetseiten. Ein paar verschollene Meisterwerke wurden ihr angeboten, darunter ein echter Rubens, ein da Vinci und ein Ölgemälde von van Gogh. Merkwürdig, die *Brücke von Arles* hatte sie doch neulich erst in einem Kölner Museum gesehen. Was machte die jetzt in einem Schlafzimmer in der Nähe von Salerno?

»Mami, wann fahren wir endlich mal in die Stadt?

»Warte noch ein bisschen, ich muss gerade noch ein paar wichtige Dinge erledigen.« Das hatte sie schon die Tage zuvor gesagt, und auch heute würden sie zu keiner Stadterkundung aufbrechen. Sie würde wieder die Nacht durcharbeiten, um wenigstens einen Überblick über die wichtigsten Angebote zu bekommen – wenn es die überhaupt gab. Der Heuhaufen mit Stecknadel hatte die Ausmaße eines Achttausenders.

Anni lief wieder zu Mamma Pia hinauf, und kurz darauf hörte sie ihre Tochter schon wieder munter plappern. Pia gab Anni Italienischunterricht. Anni zeigte auf einen Gegenstand, Pia sagte ihr, wie er hieß, und Anni schrieb das Wort auf ein Post-it, dann ließ Pia sie das Wort dreimal wiederholen. Die obere Wohnung hatte sich bereits in einen Wald hellgelber Zettel verwandelt.

Wir können hier doch nicht ewig rumhängen, hatte Anni noch gesagt. Da hätte ich ja auch zu Omi und Opi nach Kiel fahren können. Die sind nicht halb so schusselig wie Pia. Das stimmte allerdings. Es hatte sich schon herausgestellt, dass Pia die gelben Zettel auf den Gegenständen dringender brauchte als das deutsche Mädchen zum Italienischlernen. Zucker war nun einmal keine Butter und gehörte demnach auch nicht in den Kühlschrank.

Marlies war erschrocken, als sie das Chaos in Pias Wohnung richtig gedeutet hatte. Was war eigentlich los mit den Greisen von heute? Konnten die nicht einfach mal gepflegt vergesslich werden, so wie früher? Nein, heute war jede Form von Tütteligkeit gleich

Hirnerweichung und Alzheimer. Woran mochte das liegen? Am Fleischkonsum in den Wirtschaftswunderjahren?

»Es tut uns leid, die von Ihnen angebotene Ware ist für uns leider nicht von Interesse …« Schwupps, die Nachricht verschwand. Ach Mist, das war doch der Alfa Romeo Giulia gewesen, den sie für die nächste Oldtimer-Versteigerung hatte akquirieren sollen. Was nun? Schnell eine Berichtigung schreiben oder lieber sofort den Kunden anrufen? Als sie das Telefon in die Hand nahm, klingelte es. Am anderen Ende der Leitung war Claudia, die sich vorstellte und ihr eröffnete, sie sei ab sofort die Koordinatorin der Auslandsdependancen.

»Gut, dass ich dich erreiche. Mir ist aufgefallen, dass du immer noch erhebliche Probleme hast.«

Wie klang das denn? Für einen Moment dachte Marlies, diese Claudia spräche von ihr und Till und dem Durcheinander in Berlin.

Sie brachte in jedem Satz ein *nicht wahr?* und *Ich sag mal so* unter. Ihre Angewohnheit, jede Form von Zielsetzung mit *Am Ende des Tages* zu umschreiben, brachte Marlies vollends aus der Fassung. Hatte sie sich tausendsechshundert Kilometer weit von der deutschen Sprache entfernt, um sich nun mit diesen leeren Worthülsen einer blondierten Stewardess gängeln zu lassen?

Außerdem unterbrach Claudia sie auch noch ständig durch verfrühte Stützlaute.

»Na ja, das System ist noch etwas verwirrend für …«

»Mmh.«

»… mich, aber ich glaube, mit ein wenig Übung werde ich …«

»Ja klar.«

»Jetzt bringe ich erst einmal Ordnung in deine Fälle, und in ein paar Wochen komme ich nach Rom und gehe mit dir alles noch einmal ganz in Ruhe durch.«

Claudia sprach sehr langsam, schön deutlich, als hätte sie es mit einer Grenzdebilen zu tun. »Prima.«

Marlies konnte ihren Besuch kaum erwarten.

Am nächsten Tag brachte Anni Scopino zum Tierarzt und ließ über hundert Euro bei dem geschäftstüchtigen Veterinär, der ihr neben der Notfallversorgung des verbliebenen Stummelschwänzchens auch noch diverse Impfungen, Vitaminspritzen, eine Wurmkur und ein Zeckenmittel aufschwatzte.

Jeden Morgen, bei der ersten Tasse Kaffee, loggte sich Marlies bei ihrer Bank ein. Die Kohle verschwand noch rasanter als ihre Zuversicht. Längst war der erste Monatslohn fällig, er war nur nirgends zu entdecken. Hinzu kamen die Auslagen, auf deren Erstattung sie wartete. »Ich sag mal, Ende des Monats«, hatte Claudia sie vertröstet. Was sich beunruhigend vage angehört hatte.

Der Bus war gnadenlos überfüllt. Von Federicos Bude bis zur Engelsburg brauchte man eine Dreiviertelstunde. Man musste in der Hitze stehen und sich dabei an die fettigen Halteschlaufen klammern. Der Busfahrer schien absichtlich jedes Schlagloch mitzunehmen, und davon gab es unzählige. Die Reisenden schwankten wie Betrunkene hin und her, und nicht selten kippte ein altes Mütterchen um, oder ein Kleinkind schlug beim rasanten Anfahren und abrupten Bremsen der Länge nach hin. Die Fahrt führte an der Deutschen Schule vorbei. Das Wohnen an der Peripherie hatte also auch seine Vorteile. Immerhin war Annis Schulweg dadurch kurz. Marlies fiel ein, dass sie eigentlich längst auf Wohnungssuche hätte gehen sollen. Undenkbar, die Kraft dafür konnte sie vorläufig nicht aufbringen.

Der Sommerschlussverkauf war schon ziemlich am Ende. Die auf links gezogenen, mit dicken Make-up-Spuren verdreckten

Klamotten auf den Wühltischen an der Via del Corso sahen aus wie Kleiderspenden der Heilsarmee. Marlies packte sich im Laufschritt in einem der üblichen Billigklamottentempel mehrere luftige Hängerchen in Hell- und Dunkelblau auf den Unterarm und kaufte dazu ein fantasieloses kleines Schwarzes für eventuelle Kundenbesuche. Sie griff nach praktischen Sandalen, und für den unwahrscheinlichen Fall eines Druckaufbaus nahm sie noch ein Paar Lackpumps aus Plastik mit. Damit war sie bedient. Voll und ganz.

Dann machte sie sich mit Anni zu den schönsten Plätzen auf. Auf der Piazza Navona zeigte sie ihr den Bellini-Brunnen mit den Kerlen, die so große und schöne Füße hatten wie ihr erster Jugendfreund, der sie nie wirklich erhört hatte.

Das Pantheon mit dem Loch im Dach, durch das zwar die Sonnenstrahlen, aber der Legende nach niemals Regen fiel - was natürlich nicht stimmte, trotz der rätselhaften Thermik. Die Spanische Treppe war wieder einmal weiträumig eingekleidet, als Werbeträger für ein Pling-pling-Modelabel. Sie erzählte Anni, wie sie einmal, tanti anni fa, in einer der großen Wannen auf der Piazza Farnese gebadet hatte, woraufhin sie den Trevi-Brunnen zu suchen begannen, der aufgrund langwieriger Renovierungsarbeiten nun steril und hell leuchtete und aussah, als wäre er aus Pappmaschee gemacht.

Anni tat ihr den Gefallen und fiel ihr vor Begeisterung mehrfach um den Hals. »Vedi, come bello?« Anni zeigte auf den erdbeersorbetfarbenen Sonnenuntergang, der sich gerade hinter dem Kolosseum abspielte. Nach nur wenigen Tagen in Rom konnte sie sich schon selbstständig ein Eis bestellen und sogar die Frage »Waffel oder Becher ?« fehlerfrei parieren. Kinder!

Rom hatte sich in den vergangenen fünfzehn Jahren vor allem an den Orten verändert, an dem es sich jugendlich geben wollte. Neu waren die weißen Schleiflackbars mit den dramatisch geschwungenen Plastikstühlen in Neonfarben und die Boutiquen mit skandinavischem Wohndesign. Die bemühten Versuche, mit der Zeit zu gehen – zu viel Farbe und lauter falsche Verkleidungen –, ließen die Innenstadt nur noch provinzieller wirken. Rom war offensichtlich in den Wechseljahren.

In Trastevere kam ihnen eine Horde Jünglinge entgegen. Tochter und Mutter wurden ungeniert und frech grinsend von ihnen taxiert. Anerkennende Pfiffe waren zu hören. Anni hatte sich bei Marlies untergehakt, als wären sie Freundinnen, und leckte an ihrem Eis.

»Che belli cavalli«, sagte einer der Lümmel mit Blick auf Annis Teenagerdekolleté und Marlies' lange Beine. Anni warf ihr Haar über die Schulter und lächelte kokett. Irgendeine geheimnisvolle Verwandlung ging hier vor. Anstelle von Eis am Kinn trug Anni plötzlich einen dezenten Glanz auf den Lippen. Marlies erschrak. Mit einer solchen Szene hatte sie nie, und wenn überhaupt, dann erst in Jahrzehnten gerechnet.

Ach, noch einmal so ein unbeschriebenes, knitterfreies weißes Blatt sein wie ihre Tochter, was wäre das schön. Traurig, eigentlich, dass man sich so jung dieser Schönheit gar nicht bewusst gewesen war.

Marlies packte Anni einen kleinen Koffer, damit sie Pia und Paola in die Sommerfrische begleiten konnte, an die Adriaküste bei Jesolo. Die drei zogen mit Klappstühlen, Bademänteln, Kühlboxen und dem Proviant einer ganzen Schulklasse vergnügt schnatternd ab. Marlies blieb allein in Rom zurück. Sie skypte mit Anni. Anni skypte mit Till. Till skypte mit Jan.

Anni hatte in Jesolo einen Hundestrand gefunden. Till hatte Urlaub mit Jost gemacht. Jan hatte von Oma und Opa einen Kinderworkshop im Kieler Aquarium geschenkt bekommen.

Wir sind doch immer noch eine Familie, dachte Marlies, es geht uns gut, nur geht es uns eben besser, wenn wir nicht aufeinanderhocken.

Das römische Wohnviertel war jetzt, Mitte August, unbewohnt und staubig wie ein ferner Planet. Nur die ältere Dame in der Bar neben Federicos Wohnung hielt tapfer die Stellung.

Ich gehe in die Hitze wie in einen stechenden Schmerz, dachte Marlies jeden Morgen, wenn sie vor die Haustür trat.

Cara, bella, tesoro, amore. Die herzliche Zugewandtheit der Barbesitzerin tröstete Marlies. Diese Frau sorgte sich täglich um ihr Wohlergehen, fragte nach Anni und stellte ihr unaufgefordert den Orangensaft, den Cappuccino und das gewünschte Cornetto hin. In der Zeitung las Marlies, dass die Müllabfuhr und die öffentlichen Verkehrsbetriebe immer noch streikten, wieder ein Minister wegen Vetternwirtschaft festgenommen und gegen eine fantastisch hohe Kaution freigelassen worden war, wieder ein sizilianischer Mafioso mit Hackfresse dank der Hilfe seiner jungen Anwältin aus dem Knast fliehen konnte.

»Was darf's heute sein, Hübscher?« Marlies schätzte die rüstige Barbesitzerin, vollbusig mit blondierter Föhnfrisur, auf Anfang siebzig. Sie schäkerte mit einem zahnlosen, leicht zerfleddert wirkenden Männlein, das eine Baskenmütze auf dem kahlen Schädel trug und sich kurzatmig auf den Tresen stützte.

»Maria, hab ich dir eigentlich schon gesagt, dass du mit jedem Tag schöner wirst?«

Okay, geschenkt – die Italiener mochten bis zu den Ohren im Dreck und in der Korruption versinken, aber in Sachen Charme und sozialer Intelligenz machte ihnen kein Land so schnell Konkurrenz.

In der letzten Woche war sie auf dem Sommerfest einer Künstlerkolonie mit einem älteren Ehepaar ins Gespräch gekommen. Er sammelte kinetische Objekte, sie Porzellanpuppen. Im Gespräch mit dem Herrn fielen die Namen mehrerer Künstler, für die auch Marlies sich interessierte. Die Luxusplattform *Artificial Artbay* wiederum weckte das Interesse der Dame. So luden die beiden Marlies spontan zu einem Aperitivo auf ihre Dachterrasse ein. Tags darauf fand sie sich in einer weitläufigen Penthousewohnung wieder, einem privaten *white cube* mit Blick auf den Tiber.

Er war rundlich und haarig wie ein Wombat, sie hager, hochgewachsen und langhalsig wie ein Ibis. Während er rotierende Scheiben in Schwung brachte und illusionistische Installationen an- und ausknipste, unterbrach die Ehefrau seine durchaus informativen Ausführungen immer wieder, indem sie Hinweise auf ihre Porzellanmonster einstreute, die mit starrem Blick und angeklebten Locken auf Häkeldeckchen platziert waren.

Sie tranken eiskalten Weißwein, der Marlies sofort zu Kopf stieg und auch an der Hausherrin nicht spurlos vorüberging. Ihr Ton dem Mann gegenüber wurde schnell harscher. Ungeduldig zog sie Marlies immer wieder am Ärmel fort. Ach, lass den Alten doch reden. Sie machte eine wegwischende Geste und führte ihren Gast auf die Terrasse zurück. All das blinkende Zeug mache sie nur nervös. »Das hier ist doch das einzig wahre Kunstwerk.« Sie zeigte auf die glänzende Kuppel von Sankt Peter.

»Hatten Sie nicht gesagt, Sie würden sich für Kunst interessieren?«, hörte sie den Hausherrn ungeduldig aus dem Wohnzimmer herüberrufen.

Nach einer halben Stunde und drei Gläsern Wein war die Audienz beendet. Ehe es sich Marlies versah, küsste man sie herzlich auf die Wange, versprach ein baldiges Wiedersehen und schob sie freundlich vor die Tür.

Nein, verkaufen wollte man weder Puppen noch Kunstwerke, aber die Frau drückte Marlies noch einen Zettel mit einem Namen und einer Telefonnummer in die Hand. Giampiero Manconi.

Ein Freund des Hauses. Habe unlängst einen liegenden Akt von Modigliani gekauft.

»Sag doch mal, Enrico – für wie viel noch gleich? Hundert Millionen?« Nein, eher zweihundert seien es wohl gewesen.

»Guten Tag, ich heiße Marlies, komme aus Berlin und würde Sie gern mal besuchen, um mir Ihre millionenschwere Kunstsammlung anzuschauen.«

Wie drängte man sich einem Multimillionär auf? Selbst auf Deutsch wäre ihr dazu keine passende Ansprache eingefallen. So überredete sie Paola, den steinreichen Herrn anzurufen. Sie solle sich als ihre Assistentin ausgeben, auf die befreundeten römischen Kunstsammler verweisen und einen Termin mit dem großen Unbekannten machen.

»Er weiß nicht, warum du kommen willst und wozu dein Besuch gut sein soll, aber du kannst gern am Donnerstag bei ihm zum Kaffee erscheinen, meldete sich Paola zurück. Wenig entgegenkommend habe sich der Herr angehört. Sein Alter? Älteren Datums – sehr wahrscheinlich einsam und auf jeden Fall hypermisstrauisch.

Claudia hatte von Marlies den Monatsreport eingefordert und ihr dafür die passende Software geschickt. »Hat dir Ole ja schon alles in Berlin erklärt.«

Der erste Monat ihrer Tätigkeit war lange rum, nun konnte sie auch schon diverse Fälle schließen, da etliche Versteigerungen bereits gelaufen und beendet waren. Wie viele Luxusgüter waren veräußert worden? Wie hoch war die Trefferquote in Italien?

Marlies versuchte das neue Programm zu begreifen. Bloß nicht Claudia fragen! Sie setzte Zahlen in Listen, kreierte Tortenstücke und ließ unterschiedlich farbige Säulen aufsteigen. Dann nahm sie einen Schmierzettel und einen Taschenrechner und versuchte

Zahlenkolonnen fehlerfrei zu addieren. Händisch, nannte das Claudia. »Händisch musst du jetzt gar nichts mehr tun.« Das Programm rechnete für Marlies. Nur leider ganz anders.

Die Ergebnisse am unteren Ende der Listen hatten keinerlei Ähnlichkeiten mit den Summen auf ihrem Zettel. Die Auswertung der Käufe und Verkäufe waren niederschmetternd. Nicht ein einziges Luxusgut hatte den Besitzer gewechselt. Für das Wellnessangebot in der Maremma hatte es nur Untergebote gegeben, und sogar der schöne feuerwehrrote Alfa Romeo war unverkauft geblieben. Italiener, so sympathisch sie Marlies auch waren, hatten die unangenehme Eigenschaft, für ihren Besitz Unsummen zu verlangen, aber bei Geboten äußerst knausrig zu sein. Null Euro Provision tippte Marlies unter den Bericht. Wenigstens dieser Betrag war fehlerfrei errechnet, da konnte sie sich mal sicher sein.

Als Frau in Italien: Turnschuhe, Jeans und Dutt, und man hatte seine Ruhe. Kurzer Rock und hohe Absätze, und man konnte sicher sein, dass sich etwas tat. Super, dass die heißen Blicke oder zumindest ein anerkennendes Pfeifen tatsächlich ihr galten. Was sie mit dreißig noch erboste – was nahmen sich diese schmierigen Hähnchen eigentlich heraus? –, wirkte nun nach den vielen Jahren in Berlin so erfrischend wie Champagner auf einem Volksfest.

Sie hatte den Mann nicht kommen sehen. In dem Stadtteil mit den vielen Botschaften und den breiten Straßen war sie zuvor noch nie gewesen. Im Schatten einer Schirmpinie musste sie auf ihrem Handy nach dem kürzesten Weg zu Dottore Manconi und seinen Modiglianis suchen. Der Mann, der plötzlich vor ihr stand, schien aus einer Kirche genommen zu sein. Er war schlank und für einen Italiener groß. Sein dünnes Haar fiel ihm als kurzer Pony in die Stirn. Zu einem eng geschnittenen Anzug trug er blaue Wildlederslipper ohne Socken. Sie schätzte ihn auf Mitte dreißig.

Er sah einem asexuellen Schuhverkäufer vom Ku'damm ähnlich, und sie hätte wetten können, dass er sie nach der Uhrzeit fragen wollte oder ebenfalls eine bestimmte Straße suchte.

»Möchten Sie ein wenig Zeit mit mir verbringen?«

Sie hatte schon verstanden, dann aber doch nicht. »Scusi?« Also hatte er seine Frage noch einmal wiederholt. Bevor sie den Hausbesuch bei Signor Manconi antreten konnte, musste sie sich in einer Bar erst einmal das Gesicht waschen. Der Vorfall war verstörender, als sie im ersten Moment geglaubt hatte, eklig. Was hatte der Typ sich wohl erhofft? Dass sie sich gemeinsam in die Büsche der Villa Borghese schlagen würden, um im Dickicht einander an den Schleimhäuten herumzufummeln?

Diese schwüle Episode wurde nicht angenehmer, als Paula ihr später erklärte, dass es sich bei dieser Wegelagerei um einen bekannten Freizeitsport triebgesteuerter Bürohengste handelte, die in der Mittagspause oder nach Arbeitsschluss etwas Dampf ablassen wollten. Frustrierte Ehemänner seien darunter, aber auch Junggesellen, die in die engen Wohnungen ihrer Mütter keine Freundinnen mitbringen dürften.

Sie hatte sogar mal gehört, dass die üblichen Orte dieser Anbahnungen inzwischen so bekannt seien, dass man sie den speziell auf Frauen zugeschnittenen Reiseführern entnehmen konnte. Diese Männer nähmen es mit dem Alter der Frauen meistens nicht so genau. Besonders bei blassen, übergewichtigen Amerikanerinnen jenseits der sechzig wären solche erotischen Souvenirs aus der Ewigen Stadt äußerst beliebt.

Na danke!

Der Palazzo, den Signor Manconi bewohnte, verdiente diese Bezeichnung ausnahmsweise mal wirklich. Zwei klein gewachsene Tamilen, Zwillinge vielleicht, öffneten gemeinsam die schwere Eichentür. Sie trugen Livrees – Fantasieuniformen in Dunkelblau mit Tressen, Kordeln und Goldknöpfen – und geleiteten Marlies durch einen langen Korridor mit goldenen Lüstern in einen weiträumigen Salon mit schweren Fauteuils. Marlies versank bis zu den Ohren in den weichen Kissen. Vor ihr tat sich eine Zimmerflucht auf, deren Ende sie ohne Weitsichtbrille nicht erspähen konnte. Die dicken Teppiche waren übereinandergeschichtet wie die geschnittene Mortadella auf dem Metzgerpapier.

Erst erschien der Kaffee, in einem hauchdünnen Tässchen, dann der Hausherr.

Signor Manconi nahm ihr gegenüber auf einem Sofa Platz, schaute sie aufmerksam an und schwieg. Er war noch kleiner als seine Diener und saß, als wäre er auf dem Sprung, auf der Sofakante, sonst hätten seine Füße in den rehbraunen Hausschuhen nicht den Teppich berührt. Marlies begann zu erzählen. Erst von *Artificial Artbay*, dann von ihrer Tätigkeit in Rom und von dem Sammlerpaar, dem sie diesen Kontakt zu ihm, einem offensichtlichen Liebhaber der schönen Dinge, zu verdanken habe. Sie redete schnell, bemerkte aber sogleich die vielen Fehler, die sie im Italienischen immer noch machte, verbesserte sich sofort, verlor den Faden, duzte den ehrenwerten Herrn versehentlich und plapperte immer schneller.

Signor Manconi kniff die Augen leicht zusammen, als versuchte er mittels Konzentration den Sinn ihrer Rede zu begreifen. »Tranquilla, Signora.«

Marlies verstummte. Der ältere Herr betrachtete sie unverwandt. Sie ließ ihren Blick durch seinen Palazzo schweifen. Das Interieur war eine geschmackvolle Mischung aus modernen Designelementen und wertvollen Antiquitäten, die sich gewiss seit Generationen in Familienbesitz befanden. Schnittblumenarrangements auf Couchtischen, daneben Bildbände und an den Wänden Bücherregale. Alles wirkte gepflegt, liebevoll arrangiert und überhaupt nicht wie die Wohnung eines alleinstehenden älteren Herrn. Und doch hegte Marlies keinen Zweifel, dass es sich genau so verhielt. Signor Manconi umgab eine Aura von Intelligenz und Reichtum, aber auch von Einsamkeit und Resignation. Er schwieg und schaute sie weiterhin durchdringend an.

»Hübsch haben Sie es hier.«

Ach du dickes Ei, jetzt redete sie auch noch Quatsch. Manconi nickte. Ja, dass er schön wohnte, war ihm nicht neu. Marlies musste an *Der Pate* denken. Schweigen als Machtdemonstration war vielleicht eine italienische Spezialität. Ob sie jetzt vielleicht mal den Modigliani sehen dürfe? Hatte sie da ein leichtes Zucken seiner rechten Braue gesehen? Woher sie von diesem Bild wisse? Au Backe. Ob man das gesprächige Sammlerpaar nun in Kürze einzementiert im Tiber finden würde?

Der Modigliani sei noch in London, er erwarte ihn erst in einem Monat. Den Akt habe er im Übrigen nur gekauft, weil dieser ihn so charmant angeblinzelt habe.

Ob er ihr vielleicht seine anderen Bilder zeigen könne?

Bilder habe er nur wenige, er sei ein Sammler von frühneuzeitlichen Bronzen.

Zu blöd, davon hatte sie nicht nur überhaupt keine Ahnung, sondern das Handeln mit Antiken war auf *Artificial Artbay* zu allem Überfluss auch noch total verboten.

Che interessante! Ob sie sich die denn jetzt vielleicht anschauen dürfe?

Der Hausherr erhob sich nur unwillig. Sie folgte dem kleinen Mann über die weichen Teppiche, in denen ihre Absätze gefährlich versanken. Ein paarmal strauchelte sie, und als sie in das Esszimmer abbogen, musste sie sich kurz, wie besoffen, am Türrahmen festhalten.

Manconi warf ihr einen besorgten Schulterblick zu.

An der Stirnseite eines Esstischs, so lang wie eine Kegelbahn, hatten die Tamilen bereits das Abendessen vorbereitet. Auf einem silbernen Platzteller vom Durchmesser einer Lkw-Felge lag ein kleiner geblümter Porzellanteller und auf diesem wiederum eine einsame Scheibe fahlen Knäckebrots.

Manconi ging auf ein Bild zu. »Kleiner Mann mit Pfeife«, sagte er auf Deutsch. »Curt Herrmann.«

Über einem Servierwagen mit bunten Likörflaschen und schweren Kristallgläsern starrte Marlies eine Frau in getupfter Bluse mit gelber Betonfrisur an. Otto Dix. Nein? – Doch!

Wenn das stimmte, war das bei Weitem der häßlichste Dix, den Marlies je gesehen hatte. Immer weiter Neugier vortäuschend, fragte sie, wo er denn dieses Meisterwerk erstanden habe.

Manconi konnte sich nicht erinnern. Aber halt, die Provenienz stand bestimmt auf der Rückseite der Leinwand. Er beugte sich über die Hausbar und machte sich an dem Bild zu schaffen. Er hob es am unteren Rand leicht an und versuchte, dahinterzuspähen. Nein, so ging es nicht, so konnte er nichts sehen. Da angelte er das Bild von der Wand und hielt es triumphierend in die Höhe. Und nun? Auch die Rückseite des Bildes gab keinen Aufschluss über die Herkunft. Ob sie das Bild vielleicht wieder aufhängen könne?

Marlies betrachtete das schlappe Metallseil auf der Rückseite des Gemäldes und den leicht schief aus der Wand ragenden Nagel.

Für sie sei das doch ein Leichtes, so groß gewachsen, wie sie sei, ein echtes *deutsches Froilein.*

Es war nicht einfach, mehrmals entwischte ihr das Seil. Der Nagel griff einfach nicht. Marlies hatte Angst, mit dem Bilderrahmen Kratzer auf der Seidentapete zu hinterlassen. Aber dann war es endlich geschafft, das Bild hing. Wie ein Künstler bei der Betrachtung seines Werkes auf der Staffelei, traten die beiden gemeinsam einen Schritt zurück.

Krawumm, schepper, knirsch – die Katastrophe traf Marlies mit der Wucht einer Druckwelle, beinahe wäre sie nach hinten umgefallen. Das Bild war mit einem Linksdrall abgestürzt und mitten in den Servierwagen eingeschlagen. Marlies sah die dicken Scherben der Kristallgläser, auf dem Teppich lag ein längliches, schwarzes Stück Holz, das vom Bilderrahmen abgesplittert war.

Sie hob das Bild auf, der Rahmen war an der unteren rechten Ecke gesprungen, mindestens vier Likörgläser waren zerlegt. Der Schweiß rann ihr aus den Achseln an den Innenseiten der Oberarme hinab. Auf ihrem dünnen Kleid zeichneten sich unterhalb ihrer Brüste zwei Flecken ab, wie dunkle Halbmonde.

»Alles kein Problem, ich habe eine Versicherung. Ich kenne einen Rahmenbauer, ich kümmere mich um die Wiederbeschaffung der Gläser ...« Signor Manconi war längst weitergegangen. Mit kleinen Trippelschritten durchquerte er bereits den anschließenden Raum. »Wollten Sie nicht meine Bronzen sehen?«

»Halt. Warten Sie, ich muss mich doch um den Schaden ... Ich meine kümmern.«

Er blieb stehen und schaute sie mitleidig an, dann machte er einen winzigen Schritt auf sie zu. »Soll ich Ihnen mal etwas verraten, Signora? Wenn in meinem Leben etwas kaputtgeht, dann kaufe ich mir was Neues.«

Die Wände des letzten Zimmers am Ende des Flurs waren mit Regalen verkleidet. Unzählige Tiger, Löwen und verzierte Behältnisse mit und ohne Deckel. Sie blieb in der Mitte des Raums stehen und betrachtete ein geflügeltes Fabelwesen.

»Sie können die Bronzen ruhig anfassen.«

Zum ersten Mal bemerkte Marlies ein Lächeln auf seinem Gesicht, das sofort wieder verschwand.

»Sie besitzen wirklich schöne Dinge«, sagte sie und ärgerte sich über diese nächste Banalität. Wie klang das denn?

»Ja, und die möchte ich auch gern behalten. Wissen Sie, wenn ich etwas von meinem Besitz verkaufen würde, so würde das an meinem Leben nichts, rein gar nichts ändern.« Aber hätte er einen Internetzugang, dann würde er mit Sicherheit Informationen über das Unternehmen einholen, für das sie tätig sei. Vielleicht sogar ein Stück Luxus erwerben, wer könne das schon wissen. Technik sei aber nicht so seine Sache. Internet, für so etwas habe er keine Zeit.

»Ich bin dafür zu alt, fast tot.«

Federico blieb länger auf Sardinien als geplant, und Anni fühlte sich mit Paola, Pia und Scopino am Meer pudelwohl.

Marlies war heilfroh, dass ihr kein Filmteam auf den Fersen war. Als Auswanderin machte sie gerade eine ziemlich klägliche Figur. Sie hatte eine schicke Maisonettewohnung in Berlins angesagtestem Kiez gegen eine mit Sperrmüll vollgestopfte Einzimmerwohnung in einem Trabantenvorort von Rom getauscht. Sie war mutterseelenallein und wurde dazu noch von einem aufreibenden Job gegängelt. Und was war eigentlich mit Ficken? Sex hatte sie schon seit Monaten keinen mehr gehabt – so lange wie noch nie, seit ihrem sechzehnten Lebensjahr.

Die Laune war im Keller.

Um Ferragosto herum, dem traditionell heißesten Tag des Jahres, nahmen die Anfragen bei AA schlagartig ab, und die Temperaturen kletterten noch um ein, zwei Grade.

Marlies' Bewegungsradius hatte sich auf knappe zehn Meter reduziert. Bett, Küche, Draußendusche. Im Innenhof ein paar Runden Freigang. Gern wäre sie mal wieder ans Meer gefahren. Aber wie, ohne Auto? Zeit, um das Sachbuchprojekt zu beginnen. Sie versuchte einen Anfang zu finden, ganz so, wie sie auch ihre Artikel immer in Angriff genommen hatte.

Am Anfang war der Titel. Ein Titel, der dem Text keine andere Möglichkeit ließ, als sich von selbst zu entwickeln.

Wir sind dann mal vor Ort - eine Familie sucht das Weite. Zu lang und ausgelutscht.

Wir sind raus und damit weit vorn. Zu hochnäsig und unsympathisch.

Off and away - Neuanfang im Ausland. Zu stromlinienförmig.

Wir können auch anders - eine Familie wagt den Neuanfang.

Bingo! Das war's! Das klang unternehmungslustig und optimistisch. Zu blöd, dass ihr dazu partout keine Zeile einfallen wollte.

Kreatives Visualisieren. Erst komm ich - dann, was ich will.

Mit diesem Bestseller hatte sich ihre Studienkollegin Barbara in den Neunzigern eine Finca auf Mallorca erschrieben. Ich bin's leid, ich will endlich auch Geld verdienen, dachte Marlies. Sie rauchte ein paar Zigaretten hintereinander, trank eine Flasche Wein und legte los. Sie musste sich doch nur daran erinnern, was ihr ursprünglicher Plan gewesen war, und dann das Erlebte ins Gelingen wenden.

Der mutige Neuanfang einer Familie im Ausland, mit Charme und Herz erzählt. Der Bildungsvorteil für die Kinder, aber auch die ungeahnten Entwicklungsmöglichkeiten der Eltern und nicht zuletzt eine neue Chance für die Liebe. Vom Vorteil der Freiheit zu gehen, wohin man will ...

Kaum skizziert, geriet die Sache auch schon ins Stocken. Der saure Wein in der Mittagshitze schlug ihr auf den Magen. Was Till wohl gerade machte?

Was waren denn das für Phantomschmerzen? Ihr Mann fehlte ihr plötzlich - als hätte man ihr eine Körperhälfte amputiert. Facebook wär's jetzt. Till und Ralf auf irgendwelchen Plattformen nachspionieren und sich selbst die Zeit mit dem Posten von Hashtags und den Fotos des Abendessens vertreiben. Einen einzigen Tag lang hatte sie mal in diesen blitzblauen Abgrund der Eitelkeiten geschaut. Anmelden und abmelden war eins gewesen. Sie hatte ihre Spuren im Netz nie mehr ganz verwischen können.

Als digitale Leiche, als Fliegender Holländer des sozialen Netzwerks konnte man ihre Überreste noch ausfindig machen. Ralf war bestimmt auf Facebook zu finden. Till jedoch war auch hier seit jeher abstinent und in alle Zukunft unverführbar.

In Berlin hätte um diese Zeit der Sonntagsbraten im Backofen geschmort. Till und Jan hätten auf dem Rückweg vom Fußballplatz wieder so lange getrödelt, bis das Fleisch zäh wie Kautschuk gewesen wäre und Marlies einen Wutanfall bekommen hätte. Harmonie, dieser Zustand hatte sich ein Leben lang vor ihr weggeduckt.

Sie dachte an Till auf dem Sofa, an ihr letztes gemeinsames Mittagsschläfchen. Mit dem ersten Glas der zweiten Flasche Wein war der Staudamm des Selbstmitleids gebrochen. Sie wollte nach Hause. Am liebsten würde sie jetzt barfuß über die Alpen laufen. Oder wenigstens mal wieder Tills Stimme hören.

Sst, sst. Ihr Handy vibrierte auf der Wachstuchdecke. Till? Oder vielleicht Ralf? Oder endlich Jan?

Federico meldete sich zurück.

La Grande Bellezza war mittlerweile auch nur noch ein Fall für das Vorabendprogramm. Ob an der tiefergelegten Tiber-Promenade oder am Maybachufer in Kreuzberg, überall verkam der öffentliche Raum zur Sauf- und Fressmeile mit Selbstbedienung. Wie kam es in diesem gesättigten Europa nur zu all dem schier unstillbaren Hunger und Durst?

L'estate romane, der Sommer am Tiber, bedeutete nichts anderes als eine Aneinanderreihung von Grillbuden, Pizzahütten und bonbonbunten Cocktailbars, nicht zu vergessen die Shisha-Zelte, aus denen klebriger Hubba-Bubba-Nebel quoll.

Marlies staunte über die Menschenmassen, die sich am Flussufer so träge voranbewegten wie auf dem Wasser die braune Entengrütze. Hier war ja mächtig was los – ungeachtet des durchdringenden Dixi-Klo-Geruchs. Einladend billig wirkte das alles, und doch konnte von Freibier nicht die Rede sein. Dieser Pipifax hatte auch noch gepfefferte Preise. Als Treffpunkt mit Federico war ein Gartenzelt mit der Aufschrift »Titty-Twister« ausgemacht.

Sie sah den Freund schon von Weitem; er hielt Volksreden und war von einer Schar aufmerksam lauschender Freunde umringt. Das war also ihr Date?

So hatte sie sich ihre Second-Release-Party nicht vorgestellt. Jetzt hieß es erst einmal, eine verbale Handgranate in die Versammlung zu werfen und dann mit Federico in ein Erwachsenenlokal zu flüchten. Nach etwas Bourgeoisem stand ihr der Sinn, nach einem Restaurant mit wortkargen Kellnern in weißen Sakkos, die zentnerschweres Silberbesteck neben Monogramm-Porzellan platzierten.

Es gab doch immer einen Anlass zu feiern und noch mehr Gründe, sich zu betrinken. Eine gepfefferte Nachzahlung an das Finanzamt schon wieder. Oder Annis Schulgeld für ein halbes Jahr im Voraus. Hinzu kam, dass die Luxusschwätzer immer noch keinen Cent überwiesen hatten. Egal, sie würde den guten Freund heute einfach mal generös einladen und ihn danach in ihren Liebhaber verwandeln. Mal sehen, was mit Federico noch so anzustellen war. An die längst vergangenen Zeiten zu zweit konnte sie sich nur schemenhaft erinnern, eigentlich gar nicht mehr. Sie war gespannt, wie ihm ihre neuen Dessous gefielen. Sie bereiteten ihr eine unternehmungslustige Vorfreude. Leopardenmuster – ziemlich gewagt, aber teuer. Zu teuer, um billig zu wirken. Damit war Marlies für alle Eventualitäten gerüstet.

Federico breitete theatralisch die Arme aus. Er stellte sie seiner Fangemeinde vor: »Das ist Marlies, meine alte Freundin aus Berlin – das sind Luca, Gabriele, Andrea, Sonia, Maurizio, Claudia, Jacopo, Paolo, Fabrizio ...«

»Sehr erfreut. Wann gehen wir?«

»Wohin denn gehen?«

»Ich hab Hunger, lass uns was essen.«

Ein Typ mit blondiertem Haarfilz und hühnereigroßen Ohrlöchern zeigte flußabwärts, an der Tiberinsel vorbei. Die Zweierreihe der weißen Partyzelte verlor sich in Richtung Horizont. »Nur zu, verhungern kann man hier nicht.«

»Komm schon, ich lade dich ein«, sagte sie und zupfte Federico am offenen Hemd. Er empfahl ihr die gegrillten Maiskolben. Mit Ketchup und Majo seien die eine ganz sättigende Angelegenheit, er habe schon drei davon verdrückt.

»Und? Was machst du so in Rom?« Ein zutrauliches Ding mit Gretchenfrisur machte einen Konversationsversuch. Marlies tat schwerhörig. Federico nahm sie jovial in den Arm, wie einen Kumpel aus besseren Tagen. Mit einer Hand war er mit seinem Handy beschäftigt, während er versuchte, die Diskussion in Gang zu halten. Es ging um die Frage, wer der bedeutendste italienische Regisseur sei. Der vielseitig talentierte Bertolucci? Nein, ohne Zweifel Pasolini. Der bleibe für ewig unerreichbar. Fellini? Ach, war das nicht manchmal schon Kitsch gewesen, schon vor sechzig Jahren?

Den Austausch von Meinungen mit einem Gespräch zu verwechseln, ödete Marlies an. Auch Federico war nicht so recht bei der Sache. Ständig blickte er auf sein Handy. Eine laute Dreiklangfanfare kündigte alle paar Minuten eine Nachricht an. Mit ihr erschien ein Foto auf dem Display und ein versonnenes Lächeln auf seinem Gesicht. Marlies spähte ihm über die Schulter. Dunkle Locken und unschuldige Kuhaugen – diesen Augenaufschlag kannte sie doch! Ihr wurde übel. Das gab's doch nicht, das durfte nicht wahr sein, das war doch ... »Anni!«, rief sie schrill und riss dem verdutzten Federico das Telefon aus den Händen.

Die Gesprächsrunde verstummte, und alle starrten erschrocken auf Marlies, als hätte die einen epileptischen Anfall.

Nein, es war natürlich nicht Anni. Das Mädchen hieß Giulia und war auch nicht zwölf, sondern immerhin schon doppelt so alt. Sie hatte in den letzten Wochen Federicos Sommerkurs »Darstellendes Spiel« besucht.

»Die Liebe meines Lebens – man bemerkt den Altersunterschied zwischen uns überhaupt nicht. Wenn ihr sie sehen würdet, sie ist die schlauste und schönste Frau, die ich je getroffen habe, und bestimmt auch die erwachsenste. Und das Beste ist, ihr scheint es genauso zu gehen. Ich bin vielleicht ein Jahr älter als ihre Mutter, aber uns verbindet einfach eine tiefe Seelenverwandtschaft.« Federico war jetzt in seinem Element, sein Redefluss kaum zu stoppen. Ein paar Freunde winkten ab, andere kicherten. Eine junge Frau mit Rastalocken verdrehte die Augen. Leg mal 'ne neue Platte auf – anscheinend langweilte er die Gemeinde mit dieser Schwärmerei schon seit geraumer Zeit.

Federico merkte gar nicht, wie Marlies sich davonstahl. Was gab es noch zu suchen, wenn nichts mehr zu holen war?

Ein kleiner Junge in himmelblauer Latzhose erwischte sie auf der Uferpromenade volle Kanne von rechts. Die Guacamole schwappte über die Nachos auf seinem Pappteller, schon klebte ihr der grüne Brei am Rock. Der Hosenscheißer fing sofort an, laut zu greinen. Und als sie ihm noch die Serviette abnahm, ging das Geheule erst richtig los. »Macht nichts«, log Marlies, während sie die Avocadocreme in den Stoff rieb. Dann strich sie dem Kleinen über die Locken und beruhigte die herbeieilende Mutter mit einem falschen Lächeln.

»Alles in Ordnung«, sagte sie. Nur dass sie sich nicht daran erinnern konnte, wann zuletzt etwas in Ordnung gewesen war.

SIEBZEHN

Ich, ich, ich ... Till konnte es gar nicht erwarten, nach Hause zu kommen. Er peste mit dem Fixie durch die Nacht, wie ein Fahrradbote auf Crystal Meth in der Rushhour. Was hatte ihn nur geritten, sich mit dieser Tretmine einzulassen?

Sie hatte ihn einfach überrumpelt, im Hof, vor der gelben Werkstofftonne.

»Na, wie war dein Angelausflug?«, hatte sie gefragt, und während er noch grübelte: »Hast du heute Abend Zeit?«

So was gab es sonst nur im Film. Zunächst war er begeistert gewesen. Endlich einmal eine Frau, die von ihm kein Imponierverhalten mit lautstarkem Balzen und schillerndem Radschlag forderte. Wie er diese Spielchen satthatte. Erst schürten sie Erwartungen, und hatte man dann endlich ihre Telefonnummer ergattert, wurde Ringelpiez ohne Anfassen gespielt. »Nein, heute nicht, vielleicht morgen.« Darauf ewig nicht ans Telefon gehen, nicht zurückrufen und höchstens eine SMS schreiben, in der dann lediglich *Na?* stand. Dagegen war ihm diese umstandslose Maja wie eine verlockende Ausnahmeerscheinung vorgekommen. Und nachdem er zunächst die Einladung in ihre Wohnung schüchtern überhört hatte, nahm er Majas Angebot jetzt kurzentschlossen an.

Als Treffpunkt hatte sie einen angesagten Koreaner in Moabit vorgeschlagen. Der Schuppen war ihm schon von Weitem unsympathisch. Okay, vielleicht war er ein Spießer, aber ihm schmeckten nun einmal keine Fleischlappen, die vor seinen Augen mit der Papierschere in blaue Plastikbehälter geschnibbelt wurden.

Sie hatte schon auf ihn gewartet und war ihm zur Begrüßung überschwänglich um den Hals gefallen. Beinahe hätte sie ihn auf den Mund geküsst, aber er duckte sich geistesgegenwärtig weg. Sie brauchte eine knappe Stunde, dann hatte sie ihre gesamte Lebensgeschichte vor ihm ausgebreitet. Der heiße Reiswein, den sie dabei trank, war dem Abend nicht eben förderlich gewesen.

Eine todtraurige Kindheit in irgendeinem ostdeutschen Kaff, ein verpatztes Schauspielstudium, ja sogar ihre diversen Abtreibungen hatte sie ihm detailversessen geschildert. Was Till sagte, interessierte sie wenig, sie ließ ihm auch kaum Zeit für eine Wortmeldung, und Fragen stellte sie ihm schon gar nicht. Lange vor dem Dessert, einem schleimigen Reiskonfekt, kannte er jeden ihrer verflossenen Liebhaber mit Vornamen.

Ständig lachte sie laut auf, mit weit aufgerissenem Mund, sodass er die dunklen Zahnfüllungen sehen konnte. Bei dem ersten überdrehten Lacher hatte er sich vor Schreck auf die Unterlippe gebissen. Doch mit einem Mal verstummte Maja in ihrem Erzählfluss und legte ihren Kopf auf die weiße Papiertischdecke, wo ihre Wimperntusche marineblaue Miniaturseen hinterließ. Till überlegte, wie er unbemerkt das Restaurant verlassen konnte, doch da sprang sie auch schon wieder von ihrem Stuhl auf.

»Komm, wir gehen. Ein guter Freund von mir spielt heute Abend in einer Kellerbar, nicht weit von hier.« Sie nahm seine Hand und versuchte, ihn vom Stuhl zu ziehen. »Der ist ein super Sänger, wirklich, ganz toll, den musst du gesehen haben. Der wird dir gefallen. Du bist doch auch Musiker.«

Wie kamen die Leute nur immer darauf, dass ein Musiker gern zu den Auftritten anderer Musiker ging? Als würden Schriftsteller nichts Schöneres kennen als ein Literaturfestival, oder als könnten Maler nur mit Ungeduld die nächste Vernissage eines Künstlerkollegen erwarten.

»Nein, das möchte ich lieber nicht.«

Das war vielleicht keine höfliche und anscheinend auch keine schlaue Antwort, aber etwas anderes als Ehrlichkeit erschien ihm auch nicht klug.

Was daraufhin passierte, wollte er so schnell wie möglich vergessen – ziemlich unwahrscheinlich, dass ihm das gelingen würde. Denn Maja legte sich plötzlich flach hin, auf den Kneipenboden, ihm in den Weg. Aber eben auch mitten in den Weg der Kellner. Schon strandete vor ihr eine Servierkraft, die auf jedem Handteller ein ziemlich schwer beladenes Tablett balancierte und erst die lang ausgestreckte Frau und dann den ratlosen Till fragend anschaute. Maja erhob sich erst wieder, als Till sich bereit erklärte, sie in die Musikkneipe zu begleiten. Doch kannte sie ihre Pappenheimer zu gut. Denn als Till vorgab, sich kurz mal die Hände waschen zu müssen, wartete sie ungeduldig zappelnd vor der Toilettentür. Ob sich wohl schon andere Männer auf der Flucht vor dieser Furie durch ein enges Kellerfenster gezwängt hatten?

Später im Hausflur traf er auf Kerstin. »Alles klar?«

Die Nachbarin kam gerade aus dem Theater und sah ziemlich mitgenommen aus. *Warten auf Godot*, gespielt von syrischen Flüchtlingen, sei ganz schön harte Kost gewesen. Nun habe sie aber einen Bärenhunger. Lust auf einen Mitternachtsimbiss?

Gern, er wolle nur kurz noch nach Jan schauen. Für einen Moment standen sie beide vor ihren geöffneten Wohnungstüren. Er sah in die aufgeräumte Wohnung der Nachbarin. Neben ihrem Fußabtreter waren die Kinderturnschuhe nun längst verschwunden, aber bei ihm türmten sich die schon lange nicht mehr benutzten Gummistiefel noch im Hochsommer neben dem Rodelschlitten auf.

Die zwei Verlassenen von der vierten Etage – Verbrüderung lag in der Luft.

Er freute sich schon auf das Essen und auf ein Gespräch mit einem vernünftigen, vertrauten Menschen, dem er ohne Verpflichtungen oder Schuldgefühle gegenübersitzen konnte.

Till nahm sich vor, Kerstin heute nicht nach ihrer Familie zu fragen, bloß nicht. Vielmehr interessierte ihn ihre ehrenamtliche Tätigkeit bei einer Kinderhilfsorganisation. Helfen lag jetzt in der Luft. Alle halfen plötzlich, nur er nicht, das brachte ihn regelrecht in Zugzwang. Und dabei hatte er doch jetzt mehr ungenutzte Freizeit als je zuvor. Vielleicht konnte er mit etwas Musikunterricht einen Menschen für eine Weile von seinem Leid ablenken - und dabei selbst auf andere, neue Gedanken kommen.

In seinem Schlafzimmer war alles still. Er war erleichtert, Jan nicht schon wieder vor irgendeinem Computerspiel vorzufinden. Seitdem sein Sohn von den Großeltern zurückgekommen war, hatte er kaum mehr die Wohnung verlassen. Wenn Till nachts von der Arbeit heimkehrte, lag Jan meistens hellwach im Elternschlafzimmer und starrte gebannt auf seinen Laptop. Till hatte ihn nach dem Sinn und Ziel dieser Ballerspiele befragt, und Jan hatte ihm fachmännisch verschiedene Tötungsstrategien erklärt und dem Vater mit konzentriertem Blick und zusammengekniffenen Lippen gezeigt, wie er Terroristen mit Handgranaten pulverisiert. Woher dieses Zeug plötzlich kam, wusste Till nicht. Während Jans Kindergartenzeit hatte er sich immer erfolgreich gegen Spielzeugwaffen gewehrt. Selbst den Besitz einer rosa Wasserpistole hatte er dem Sohn verboten.

Till wünschte seinen Kindern in ihrer Zukunft keinen blinkenden Reichtum und auch keine aprilfrischen Karrieren, aber ihre Startchancen sollten doch die besten sein. Hieß Trennung der Eltern nicht immer auch ein soziales Abdriften, oder zumindest einen gewissen Statusverlust? Eine Scheidung war für Till mit dem gleichen Stigma des Scheiterns behaftet wie für seine alten Eltern. Ihm war klar, dass auch seine Kinder keinen Rechtsanspruch auf

Lebensglück hatten, aber er wünschte sich sehr, dass aus ihnen liebenswerte und verantwortungsvolle Erwachsene würden.

Marlies hatte als Vorbild gerade eine glatte Sechs verdient. Er wusste, dass es ungerecht war, so zu denken, aber jede psychische Dysfunktion der Kinder würde er in Zukunft darauf zurückführen, dass seine Frau ihn verlassen hatte.

Insgeheim machte er sie sogar für die Computerspiele verantwortlich, die Jan jetzt spielte. Um Erlaubnis hatte der Sohn dabei gar nicht erst gefragt – ein weiteres Indiz dafür, dass seine Vaterposition immer haltloser wurde.

Er ließ die Schlafzimmertür eine Handbreit zum hell erleuchteten Flur offen und schlich sich aus der Wohnung.

Ausschleichen, die Medikamente sollten *ausgeschlichen* werden. Bloß nicht einfach so absetzen. »Sonst können Sie hochgehen wie eine geschüttelte Coladose«, hatte Frau Dr. Birger ihn mit dramatisch erhobenem Zeigefinger gewarnt.

In dem Kurzurlaub mit Jost war er wieder mit sich im Reinen gewesen. In ihm war alles so still wie die Mecklenburgischen Seen, an denen er mit seinem Freund nach Fischen Ausschau hielt. Sie angelten ein paar mickrige Hechte mit roten Augen, die Till wieder ins Wasser warf, nachdem auch Jost nicht bereit gewesen war, sie zu töten.

In der einsamen Natur hatte er die Tabletten einfach vergessen und nach wenigen Tagen wieder Farben, Formen, Gerüche und Geräusche wahrgenommen. Bei einem der pastellfarbenen Sonnenaufgänge hatte er sogar einen sehnsüchtigen, aber durchaus erträglichen Schmerz empfunden.

Nach dem Angeltrip war er ausgeschlafen, endlich einmal ausgeruht. Er war nun bereit zu kämpfen – für seine Kinder. Ja, vielleicht sogar für seine Ehe, wobei ihm noch die Fantasie fehlte, wie ein solcher Kampf wohl aussehen könnte.

Jost war der Meinung, er solle sich einen Anwalt nehmen.

»Wenn die merkt, dass du wieder Eier in der Hose und Mumm im Hirn hast, dann tanzt sie dir auch nicht mehr auf der Nase herum. Und wer weiß, vielleicht macht dich das für sie ja auch wieder ein bisschen heißer, wenn du dich mal wehrst. Wär ja mal was Neues.«

Als der Wecker klingelte, schien ihm die Sonne ins Gesicht, und er fühlte sich ungewohnt verkatert. Ein halbes Bier hatte er bei Kerstin getrunken, aus Geselligkeit, aber der ungewohnte Alkohol hatte ausgereicht, um steinschwer ins Bett zu fallen und wieder von schlimmen Versagensängsten heimgesucht zu werden. Wie oft hatte er wohl geträumt, nicht rechtzeitig zur Arbeit, zu einem Auftritt zu kommen? Diesmal hatte er sich im Traum in einem labyrinthartigen Konzertsaal verlaufen, unterwegs zur Bühne die Gitarre verloren und war nackt im Orchestergraben zwischen den perfekt in schwarze Anzüge gekleideten Kollegen gelandet. Irgendjemand hatte ihm noch »Das sind die Berliner Philharmoniker« ins Ohr geflüstert. Er erwachte mit Herzrasen.

Seit Marlies fort war, wachte er immer öfter mit der Angst auf, den Anschluss verpasst zu haben. Er ging dann den vor ihm liegenden Tag in Gedanken gründlich durch. Gerade jetzt, da er mit Jan allein war, durfte er nichts vergessen. Er wollte für seinen Sohn präsent sein und, so gut es ging, wenigstens den Rest an Familie zusammenhalten.

Heute standen keine Termine im Kalender. In der letzten Ferienwoche klingelte der Wecker lediglich aus Gründen der Selbstdisziplin, als Bestandteil von Frau Dr. Birgers Trainingsprogramm: Früh auf, schnell weiter.

Er tastete auf der rechten Betthälfte nach Jan. Sein Sohn wurde nicht davon wach, wenn er ihm die Hand flach auf seinen flaumweichen Rücken legte.

Till hatte sich angewöhnt, morgens auf diese Weise seine Batterien aufzuladen und Kraftreserven anzulegen für einen neuen, unvorhersehbaren Tag.

Jan schlief selbst im Hochsommer noch unter einem Berg von Daunenbetten. Doch das Bettzeug war kühl, und im Zimmer war es still. Er hörte nichts, außer den schlurfenden Geräuschen, die Rio mit den Bastsohlen ihrer Hausschuhe auf dem Küchenboden machte, und dazu ein paar monoton gurrende Tauben im Hof. Bevor er die Augen öffnete, wusste er, dass er allein im Schlafzimmer war.

Noch zehn Minuten, dann würde die Untermieterin zur Arbeit verschwinden. Er blieb immer im Bett, bis er die Wohnungstür ins Schloss fallen hörte. Aber heute wollte er so schnell wie möglich den Rest des beunruhigenden Traums unter der kalten Dusche loswerden. Was Jan nur so früh aus dem Bett getrieben hatte? Normalerweise vermied der ein Zusammentreffen mit Rio noch gründlicher als sein Vater. Till hatte ihn bisher kein einziges Wort mit ihr wechseln hören, was Rio nicht weiter störte. Sie benahm sich in der Wohnung ohnehin wie eine frei laufende Siamkatze.

Er rief nach Jan, bekam aber keine Antwort. Er rief lauter, und dann war er blitzschnell auf den Beinen.

Auf der Wendeltreppe zur Küche rief er den Namen seines Sohns in einer Lautstärke, in der er zum letzten Mal in der Nordkurve des Olympiastadions *Tor!* geschrien hatte. Rio starrte ihn erschrocken an, tatsächlich wurden ihre Mandelaugen fast rund. Jan war fort.

»Sind Sie sich auch ganz sicher, dass Sie wirklich schon überall angerufen haben, bei all seinen Freunden, bei Ihren Verwandten und allen Bekannten?«

»Seit heute Morgen um acht hänge ich am Telefon. Es gibt niemanden, mit dem ich nicht gesprochen habe. Es ist zum Verrücktwerden, er ist anscheinend spurlos verschwunden. Niemand hat von ihm gehört, und sein Handy ist ausgeschaltet.«

»Wann haben Sie Ihren Sohn denn zum letzten Mal gesehen?«

Die Polizistin hatte sich zu ihm auf die Küchenbank gesetzt. Till versuchte, ihrem besorgten Blick auszuweichen. Vor ihr lag ein aufgeklapptes Notizbuch, und in der Mitte des Küchentisches lagen zwei Polizeimützen. Ihr männlicher Kollege lehnte lässig an der Küchenzeile wie an einem Kneipentresen und starrte Till unverwandt an. Seit wann durften Polizisten eigentlich Ohrringe tragen?

»Ich glaube, gestern Abend.«

Die beiden wechselten kurz einen Blick.

»Wat bedeutet denn *ick globe?*«

Die Nachfrage des Polizisten erschien Till nicht nur schnippisch, sondern in dieser Situation auch unpassend aggressiv. Schließlich redete er gerade mit einem Vater, den die Sorge um seinen verschwundenen Sohn fast in den Wahnsinn trieb. Till versuchte zu entziffern, was die junge Frau in das Notizbuch schrieb, aber ihre Klaue war unleserlich.

»Als ich gestern Abend ins Bett gegangen bin, dachte ich, er läge neben mir.«

»Und wann genau war das?« Die Polizistin hatte schöne rehbraune Augen mit geschwungenen Wimpern und – obwohl bestimmt noch keine dreißig – eine beruhigend mütterliche Ausstrahlung.

»Etwa gegen eins. Um elf habe ich noch nachgeschaut und danach kurz meine Nachbarin besucht.«

Was lächelte der uniformierte Blödmann denn so süffisant?

»Ihr Sohn schläft mit fast elf immer noch bei Ihnen im Bett?«

Da war er, dieser wohlbekannte rotzige Berliner Unterton.

Till wendete sich an die Polizistin. »Ja, seit ein paar Wochen. Wir sind gerade in einer schwierigen Phase.«

Aber der Typ ließ nicht locker. »Eines versteh ick aber trotzdem nicht: Wenn er um elf in Ihrem Bett gelegen hat, dann haben Sie ihn doch wohl um die Uhrzeit zum letzten Mal gesehen, oder seh ick det falsch?«

»Als ich um elf nach ihm geschaut habe, dachte ich, er schlief. Ich hab nur vom Flur aus einen Blick ins Schlafzimmer geworfen, ich wollte ihn nicht wecken.«

»Aber um eins, als Sie sich neben ihn gelegt haben, da müssten Sie doch wohl gemerkt haben, ob er da war oder nicht.« Der Polizist schüttelte beim Reden die ganze Zeit den Kopf. Vielleicht hatte er einen Tick oder was mit den Nerven.

»Es ist komisch, genau das kann ich eben nicht mit Sicherheit sagen. Ich war sehr müde, ich hatte gestern einen anstrengenden Tag.«

»Ja, das ist allerdings komisch, kann man wohl sagen. Hatten Sie was getrunken?

»Ein halbes Bier.«

»Ja klar, die Antwort kenn ick von der Verkehrskontrolle«, murmelte der Polizist.

Seine Kollegin legte ihre Hand beschwichtigend auf Tills Unterarm.

»Was ist das denn für eine schwierige Phase, von der Sie eben sprachen.«

»Es gibt gerade eine entscheidende Veränderung in unserem Leben ...«

Da fiel ihm schon wieder der Polizist ins Wort: »Sagen Sie mal, wo befindet sich eigentlich die Kindsmutter?«

»Das wollte ich ja gerade erklären, lassen Sie mich doch mal ausreden. Meine Frau arbeitet zurzeit im Ausland, in Rom, und das ist für meinen Sohn nicht leicht, er hängt sehr an ihr. Sie fehlt ihm, und daher geht es ihm auch gerade nicht besonders.«

Jetzt machte sich auch der Polizist Notizen.

»Also noch mal, zum Mitschreiben. Wann haben Sie Ihren Sohn zum letzten Mal gesehen? Und wenn ick *jesehen* sage, dann mein ick auch *jesehen*, mit den Ogen.« Er machte eine Geste mit gespreiztem Zeige- und Mittelfinger, auf sein eigenes Augenpaar.

»Gestern Nachmittag, so gegen fünf. Danach war ich einkaufen, und als ich wiederkam, war er nicht mehr da. Ich dachte, er ist bei irgendeinem Freund in der Nachbarschaft. Mein Junge ist nämlich sehr selbstständig. Er muss sich nicht jedes Mal bei mir abmelden.«

»Mag alles sein, aber noch isser eben nicht volljährig. Noch haben Sie als Vater die Aufsichtspflicht. Oder sehen Sie det anders?

»Uwe, lass gut sein«, sagte die Polizistin beschwichtigend.

»Na, is doch wahr«, sagte Uwe, dann aber nichts mehr.

Till kaute wütend am Nagel seines rechten Daumens. Dabei riss er mit den Zähnen einen Millimeter ab, bis der Nagelstreifen schmerzhaft im Nagelbett hängen blieb.

»Dürften wir uns jetzt mal bei Ihnen in der Wohnung umschauen?«

Die Polizistin lächelte ihn aufmunternd an. Till nickte apathisch.

»Wir brauchen dann noch ein Foto von Jan.«

Während Till hinter sich griff und ein Bild von seinem Sohn – Jan im Schnee, neben einem Husky bei der Schlittensafari – von der Pinnwand nahm, war sie aufgestanden. Sie betrachtete aufmerksam die Fotowand. »Ist das Ihre Frau?«

Till nickte. Auch der Polizist beugte sich, als wäre er kurzsichtig, ganz nah über die Fotos und betrachtete aufmerksam die Urlaubs- und Babyaufnahmen und die Bilder von den Weihnachtsfesten und Geburtstagspartys.

Ein Bild interessierte ihn besonders. Till mit Anni und Jan auf dem Schoß auf einer Bank im Charlottenburger Schlosspark.

»Was ist denn das für ein Mädchen?«

»Das ist meine Tochter Anni, Jans ältere Schwester. Zu Beginn der großen Ferien ist sie mit meiner Frau nach Rom gegangen. Jetzt macht sie gerade Urlaub an der Adria.«

»Mit Ihrer Frau.«

»Ja, nein. Das heißt, meine Frau hat Freunde in Italien, die haben Anni mit in den Urlaub ans Meer genommen. Meine Frau braucht noch etwas Zeit, um sich in ihren neuen Job einzuarbeiten.«

Wieder wechselten die Polizisten einen schnellen Blick.

»Nun aber mal raus mit der Sprache, leben Sie getrennt? Ick muss Ihnen jetzt mal eins sagen: Ick finde es mehr als lästig, Ihnen jede Information aus der Nase zu ziehen.«

Geräuschvoll zog Polizist Uwe Rotz in der Nase hoch, als müsste er das Gesagte noch unterstreichen.

Die Polizistin kam von ihrem Rundgang durchs Obergeschoss der Wohnung zurück.

»Bitte verstehen Sie uns nicht falsch, wir sind auf Ihre Mithilfe angewiesen. Wenn Ihr Sohn wirklich seit fast vierundzwanzig Stunden verschwunden ist, dann zählt jede Stunde. Wir müssen herausfinden, wo und wie wir mit der Suche beginnen sollen.«

»Also gut: Meine Frau und ich arbeiten in unterschiedlichen europäischen Hauptstädten. Das ist heute in Zeiten der Globalisierung doch wohl nichts Ungewöhnliches mehr, oder? Und wüsste ich, wo ich mit der Suche nach Janni weitermachen sollte, glauben Sie mir, ich hätte nicht die Polizei gerufen.«

Er sprach leise, aber plötzlich begann auch noch seine Stimme zu zittern. »Ich liebe meine Frau.« Er erschrak. Was redete er da? »Und Jan und Anni...«

Weiter kam er nicht, den Kampf gegen die Tränen hatte er verloren. Der Polizist zog ein Tempotaschentuch aus der Hosentasche und reichte es ihm.

Als die Polizisten im Hausflur die Treppe hinabtrabten, lehnte sich Till gegen die Tür, schloss die Augen und rutschte mit dem

Rücken am Türblatt entlang, in die Hocke. Hinter seinen Lidern rotierten farbige Muster.

Was gab es jetzt noch zu tun? Ihm fiel nichts ein. Nichts, was er nicht schon hundertmal an diesem Tag getan hatte. Still sitzen aber war unmöglich.

Sein ganzer Körper brannte. Er spürte ein Kribbeln in den Venen, als wäre in seine Blutbahn eine Ameisenarmee eingefallen. Noch einmal ging er in Gedanken den gestrigen Tag durch. Jan war nicht anders als sonst gewesen.

Der Polizist hatte sich darüber mokiert, dass Till sich nicht daran erinnern konnte, was Jan für Klamotten trug, als er ihn das letzte Mal gesehen hatte.

Aber welcher Vater merkte sich schon die Sweatshirtfarbe seiner Kinder?

Ob er irgendetwas aus der Wohnung mitgenommen hatte, wusste Till auch nicht. Seitdem Marlies fort war, sah es in der Wohnung ziemlich wüst aus. Ihm kam es nicht so vor, als ob außer Jan etwas fehlte, eher so, als ob irgendein bösartiger Geist täglich neuen Krempel in seiner Wohnung abwarf.

Aber Jans Laptop war weg und auch sein Handy, das war ihm sofort aufgefallen. Dass auch der Computer fehlte, nahm Till als ein Indiz dafür, dass Jan nicht verloren gegangen, sondern getürmt war. Opfer eines Verkehrsunfalls war er auch nicht geworden, davon hätte die Polizei gewusst. Und der Gedanke an eine Entführung lag wohl an den vielen Fernsehkrimis, die er in seinem Leben schon gesehen hatte.

Die Polizistin hatte ihn beruhigt: Wenn Jan sein Smartphone mitgenommen hatte, dann würden sie ihn in wenigen Minuten auf der Wache geortet haben.

Alle paar Minuten checkte Till nun seine Mails. Ununterbrochen trudelten Nachrichten ein. »Jan ist verschwunden«, hatte er in die Betreff-Zeile der Mail gesetzt, die er wahllos an alle

Adressen verschickte, die er finden konnte – an den Klassenverteiler der Grundschule und an die gesamte Hausgemeinschaft und auch an Marlies' Yogagruppe.

Aber es kamen nur besorgte Nachfragen zurück und vereinzelt auch Antworten auf die Frage, wann sie seinen Sohn das letzte Mal gesehen hatten. »Ich glaube Ostern – so sorry«, schrieb eine gewisse Marina, die er noch nie gesehen hatte. Jede Menge Out-of-Office-Replies waren darunter – es war immer noch Ferienzeit –, aber, auch Hilfsangebote, die meisten von den Müttern der Schulkameraden. Sie wollten bei der Suche helfen, einige boten an, für Till zu kochen. Wie die wohl darauf kamen, dass er jetzt dringend eine warme Mahlzeit brauchen könnte?

Speiübel war ihm. »Wenn ich irgendetwas für dich tun kann ...« Leere Worthülsen, nur dazu da, dem Absender in einer karitativen Geste den Heiligenschein zu polieren. Alles Quatsch.

Der Vater von Lenny, Jans erstem Kindergartenfreund, hatte ihm nur lapidar ein *Weg? Voll krass!* geschickt – und dahinter ein Smiley mit Kullertränen platziert.

Im Hobbykeller der Hausgemeinschaft fand um neunzehn Uhr ein Meeting mit den Nachbarn statt, das Kerstin organisiert hatte. Wenn alle fleißig mitsuchten, sei es doch kaum denkbar, dass ein Junge wie Jan lange verschwunden bliebe.

Die Tatkraft, mit der sie ans Werk ging, war schon mehr wert als all die hohlen Worte der anderen und weitaus mehr, als Till in dieser Lage allein auf die Beine stellen konnte. Kerstin war wirklich patent. »Es ist bestimmt nichts passiert, er will einfach nur Aufmerksamkeit«, war ihre Meinung.

Wie gern er das glauben wollte, auch wenn dem Jungen ein solches Verhalten gar nicht ähnlich sah.

Till rief Jost an: »Ich kann nicht zu dieser Versammlung gehen, mach du das für mich.«

Wie er sich sonst immer ärgerte, wenn Jost ihn *Tante Tilly* nannte, nun war ihm alles recht - Hauptsache, der Freund kam jetzt, so schnell er konnte.

Zehn Minuten später nahm Jost ihn in den Arm. »Ich hab auch mal bei dem kleinen Teppichverkäufer geklingelt, aber bei dem macht keiner die Tür auf.

Yasser - an den hatte Till auch schon gedacht und ihm eine SMS geschickt, aber bisher noch keine Antwort erhalten.

Bei jedem Telefonklingeln setzte Tills Herz ein paar Schläge aus. Diesmal war die Polizistin dran. Sie hatten Jans Handy geortet. Es müsse sich in Tills Wohnung oder zumindest im selben Haus befinden. Ob er sich noch einmal auf die Suche begeben könnte?

»Du oben, ich unten«, befahl Jost. »Vielleicht sitzt unser Miniatur-Einstein ja im Nachtschränkchen.«

Flur, Gästeklo, Rios Zimmer, die Abstellkammer - gerade als Till sich das Regal mit dem Werkzeug vornehmen wollte, hörte er Jost unten rufen. Für einen Augenblick glaubte er wirklich an die Nachtschrankvariante, obwohl er ein solches Möbel gar nicht besaß.

Jost hatte Jans iPhone gefunden, auf stumm gestellt, unter Tills Kopfkissen. Aber auch Till hatte etwas entdeckt: Zwischen dem Propangaskocher und der Luftmatratze hatte er letzte Woche nach dem Angelausflug das Zelt verstaut - jetzt war es nicht mehr da.

Als Jost vom Nachbarschaftsmeeting kam, hatte Till die ganze Küche geputzt, mal so richtig. Er hatte sogar den flauschigen Fettteppich auf den Hängeschränken entfernt. Jetzt war er dabei, die Geschirrhandtücher zu bügeln. »Hast du was zu trinken?« Ohne eine Antwort abzuwarten, öffnete Jost den Kühlschrank, entdeckte Rios Pflaumenschnaps, nahm einen kräftigen Schluck direkt aus der Flasche und rülpste genussvoll.

»Erst die gute oder gleich die schlechte Nachricht?« Jost setzte sich auf den Küchentisch und stellte die Schnapsflasche neben sich.

»Wusste von denen da unten jemand, wo Jan ist? Alles andere interessiert mich einen Scheißdreck.«

»Es ging damit los, dass deine Nachbarn ausgerastet sind, als ich mir in diesem Hobbyraum eine Zigarette angesteckt habe. Was habt ihr denn?, hab ich gefragt. Das ist eben *mein* Hobby. Aber da eilte auch schon so 'ne dünne Vogelscheuche mit Drahthaarterrierfrisur auf mich zu und nahm mir die Fluppe einfach weg, wie einem Krabbelkind das Maschinengewehr. Diese Leute sind vielleicht verschärft drauf, mit denen möchte ich nicht Wand an Wand wohnen. Die resolute Dame wollte auch gleich wissen, wer ich überhaupt sei und was ich im Kreis der Erlauchten zu suchen hätte. Sie leitete nämlich die Gesprächsrunde, so richtig mit Stühlen im Halbkreis und Wortmeldungen mit Handzeichen, ein bisschen wie im Kindergarten. Zu Beginn sollte jeder der Anwesenden sagen, wann und wo er Janni zuletzt gesehen hatte. Und da meldete sich auch sofort so ein Typ in pinkem Poloshirt mit hochgestelltem Kragen, der wohl im zweiten Stock wohnt. Ich dachte erst, der wäre schwul, aber der hat wohl einjährige Zwillinge. Egal, der Heini konnte sich auf jeden Fall daran erinnern, dass er Jan gestern Nachmittag im Treppenhaus begegnet war. Ihm war die große Reisetasche aufgefallen, mit der er sich regelrecht abschleppte. Dann gab es noch jede Menge Palaver, bei dem aber nicht viel Neues herauskam. Nach dem Polohemd hatte ihn auf jeden Fall keiner mehr zu Gesicht bekommen.

Zwei sportliche Papis in engen Fahrradmonturen schlugen vor, noch einmal das ganze Viertel abzuradeln. Denen hab ich noch ordentlich was zu tun gegeben, indem ich sagte, Jan sei in letzter Zeit auch viel in Moabit und Mitte unterwegs gewesen. Kein Problem, da wollten die beiden dann eben auch noch vorbeischauen. Jans Verschwinden scheint ein echter Sommerlochfüller zu sein.

Deine ganze Nachbarschaft ist irgendwie fickrig darauf erpicht, sich nützlich zu machen, um endlich mal wieder was Echtes zu erleben. Nach drei Wochen Familienurlaub in hellhörigen Bungalows und beengten Campingmobilien ohne irgendeine berufliche Challenge oder Pornofilmchen zur Nacht sind vor allem die Kerle ganz schön unter Kesseldruck, das spürt man, ohne hinzuschauen.«

»Hör doch mal auf zu ätzen, Jost. Das ist doch lieb von den Leuten. Das könnte ihnen doch auch alles am Arsch vorbeigehen. Denn eins ist doch wohl klar: Ich kann jede Hilfe gebrauchen.«

»Allerdings.« Jost drehte die Flasche in den Händen und räusperte sich. »Deine Bekannten kümmern sich rührend, und Jan ist anscheinend wirklich nur getürmt und nicht das Opfer eines Gewaltverbrechens geworden, so weit die guten Nachrichten. Aber was ist denn nu schon wieder los? Was guckst du denn so belämmert?«

Till hatte das Bügelbrett wieder abgebaut und sich im Schneidersitz vor Jost auf den Küchenboden gesetzt.

»Es waren auch zwei Polizisten da. So ein prolliger Vorstadtcowboy, Typ Tankwart aus Hellersdorf, und ein eigentlich ganz hübsches Ponymädchen, der die unvorteilhafte blaue Wollhose leider 'nen Hintern wie ein Brauereipferd machte.«

»Was hatten die denn da zu suchen? Die sollen gefälligst mein Kind suchen.«

»Die beiden hatten sich kurz zuvor auf dem Hof mit der Tante unterhalten, der die Idee zu dieser Krisensitzung gekommen war, und daraufhin haben sich die Ordnungshüter wohl gleich selber zu dieser Party eingeladen. Die sagten auch erst mal nichts und fielen nicht weiter auf. Irgendwann dachte ich, dass man nun ja auch gehen könnte, weil ja eigentlich alles geklärt war. Aber da haben dann ein paar deiner netten Nachbarinnen mit Psychokram angefangen. Eine meinte, sie sei Erzieherin und deswegen auch immer ganz alarmiert, wenn es Kindern schlecht ginge. Der Jan hätte in der letzten Zeit stark unter den Streitereien der Eltern gelitten, und als die Mutter dann so einfach über Nacht abgehauen wäre, hätte er einen richtigen Knacks bekommen, das hätte sie beim ersten Wiedersehen gleich gespürt. Höchstwahrscheinlich sei er depressiv oder hochbegabt, aber um beides hätten sich die Eltern nie kümmern wollen, obwohl sie doch gerade die Mutter mehrfach darauf angesprochen habe. Das ging dann noch 'ne Weile so hin und her, und diverse Muttis gaben noch ihren Senf dazu, von wegen empfindsamer Junge und kritische Familiensituation. Da kamen die Polizisten mit dem Mitschreiben kaum mehr hinterher. Und der Bulle hat seine Kollegin mehrfach in die Seite gezwickt und *Siehste, wer sacht's denn?* geraunt.

Erst, als dann so ein stämmiger Haflinger im Blümchenkleid aufsprang und vorschlug, für die Familie von Jan zu beten, hatten es alle plötzlich eilig. Stühle wurden gerückt und wieder an die Wände gestapelt. Und ich freute mich schon auf eine Zigarette, als sich auf einmal diese verhuschte Fee in der Raummitte platzierte. Du ahnst, von wem ich rede?«

Till schüttelte den Kopf, ob ahnungslos oder ungläubig, hätte Jost nicht sagen können.

»Die, mit der du gestern Abend aus warst.«

»Versteh ich nicht, diese Frau kennt Jan doch gar nicht. Die hat doch noch nie was mit ihm zu tun gehabt.« Dass einem die Knie sogar im Schneidersitz weich werden konnten, überraschte Till.

Jost rieb sich mit den flachen Handflächen das Gesicht. »Wär vielleicht doch besser gewesen, wenn du da unten aufgekreuzt wärst.«

»Hätte, hätte Fahrradkette«, sagte Till, Jans Lieblingsspruch.

»Was hast du denn gestern mit diesem desperaten Weib erlebt? Die ist doch irgendwie durch den Wind. Ganz fahrig sah sie aus, zittrig. Hatte die Strickjacke junkiehaft eng um den Körper gewickelt und hielt sich frierend in so einer Art Eigenumarmung fest. Ich tippe mal auf synthetische Substanzen. Die ist dann auch gleich von den Ordnungshütern gecatcht worden.«

Till verspürte nicht die geringste Lust, seinem Freund Auskunft über das missratene Date zu geben.

»Und dann?«

»Die Polizistin hat sie ganz schwesterlich lieb in den Arm genommen und sie in den Hof geleitet. Ich wollte sofort hinterher, aber der Bulle hat sich mir in den Weg gestellt. Du sollst dich nicht aus deiner Wohnung entfernen, soll ich dir ausrichten. Er will, dass du deine Aussage von heute Nachmittag unterschreibst, und kommt deshalb gleich noch einmal hier vorbei.«

»Komm, lass uns abhauen.« Till war aufgesprungen. Jost hörte ihn im Flur hantieren und kurz darauf mit den Wohnungsschlüsseln klimpern.

ACHTZEHN

»Eine neue Liebe ist wie ein neues Leben, lalalalala«, summte Marlies leise vor sich hin. Nadelspitze Buntstifte zu Schuljahresbeginn, druckfrische Bücher, Radiergummis ohne Abrieb und knitterfreie Hefte mit würzigem Zellulosegeruch hatten sie schon als Kind euphorisiert – das Leben würde ein anderes, ein neues werden, mit dem nächsten Schuljahr. Alles auf Anfang. Marlies kaufte ihren Kindern gern die teuersten Schulmaterialien, die sie finden konnte, in der Hoffnung, die Qualität der Mittel würde die Minderwertigkeit des Schulstoffs kaschieren und Annis mangelnden Ehrgeiz wecken.

Sie war mit ihrer Tochter den ganzen Tag durch die Stadt gelaufen. Hefte und Stifte hatten sie schnell zusammen, die Suche nach einer passenden Schultasche gestaltete sich jedoch kompliziert. Die einzige, die ihrer Tochter gefallen hatte, war die teuerste im allerersten Laden gewesen, die Marlies zu kaufen sich geweigert hatte und zu der sie jetzt zurücktigern mussten. Anni lief neben ihr her, und wenn sie nicht gerade jammerte, wie sehr ihre Füße schmerzten, schwieg sie mit Schmollmiene. Pubertät! Wo hatte sich ihr Kind diesen heimtückischen Virus eingefangen? Er musste sie an der Adria befallen haben, in Marlies' Abwesenheit.

»Ja, wo ist denn mein munter schnatterndes Annikind hin?«, hatte sie ihre Tochter betont gut gelaunt gefragt. Und nur ein »Mann, Mama« und einen tiefen Seufzer zur Antwort bekommen. Erstaunt stellte sie fest, dass es sie schlagartig wütend machte, wenn Anni, von ihr genervt, die Augen verdrehte.

Scopino zog an der Leine, und Marlies revanchierte sich bei Anni mit der Bemerkung, dass der Köter in eine Hundeschule gehöre, aber dalli.

Als Marlies in dem überkandidelten Laden nach dem Portemonnaie in ihrer Tasche kramte, entdeckte sie eine neue Nachricht auf ihrem Handy - Ralf.

Nicht zu fassen, sofort begannen ihre Hände zu zittern wie im Delirium tremens.

Das tut mir sehr leid! Kann ich irgendetwas für dich tun? Gibt es schon Neuigkeiten?

In einer Bar an der Piazza del Popolo drängte sie Anni eine Cola auf, nur um sich schnell und viel zu früh einen Aperitivo zu genehmigen. Marlies bestellte dieses orange, längst unmodern gewordene Modegetränk, das wirkte am schnellsten.

Dann tippte sie ein: »Was meinst du?« - und löschte es wieder. Auch »Ich verstehe nicht« verwarf sie. Die letzte SMS, die sie Ralf geschrieben hatte, lag, wie sie sah, sechs Wochen, drei Tage und knappe viereinhalb Stunden zurück.

So lange war sie jetzt schon Ralf-abstinent, und so sollte es auch bleiben.

Bestimmt war die Frage ein Irrläufer und in Wirklichkeit an eine ganz andere adressiert. Oder hatte Ralf heute etwa auch die Hiobsbotschaft in der Presse entdeckt? Aber den Wirtschaftsteil der Zeitung las der doch sicher nicht.

Drastische Kürzungen der Arbeitsplätze bei Artificial Artbay, *nur drei Monate nach Börsengang.* Natürlich waren den ganzen Tag weder Claudia noch Gaby zu erreichen gewesen, und Marlies' besorgte Mail war unbeantwortet geblieben.

Auf dem Display entdeckte sie sieben Anrufe, alle von derselben, ihr unbekannten deutschen Mobilfunknummer.

Eine hagere Frau in einem knöchellangen Folklorerock baute sich vor Marlies auf. Sie trug ein viel zu großes Kind schräg auf der Hüfte, ein Pappschild vor sich her und wartete mit grimmiger Ungeduld vor dem Bistrotisch, bis Marlies ihr endlich einen Euro in die Hand drückte. Einem beharrlichen Afrikaner musste sie Tempotaschentücher und einen praktischen Kopfkratzer abkaufen – die zwei Paar weißer Tennissocken konnte sie beim besten Willen nicht gebrauchen, und ein Rosenverkäufer bedrängte sie so lange mit seinen verwelkten Schnittblumen, bis auch er mit einem Geldschein grußlos abzog.

Es geht uns gut, es geht uns gut, es geht uns gut ... murmelte Marlies vor sich hin, während sie versuchte, die kleinen Brezeln aus der Schale mit der feuchten Salzgebäckmischung zu klauben.

Ein junges Mädchen stand in der Mitte des weiträumigen Platzes, neben dem Obelisken mit den vier Löwen, in einer Pfütze. In ihren Händen hielt sie die Enden eines Stricks, der zu einer Schlaufe mit Querstreben, wie bei einer Strickleiter, verknotet war. Sie tauchte das Gebilde in einen Bottich mit Seifenlauge und fabrizierte auf diese Weise Blasen, so groß wie Medizinbälle. Anni lief zu ihr, und die Artistin zeigte ihr geduldig, wie man das Seil in den Wind halten musste, um möglichst dicke, widerstandsfähige Seifenblasen zu erzeugen. An den Stricken haftend, waren sie zunächst bohnenförmig, erst, als sie sich von ihnen lösten, schlossen sie sich zu farbig schillernden, langsam davonwabernden Blasen. Anni lächelte ihnen hinterher, das Gesicht der schon tief stehenden Sonne zugewandt. In der Ferne zerplatzten sie mit einem leisen, saftigen Schmatzen. Wer das Pech hatte, so ein Ding an den Kopf zu bekommen, den streifte ein seifiger Nieselregen. Einem blassen Rentner in kurzen Hosen flog eine Drillingsblase mitten auf die Linse seiner Spiegelreflexkamera.

Zerplatzte Träume, verlorene Illusionen, Träume sind Schäume – was hatte sie sich nicht alles gewünscht, und was war nun daraus geworden? In Berlin hatten sie immerhin noch ihre Fluchtgedanken getröstet. Wenn etwas nicht klappte, sich ein

Streit anbahnte oder Ärger drohte, hatte sie sich einfach fortgeträumt. Weit weg, in den Süden, in die Sonne und in ein selbstbestimmtes Leben.

Was aber nun? Wohin flüchtete man aus dem Exil?

Das Telefonklingeln riss Marlies aus ihren Gedanken.

»O Gott, Marlies.« Heikes Stimme zitterte. »Bist du schon in Berlin?«

»Mal ehrlich, ich glaube nicht, dass du dich hier lange verstecken kannst, und ich wüsste auch nicht, warum. Rede doch lieber mit diesen Bullen. Du hast doch nichts zu verbergen.«

In der Dunkelheit auf Josts Balkon leuchtete die Glut seiner Zigarette orangerot auf, wie das Hinterteil eines mutierten Glühwürmchens. Auf einmal wurde es heller im Innenhof der Mietskaserne. Im Küchenfenster von Yassers Familie brannte plötzlich Licht.

Sie mussten mehrfach klingeln, bis der Onkel die Haustür einen Spalt weit öffnete. Hätte Jost nicht einen Fuß auf die Türschwelle gestellt, der grimmig dreinblickende Oheim hätte die Tür gleich wieder zugedonnert. Nur äußerst unwillig gab er Auskunft.

Sein Deutsch war schwer verständlich, doch stand schnell fest, dass auch Yasser seit gestern Nachmittag von seiner Familie nicht mehr gesehen worden war. Ob er eine Idee hätte, wo das Kind jetzt stecken könnte? Schulterzucken. Vor einiger Zeit sei sein älterer Bruder Faruk in der Stadt angekommen, bestimmt sei er bei dem.

»So, jetzt sind wir mal vernünftig und gehen in die Heia. Ich geb dir noch 'ne Valium, und morgen früh machen wir uns dann ganz ausgeschlafen auf die Suche nach den Jungs. Es ist fast elf, jetzt können wir auch nichts mehr reißen. Jan ist nicht allein, er hat seinen Freund und einen Computer und ein Zelt ...«

»Ich denke nicht daran.« Das Licht im Innenhof war kaputt,

und Till gelang es nicht, im Dunkeln das Zahlenschloss an seinem Fahrrad zu öffnen.

Vor Wut trat er gegen das Gitter zum Kellereingang. Es schepperte laut, und irgendjemand schrie aus einem der Fenster heiser *Ruhe*.

Dann hörten sie energische Schritte in der Durchfahrt, das schwere Tor zum Hinterhof wurde aufgerissen, und im Gegenlicht der fahlen Hausflurbeleuchtung tauchten zwei Uniformierte auf.

»Die Polizei, dein Freund und Helfer«, bemerkte Jost.

Noch nie, in keinem Zelturlaub, nicht einmal in Norwegen oder Dänemark, hatte Jan so bitterlich gefroren wie jetzt. Der Herbst war im Anmarsch, auf den Wegen lagen schon die ersten grau gesprenkelten Blätter. Tagsüber waren es kaum mehr als zwanzig Grad, und am Abend stand ein feiner weißer Nebel wie Zuckerwatte in Hüfthöhe über der Volleyballwiese im Tiergarten.

Bereits in der letzten Nacht war die Feuchtigkeit kurz nach Einbruch der Dunkelheit durch die Reißverschlüsse und Lüftungsschlitze des Zelts eingedrungen, war ihm von unten in die Hosenbeine gefahren und bis Sonnenaufgang unter seinem Pulli stecken geblieben. Die billigen Schlafsäcke, die sie bei Woolworth gekauft hatten, wärmten ungefähr so gut wie Einkaufstüten. Und wofür man beim Campen Isomatten brauchte, wusste er jetzt, da er keine hatte. Der *Burger King* um die Ecke war samstagnachts durchgehend geöffnet – blöd nur, dass man, um in den angenehm warmen Fettdunst zu gelangen, ein Stück dunkle Natur und wilde Tierwelt durchqueren musste. Neben der Wiese hinter dem Landwehrkanal waren die Laternen kaputt, und in den Büschen quietschten Mäuse, oder waren es Rattenjunge? Yassers halb angefressene Snickers hatten den Zelteingang in einen Ameisensalon verwandelt. Und die fetten Krähen hüpften sogar nachts schimpfend um die Heringe, rupften an den Zeltstricken und plünderten die übervollen Abfalleimer. In den frühen Morgenstunden begannen die müllgrauen Tauben nervtötend monotone Geräusche zu machen. Mücken, die wie schwarze Wolken schon am Nachmittag aus den Tümpeln und Flüssen aufgestiegen waren, hatten Jans rosiges Gesicht in eine rot glühende Hügellandschaft verwandelt, ein Vorgeschmack auf die hormonelle Verwandlung, die ihm in ein paar Jahren bevorstand.

Jan mochte Tiere, besonders in Kinofilmen, manche vom Aussterben bedrohte auch im Zoo, nicht so gern sah er sie im Zirkus. Aber richtig ungern traf er sie neben und erst recht in seinem Bett. Saublöd, dass er sein Handy zu Hause vergessen, noch dämlicher, dass er die Taschenlampe nicht eingepackt hatte.

Ausreißen war nicht seine Idee gewesen und auch nicht sein Plan, er hatte seinem Freund doch nur das Zelt vorbeibringen wollen.

Yasser dagegen wollte immer noch nach Hause, zu seinen Eltern nach Syrien, aber seitdem sein erwachsener Bruder Faruk vor einiger Zeit in Berlin aufgetaucht war, wollte er vor allem zu dem. Die Tante und der Onkel waren wenig erfreut gewesen, auch noch den Neuankömmling aufzunehmen. Nach kurzer Zeit hatte es Zoff gegeben, und der gestrenge Onkel hatte ihn anscheinend unsanft vor die Tür gesetzt. Faruk hatte es dann in der überfüllten Flüchtlingsunterkunft nur ein paar Tage ausgehalten und war in den großen Park geflüchtet, wo er nun hauste, unweit der bunten Hausboote am Kanal, wo sich am Ufer bereits ein kleines Zeltlager dunkelhaariger junger Männer gebildet hatte. Dort hatten Jan und Yasser gestern das Familienzelt aufgebaut, mit Blick auf das Trafohäuschen, in dessen Schatten Faruk auf einer Bank schlief und nun von seinem kleinen Bruder beschattet wurde. Er trug modische Turnschuhe, hochgegelte Haare, er war das glatte Gegenteil von Yasser. Er sprach sogar, und dazu noch ziemlich gut, Englisch. Faruk hatte einen Plan, er wollte Matrose werden und zur See fahren. Umso erstaunter war er, als er herausgefunden hatte, dass im Westhafen von Berlin nur Ausflugsdampfer betankt wurden. Das war also nicht Hamburg. Irgendjemand hatte ihm den Floh vom Hamburger Hafen ins Ohr gesetzt. Da wollte er nun hin. Wie er das Geld für die Reise verdienen wollte, verriet er nicht. Aber es musste irgendetwas mit dem Tiergarten zu tun haben, denn dort wollte er bleiben, bis er die Kohle zusammen hatte. Im Park hatte Jan zwei knutschende Matrosen auf einer Parkbank gesehen und sich gewundert. Anscheinend suchten noch mehr junge Männer vom Tiergarten aus den Weg zu einem Überseehafen.

Faruk wollte auf keinen Fall nochmals von Yasser besucht werden. Er war sogar richtig streng geworden und hatte den kleinen Bruder an den Schultern geschüttelt, als der ihm seinen Freund Jan vorstellte. Dann hatte er etwas gesagt, das auch auf Arabisch wie *Verpiss dich* geklungen hatte.

Wie hätte Jan da seinen Freund alleinlassen können? Das hatte er nicht übers Herz gebracht.

Noch am selben Abend hatte er den Computer aus der Wohnung geholt und seinen Sparhamster geleert. Er war schon drauf und dran gewesen, Till einen Brief zu schreiben, mit einer kleinen Notlüge. Sein Vater spionierte ihm nie hinterher, wenn er behauptete, bei einem Freund zu schlafen. Aber auf einmal spürte er diese glühende Wut. Seine Eltern hatten es gut, die konnten gehen, wohin und mit wem sie wollten, ohne zu fragen, ohne Rücksicht zu nehmen, einfach so. Wenn ihnen der Sinn danach stand, sogar über Nacht ins Ausland. Und er? Über ihn wurde bestimmt. Wie man ein lästiges Haustier in die Hundepension gab, so hatte ihn Till zu den Großeltern verschickt, nachdem Marlies ohne Rücksicht auf Verluste – und der Verlust war er gewesen – abgerauscht war, um ein besseres Leben zu beginnen. Und das aus dem besten aller Leben heraus. Ohne Not, zerbombte Häuser, Krieg oder Stromausfall. Einfach so. Aus Jux und Tollerei, hatte er seine Oma sagen hören, die anscheinend auch ziemlich sauer auf Till und Marlies war.

Sollten sie mal sehen, wie das war, wenn auch er einfach abhaute. Sollten sie sich ruhig mal richtig Sorgen machen, und diesmal zur Abwechslung nicht nur um sich selbst.

Yasser hatte sich auf dem arschkalten, unebenen Zeltboden in den von Ameisen befallenen Schlafsack zurückgezogen, wie eine Schnecke in ihr Gehäuse. Er jammerte nicht. Er brauchte wenig Schlaf. Er hatte keine Angst vor Tieren. Er hatte anscheinend überhaupt keine Angst - oder doch, eine einzige: dass sein Bruder ohne ihn Berlin verlassen könnte.

Hätte er, Jan, doch nur nicht noch kurz vorm Einschlafen so viel Fanta getrunken. Er musste mal an einen Baum, aber schnell. Oder besser noch, in das hell erleuchtete, muckelig warme Fast-Food-Restaurant.

Seine Finger waren so klamm, dass er eine Weile am Reißverschluss herumfummeln musste. Als er auf allen vieren aus dem Zelt krabbelte, sah er im Schatten der letzten noch funktionierenden Laterne die Umrisse eines Mannes, der an dem Pfahl lehnte und rauchte. Herumwandernde, alleinstehende Männer gehörten zum Park wie das Getier und die Hundescheiße. Doch als Jan sich in Richtung der breiten Magistrale aufmachte, folgte ihm der Typ. Jan ging schneller, der Kerl aber auch. Jan lief, nun lief auch er. Ein eng umschlungenes Männerpärchen kam ihm entgegen und würdigte den rennenden kleinen Jungen keines Blickes. Kurz vor der hell erleuchteten Straße des 17. Juni waren die schnellen Schritte seines Verfolgers direkt hinter ihm, und dann spürte Jan auch schon eine Hand auf seiner Schulter. Er schrie laut auf.

»Wer hat's denn hier so eilig? Ma janz langsam, Freundchen, wohin soll die Reise denn gehen?« Jan bemerkte zuerst die angenehme Wärme hinter dem Hosenstall, dann lief ein Rinnsal die Beine hinab in die Turnschuhe, und er hörte ein leises Plätschern auf dem Bürgersteig.

Der Polizist runzelte nur die Stirn und schob Jan, die Hand in seinem Nacken, zum Streifenwagen.

Nach dem Telefonat mit Heike zog Marlies ihre Tochter an der Hand hinter sich her zum Taxistand an der Piazza del Popolo.

»Was ist los, was ist denn los, Mami? Sag doch mal, was hast du denn?«

»Zum Flughafen, schnell, bitte.«

Der Taxifahrer betrachtete im Rückspiegel die verheulte Ausländerin mit dem puterroten Gesicht und den pummeligen Teenager mit dem wurstartigen Hund auf dem Schoß. Die Fuhre behagte ihm ganz und gar nicht.

Ja, ja, *calma, Signora* war gut gesagt. Auf dem Armaturenbrett pappte neben einer Vignette von Papst Franziskus ein Passfoto. Zwei pausbäckige, ferrerogemästete Jungs lächelten wie lackierte Spanferkel aus dem Bilderrahmen. Wie der Taxifahrer wohl aus der Wäsche schauen würde, wenn er gerade erfahren hätte, dass sein Jüngster seit über einem Tag spurlos verschwunden war?

»Er ist nicht weg. Der verschwindet doch nicht einfach. Den klaut auch keiner. Ganz ruhig, Mami. Wir müssen ruhig bleiben und gut überlegen, wo er sein könnte. Gleich sind wir zu Hause.« Anni hatte ihre Mutter in den Arm genommen. Marlies lag mit dem Kopf an ihrer Brust, und ihre Tochter streichelte ihr sanft über den Scheitel.

Es ging noch eine einzige, letzte Maschine nach Berlin, um 21.10 Uhr.

»Bitte, ich flehe Sie an, helfen Sie mir. Wir *müssen* nach Berlin.«

Die schwarz gelockte Frau in der gelb-blauen Uniform schaute konzentriert auf den Bildschirm, ihre künstlichen Nägel klackerten flink über die Tastatur. Die Tickets für den Billigflieger kosteten fast so viel wie ein Flug auf die Malediven, erster Klasse Lufthansa. Ob sie Gepäck aufzugeben hätten? Marlies blickte auf Annis Einkaufstüte und schüttelte den Kopf. Sie sollten sich beeilen und sich schleunigst zur Sicherheitskontrolle begeben. Der Check-in habe schon begonnen. Die Groundhostess am Ticketschalter malte schwungvolle Kreise auf die Bordkarten - Ausgang C23.

Dann entdeckte sie Scopino. Was sie denn mit dem Hund vorhätten? Marlies begann wieder zu weinen, und Anni schaute die Frau flehentlich an. Also noch einmal hundert Euro für die Beförderung eines Hundes in der Kabine, auf dem Schoß und bitte in einer Tasche. Sie versuchten Scopino in die Schultasche zu quetschen, doch die war viel zu eng, und unter dem schweren Deckel japste der Hund sofort nach Luft. So steckte Marlies ihn in ihre luxuriöse Einkaufstüte und ließ die Schultasche, an einen Mülleimer gelehnt, einfach in der Schalterhalle stehen.

Im Weggehen blickte sie sich noch ein paarmal um. *Don't leave your luggage unattended.* Ein wegen einer Bombenwarnung geschlossener Flughafen war das Letzte, was sie jetzt gebrauchen konnte.

Das Flugzeug landete ausnahmsweise pünktlich. Nach den vielen Wochen im chaotischen Süden kam ihr Berlin jetzt, während der nächtlichen Taxifahrt, aufgeräumt und fantastisch geordnet vor - nervenberuhigend. Sie spürte eine wohltuende nordische Klarheit, fast so, als wäre die Hauptstadt von Deutschland in Marlies' Abwesenheit etwas näher an Stockholm herangerückt.

Als das Taxi vor ihrer Haustür hielt, sah sie die grüne Minna auf der anderen Straßenseite.

»Da ist Papa!«, kreischte Anni, rappelte am Türgriff und klopfte wie wild gegen die Fensterscheibe - Kindersicherung.

»Immer schön langsam«, grummelte der Taxifahrer, der einen würzigen Zwiebelsud ausdünstete, und stieg absichtlich lässig aus seinem Auto, um die Tür zu öffnen.

Hinter Till krabbelte Jost aus der Schiebetür der Wanne. Annie stürmte auf den Vater zu und verschwand sofort in seiner Umarmung. Marlies sah Tills Rücken unter dem T-Shirt beben und dann ein Paar gelbe Turnschuhe, Schuhgröße 35, die aus dem VW-Transporter ragten.

Sie schrie laut auf. Der Schrei war so laut und spitz, dass sie vor sich selbst erschrak. Auf ihn folgte Ruhe, der gefrorene Augenblick, niemand bewegte sich. Das Einzige, was sie hörte, war das Ticken des Taxameters. Für einen Moment glaubte sie, ohnmächtig zu werden. Sie lehnte sich auf dem Rücksitz zurück und schloss die Augen.

Danke, lieber Gott, danke, danke, danke.

»Das macht dann fünfundvierzig achtzig«, sagte der Taxifahrer.

Das glitschige, zerknautschte Neugeborene in den Arm gelegt zu bekommen, sei der schönste Moment in ihrem ganzen Leben gewesen. Ob Mütter so was wirklich sagten? Marlies konnte sich an diese zwei Lebenshöhepunkte überhaupt nicht erinnern.

Aber wie sich Jan jetzt an sie klammerte und sie im Dunkeln in der Hauseinfahrt ihre Nase in seinem Haar vergrub – den Moment, diese mit tiefer Reue gepaarte Dankbarkeit, die dickste aller Gefühlssoßen, würde sie in ihrem ganzen Leben nicht vergessen. Sogar die Kinder umarmten sich – kurz und zum allerersten Mal.

Das schöne Bild verschwand so schnell wie eine Snapchat-Nachricht. Auch Jost und die Polizisten waren nicht mehr zu sehen. Sie machte einen Schritt auf Till zu, doch dessen linkisch angedeutete Umarmung verwandelte sich auf halbem Weg in einen distanzierten Händedruck.

Am nächsten Morgen riss Till das Rattern der Räder von Rios Rollkoffer auf dem Parkett aus dem Tiefschlaf. Nach zwei durchwachten hysterischen Nächten und Tagen hatten ihn Dankbarkeit und Erschöpfung in einen paradiesischen Zustand versetzt, eher Koma als Schlaf.

Die Haustür fiel knallend ins Schloss, das Koffergeräusch wurde leiser, und die Untermieterin verschwand so wort- und rücksichtslos, wie sie gekommen war.

Die Sonne knallte bereits senkrecht in die Blumenkästen und auf Marlies' verdorrte, blattlose Geranien. Es war Sonntagmittag, der letzte in den großen Ferien. Morgen begann wieder die Schule - zumindest für Jan.

Wir könnten alle noch ein paar Tage Urlaub gebrauchen, dachte Till. An der Ostsee, schön nah. Oder Marlies zuliebe doch besser am Gardasee?

Noch erholsamer wäre es, den Lebensfilm mal wieder ein paar Sequenzen vorzuspulen. Bis zum Baumschmücken an Weihnachten etwa oder, noch besser, bis zur Ostereiersuche. Ob bis dahin die Narben verblasst wären? Er würde sich auf jeden Fall Mühe geben. Eltern hatten einfach zu funktionieren. Alles andere wäre Fahnenflucht, wie Marlies gesagt hätte.

Da fiel Till der Brief wieder ein. Er lag direkt vor seiner Nase auf dem Couchtisch. Die Firma *Starevent* kündigte den Umzug des Musicals von Berlin nach Hamburg an. *Keine Kündigungen!* stand kursiv in der Überschrift. Alle Orchestermitglieder könnten am neuen Standort übernommen werden. Jost würde mit in den Norden gehen, das stand bereits fest. Der freute sich schon darauf, was dann, wie er sich ausdrückte, auf dem Sushiband des Lebens im Norden so für appetitliche Happen vorbeigezuckelt kämen.

Aber mit Marlies war über einen Umzug in ihre Heimatstadt Hamburg nicht zu verhandeln, das konnte er vergessen. Nicht einmal mit der Aussicht auf eine doppelte Arbeitslosigkeit.

Die sturen Fischköppe und das notorisch schlechte Wetter waren das Gegenteil von dem, was sie brauchte.

»Wenn du nichts mehr hast, bist du frei ...« Soso. Was war das denn noch für ein bescheuerter Schlager gewesen?

Marlies und die Kinder schliefen noch, alle zusammen im Ehebett einen Stock tiefer, friedlich zusammengerollt und aneinandergekuschelt wie die Goldhamster. Yasser hatten sie auf der Gästematratze vor dem Fußende untergebracht. Kein Geräusch war jetzt in der Wohnung zu hören.

Bewahrt das Bewährte oder wenigstens die Ruhe. In acht Jahren wären die Kinder aus dem Gröbsten heraus und beide volljährig. Acht Jahre noch, das war für sich genommen doch gar keine Zeit. Bis dahin würde man sich doch arrangieren können. Wie schnell die letzten acht Jahre vergangen waren – wie im Sturzflug. Alltag hatten Marlies und er immer ganz gut gekonnt, und eine Familien-WG war für ihn allemal besser und ökonomischer als eine Einzimmerwohnung an der östlichen Ausfallstraße im garstigen Stadtrandbezirk. Schon klar, er wäre dann Anfang fünfzig. Aber das war doch für einen Mann heutzutage gar kein Alter. Da konnte man das Ruder immer noch herumreißen. Vielleicht würde ihn dann auch eine Zeit im Ausland reizen, ein Job auf einem Kreuzfahrtschiff, warum nicht?

Till räkelte sich auf dem Sofa und war gerade dabei, sich behaglich in die Hose zu fassen, als er Marlies in der Tür lehnen sah. Ungekämmt und ungeschminkt sah sie in ihrem hellblauen Nachthemd süß verschlafen und gleichzeitig stark mitgenommen aus, wie ein turbogealtertes Schulkind. Er rückte auf dem Sofa etwas zur Seite. »Ach, Marliese...«, seufzte er und schlug einladend die Wolldecke zurück.

Marlies steuerte auf ihn zu, bog aber dann neben dem mit dreckigem Geschirr vollgestellten Couchtisch rechts ab, stieg umständlich über einen Berg aus Sofakissen und Schmutzwäsche und rutschte mit den nackten Füßen auf einer Plattenhülle aus. *Station to Station*, David Bowie.

Luft! Sie rang nach Frischluft. War sie es gewesen, die hier vor knapp zwei Monaten das letzte Mal gelüftet hatte?

Energisch riss sie die Balkontür auf. Alles war noch an seinem Platz. Links der Park mit den alten Kastanien und der leuchtenden Blutbuche, dahinter das Krankenhaus, rechts die funkelnde Spitze des Fernsehturms, geradeaus das fremde Kinderzimmer mit der himmelblauen Wölkchengardine.

»Da simma wida da«, hatten ihre Kinder früher immer begeistert auf den Rücksitzen gekreischt. Nach den Ferien, wenn Marlies die Familienkutsche in ihre Straße lenkte und vor dem Autofenster wieder die unansehnliche braune Haustür auftauchte. Egal, wie schön der Urlaub gewesen war, zu Hause war es immer noch am schönsten.

Oh, wie schön ist Panama. Marlies ging auf die Balkonbrüstung zu. Da war sie wie ein wild gewordener Straftäter in der Gummizelle durch ihr Leben getobt, um nach einem kurzen Steilflug wieder hier zu landen?

Alles egal? Sie umfasste mit beiden Händen das kalte Geländer und lehnte sich über die Brüstung. Unter ihr die schmale Straße, gesäumt von Autos, war menschenleer.

Nein, nichts ist alles, dachte Marlies. Aber was, wenn es so etwas wie Unentrinnbarkeit, Schicksal gab, dann doch? Man konnte es weder beeinflussen noch sich dagegen wehren. Bestimmung oder Vorsehung - wer konnte das auseinander halten? Wie nah alles immer beieinander lag, wie miteinander verwachsen doch alles war. Glück und Unglück, eines konnte das andere ergeben und hatte dennoch den gleichen Ursprung. Was, wenn am Ende jedes Gefühl der gleichen Quelle entsprang - der Einbildung?

Die Trägheit des Herzens, die der anderen, aber auch ihre

eigene hatte sie fortgetrieben. Der ganz normale, unerträgliche Alltag hatte sie in die Flucht geschlagen. Jetzt brachte die Verantwortung und die Sehnsucht nach Normalität sie wieder nach Hause zurück.

Alles auf Anfang. Sie blinzelte in die Sonne. Keine Wolke, kein Vogel am Himmel. Die römischen Mauersegler würden ihr fehlen, ihre ausgelassenen Loopings und vertikalen Endlosschleifen, die rasanten Kehrtwendungen, wie sie weniger flogen als schwebten, gleiteten – ihre Rufe sieh weh, sieh weh. Sie verbrachten ihr Leben, fraßen und vögelten im Flug. Sie schliefen nie, diese unermüdlichen Tiere. Man sagte, wenn ihre Zeit gekommen war, fielen sie unbemerkt vom Himmel. Nie entstand eine Lücke, der Schwarm stieg immer wieder an den Häuserwänden empor und segelte aufs Neue hinab.

Wenn es auch noch so sinnlos erschien – es ging immer weiter.